Beauty
Queen

Retrouvez toutes les collections **J'ai lu pour elle**
sur notre site :

www.jailu.com

Julia London

Beauty
Queen

Traduit de l'anglais par Agathe Nabet

POUR elle

Titre original :
Beauty Queen

© Julia London, 2004

Éditeur original : Berkley Sensation Book

Pour la traduction française :
© Éditions J'ai lu, 2005

S'il existe une vie après la mort, je suis certain que bien des chiens que j'ai connus iront au paradis, mais que très peu d'êtres humains y seront admis...

James THURBER

Je dédie ce livre à tous les chiens errants, infailliblement dévoués et fidèles au genre humain qui les traite pourtant bien mal... sans parler du genre félin.

Un écrivain est un imbécile
qui, non content d'ennuyer ses contemporains,
insiste pour ennuyer les générations à venir...

MONTESQUIEU

Je remercie tout particulièrement ma directrice de publication, Christine Zika, qui s'obstine à penser que je suis moins ennuyeuse que ce que mes précédents écrits tendent à prouver, qui accomplit l'exploit de donner l'aspect d'un vrai livre à ceux que je lui soumets et qui conserve l'espoir que je n'ennuierai pas les pauvres lecteurs sans méfiance.

On ne vous apprécie pas à votre juste valeur ?
Nous avons l'emploi idéal pour vous !

Importante société active et dynamique recherche ex-reine de beauté sans aptitudes ni connaissances spécifiques, totalement dépourvue d'expérience professionnelle, niveau licence de lettres (obtention effective du diplôme superflue). Formation garantie. Son absence de qualification professionnelle sera perçue comme la résultante de ses obligations mondaines et non comme un reflet de ses compétences. Ses années de shopping effréné équivaudront à autant d'années de formation dans le domaine de la gestion du temps ou de quelque chose qui aura l'air tout aussi sérieux. La candidate aura l'occasion de démontrer qu'elle est capable de s'insérer sur le marché du travail, où elle prouvera sa compétence (*cf. Le Guide de la femme pour trouver un emploi gratifiant*, chapitre 2). Excellent salaire, primes et avantages à la hauteur du train de vie auquel la candidate est accoutumée, nombreuses absences autorisées pour s'occuper de son enfant (étant donné que sa nourrice n'a visiblement pas l'intention de la suivre dans son déménagement), possibilité de tout lâcher sans préavis afin de gérer les névroses de son père atteint d'un cancer en phase de rémission.

La société Chance 500 offre de nombreuses perspectives de carrière aux personnes remarquables, si possible âgées de moins de cinquante ans. Elle appréciera en particulier le sens de la repartie des candidates et saura laisser de côté leur physique exceptionnel, parfaitement consciente que ce n'est pas de leur faute !

Venez vite rejoindre notre équipe !

1

On peut prendre un nouveau départ quand on veut,
car ce qu'on appelle « échec » ne définit pas le moment
où on a échoué, mais le fait qu'on soit devenu
une épave...

Mary PICKFORD

Quelque part à une altitude élevée dans les Rocheuses du
Colorado

À bout de forces, les membres endoloris, couverte d'une couche de crasse de trois jours passés à crapahuter dans les montagnes, Rebecca Lear espérait seulement qu'elle ne sentait pas aussi mauvais qu'elle le craignait. Et surtout, qu'elle n'allait pas flancher et se mettre à ronger l'écorce des arbres... Mais elle avait de plus en plus de mal à résister. Elle n'avait jamais été aussi affamée de sa vie.

Le bon côté de la situation, c'était qu'elle avait l'impression d'avoir subi une véritable transformation. Une transformation qui lui permit de pousser un « han » essoufflé pour se hisser au sommet du rocher qu'elle escaladait... ou du moins pour tenter d'y parvenir, car elle glissa lamentablement le long de la paroi.

Elle n'avait plus de force. Des larmes lui picotaient la gorge. Tout ce qu'elle voulait, c'était s'allonger sur un lit d'aiguilles de pin pour mourir en paix.

Elle était la dernière d'un groupe de sept femmes – ses partenaires de transformation dans ce Voyage

vers la Vision – à escalader cette roche astucieuse-
ment grimée en galet. Les autres étaient déjà arrivées
en un lieu que Moira, leur guide en transformation,
avait décrit comme un véritable paradis terrestre.
Assises en tailleur autour d'un feu de camp, elles faisaient probablement griller des marshmallows. Ou
même de la viande... Seigneur, ce qu'elle pouvait
avoir faim !

Allez ! Si les autres l'avaient fait, elle pouvait le faire
aussi ! Elle frotta ses mains sur ce qui avait été un jour
un superbe pantalon cargo kaki et contempla ce fichu
rocher.

Après son divorce, sa sœur Rachel lui avait suggéré
de participer à ce séminaire de transformation spécialement destiné aux femmes qui souhaitaient prendre
un nouveau départ. Rebecca avait trouvé ça ridicule et
poliment refusé de s'engager dans l'étape numéro un :
« Une communion apaisante et spirituelle avec la
beauté sauvage des montagnes du Colorado qui permettra à la stagiaire d'assister à l'émergence d'un nouveau projet de vie. »

L'intention de sa sœur l'avait beaucoup touchée –
Rebecca était la première à admettre qu'elle avait
besoin de changement après l'épreuve qu'elle venait
d'endurer. Mais elle n'était pas particulièrement spor-
tive, et l'escalade n'était vraiment pas son truc. Elle
avait expliqué ça à sa sœur qui, sur le moment du
moins, était tombée d'accord avec elle. Quelle n'avait
pas été sa surprise lorsque, deux semaines plus tard,
son autre sœur, Robin, était venue chercher Grayson,
son fils, et lui avait appris qu'elle était inscrite au stage,
titulaire d'un billet d'avion pour Denver et que son
paquetage était prêt. Ses sœurs avaient estimé que
c'était le plus beau cadeau d'anniversaire qu'elles pouvaient lui faire.

— Tu reviendras complètement transformée, lui
avait gaiement lancé Robin en lui tendant le programme du séminaire. À ton retour, tu ressembleras
à Angelina Jolie dans *Tomb Raider*.

Bien que Rebecca n'ait pas particulièrement envie de ressembler à Angelina Jolie dans *Tomb Raider*, il était apparu comme évident que Grayson était emballé par l'idée d'aller chez tata Robin (« Elle est trop cool, maman ! »), et elle s'était dit qu'au point où elle en était, elle n'avait pas grand-chose à perdre. Tout ce qu'elle raterait, c'était un rendez-vous chez la manucure. Elle avait donc accepté son cadeau, scrupuleusement noté les dates de réservation et s'était vaillamment mise en route pour Denver, où elle avait retrouvé ses partenaires de transformation, six femmes d'âges et d'origines sociales variés qui avaient toutes besoin de prendre un nouveau départ dans la vie.

L'intrépide Moira avait alors fait son apparition et leur avait joyeusement annoncé qu'elle allait les amener au bout de leurs limites physiques pour nettoyer leur corps, leur esprit et leur âme, afin qu'elles soient en mesure de recevoir la Vision. Au cas où quelqu'un aurait douté de ses dires, Moira leur avait apporté la preuve que son petit discours n'était pas vain : trois jours à ramper, escalader, crapahuter et nager dans des rivières glacées avaient pratiquement tué ces femmes qui n'avaient jamais rien fait de plus fatigant que du tapis de course.

Le plus bizarre, pour Rebecca en tout cas, c'était que cela marchait. Elle se sentait vraiment libre. Vivante. Elle n'allait tout de même pas se laisser abattre par un petit – bon, d'accord, un gros – rocher !

Elle rassembla ses forces et tenta un nouvel assaut. Ses genoux cognèrent contre la paroi, mais elle réussit à s'agripper et se démena comme un beau diable pour effectuer un rétablissement. Elle se laissa ensuite couler le long de la paroi opposée et atterrit à quatre pattes dans la petite clairière où brûlait le feu de camp.

Les autres femmes poussèrent un véritable hurlement quand elle se redressa, et franchement, elle fut bien obligée de reconnaître elle-même que pour une ex-reine de beauté, ce qu'elle venait d'accomplir relevait de l'exploit pur et simple. Elle était arrivée sur le plateau le plus élevé, et même si elle était épuisée et morte de faim, elle ne se sentait plus du tout dans la peau de la reine de beauté inaccessible qu'elle avait l'habitude d'interpréter. Elle avait soudain l'impression d'être devenue… Lara Croft, Tomb Raider !

— La voilà ! s'écria Moira de son mélodieux accent irlandais. Bienvenue ! ajouta-t-elle tandis que Rebecca clopinait tant bien que mal jusqu'au feu. Comment vous sentez-vous, mesdames ? Vivantes ? Régénérées ? Légèrement transformées, peut-être ?

Rebecca, elle, se sentait radicalement transformée. Elle leva les yeux vers la voûte céleste. Quelques étoiles commençaient à scintiller entre les sapins, si proches qu'on avait l'impression de pouvoir les toucher. Le sommet du monde était tout simplement merveilleux.

Ses partenaires n'étaient cependant pas toutes d'humeur à apprécier la beauté du cadre.

— Je crève de faim, Moira !

Ce cri du cœur venait d'échapper à Leslie, une conseillère municipale, qui enfonçait ses poings au creux de son estomac pour intensifier l'effet dramatique de son propos.

Solidement campée sur ses jambes musclées, Moira cala ses poings sur ses larges hanches et lui décocha un sourire malicieux.

— Je sais que tu es à bout, mais c'est le but du jeu, non ? Si tu veux devenir meilleure, plus solide et plus forte, il faut d'abord te libérer de toutes tes vieilles peurs et de toutes tes erreurs d'interprétation. Alors seulement, tu pourras te construire une nouvelle personnalité.

Mais Leslie n'était pas prête à se laisser bercer par ce discours.

— Moiiiira ! gémit-elle de plus belle. Pitié ! Dis-nous ce qu'on va manger !

— Je vous promets qu'on va s'en mettre jusque-là. Mais avant, je vous ai réservé une petite surprise à ma façon, annonça-t-elle en se dirigeant d'un pas martial vers son sac à dos. Notre repas arrivera d'ici une heure, et nous nous régalerons de truites fraîchement pêchées, d'asperges à la sauce hollandaise, de courgettes, poivrons et échalotes sautés au beurre, de pommes de terre nouvelles…

Le groupe entier se mit à gémir et à se pétrir l'estomac tandis que Moira sortait de son sac un long bâton en bois brillant orné de plumes d'oiseau. Elle se retourna vers les sept femmes, un immense sourire aux lèvres.

— Mais avant cela, nous allons expérimenter notre première Vision, déclara-t-elle d'un ton exalté. Qui veut bien rappeler ce que nous avons dit avant de démarrer ce Voyage vers la Vision ?

La plupart des femmes étaient encore plongées dans les délicieuses perspectives des agapes qu'elle venait d'évoquer, et personne ne prit la parole.

— Quel est le premier pas à accomplir dans le Voyage vers la Vision ? insista Moira.

— Se dépouiller de son ancien moi afin d'être disponible pour son nouveau moi ? suggéra June, une femme au foyer qui avait elle-même diagnostiqué son propre cas comme caractéristique du syndrome du nid vide.

— Exactement ! s'exclama Moira. Et après, que se passe-t-il ? Peux-tu nous rappeler l'étape suivante, June ?

— Euh… la désintoxication ?

— Oui ! Maintenant, regardez-moi bien, toutes. Nous nous sommes débarrassées de notre ancien moi, oui ou non ? Plus aucune d'entre vous n'est dans l'état où elle était au début de ce voyage, n'est-ce pas ? L'exercice physique que vous avez accompli ces trois derniers jours vous a lavées de toutes les impuretés accumulées dans votre organisme et dans votre esprit.

Les femmes assises autour du feu de camp échangèrent des coups d'œil furtifs et hochèrent solennellement la tête.

— C'est vrai, déclara Teresa, une blonde grassouillette qui n'avait pas arrêté de pleurer le premier jour. Je suis vannée, mais je me sens mieux que jamais.

— Génial ! Qui parmi vous peut me dire ce qui se passe à l'issue de la désintoxication ? demanda Moira en les scrutant une à une.

— La révélation survient ? demanda Cindy d'une voix timide.

Cette réponse réjouit tant Moira qu'elle rejeta la tête en arrière et hurla longuement à la lune. Littéralement. Elle leur avait appris à faire ça au cours de la première étape vers la transformation. Elles avaient toutes hurlé en tournant la tête vers les néons qui garnissaient le plafond de la salle de stage (« Les loups hurlent pour affirmer leur suprématie. Les femmes qui veulent prendre un nouveau départ hurlent leur victoire sur leurs défauts et sur leurs peurs »). Moira hurla à pleins poumons, puis baissa la tête et décocha un sourire radieux au groupe.

— Excellente réponse, Cindy. On expérimente la révélation, dit-elle en se mettant à genoux et en tendant horizontalement le bâton devant elle de façon à ce que toutes le voient bien. Ceci, énonça-t-elle d'un ton sentencieux, est notre bâton de parole. Celle qui tiendra ce bâton nous fera part de sa révélation. Qui veut parler la première ?

Rebecca sursauta quand Moira pointa le bâton droit sur elle.

— Rebecca Lear ?

Rebecca rejeta instinctivement le buste en arrière et coula un regard anxieux vers les autres. Elle avait beau être convaincue des bienfaits de la transformation, elle ne se sentait pas prête.

— Je... euh... je préfère ne pas passer en premier, Moira.

16

— Ah, bon ? Et pourquoi cela ? demanda celle-ci d'un ton jovial.

— Je... euh... je ne suis pas encore prête pour la Vision.

— Je sais. Et c'est bien pour ça que je t'ai choisie, répliqua Moira en pointant si brusquement le bâton vers elle que Rebecca dut l'attraper, sous peine de finir éborgnée. Voilà. Maintenant que tu tiens le bâton de parole entre tes mains, à toi de parler.

— Franchement, j'aimerais mieux...

— Allez, intervint Leslie. On crève de faim et on va toutes y passer. Jette-toi à l'eau, sinon on ne va jamais bouffer !

À l'expression des autres femmes, Rebecca comprit qu'elles partageaient l'avis de Leslie. Elle se leva à contrecœur.

— Très bien ! Maintenant, tiens le bâton comme ça, lui ordonna Moira en faisant le geste de le porter à hauteur de sa poitrine. Sens le pouvoir qu'il te confère.

Excepté la fatigue et la faim, Rebecca ne ressentait rien.

— Certaines d'entre vous n'ont jamais eu l'occasion de prendre la parole en public. D'autres ont eu l'impression de s'exprimer et de ne pas être entendues. Mais ici, tout est différent. Le bâton de parole passera entre les mains de chacune, et quand vous le tiendrez, vous aurez le pouvoir de visualiser votre avenir. Vos partenaires de transformation vous aideront à porter le regard au-delà de vos limites. Nous sommes prêtes à t'aider, Rebecca.

— D'accord, répondit celle-ci d'un ton hésitant.

— Commence par nous parler un petit peu de toi, suggéra Moira. Qu'est-ce qui t'a incitée à participer à ce stage ?

— Oh... fit Rebecca en sentant sa nuque devenir brûlante. Eh bien, c'est un cadeau de mes sœurs...

— Tu veux bien remonter un peu plus en arrière ? Au début de l'histoire ?

— Au début ?

— Oui. Au début de ta vie.

— Maintenant ?

— En quelle année es-tu née ? demanda Eloise, qui travaillait dans une agence de pub.

Rebecca soupira et leva les yeux vers le firmament.

— Je suis née en 1971 à Dallas. J'ai deux sœurs, une sœur aînée et une sœur cadette.

— Quelle était la profession de tes parents ? demanda Melanie, la moins bavarde du groupe.

— Ah ! Eh bien… Papa était routier quand j'étais petite, puis il a monté sa propre société de transports et on est allés vivre à Houston.

Elle se tut, ne sachant plus trop quoi ajouter. Que son père et sa mère n'arrêtaient pas de se disputer ? Qu'elle avait pris le désir que Bud ressentait pour elle pour de l'amour ? Que cela avait creusé un trou en elle et qu'il était à présent devenu tellement grand qu'elle ne savait pas comment le combler ?

— Continue ! ordonna Leslie avec impatience.

— Tu es issue d'un milieu aisé ou défavorisé ? demanda Moira pour lui venir en aide.

Cette question-là était un peu trop personnelle, mais Rebecca avait tellement faim qu'elle préféra zapper la phase « dignité outragée » pour passer directement à la phase « je suis prête à tout pour de la nourriture ».

— Quand j'étais petite, nous n'étions pas très riches. Puis mon père a créé sa société de transports routiers, elle a pris beaucoup d'ampleur, et maintenant… euh… ma famille est… disons très à l'aise.

— Attends un peu… Tu es Rebecca Lear comme dans Lear Transport Industries ? demanda Melanie.

Celle-ci avait pourtant été d'une discrétion exemplaire jusqu'alors… Mais, Rebecca s'en rendait compte à présent, elle avait un accent texan très prononcé. Elle acquiesça d'un hochement de tête, et plusieurs des femmes retinrent leur souffle – celles qui avaient entendu parler de LTI, en tout cas.

— Je sais qui tu es ! s'exclama Melanie. Je me disais bien que tu me rappelais quelqu'un ! Tu es une des trois filles Lear ! On voyait tout le temps votre photo dans les journaux quand j'étais plus jeune. Hé, mais attends un peu ! Tu ne serais pas celle qui a été Miss Texas, des fois ?

« Oh, non, pitié, pas ça ! » songea Rebecca. Elle souhaitait tellement se débarrasser définitivement de ce titre encombrant à l'issue de ce stage.

— Eh bien, en fait…

— Mais qu'est-ce que tu fous là ? Tu as une vie de rêve ! On est en train de crever de faim pour une femme qui a tout ! ajouta Melanie à l'intention des autres membres du groupe.

— C'est faux ! protesta Rebecca.

Elle en avait par-dessus la tête de la vision idyllique que les gens se faisaient de la vie d'une Miss.

— Je t'assure que l'argent et un prix de beauté ne facilitent pas forcément la vie !

— Explique-nous pourquoi tu as fait ce voyage avec nous, intervint Moira d'une voix encourageante.

— Parce que ! riposta Rebecca, un peu perdue.

— Tes sœurs semblent convaincues que tu as besoin de changer de vie, lui rappela Moira. Pourquoi ? Qu'est-ce qui leur fait penser ça ? Serre le bâton et laisse venir les mots, Rebecca. Regarde ce que tu vas abandonner derrière toi et ce qui se trouve devant toi. Pourquoi es-tu ici ?

Rebecca ferma les yeux et essaya de visualiser la réponse.

— Je viens de divorcer, avoua-t-elle.

— Tu as estimé qu'il fallait que tu changes après ton divorce parce que tu n'avais pas été une bonne épouse ? suggéra Moira.

— Non ! Bien sûr que non ! répliqua aussitôt Rebecca. Elle était extrêmement embarrassée. Elle n'avait pas l'habitude de parler ouvertement de ses problèmes et de ses émotions. Elle n'en parlait même jamais et faisait comme s'ils n'existaient pas.

— Tu étais donc une bonne épouse ?

— Oui !

C'était vrai, elle avait été une bonne épouse. Au début, du moins.

— Qu'est-ce qui n'a pas marché, alors ? insista Moira en s'approchant d'elle, tout sourires.

Tandis que Rebecca s'efforçait de trouver une réponse plausible, Moira frappa dans ses mains et se mit à marcher lentement autour d'elle.

— Qu'est-ce que tu veux, Rebecca ?

Celle-ci avala péniblement sa salive.

— Je veux… je veux…

Si elle avait su ce qu'elle voulait, elle ne se serait pas trouvée en ce moment même au sommet d'une montagne, sommée de justifier son existence et ses aspirations.

— Je veux… avoir confiance en moi ! bafouilla-t-elle.

— À quoi ça te servirait ? gloussa Teresa. Tu as plus de fric et d'allure que toutes les femmes réunies ici !

— C'est faux ! J'ai tout perdu quand mon mari m'a quittée pour une autre femme, riposta Rebecca avec colère. Est-ce que ton mari est parti avec une autre ? Est-ce qu'il t'a annoncé qu'il te plaquait le jour où tu as appris que ton père était en train de mourir ? Regarde-moi ! Je n'ai jamais été autre chose qu'un prix de beauté ! J'ai abandonné tous mes rêves le jour où je me suis mariée. Aujourd'hui, j'ai un fils, je n'ai jamais travaillé de ma vie, je n'ai aucun diplôme et j'en suis encore à essayer de comprendre pourquoi mon mari est parti ! Je veux savoir qui je suis ! Qui je suis vraiment ! Et je veux croire en moi !

Elle s'interrompit, choquée elle-même par ce soudain accès de sincérité, et se rendit compte qu'elle avait captivé son auditoire.

— En fait, tu dis que même si ta vie a l'air parfaite vue de l'extérieur, elle est loin de te satisfaire, c'est ça ? demanda Moira sans manifester la moindre émotion.

Tu ne crois pas en toi, tu penses que tu es incapable d'aimer et que tu ne mérites pas d'être aimée, n'est-ce pas ?

— Oui ! s'écria Rebecca. Et je ne sais pas quoi faire !

— Travaille ! lui lança Teresa d'une voix plus aimable.

— Qu'est-ce que tu veux que je fasse ? s'écria Rebecca. Je n'ai aucune qualification, je n'ai jamais travaillé, et tout le monde connaît mon mari à Dallas. De plus, je n'ai pas besoin de travailler.

— Installe-toi dans une autre ville ! s'exclama Eloise. Plaque tout, va voir ailleurs et vis ta vie !

— Dans une autre ville ? répéta faiblement Rebecca.

— Déménage ! renchérit un autre membre du groupe.

— Ce que tes partenaires essaient de te dire, Rebecca, c'est qu'il faut que tu vives ailleurs que dans l'ombre de ton mari, qui symbolise la peur et le sentiment d'inadaptation qui t'ont intoxiquée. Le fait que tu aies besoin de travailler ou non n'a pas tellement d'importance. Ce qui est important, c'est que tu te prouves à toi-même que tu es capable de faire ce que tu décides de faire. Ton avenir est entre tes mains, Rebecca. Qu'est-ce qui te manque ? Dis-le ! cria Moira en pointant un doigt sur elle.

— Un travail ? demanda Rebecca.

— Un travail ! s'écria Moira. Qu'est-ce que tu veux, Rebecca ?

— Un travail !

— Un travail ! hurla Moira, la tête renversée vers les étoiles.

Et voilà ! C'était aussi simple que ça ! Ce qu'elle avait trouvé complètement ridicule quelques mois aupa-ravant lui semblait à présent merveilleusement génial, et elle sentit une bouffée d'espoir envahir son corps.

Elle renversa la tête en arrière et hurla à la lune, puis baissa la tête et gratifia ses partenaires de transformation d'un sourire radieux.

Leslie se tourna vers Moira, le regard implorant.

— On peut manger, maintenant ? demanda-t-elle
d'une voix mourante.

2

J'aime le travail: voir les autres travailler me fascine.
Je peux les regarder pendant des heures...

Jerome K. JEROME

Six mois plus tard, Austin, Texas

Rebecca avait quitté le Colorado gonflée à bloc, prête à renverser tous les obstacles qui se présenteraient devant elle, et était immédiatement passée à l'action. Elle avait emménagé à Austin, dans une maison située en bordure d'un lac, et procédé à l'envoi massif de son CV. Il était, certes, exceptionnellement maigre, mais c'était un vrai CV. Moira lui avait dit qu'on avait tous quelque chose qui nous rendait unique par rapport aux autres.

Moira avait cependant omis de préciser que l'absence de qualification avait quelque chose de rédhibitoire. Fort heureusement, *Le demandeur d'emploi sans qualification: trouver un emploi dans un marché hyper compétitif*, la dernière acquisition en date de Rebecca, était venu grossir l'arsenal de livres et cassettes de développement personnel dont elle s'entourait et l'avait aidée à y voir plus clair.

Moira avait également omis de préciser autre chose: des années de shopping effréné et de parties de tennis ne préparaient pas vraiment à affronter le monde réel.

Assise sur un banc dans les jardins du sénat d'Austin – un banc qui, par le plus grand des hasards, se trouvait juste en face de l'agence pour l'emploi *Fleming & Fleming* –, Rebecca se disait que son manque d'expérience était de la faute de Bud. Comme tout ce qui clochait dans sa misérable existence, d'ailleurs. Premièrement, d'un point de vue général. Deuxièmement, parce qu'il l'avait forcée à vivre dans un monde superficiel et à gâcher sa vie. Troisièmement, parce qu'il l'avait trompée et quittée. Bud était vraiment un pourri.

Par ailleurs, elle ne pouvait pas l'incriminer à cent pour cent. Bon, d'accord, c'était un salaud fini, mais il ne l'avait quand même pas ligotée à un radiateur, ni quoi que ce soit de ce genre. À la fin de leur mariage, il n'était presque plus jamais à la maison. Elle aurait pu faire l'aller-retour sur la lune qu'il ne s'en serait même pas aperçu. C'était elle qui avait tout lâché pour Bud et qui avait quitté l'université avec sa tiare de Miss Texas pour tout diplôme. Elle avait cru que si tout était propre et bien rangé, sa vie serait parfaite. Que son mariage serait parfait. Qu'elle serait parfaite.

Mais les choses ne s'étaient pas exactement déroulées comme elle l'avait prévu.

Rebecca soupira, jeta un coup d'œil à la devanture de l'agence *Fleming & Fleming* et se remémora le ton méprisant sur lequel Marianne Rinebergen, l'employée qui l'avait reçue, lui avait suggéré de suivre quelques cours avant d'entamer une recherche d'emploi.

— Ça vous aiderait à vous qualifier pour… euh… postuler, avait-elle lâché avant de lui adresser un petit sourire condescendant.

Rebecca avait eu envie de la gifler pour effacer ce sourire, mais elle s'était contentée de la remercier poliment et de quitter l'agence en se demandant si elle avait la moindre utilité sur terre. Dans une sorte de brouillard, elle s'était dirigée vers le jardin, avait adressé un sourire absent au soldat en uniforme qui se tenait à côté du portail et s'était laissée tomber sur un banc.

Elle était sur le point de sombrer dans le désespoir quand un passage lu dans *Survivre au divorce : le che-*

min que doit suivre une femme pour redémarrer lui revint en mémoire. À propos de l'apitoiement sur soi, l'auteur était sans nuances : « Attention, poison ! disait-il. Concoctez immédiatement l'antidote en récitant trois choses positives sur vous et sur personne d'autre ! » Rebecca se passa la main dans les cheveux, serra sa veste autour d'elle et croisa les bras.

Bon, elle disposait d'au moins un élément positif : plus de deux ans avant leur rupture, elle avait compris que tout était fini avec Bud, ce qui signifiait qu'elle n'était pas si aveugle que ça. Elle parvint même à formuler cette pensée sans lever les yeux au ciel. C'était quand même fou que deux personnes qui s'étaient aimées puissent en arriver à un tel degré de mépris, mais elle avait enduré cette situation si longtemps que lorsque Bud lui avait annoncé qu'il la quittait, elle en avait éprouvé une sorte de soulagement. Mieux valait cependant ne pas trop s'appesantir sur la phase du mépris. S'engager sur cette voie la conduisait invariablement à se demander pourquoi elle n'avait pas pris elle-même la décision de divorcer, une pente savonneuse que son instinct lui dictait d'éviter.

Autant passer au deuxième élément positif : elle avait fermement campé sur ses positions au cours du divorce et ne s'était pas laissé embobiner par Bud. Enfin, pas trop. Il avait été tellement soulagé de pouvoir conserver toutes les parts de ses magasins Chevrolet et Cadillac et pressé de mettre fin à quinze ans de mariage qu'il avait accepté pratiquement toutes les exigences de l'avocat de Rebecca. Elle avait obtenu leur maison (où elle ne remettrait jamais les pieds), une confortable pension alimentaire (qui permettait à Bud de ne pas culpabiliser à cause du peu de temps qu'il passait avec Grayson), la Range Rover (qu'il avait toujours détestée), ses bijoux et ses effets personnels (parce qu'il ne savait même pas en quoi ils consistaient). Et un accord sur le partage équitable des acquêts, et patati, et patata.

Pouvait-elle réellement considérer cela comme un élément positif ? Quand le divorce avait été officiellement prononcé, Rebecca était intérieurement morte depuis si longtemps qu'elle avait perdu tout intérêt pour l'affaire. Tout ce qu'elle voulait, c'était être définitivement débarrassée de Bud, de leur villa de Turtle Creek et de leurs amis. Des amis qui, avait-elle appris au cours de la procédure, connaissaient déjà très bien la future seconde épouse de Bud. Des femmes dont elle s'était crue l'amie depuis des années lui avaient ainsi révélé leur vrai visage. À ce chapitre, Ruth avait décroché le pompon.

— Je suis désolée, ma chérie, mais tu sais que Bud et Richard sont très liés. Je suis obligée de prendre son parti...

Formule destinée à justifier le dîner d'intronisation de la future Mme Reynolds qu'elle avait donné. C'était à ce moment-là que Rebecca s'était désintéressée de son divorce, au grand dam de son avocat (choisi par papa, évidemment).

— Il est plein aux as ! s'était-il emporté. Il passe à la radio et à la télé au moins cinquante fois par jour pour faire la publicité de ses magasins, et vous refusez de profiter de l'aubaine ? Avez-vous une idée de ce qu'il serait prêt à lâcher pour que sa vie privée ne soit pas exposée au public ? Vous croyez peut-être qu'on peut vivre éternellement sur le souvenir d'un titre de Miss Texas ? Visez son point faible ! Vous pouvez exiger de lui une pension alimentaire colossale !

Rebecca avait poliment mais fermement décliné cette suggestion. Tout ce qu'elle voulait, c'était se débarrasser des souvenirs de sa vie larvaire et se transformer en papillon. Elle avait envie de devenir quelqu'un de meilleur, une meilleure mère, une meilleure fille, une meilleure sœur. Elle était si malheureuse et s'ennuyait depuis si longtemps qu'elle avait sauté sur l'occasion quand ses partenaires de transformation lui avaient suggéré de prendre un nouveau départ dans une autre ville. Ça l'avait revigorée... pendant une semaine.

Elle leva les yeux vers les feuilles des pacaniers centenaires du parc. Se transformer en papillon n'était pas si simple. Une fois les obligations mondaines et conjugales disparues, il ne lui restait pas grand-chose à faire. Elle s'était employée à décorer sa nouvelle maison, avait aménagé l'espace, fait le ménage, disposé les meubles et s'était émerveillée du temps qu'elle avait passé à enchaîner tant d'activités insignifiantes les unes après les autres pendant des années : shopping, jacuzzi, dîners... Elle vivait à présent seule et sans amis, à des kilomètres de la civilisation (exception faite de Ruby Falls, un village qui ne reflétait la civilisation qu'une fois par an, le jour de la Course des Tondeuses à Gazon), s'évertuait à tuer le temps et avait découvert qu'elle disposait de bien peu de moyens pour y parvenir. Toute sa vie, elle avait été soit la fille, soit la femme de quelqu'un, et au bout du compte, elle ne savait plus très bien qui elle était.

Cette constatation l'avait amenée à se demander quelle était sa place dans le monde.

— Il faut que tu médites, lui avait conseillé Rachel, que tu dépouilles ton esprit des vibrations négatives. Mais tu dois absolument poursuivre ta thérapie de transformation pour rester en contact avec ton vrai moi. J'ajouterai qu'un paquet de biscuits à portée de main ne peut pas te faire de mal.

Un excellent conseil, sans doute, mais Rebecca ignorait tout de ce « vrai moi » avec lequel elle était censée rester en contact. Trouver du travail était un projet plus concret. Cela l'aiderait plus sûrement à redevenir la jeune femme sûre d'elle qu'elle avait enterrée quinze ans auparavant, quand elle s'était entichée de Bud. Une femme qui voulait devenir artiste ou danseuse et élever des chevaux, qui se fichait pas mal que ses flacons d'épices soient rangés par ordre alphabétique ou que les rayures de ses taies d'oreiller soient parfaitement alignées avec celles de la couette. Passer la moitié de la dernière décennie à empêcher sa vie et son cœur de voler en éclats avait totalement anéanti cette partie d'elle-même pour la laisser face à sa bêtise et à son inutilité.

En théorie, trouver du travail apparaissait comme la meilleure solution pour retrouver l'estime de soi, mais elle n'avait aucune formation qui lui aurait permis d'intégrer le monde du travail. L'envoi de son CV n'avait donné aucun résultat. Personne ne l'avait appelée, personne n'avait répondu à ses appels. Il fallait bien se rendre à l'évidence : elle ne trouverait pas de travail à Austin… À moins de se jeter à l'eau et de passer un coup de fil à son père.

Beurk.

Au fond d'elle-même, elle éprouvait une profonde affection pour son père, et elle savait que c'était réciproque. Mais Aaron Lear était un épouvantable râleur, et en surface, elle ne l'aimait pas beaucoup. Elle l'avait classé dans la catégorie des hommes à éviter. Par ailleurs, un simple coup de fil ne signifierait pas qu'elle lui devrait quoi que ce soit. C'était important, car elle n'avait pas l'intention de dépendre de quelqu'un. Surtout pas d'un homme. La lecture de *Protéger l'enfant qui est en nous au travers de la recherche de son moi féminin* lui avait fait prendre conscience que toute sa vie, elle avait laissé des hommes agir en son nom, au point qu'elle avait complètement disparu derrière eux.

Fort heureusement, cette étape se trouvait à présent derrière elle, se dit-elle tout en regardant un vendeur ambulant pousser son chariot auquel il accrocha une pancarte annonçant « Hot dogs, *quesadillas*, *tacos* ».

Était-elle une nouvelle femme, oui ou non ? Elle n'avait plus besoin des conseils d'un homme pour choisir le chemin qu'elle suivrait dans sa nouvelle vie… Bon, d'accord, d'un strict point de vue technique, elle allait avoir besoin de son père, mais ce serait ponctuel. Moira elle-même lui aurait dit d'arrêter de tourner autour du pot et de foncer.

Elle alla pêcher son téléphone portable au fond de son sac et appuya sur la touche mémoire correspondant au numéro du ranch familial.

— Allô! répondit son père dès la première sonnerie.

Rebecca l'imagina, assis à côté du téléphone, à attendre qu'il sonne.

— Papa?

— Rebecca! Tu as reçu mon message?

— Non... Quel message?

— Où est ta mère? Il faut que je sache où elle est. Je dois absolument lui parler.

Oh, non! Ça n'allait pas recommencer! La valse-hésitation à laquelle ses parents se livraient n'avait que trop duré. Séparés depuis des lustres, ils s'étaient réconciliés quand sa mère avait appris que son père avait un cancer. Les choses s'étaient à peu près bien passées jusqu'à ce que son père entre en phase de rémission, redevienne égal à lui-même et que sa mère se rende compte qu'elle ne le supportait pas plus qu'avant sa maladie. Comme au bon vieux temps, ils avaient eu une dispute monstre au sujet de Robin, sa sœur aînée, et sa mère était partie en disant que cette fois, c'était pour de bon. Mais Aaron Lear aimait bien avoir le dernier mot.

— Je ne lui ai pas parlé, répondit Rebecca.

— Comment ça, tu ne lui as pas parlé? À croire qu'aucune de ses filles ne lui adresse plus la parole! grommela-t-il. Si je ne la connaissais pas aussi bien, je penserais qu'elle m'évite volontairement.

« Flash d'information: maman cherche effectivement à t'éviter », songea Rebecca.

— Et à part ça, papa, comment vas-tu?

— Je vais parfaitement bien! Et j'aimerais qu'on cesse de me poser cette question! Où est Grayson?

— Il n'est pas encore sorti de l'école.

— Il faut qu'il vienne me voir, marmonna-t-il. Je suis son grand-père. Cet enfant a besoin de repères. Tu ne t'en rends peut-être pas compte, mais ça n'a pas dû être facile pour lui, toutes ces histoires de divorce, de changement d'école et de déménagement, poursuivit-il, toujours aussi prodigue de conseils non sollicités. Il était beaucoup trop attaché à sa nourrice, si tu veux mon avis. Enfin, c'est du passé, tout ça, maintenant, conclut-il avec un profond soupir.

— Papa, j'ai un service à te demander.

— Tu veux de l'argent ?

— Papa ! s'exclama Rebecca, indignée. Bien sûr que non ! Je ne t'appellerais pas pour te demander de l'argent...

— Pas forcément une fortune, mais si Grayson a besoin de quoi que ce soit...

— Il ne manque de rien !

— Tu aurais pu obtenir beaucoup plus de Bud, si tu avais écouté les conseils de ton avocat. Tu devrais venir vivre ici avec moi un moment.

Voilà qui ne faisait absolument pas partie des projets de Rebecca.

— Il m'est impossible de venir à Blue Cross pour le moment. Mais tu peux m'aider autrement qu'en me donnant de l'argent, s'empressa-t-elle d'ajouter avant qu'il ne reprenne le fil de la litanie de ses erreurs. J'aurais besoin d'un tout petit service.

— Quel genre de service ? demanda son père d'un ton suspicieux.

Rebecca prit une profonde inspiration et fixa obstinément le banc qui se trouvait en face d'elle.

— Tu connais des gens à Austin, n'est-ce pas ? demanda-t-elle. Est-ce que tu pourrais passer un coup de fil à quelqu'un qui serait susceptible d'avoir un travail pour moi ? Quelque chose qui me permettrait de démarrer. Je ne demande rien d'extraordinaire, juste un poste subalterne pour commencer.

Sa requête fut suivie d'un long silence, finalement ponctué d'un « non » net et définitif. Son père était vraiment désespérant.

— Avant que tu t'énerves, je vais te dire le fond de ma pensée, ajouta-t-il. Si tu es réellement décidée à trouver un emploi, j'estime que tu ne dois pas le faire avant que Grayson soit entré à l'école primaire. De plus, je tiens à ce que tu fasses ton chemin toute seule, sans que je t'aide.

30

— Je te rappelle gentiment que tu viens de me proposer de l'argent ! lui rappela Rebecca avec colère.

— Je t'ai proposé de l'argent pour Grayson. Maintenant, écoute-moi bien, parce que mon discours ne variera pas d'un mot jusqu'à ce que je sois sur mon lit de mort. Je suis en train de mourir. Qui sait combien de temps il me reste à vivre ? Je n'en ai plus pour longtemps, et quand l'heure sonnera, je ne serai de toute façon plus en mesure de passer des coups de fil pour toi, c'est clair ?

— Tu n'es pas en train de mourir, tu es en phase de rémission, tu te souviens, papa ?

— Tu veux travailler ? poursuivit-il, ignorant son intervention. Débrouille-toi ! Mais permets-moi de te rappeler que tu as de quoi voir venir et que tu ferais mieux de t'occuper de ton fils au lieu de le coller dans je ne sais quelle garderie !

Rebecca éprouvait parfois un violent mépris pour son père. Comme à cet instant précis, par exemple. Elle avait furieusement envie de lui raccrocher au nez, mais elle était décidément trop bien élevée pour ça.

— C'est sûrement la chose qui me rend le plus triste : ne pas pouvoir m'occuper de mes filles plus longtemps.

— Tu déformes la réalité, papa. Je te demande juste un coup de pouce ! Ce n'est pas comme si j'allais monter une société et m'absenter toute la journée. Je cherche simplement à faire quelque chose. Pour moi.

— Becky, ma chérie, tu n'as aucun diplôme et tu n'as jamais travaillé. Pourquoi ne suis-tu pas plutôt des cours ?

Le ton condescendant qu'il venait d'employer lui donna envie de se taper la tête contre un arbre jusqu'à ce que tout devienne noir.

— S'il te plaît, papa… Tu ne veux pas appeler quelqu'un, juste pour cette fois ? Tu ne peux pas me reprocher de te solliciter souvent. Je ne t'ai jamais rien demandé jusqu'à aujourd'hui, justement parce que je mets un point d'honneur à ne pas le faire.

— Tu sais que tu as vraiment beaucoup changé depuis ton divorce. Tu me parles sur un ton qui ne me plaît pas beaucoup.

— Je suis désolée que tu le prennes comme ça, répliqua-t-elle, mais j'aimerais que tu reconnaisses que j'essaie de m'en sortir et que tu m'aides !

— Mais c'est bien ce que je fais ! Je t'aide en te disant de te débrouiller toute seule. Tu viens de traverser une épreuve pénible, je ne le remets pas en question, mais ce n'est pas en te reposant sur moi que tu trouveras une solution à tes problèmes.

Pourquoi, mais pourquoi, avait-elle eu l'idée saugrenue de lui téléphoner ?

— Maintenant, dis-moi quand tu viens me voir. C'est un tout petit trajet, tu sais.

« À la saint-glinglin, ça te va ? » faillit répliquer Rebecca.

— Je suis très occupée en ce moment. Ô mon Dieu ! Je n'avais pas vu l'heure ! Il faut que je me dépêche.

— Écoute-moi un instant. Cesse de chercher du travail. Des tas de bonnes choses vont t'arriver. Laisse faire le temps, et elles viendront à toi toutes seules.

Elle eut envie de lui demander si ce serait un gentil petit lutin qui les lui apporterait, mais se contenta d'une réponse plus sobre.

— D'accord, papa. À bientôt.

Elle raccrocha avant qu'il ne lui assène une autre perle de sagesse et rangea son portable. Puis elle croisa les bras et regarda autour d'elle le parc à présent rempli de monde. Une file d'attente s'était formée devant le stand du vendeur de hot dogs. Une *quesadilla* lui ferait le plus grand bien.

Elle alla jusqu'au stand, acheta une *quesadilla* et se munit de serviettes en papier. Quand elle voulut regagner sa place, elle découvrit que deux personnes s'y étaient installées. Tous les bancs de part et d'autre de l'allée étaient d'ailleurs occupés, à l'exception d'un seul. Rebecca s'empressa de s'y asseoir et posa son sac à côté d'elle. Elle était sur le point de déballer sa *quesadilla* pour la manger lorsqu'elle réalisa qu'elle avait oublié de demander au vendeur si elle était épicée ou non. Elle risquait d'avoir soif et n'avait pas pensé à acheter une bouteille d'eau.

Elle jaugea le stand du vendeur de hot dogs. Il n'était pas bien loin, et la file d'attente s'était réduite à une seule personne. En laissant son journal et sa *quesadilla* sur le banc pour indiquer qu'il était occupé, elle aurait le temps d'aller chercher une bouteille d'eau sans qu'on lui prenne sa place. Elle déploya son journal, posa sa *quesadilla* bien en évidence au milieu et mit son plan à exécution.

Une fois qu'elle eut rangé sa monnaie dans son porte-monnaie, elle se retourna et resta figée de surprise. Un très bel homme, vêtu avec élégance, était assis sur *son* banc et lisait *son* journal en mangeant *sa quesadilla*.

Rebecca en resta un instant bouche bée. Elle n'en revenait pas. Comment pouvait-on se comporter avec un tel sans-gêne ? Quel malotru ! Une *quesadilla* coûtait un malheureux dollar !

C'était trop fort ! Elle en avait assez supporté pour la journée. Cette fois, elle ne se laisserait pas faire. Cet homme avait adopté vis-à-vis d'elle le comportement contre lequel elle était justement en train d'apprendre à lutter. Il la piétinait, purement et simplement. Il considérait comme un fait acquis qu'il pouvait utiliser des choses qui lui appartenaient, à elle, pour satisfaire ses envies à lui. L'ancienne Rebecca aurait tourné les talons, indignée. Mais la nouvelle Rebecca n'avait pas l'intention de se laisser piétiner sans rien dire. Il ne fallait pas la confondre avec un paillasson ! Ses pieds se mirent en marche avant même qu'elle ait eu le temps de réfléchir.

En la voyant approcher, l'homme leva les yeux, surpris. Un sourire incertain flotta sur ses lèvres, et il posa la *quesadilla* à côté de lui. Quand Rebecca se planta devant lui, son sourire s'élargit. Elle ne put s'empêcher de remarquer que ce sourire était charmant et qu'il s'imprimait sur un visage des plus avenants, ce qui, à ses yeux, rendait son incorrection d'autant plus inqualifiable.

— Bonjour, dit-elle en le gratifiant d'un doux sourire.

Elle connaissait l'impact que ce sourire avait sur les hommes.

— Bonjour, répondit-il, manifestement ravi qu'elle s'adresse à lui.

Il se leva. Il était grand et large d'épaules. Il posa ses mains sur sa taille, toujours souriant, attendant visiblement qu'elle dise quelque chose.

Rebecca donna une touche un rien timide à son sourire et battit des cils.

— Je viens de remarquer que vous étiez assis ici, dit-elle en s'approchant tout près de lui, et je me demandais...

Elle laissa sa phrase en suspens et lui adressa un autre sourire un peu gêné. L'homme haussa les sourcils et la détailla des pieds à la tête d'un œil connaisseur.

— Ne vous posez plus de questions, dit-il. Asseyez-vous, je vous en prie.

Rebecca émit un petit rire de gorge. L'homme ramassa la *quesadilla* pour libérer la place sur le banc. Elle s'assit, sourit et se dit que c'était vraiment dommage qu'il soit aussi beau.

— Je m'appelle Matt, reprit-il.

— Salut, Matt, dit-elle en croisant les jambes et en se penchant en avant, de façon à ce qu'il puisse lorgner son décolleté.

Le piège classique fonctionna à merveille. Il jeta un petit coup d'œil furtif à son décolleté.

— Donc, vous vous demandiez quelque chose?

— Oui. Je me demandais, ajouta-t-elle d'un ton si bas qu'il fut obligé de se pencher vers elle pour entendre ce qu'elle disait, si vous étiez toujours aussi...

Elle s'interrompit. Il sourit.

— Si j'étais toujours aussi... quoi?

— Sans gêne, chuchota-t-elle.

Elle obtint exactement l'effet désiré. Il haussa les sourcils, désarçonné.

— Pardon ?

— Sans gêne, articula-t-elle clairement, en cessant de sourire. Vous savez, le genre d'homme qu'on a envie d'écrabouiller parce qu'il est trop radin pour se payer une *quesadilla*...

— Vous m'excuserez, mais je pense qu'il y a un malentendu. J'ignore quel est votre problème...

— Je n'en ai qu'un : vous m'avez volé mon journal et ma *quesadilla*.

— Quoi ? s'exclama-t-il, indigné. Mais c'est faux !

— C'est vrai ! insista-t-elle. Je suis allée acheter une bouteille d'eau...

— Je sais. Je vous ai vue, coupa-t-il avec un sourire malicieux. Pour tout vous dire, je n'arrivais pas à détacher mes yeux de votre silhouette.

S'il croyait s'en tirer avec un compliment, il se trompait.

— Ni de ma *quesadilla*, à ce que je vois.

— Non, je n'avais d'yeux que pour vous. Pour la bonne raison que votre *quesadilla* se trouve là-bas, ajouta-t-il en tendant le bras vers le bout de l'allée.

Rebecca cligna des yeux et regarda l'endroit qu'il désignait. Sur le banc voisin, elle aperçut son journal déplié et sa *quesadilla* enveloppée, tels qu'elle les avait laissés. Elle tourna la tête vers le stand du vendeur ambulant et réalisa soudain qu'il avait changé de place entre le moment où elle avait acheté sa *quesadilla* et celui où elle était retournée chercher une bouteille d'eau. Ce qui signifiait que... Oh, non ! Quelle humiliation !

Mortifiée, elle coula un regard vers Matt et surprit son air moqueur.

— Je suis sincèrement désolée.

Il rit et étendit nonchalamment le bras sur le dossier du banc.

— J'ai déjà vu des femmes faire des trucs complètement dingues pour attirer mon attention, mais aucune ne s'était encore montrée aussi inventive.

Seigneur, quelle horreur !

— Je vous assure que je n'ai pas fait ça pour engager la conversation. Il s'agit d'une erreur, rien de plus.

— Ah, oui ? demanda-t-il d'un ton extrêmement dubitatif.

— Mais oui !

Comme si elle avait besoin de faire quelque chose d'aussi stupide pour attirer l'attention d'un homme ! C'était complètement déplacé !

— Et pourquoi m'avez-vous dévisagé comme ça, alors ? demanda-t-il d'un ton épouvantablement arrogant.

— Moi ? Vous dites que je vous ai... Mais c'est absurde ! riposta-t-elle, indignée.

Elle ne pouvait plus voir les hommes en peinture. C'était tout juste si elle se rendait compte de leur présence sur terre. Alors, les dévisager...

— Vous niez m'avoir longuement observé pendant que vous parliez au téléphone, tout à l'heure ? Allons donc ! Vous n'arriviez plus à détacher vos yeux de moi.

— C'est ridicule ! J'étais en train de parler à quelqu'un. Je ne regardais rien de particulier !

— Si vous le dites, répondit-il avec un clin d'œil. Si vous préférez nier l'évidence, c'est votre affaire. Je vous avoue cependant que je suis flatté.

— Vous délirez complètement, dit Rebecca. Je me suis trompée, c'est tout.

Il n'avait toujours pas l'air convaincu, et elle quitta le banc.

— C'est peut-être un choc pour votre ego qui se porte visiblement à merveille, mais je n'ai pas besoin de recourir à de tels stratagèmes pour rencontrer un homme ! Et je suis désolée de vous avoir dérangé.

— Aucune importance. C'était plutôt amusant. Je m'appelle Matt Parrish, au fait. Après tout le mal que vous venez de vous donner, c'est la moindre des choses de vous révéler mon nom de famille.

Non, mais quelle arrogance !

Rebecca rejeta sa chevelure en arrière, lui tourna le dos et frémit de rage en l'entendant glousser.

— Attendez! lui lança-t-il. Vous êtes sûre de ne rien oublier?

Rebecca se figea, pesa le pour et le contre, puis se résolut à jeter un coup d'œil par-dessus son épaule. L'odieux m'as-tu-vu lui tendait sa *quesadilla*. Elle leva les yeux au ciel, se dirigea vers le banc voisin, ramassa la *quesadilla* qu'elle avait achetée et la mit à la poubelle. En quittant le parc, elle informa le soldat en uniforme que l'homme assis sur le banc situé sous le pacanier lui avait manqué de respect. Le soldat lui promit qu'il ne s'y risquerait plus.

Rebecca marcha jusqu'à sa Range Rover aussi vite que ses Jimmy Choo le lui permettaient et quitta la ville en adressant périodiquement des cris rageurs à son pare-brise. Comment avait-elle pu commettre une bourde aussi monumentale? Elle n'arrivait pas à penser à autre chose qu'au petit sourire suffisant de Matt. Quand elle s'arrêta devant le jardin d'enfants Maverick, elle avait eu le temps de réaliser qu'elle ne reverrait plus jamais cet homme et retrouvé son calme.

La porte de l'école s'ouvrit au moment précis où elle coupait le moteur. Grayson fut le dernier à sortir, la tête basse, son énorme cartable sur le dos, ses cheveux châtain clair (les cheveux de son père) tout ébouriffés. Il avait cette attitude depuis qu'il avait appris, avant de partir pour l'école ce matin-là, que son père lui faisait faux bond pour le week-end. Une fois de plus.

— Bonjour, mon trésor, dit Rebecca quand il s'affala sur la banquette arrière. Pourquoi ton pantalon est-il dans cet état-là?

— Je ne sais pas, répondit Grayson en baissant les yeux vers son pantalon troué au genou droit.

— Alors, qu'as-tu fait, aujourd'hui? demanda-t-elle en quittant son emplacement. Tu as appris quelque chose de nouveau?

— Je suis passé dans le groupe B, annonça-t-il avec un grand sourire.

— C'est merveilleux, mon ange.

— Et j'ai fait tomber Taylor, ajouta-t-il sans se départir de son sourire.

Rebecca fronça les sourcils.

— Pourquoi as-tu fait ça ?

Grayson haussa les épaules et baissa les yeux vers le trou de son pantalon.

— Je l'aime pas.

Qu'est-ce que c'était que cette histoire ? Grayson avait toujours été un enfant enjoué et sociable. Mais Rebecca devait reconnaître qu'il avait beaucoup changé depuis leur arrivée à Austin. Sans avoir l'air complètement malheureux, il était moins gai qu'avant. Et il souffrait de l'absence de son père et de l'indifférence de celui-ci à son égard.

— Ce n'est pas parce que tu n'aimes pas quelqu'un que tu dois le faire tomber, Gray.

Il fronça les sourcils, prit le téléphone portable de Rebecca et se mit à appuyer sur les touches.

— Je voudrais que Lucy habite ici, marmonna-t-il.

Aïe. Rebecca ignora vaillamment sa remarque. Elle s'arrangerait pour extraire plus tard l'épine que son fils venait de lui planter dans le cœur. Lucy avait été la nourrice de Grayson jusqu'à ce que le divorce soit prononcé, et son fils n'avait pas encore réussi à pardonner à la terre entière la perte de cette présence sécurisante. Il n'avait pas été d'accord pour déménager et vivre seul avec sa mère. Il aurait voulu rester avec Lucy.

— On pourra peut-être aller la voir, un de ces jours, suggéra Rebecca d'un ton aussi enjoué que possible.

Grayson ne dit rien et continua à appuyer au hasard sur les touches du téléphone.

Bon. Ce n'était peut-être pas une bonne idée.

Tout en s'engageant sur l'autoroute, Rebecca alluma l'autoradio.

— Votre concessionnaire Reynolds est le spécialiste des Chevrolet et des Cadillac ! Vous y trouverez les plus bas prix de tout le Texas !

C'était la voix de Bud qui venait de retentir dans l'habitacle. Rebecca s'empressa de changer de station, mais Grayson avait reconnu la voix de son père.

— Pourquoi papa ne peut pas venir ? demanda-t-il pour la troisième fois de la journée.

Rebecca garda les yeux fixés sur la route tandis qu'une vague de haine pour Bud montait en elle.

— Il a beaucoup de travail, Gray. Il fait tout son possible, tu sais, mentit-elle.

Cette réponse eut l'air de satisfaire Grayson. Momentanément, en tout cas. Mais elle savait qu'il reviendrait à la charge, et cette seule idée lui était insupportable.

Ce n'était décidément pas son jour de chance.

3

Faire de la politique, c'est un peu comme être entraîneur de football. Il faut être assez intelligent pour comprendre le jeu, et assez bête pour penser que c'est important...

Eugene McCarthy

Le juge Gambofini semblait sur le point d'exploser. Rien de bien surprenant. Dès qu'il endossait la robe, il se comportait comme le plus haut dignitaire de la Cour suprême et prenait ombrage du moindre détail. Matt ne l'avait cependant jamais vu aussi à cran.

Matt était dans ses petits souliers, de même que Ben Townsend, son associé au sein du cabinet Parrish-Townsend. Autant dire qu'ils faisaient tout leur possible pour rester impassibles face au juge. Matt, en tout cas, faisait de son mieux, car c'était lui qui avait provoqué sa colère. Il ne pouvait pas voir l'expression de Ben, mais il avait la nette impression que celui-ci résistait difficilement à l'envie de lui flanquer un bon coup de pied aux fesses.

Bon, d'accord, il avait oublié de faire figurer le nom de Betty Dilley sur la liste des témoins. Mais comment aurait-il pu deviner qu'on irait la dénicher et qu'elle révélerait autant de détails croustillants sur le plaignant ? Ce dernier était un fieffé menteur qui avait honteusement trompé le client de Matt, et Betty Dilley n'était que le dernier clou du couvercle d'un cercueil destiné à se refermer de toute façon. Bon, d'accord, il aurait dû informer la partie adverse de son existence depuis longtemps (c'était ce qu'il venait de concéder au juge Gambofini, qui semblait déjà à ce stade au bord de l'apoplexie), mais son silence lui avait permis de démontrer au jury que le plaignant essayait peut-être de dissimuler quelque chose à la cour. Grâce à cette tactique, il estimait avoir pratiquement gagné l'affaire. Mais ce puriste de Gambofini avait qualifie ce procédé de coup de théâtre. Et il s'appliquait à démontrer à Matt qu'il avait une sainte horreur des coups de théâtre.

— Je crois, monsieur Parrish, avoir été on ne peut plus clair sur ce point, déclara-t-il, ponctuant sa diatribe du jour sous l'œil narquois de l'avocate de la partie adverse.

— Oui, Votre Honneur, répondit aussitôt Matt du ton contrit qui convenait.

Pas assez contrit, apparemment.

— Écoutez-moi bien, Parrish, reprit le juge. Le fait qu'on vous considère comme le meilleur avocat de la région m'indiffère totalement. La cour que je représente ne tolérera pas les petits tours de passe-passe dont vous vous êtes fait une spécialité !

Une partie de cette remarque – pas celle qui concernait les tours de passe-passe, mais la mention de « meilleur avocat de la région » – incita Matt à échanger un bref coup d'œil avec Ben, tout aussi abasourdi que lui.

— Vous considérez peut-être ce tribunal comme une cour de récréation où vous pouvez parader, mais si vous ne respectez pas les règles, je vous ferai suspendre pour outrage à la cour et vous irez dormir en prison en pyjama orange ! Me suis-je bien fait comprendre ?

— Oui, Votre Honneur. Parfaitement, Votre Honneur, s'empressa de répondre Matt.

Il souhaitait surtout que le juge se décide à conclure, pour pouvoir s'appliquer personnellement à faire disparaître le petit sourire dédaigneux qui retroussait les lèvres d'Ann Pritchard, l'avocate du plaignant.

— Je l'espère. Dans votre intérêt, déclara le juge en se levant. Et je vous conseille de quitter la salle avant que je me mette vraiment en colère.

Matt et Ben hochèrent la tête, mais laissèrent Ann Pritchard les précéder vers la sortie. Une fois le seuil franchi, l'expression méprisante d'Ann Pritchard (qui, par le plus grand des hasards, faisait partie des nombreuses femmes avec qui Matt était sorti par le passé, bien qu'il se demandât aujourd'hui comment un tel événement avait pu se produire) s'accentua, et elle se tourna vers lui.

— Je t'avais bien dit que tu ne gagnerais rien à essayer de jouer au plus malin, lâcha-t-elle. La cour te considère à présent comme un abruti, c'est tout ce que tu as récolté.

— Nous laisserons le jury trancher là-dessus, si tu permets, répondit Matt en lui décochant un clin d'œil.

— Pauvre con, fit Ann, avant de le planter là.

Elle se retourna si vivement qu'elle faillit entrer en collision avec le seul secrétaire officiel du cabinet Parrish-Townsend.

— Harold, écoutez bien le conseil que je vais vous donner, dit Ben en étudiant le nouveau venu d'un air sévère. Ne vous comportez jamais, au grand jamais, comme Matt vient de le faire devant une cour de justice. Je dirais même plus : n'acceptez jamais de causes perdues comme celles qu'il défend si vous voulez être en mesure de gagner votre vie.

— Ne vous faites pas de souci, monsieur Townsend, lui répondit gaiement Harold. Je n'ai pas l'intention de devenir avocat.

Ben ne prêta pas attention à sa réponse. Il était trop occupé à froncer les sourcils à l'intention de Matt.

— Écoute-moi bien, toi. Je n'ai pas envie de donner l'occasion à ce pignouf de me convoquer de nouveau. Je me souviens encore de l'époque où il n'était pas fichu de trouver l'ouverture d'un sac en papier et je sais qu'il n'a pas les compétences pour présider, mais il est persuadé du contraire, et quand tu dois plaider devant lui, je te demanderai…

— Euh… excusez-moi, monsieur Townsend, coupa poliment Harold, mais je dois informer M. Parrish que le sénateur Masters l'a appelé à cinq reprises, ce matin.

— Masters ? répéta Ben, tellement surpris qu'il en oublia son sermon. Hé ! Ça me rappelle ce que Gambofini a dit tout à l'heure. Où est-il allé pêcher que tu étais le meilleur avocat de la région ?

— C'est à lui qu'il faut le demander, répondit Matt avec un haussement d'épaules, avant de prendre le portable que lui tendait Harold pour appeler le sénateur Masters.

À l'heure de l'apéritif, Matt se rendit au volant de sa Jaguar XK dans le quartier des entrepôts, au sud d'Austin. Il freina devant le *Stetson's*, lança ses clés au voiturier, pénétra dans l'établissement avec l'aisance d'un habitué et décocha son plus joli sourire à l'hôtesse d'accueil.

— Bonsoir, Maria. Comment ça va ?

Celle-ci s'illumina aussitôt comme un véritable sapin de Noël.

— À merveille, monsieur Parrish. Vous êtes seul, ce soir ? demanda-t-elle, Matt ayant l'habitude d'amener ses nombreuses conquêtes au *Stetson's*.

— Oui. Je dois retrouver des amis. Savez-vous si le sénateur Masters est arrivé ?

— Il est par ici, dit-elle en s'emparant d'un menu, avant de l'inviter à la suivre.

Matt la suivit, les yeux rivés sur son postérieur qui ondulait gracieusement sous un pantalon moulant, tandis qu'elle se dirigeait vers une table située au fond de la salle. Il aurait dû s'en douter : il venait là souvent, et c'était la table réservée aux gros bonnets.

Lorsqu'il vit Matt apparaître derrière l'hôtesse d'accueil, Tom Masters fut le premier des trois hommes présents à se lever.

— Salut, Parrish ! lança-t-il en tendant la main vers lui.

Tom avait été un des meilleurs linebackers de l'équipe de football de l'université du Texas, mais au cours des dernières années, il s'était considérablement empâté.

— Je suis content que tu aies pu te libérer ce soir, dit-il en lui serrant la main avec enthousiasme.

« Tu penses ! » songea Matt. Même s'il avait fait partie de la même fraternité que lui à l'université, il n'était pas encore assez fou pour refuser l'invitation d'un sénateur de l'État.

— Rien n'aurait pu m'en empêcher. Comment allez-vous, monsieur le sénateur ?

Masters s'esclaffa.

— Pas de ça entre nous, Parrish ! Appelle-moi Tom. Tu connais peut-être Doug Balinger ? Et Jeff Hunter ? demanda-t-il en désignant ses compagnons de table.

Matt ne les connaissait que de nom, mais il savait qu'ils occupaient des postes clés au sein du parti démocrate. Il leur serra la main, puis s'assit à côté de Tom et demanda à Maria de lui apporter un bourbon sans glace. Les quatre hommes regardèrent la jeune femme s'éloigner, et Tom poussa un long soupir significatif.

— Voilà ce que j'appelle un châssis, dit-il en secouant la tête.

— Matt, j'ai lu que tu t'étais brillamment sorti de cette histoire de salles de cinéma, dit Jeff Hunter. De quoi s'agissait-il exactement ?

— L'affaire Cineworld ? On l'a poursuivi pour un problème d'accès des salles aux handicapés, répondit Matt avec un haussement d'épaules.

Il n'aimait pas trop parler boutique avec des gens qui n'étaient pas du barreau, car il savait d'expérience que l'avocat qui sommeillait en eux s'éveillait à son contact.

— Les journaux ont rapporté que les plaignants avaient remporté une belle victoire grâce à toi, poursuivit Jeff. La cour a obligé Cineworld à équiper ses salles d'un quota de sièges réservés aux handicapés proportionnel au nombre total de sièges, c'est bien cela ?

Et elle lui a infligé cinq mille dollars de dommages et intérêts, si mes souvenirs sont bons ?

Doug émit un reniflement au-dessus de son verre de vodka tonic.

— Ils n'ont pas dû aimer, chez Cineworld !

Qu'ils aient aimé ou non était le cadet des soucis de Matt. Il s'était contenté de leur demander d'appliquer un texte de loi concernant la discrimination des handicapés physiques parce qu'il n'avait pas supporté de voir un pauvre type se faire rabrouer sous prétexte qu'il ne pouvait se déplacer qu'en fauteuil roulant. Son père avait peut-être raison, finalement : il laissait ses sentiments guider sa raison.

— En fait, les dirigeants de Cineworld ont eu le tort de clamer haut et fort qu'ils n'avaient pas l'intention de modifier l'aménagement de leurs salles pour quelques péquenauds éclopés d'Austin, expliqua posément Matt. Or, mes clients ne pouvaient pas quitter leurs fauteuils roulants. S'ils voulaient voir un film, ils devaient attendre la sortie vidéo ou accepter les conditions que leur offrait Cineworld, à savoir regarder le film allongés par terre en se tordant le cou pour voir l'écran. Mes clients avaient commencé par adresser une requête polie à laquelle Cineworld avait répondu de façon hautaine et très impolie.

Matt avait l'arrogance en horreur.

— Je suppose qu'ils ont changé d'attitude, à présent, non ? fit Tom en riant.

— Je le suppose aussi, répondit Matt comme Maria réapparaissait et déposait son bourbon devant lui.

— Tu es un battant, Matt ! dit Tom. Exactement le genre de gens dont le parti a besoin en ce moment – des gens qui savent faire la différence entre ce qui est juste et ce qui est injuste, qui ont le cran de faire appliquer la loi pour le bien commun et qui atteignent les buts qu'ils se sont fixés.

Matt hocha la tête, un peu inquiet. Pourvu que Tom ne lui fasse pas subir un discours à la gloire du parti démocrate ! On était encore à plusieurs mois des élections. Il aurait dû commander un double bourbon… Il se tourna vers Maria pour modifier sa commande, mais elle était déjà trop loin.

— C'est avec cette mentalité qu'avec l'aide de mon équipe je remporterai le siège de gouverneur en novembre prochain.

« Il nous faut des hommes de bonne volonté, et patati, et patata… » Matt connaissait la chanson.

— C'est de cette ligne de conduite et de cette détermination que nous avons besoin pour insuffler une nouvelle vigueur au parti.

« Ne serait-ce pas plutôt l'argent que m'a rapporté l'affaire Cineworld qui t'intéresse, Tom ? » songea Matt, qui sourit et tapota la poche de sa veste.

— Tu n'as pas de souci à te faire. J'ai dans ma poche de quoi remplacer les hommes de bonne volonté qui te font défaut, dit-il en sortant son chéquier.

Mais à sa grande surprise, Tom l'arrêta d'un geste.

— Je ne te demande pas d'argent, Matt.

Ah, bon ? Et depuis quand ? Tom Masters était toujours en train de chercher des fonds pour financer les campagnes électorales du parti. Pourquoi aurait-il perdu une soirée au *Stetson's*, si ce n'était dans l'espoir de récolter de l'argent ?

Jeff Hunter dut lire dans les pensées de Matt, car il se pencha soudain vers lui.

— Si nous t'avons demandé de venir, Matt, dit-il, c'est parce que nous cherchons à renforcer et à rajeunir le parti. À l'heure actuelle, beaucoup de nos élus, toutes catégories confondues, approchent sérieusement de l'âge de la retraite. Le parti a besoin d'une pinte de sang frais et d'idées nouvelles, à défaut de quoi Austin, ce solide bastion démocrate, risque de revenir à ces tarés de républicains. Tu imagines l'effet désastreux que cela aurait sur notre représentation à Washington ?

Pas vraiment, et d'ailleurs, qui s'en souciait ?

— Qu'est-ce qui vous empêche de le faire ? demanda gaiement Matt en prenant son verre.

— Ce n'est pas aussi simple qu'il y paraît, répondit Doug. Peu de gens sont à la fois désireux et capables d'aider le parti démocrate à entrer dans le nouveau millénaire. Nous avons besoin d'hommes intelligents et de femmes solides qui soient en mesure d'être présents à Austin à chacune des sessions législatives. Nous cherchons des gens qui soient prêts à se dévouer... des gens comme toi.

Matt faillit recracher la gorgée de bourbon qu'il venait de prendre.

— Comme qui ? s'exclama-t-il.

— Comme toi, Matt, répéta Tom en lui appliquant une vigoureuse claque dans le dos.

Matt eut la réaction qui lui semblait logique : il éclata de rire. Entrer en politique était bien la dernière chose qu'il souhaitait faire. S'il continuait à fréquenter Tom, c'était uniquement parce qu'ils avaient fait partie de la même fraternité à l'université et qu'il avait gardé un bon souvenir des parties de foot qu'ils avaient disputées ensemble. De plus, Tom pouvait l'aider à huiler ses rapports avec certains représentants du gouvernement, en cas de besoin. Mais devenir comme Tom ? Sûrement pas. Sans cesser de rire, Matt rendit à Tom sa claque dans le dos, puis regarda Doug et Jeff.

— Je crois que vous allez devoir chercher ailleurs, les enfants ! dit-il. Je n'ai pas le profil politique. Mon boulot me plaît et, croyez-moi sur parole, certains aspects troubles de mon passé risqueraient de faire le jeu de vos adversaires.

— Attends, Matt. Écoute ce que nous avons à te dire avant de t'emballer, plaida Tom. Nous ne sommes pas en train de te demander de présenter ta candidature. Nous souhaitons simplement que tu m'assistes dans ma campagne, que tu nous donnes ton point de vue sur la vie politique du Texas, de sorte qu'on puisse savoir de quelle façon les Texans nous perçoivent. Tu as l'allure et la situation requises. Si l'impact que tu obtiens nous semble bon, nous pourrons envisager ton éventuelle candidature... comme procureur, par exemple.

Le remplacement du procureur actuel n'aurait pas dérangé Matt, qui était contre la peine de mort, mais la politique n'était vraiment pas sa tasse de thé.

— Tu ne t'adresses pas à la bonne personne, Tom. Je ne me vois pas passer ma vie enfermé dans un bureau.

— Si tout le monde raisonnait comme ça, il n'y aurait plus personne pour se soucier du Texas, tu ne crois pas? lui demanda Jeff d'un ton sincère.

— Ce genre de manœuvre ne marche pas avec moi, Jeff! fit Matt en s'esclaffant. Je vous remercie, mais je ne suis absolument pas intéressé.

Jeff était sur le point de protester, mais Tom leva la main.

— Hé! Matt a dit qu'il n'était pas intéressé! Nous avons essayé de le convaincre du mieux que nous pouvions... Il est temps de commander, à présent. Je meurs de faim! ajouta-t-il en s'emparant du menu.

Il y eut un moment de flottement, puis Jeff et Doug l'imitèrent. Matt dissimula un sourire derrière son verre et prit à son tour le menu afin de consulter les plats du jour.

— Au fait, Matt... tu te souviens de Cal Blivins?

— Si je me souviens de lui? J'ai juré de lui démolir la figure si je retombais un jour sur lui, répondit-il en gloussant. Tu le sais aussi bien que moi.

— Tu sais qu'il envisage de se présenter aux élections sénatoriales d'ici quatre ans? J'ai entendu dire qu'il avait déjà obtenu l'appui d'importants groupes financiers.

Quoi? Cal Blivins? Ce type qui était à l'université du Texas en même temps qu'eux? Cette petite pourriture qui s'était tapé la copine de Matt à l'arrière d'un pick-up? Bon, d'accord, à ce moment-là, il ne sortait plus vraiment avec la fille en question et il ne se souvenait même plus de son prénom, mais le problème n'était pas là. Le problème, c'était qu'entre mecs, on ne se faisait pas des coups comme ça. Et Cal l'avait fait. Cal était le genre de type à toujours essayer de tirer profit de n'importe quelle situation. C'était l'être le plus fourbe de tout l'État, une ordure qui aurait vendu père et mère si ça avait pu lui être utile.

— On ne plaisanterait pas sur un sujet aussi sérieux, assura Doug. Blivins se sent déjà tellement en position de force qu'il parle de sucrer certaines aides sociales. Tu fais partie du bureau qui s'occupe des enfants atteints du sida, je crois ? Eh bien, figure-toi que Blivins estime que c'est au secteur privé de s'occuper de ce genre de choses. Et tiens-toi bien, il a fait savoir qu'il s'attaquerait à l'impensable… l'impôt au gouvernement.

Matt déglutit, horrifié. L'absence d'impôt au gouvernement était la dernière vache sacrée du Texas.

Jamais, pas une seule fois dans sa vie, Matt n'avait envisagé d'occuper une fonction politique. En fait, c'était bien simple, il ne pensait jamais à la politique. Mais il n'avait jamais imaginé non plus que Cal Blivins puisse devenir sénateur.

Il commit alors l'erreur de regarder Tom et sentit son cœur se serrer. Il n'avait rien contre lui personnellement, mais si Tom s'était lancé dans la politique, c'était parce qu'il ne savait strictement rien faire d'autre. Tom Masters pouvait-il incarner l'espoir des démocrates ?

— Alors, expliquez-moi. De quoi s'agirait-il exactement ? demanda-t-il très lentement, très prudemment et surtout très bêtement.

4

Pour jouer le jeu, il faut d'abord faire partie du jeu...

Un jour nouveau : redémarrer et se dépasser

Quand elle avait emménagé dans sa nouvelle maison, Rebecca n'avait pas pensé qu'elle la partagerait avec autant de réfugiés.

Le dernier en date était grand, brun et couvert de tiques. Il s'était cassé une patte, laquelle avait été si bizarrement soignée qu'il donnait l'impression d'être à moitié ivre lorsqu'il marchait. Le pauvre corniaud était si laid que personne ne voulait de lui. Et le shampooing que Rebecca venait de lui appliquer sur le poil n'arrangeait pas son look.

Elle l'avait trouvé à l'aube, quand elle était sortie pour communier avec la nature, comme le préconisait le dernier ouvrage que Rachel lui avait fait parvenir (*Changer de vie : retour aux sources par le tai-chi*). La tête plongée dans une poubelle dont le contenu était éparpillé tout autour, le pauvre chien cherchait en vain quelque chose à se mettre sous le croc. Rebecca l'avait appelé, et dans sa hâte à se dégager, il s'était cogné la tête contre les parois de la poubelle. Il avait ensuite agité frénétiquement la queue, persuadé que la présence d'une femme signifiait qu'une gamelle de nourriture n'était pas loin.

Rebecca et Grayson s'employaient à présent à lui donner un bain. Grayson était aussi recouvert de bulles que le chien, et la tenue de Rebecca ne valait guère mieux : son tee-shirt s'ornait de deux empreintes de pattes de chien bien nettes, symboles de la gratitude du nouveau venu. C'était un bon gros toutou tellement adorable que Rebecca n'arrivait pas à comprendre qu'on ait pu l'abandonner. Il devait y avoir en enfer un emplacement spécialement réservé aux maîtres qui abandonnaient leur chien, et tout incitait Rebecca à penser que le nombre de ses occupants était considérable. Ce gros chien était le quatrième à avoir trouvé le chemin de sa maison, sans compter un couple de perruches qui étaient venues se réfugier toute une semaine dans le peuplier de Virginie du jardin.

Parmi les trois précédents, Rebecca et Grayson étaient tombés d'accord pour garder Bean, ainsi nommé à cause du collier cassé qu'il portait autour du cou et sur lequel seul Bean-quelque chose demeurait lisible. C'était un chien jaune qui souffrait visiblement de troubles mentaux. Il se cognait au chambranle des portes, était incapable de retrouver sa gamelle tout seul et faisait tout de travers. Ils avaient réussi à trouver un foyer d'accueil aux deux autres chiens en s'asseyant sur les marches de l'épicerie de Ruby Falls, un samedi après-midi.

Bean venait donc d'hériter d'un nouveau compagnon. Le gros toutou avait dû deviner que Rebecca ne le laisserait pas tomber, et il était vrai qu'elle avait atterri là pour les mêmes raisons que lui : pour échapper à l'horreur du monde extérieur.

Sa maison était le refuge idéal des laissés-pour-compte. C'était un vieux ranch rénové situé à trois quarts d'heure de route d'Austin et à une dizaine de kilomètres de Ruby Falls. La maison elle-même était spacieuse et comportait de nombreuses fenêtres. Une véranda en faisait le tour, ce qui permettait de profiter de la fraîcheur du soir, au terme des étouffantes journées d'été. À l'intérieur de la maison, une immense pièce centrale comportait deux imposantes cheminées de pierre disposées face à face. Situés de part et d'autre de la pièce, un premier couloir donnait sur trois chambres à coucher et une salle de bains, tandis qu'un second, à côté d'une cuisine gigantesque prolongée par un cellier des plus spacieux, conduisait à un petit bureau et à la chambre principale, équipée d'un dressing. Partout, le sol était recouvert d'un superbe plancher de bois.

Ce qui plaisait le plus à Rebecca dans ce ranch, c'était la butte couverte d'herbe dont le versant descendant menait à la rive du Colorado et était bordé de pacaniers et de peupliers de Virginie. C'était là qu'elle s'était installée avec Grayson pour laver le chien au jet, et ils éclataient de rire chaque fois qu'il s'ébrouait et les aspergeait d'eau.

La sonnerie du téléphone retentit sur la véranda au moment où Grayson ramassait le tuyau d'arrosage que le gros chien venait de lui faire lâcher. Il rinça de nouveau l'animal, qui s'ébroua de plus belle. Poursuivie par le rire de son fils, le visage dégoulinant d'eau, Rebecca remonta vers la maison en courant et attrapa le téléphone.

— Ne le noie pas, quand même, lança-t-elle à Grayson tout en décrochant. Allô !

— Salut.

Cette voix familière déclencha un frisson le long de son épine dorsale.

— Bud, dit-elle simplement.

— Qu'est-ce qui fait rire Grayson comme ça ? demanda-t-il.

— Il est en train de laver un chien.

— Encore un éclopé ?

— Oui.

— Amène-le à la fourrière. Ces endroits-là ont été conçus pour mettre fin à la misère animale.

D'une part, c'était hors de question ; d'autre part, quand donc Bud cesserait-il de lui dicter sa conduite ? Avant qu'elle ait eu le temps de lui poser la question, il avait repris le monopole de la conversation.

— Tu es trop sensible, Becky. Tu te souviens de ce qui s'est passé avec Flopper ?

Cette évocation la prit de court. Il y avait longtemps qu'elle n'avait pas repensé à son cheval, un hongre que

Bud lui avait offert pour leur premier anniversaire de mariage et pour qui elle avait eu le coup de foudre. Quand il était tombé malade, Bud l'avait emmené chez le vétérinaire et était rentré seul à la maison. Rebecca avait pleuré dans ses bras des jours entiers. Elle n'avait pas du tout envie de repenser à cela.

— Pourquoi m'appelles-tu, Bud? s'enquit-elle sèchement.

— Pourquoi me demandes-tu ça? répliqua-t-il, apparemment stupéfié par son manque d'amabilité.

Il était vrai que la Rebecca d'avant aurait fait taire ses émotions, remisé au placard le mépris que Bud lui inspirait et accepté de mener une conversation polie à propos de Flopper. Fort heureusement, cette Rebecca-là n'existait plus.

— Je suis désolée, Bud, mais au cas où tu l'aurais oublié, nous ne sommes plus mariés.

— Je ne l'ai pas oublié, répondit Bud d'un ton irrité, mais, étant donné que nous avons vécu plusieurs années ensemble, j'estime que tu pourrais te montrer un peu plus aimable.

Pensait-il réellement qu'elle avait envie de se montrer aimable avec lui? Le terme ne semblait pas vraiment approprié.

— Pourquoi m'appelles-tu, Bud? répéta-t-elle.

— Tu sais, tu essaies de te convaincre que j'ai tous les torts, mais tu n'es pas toute blanche dans cette histoire, Rebecca. Tu n'es pas irréprochable, loin de là!

Seigneur! Comment avait-elle fait pour supporter ce type pendant tant d'années?

— Tu m'appelles pour évoquer le bon vieux temps ou pour autre chose? demanda-t-elle, ravie du petit exploit qu'elle venait d'accomplir.

Même si Bud lui mettait les nerfs en pelote, elle n'était pas tombée dans le piège qu'il lui tendait et avait respecté à la lettre les consignes de *Survivre au divorce: le chemin que doit suivre une femme pour redémarrer*: « Ne laissez jamais votre ex vous entraîner dans une discussion hostile. Grandissez-vous, redressez-vous, mais surtout, dépêchez-vous de battre en retraite. »

— Non, je t'appelle parce que j'ai croisé ta sœur Robin récemment. Elle m'a dit que tu cherchais du travail. Elle n'a pas changé d'un poil, au fait… toujours aussi bavarde !

— C'est vrai, je cherche du travail. Pourquoi ?

— Justement, c'est la question que je me pose : pourquoi ? Quel genre de travail penses-tu être capable de faire ?

D'abord son père, et maintenant, son ex. Rebecca ferma les yeux et essaya d'entrer en contact avec son moi intérieur, comme le préconisait sa cassette vidéo de tai-chi, mais n'obtint pas le résultat apaisant escompté.

— J'estime que ça ne te regarde pas, Bud, dit-elle.

— Ça me regarde si ça affecte mon fils, rétorqua-t-il. Enfin, bref, si c'est ce que tu as l'intention de faire, commence par appeler le gérant d'une de mes succursales d'Austin. On te trouvera une place dans un bureau et…

— Non, merci ! riposta-t-elle tandis qu'un voyant rouge s'allumait dans sa tête.

— Becky, c'est pour t'aider que je te dis ça.

Mais bien sûr !

— Je n'ai pas besoin de ton aide et je ne t'ai rien demandé.

Il poussa un long soupir.

— Très bien. Comme tu voudras. Bon, on nous a invités à Aspen le week-end prochain, et je ne pourrai pas prendre Grayson.

Rebecca se laissa tomber sur une des chaises longues de la véranda et sentit sa colère se changer en frustration.

— Je ne devrais même pas être surprise. C'est la quatrième fois en deux mois que tu lui fais le coup. Tu ne te rends pas compte que tu lui manques ?

— Dis donc ! C'est toi qui as déménagé !

— Tu ne le voyais pas plus quand on était encore à Dallas, Bud.

— N'essaie pas de me culpabiliser. Tu n'as qu'à lui dire que…

Rebecca l'interrompit immédiatement.

— Holà! Pas question! Tu vas lui dire toi-même ce que tu as à lui dire. Je commence à en avoir marre de faire tes commissions!

— Je ne… commença-t-il.

Rebecca décolla le téléphone de son oreille et n'entendit pas la suite.

— Grayson! C'est papa! Il veut te parler!

Le visage de son fils s'illumina. Il lâcha le tuyau d'arrosage et courut vers la maison. Rebecca ne put retenir une grimace et sentit son cœur se serrer en le regardant monter les marches de la véranda deux à deux. Il prit le téléphone que sa mère lui tendait.

— Bonjour, papa! Devine quoi? On a un nouveau chien! Hein? Non, il est marron. L'autre est jaune. Maman l'a trouvé pendant qu'il fouillait dans la poubelle et on ne lui a pas encore donné de nom… Hein?

Allongée sur sa chaise longue, le regard fixé au ventilateur accroché au plafond, Rebecca n'eut pas besoin de regarder son fils pour comprendre que son sourire disparaissait. Il retenait sa respiration et écoutait attentivement ce que lui disait son père. L'informer qu'une fois de plus, il lui préférait sa nouvelle épouse ne prit sans doute pas longtemps, mais une éternité sembla s'écouler avant que Grayson réponde enfin.

— Oh, lâcha-t-il. Et quand est-ce que je pourrai venir te voir? Et je voudrais voir Lucy, aussi… Oh… D'accord.

Sans un mot de plus, il tendit le téléphone à Rebecca. Elle l'observa tandis qu'il redescendait lentement les marches de la véranda et allait retrouver le chien, la tête basse.

— Lâcheur, souffla-t-elle à l'intention de Bud.

— C'est faux! Je n'y suis pour rien si ce truc tombe le week-end où je dois prendre Grayson. Écoute, il faut que j'y aille. Dis à Gray que je le rappellerai dans le courant de la semaine, dit-il avant de raccrocher.

— Menteur, marmonna-t-elle.

Elle resta assise un moment, à regarder son fils, et se demanda si Bud s'était toujours comporté ainsi. Elle était incapable de s'en souvenir. D'ailleurs, force lui était de reconnaître qu'elle-même ne s'était pas beaucoup occupée de Grayson. Sur le moment, elle n'avait pas eu l'impression de mal agir, mais maintenant... Elle en venait presque à regretter d'être aussi lucide, parce que ce qu'elle voyait ne lui plaisait pas beaucoup.

Que conseillait-on, déjà, dans *Se reconstruire : le chemin vers le bien-être spirituel* ? « Laissez couler l'eau sous les ponts, mais ne baissez pas les bras » ou quelque chose comme ça... « Le passé est le passé et la seule direction qui mérite d'être considérée se trouve devant vous. »

Ouais. Du bla-bla-bla.

Après la sieste, Grayson était toujours de mauvaise humeur. Allongé à plat ventre sur le tapis, la tête en appui sur ses mains, il regardait d'un œil morose Bob l'Éponge, son héros de dessin animé préféré, confectionner des pâtés de crabe.

Rebecca n'était pas particulièrement gaie, elle non plus. Les coups de fil de Bud lui donnaient toujours le cafard, et comme elle n'avait pas la moindre piste pour trouver du travail, elle en était arrivée à considérer l'avenir comme une longue suite de journées vides s'étirant à l'infini.

Assise devant une pile de CV et les petites annonces du journal du dimanche, elle décida d'étudier tout un tas de livres destinés à l'épanouissement personnel. Rachel lui en avait justement fait parvenir de nouveaux et l'avait appelée la veille pour lui annoncer qu'Uranus entrait dans sa maison et qu'il était en phase ascendante.

— Quoi ? avait demandé Rebecca, complètement perdue.

— Uranus ! avait répété Rachel, surexcitée. La dernière fois qu'il est entré dans ta maison, c'était en 1920 ! Tu réalises ce que ça veut dire ?

— Non, je…

— Ça veut dire que des portes dont tu n'as jamais soupçonné l'existence vont spontanément s'ouvrir devant toi ! Tu vas disposer d'une énergie phénoménale, et ce qui te semblait glauque il y a quelques jours seulement va se transformer en opportunités exceptionnelles ! Ton karma est en pleine évolution, Rebecca !

— Tu crois vraiment à ces trucs-là ?

— Bien sûr ! s'était exclamée Rachel. Pourquoi ? Pas toi ?

Rebecca avait renoncé à lutter contre un si bel enthousiasme, mais s'était promis d'avoir une conversation sérieuse avec sa sœur la prochaine fois qu'elle la verrait. Bon, d'accord, elle-même dévorait des ouvrages de psychologie plus ou moins sérieux, mais Uranus et le karma, c'était de l'ordre des théories New Age les plus abracadabrantes ! Aucun individu répondant au nom d'Uranus n'avait élu domicile dans sa maison, et elle n'avait vu aucune porte s'ouvrir spontanément devant elle. Elle avait même plutôt l'impression que les portes se refermaient violemment à son approche, ces derniers temps.

Avec un profond soupir, elle prit le journal dans lequel elle s'appliquait à noter chaque jour trois éléments positifs de sa vie (une pratique recommandée par tous ses manuels d'épanouissement personnel et par Moira elle-même). Avant de s'atteler à un nouvel envoi de CV, elle inscrivit :

Éléments positifs de ma vie :
1) Des paires de chaussures assorties à toutes mes tenues.
2) Les chiens.
3)

Arrivée au troisième point, elle garda son stylo en l'air un instant. Elle s'apprêtait à relire ce qu'elle avait écrit les jours précédents pour trouver l'inspiration quand la sonnerie du téléphone retentit. Elle croisa ses pieds nus sur le bureau et décrocha.

— Allô !

— Euh... Rebecca ?

— Oui, répondit-elle d'un ton extrêmement poli, très reine de beauté en exil.

— Bonjour, c'est Tom Masters.

Les pieds de Rebecca retombèrent lourdement sur le plancher, et son rythme cardiaque s'accéléra. Tom Masters était un vieil ami de Bud, un politicien haut placé – elle ne savait plus très bien quel poste il occupait. Pourquoi diable l'appelait-il ?

— Bonjour, Tom. Comment vas-tu ?

— Très bien. Et toi ? J'ai été désolé d'apprendre que Bud et toi étiez séparés, ajouta-t-il sans lui laisser le temps de répondre. J'aimais beaucoup le couple que vous formiez.

— Oh... Merci.

Étant donné que, du temps de son mariage, elle avait dû croiser Tom une fois tous les deux ans, sa remarque lui parut légèrement déplacée.

— J'ai également appris que tu t'étais installée à Austin. C'est une excellente nouvelle, ça, dis-moi !

— Ah, bon ?

— Mais oui ! Bud ne t'a pas dit que je briguais le siège de gouverneur ?

Tout s'expliquait ! Il l'appelait pour obtenir une contribution à la campagne électorale.

— Je ne suis pas en très bons termes avec Bud, Tom.

— Oh, je vois, dit-il comme s'il apprenait quelque chose d'incongru. Bref, je suis sénateur depuis un bon moment et je me suis dit que l'étape la plus logique consistait à devenir gouverneur. Or, il se trouve que j'ai annoncé à Glenda que tu étais venue vivre à Austin, l'autre jour, et elle m'a dit aussitôt : « Rebecca serait une excellente recrue pour ta nouvelle équipe ! »

De plus en plus intéressant. Ses conversations avec Glenda, l'épouse de Tom, s'étaient bornées à des compliments sur leurs chaussures respectives.

— De quelle équipe s'agit-il ?

— De mon équipe de campagne, bien sûr !

Rebecca se redressa sur son siège.

— Tu veux que je fasse partie de ton équipe de campagne ? répéta-t-elle bêtement.

— Mais oui ! J'ai déjà réuni les noms de plusieurs personnalités sur ma liste, mais je me suis dit que tu accepterais peut-être de m'apporter ton aide si tu disposais d'un peu de temps libre. Voilà mon idée, Rebecca. Tu connais beaucoup de gens dans cet État, tu sais ce qui leur plaît et ce qui leur déplaît. J'ai besoin que des gens comme toi fassent savoir autour d'eux que je me présente aux élections et qu'ils m'aident à développer des stratégies d'approche qui touchent vraiment les Texans.

Rebecca s'était levée, à présent. Avant son appel, elle ne savait même pas que Tom était sénateur du Texas, mais ce qu'elle venait d'entendre était trop beau pour être vrai. Était-il possible qu'une occasion pareille lui tombe dessus sans qu'elle ait à lever le petit doigt, alors qu'elle venait de passer des semaines à chercher du travail, n'importe quel travail ? C'était une chance inouïe ! Rachel avait peut-être raison, finalement. Non seulement elle se sentait capable de faire ce que Tom lui proposait, mais cela lui permettrait d'apprendre à utiliser un ordinateur et peut-être même de rencontrer des gens qui pourraient éventuellement lui donner… Oserait-elle seulement penser le mot ? Un vrai travail !

— Tu veux que je t'aide ? demanda-t-elle pour s'assurer qu'elle n'était pas en train de tirer des plans sur la comète et qu'Uranus était véritablement entré dans sa maison.

— Exactement ! claironna Tom. Ta participation constituerait une aide précieuse pour ma campagne. Tu as toujours fait preuve de beaucoup d'intelligence et de finesse.

Vraiment ? Elle ne s'en était jamais rendu compte !

— Ce serait vraiment génial si tu pouvais me consacrer… disons quelques heures par semaine. Je ne te demande rien de plus : mettre ton intelligence à ma disposition quelques heures par semaine.

— Je ne sais vraiment pas quoi dire, Tom, répondit-elle en rougissant de plaisir. Je n'ai jamais rien fait de ce genre jusqu'ici.

— Oh, que si ! Ça n'a rien de plus compliqué que de lancer une de ces merveilleuses réceptions dont tu as le secret ! Écoute, pourquoi ne passerais-tu pas au quartier général de la campagne demain après-midi ? On organise une petite réunion pour mettre au point l'étape suivante.

— Tom, je suis vraiment flattée, balbutia-t-elle. Je serai absolument ravie de t'apporter mon aide.

— Dois-je comprendre que je peux d'ores et déjà compter sur ta présence ?

— Euh… laisse-moi le temps de consulter mon agenda, mentit-elle.

Elle écarta le combiné de son oreille pour exécuter une petite danse de joie sur place, reprit son souffle et adopta un ton très *executive woman*.

— Je crois que je peux m'arranger pour décaler un ou deux rendez-vous. À quelle heure souhaites-tu que je passe ?

— Vers 16 heures, à mon bureau du sénat. Et encore merci, Rebecca. Ta présence va donner un cachet exceptionnel à ma liste.

— Je t'en prie, Tom. C'est moi qui te remercie. Alors, c'est entendu, on se voit demain.

Elle raccrocha, écarta les bras et adressa un sourire au plafond.

— Génial ! s'exclama-t-elle.

L'esprit déjà occupé à réfléchir à la tenue qu'elle mettrait, elle quitta son bureau en accompagnant la chanson que chantait Bob l'Éponge à ce moment-là :

— J'suis prête, j'suis prête, j'suis prête !

5

Ayez toujours l'air professionnel. Vêtements propres
et repassés, souliers cirés, coiffure impeccable.
Pour citer Coleman Cox : « Une tenue irréprochable
vous épargnera bien des reproches. »

Le Demandeur d'emploi sans qualification

Pour se faire une idée de la façon dont s'habillaient les femmes qui naviguaient dans la sphère politique, Rebecca regarda un film sur Lifetime TV. Une avocate y évoluait en tailleur strict, aussi choisit-elle un ensemble Chanel beige gansé de noir qui ne dégageait rien de trop démocrate ni de trop républicain. Exactement le but recherché : quelque chose de neutre, classique et sobre. Elle se souvint ensuite que ce n'était pas elle, mais Tom Masters, qui se présentait aux élections et rehaussa l'ensemble de sa parure de perles noires préférée. Et voilà ! Elle était parée pour une réunion de campagne électorale.

C'était tellement cool ! Tellement Uranus !

Trouver le bureau de Tom au sénat ne lui posa aucun problème, mais en arrivant devant la porte, elle découvrit une pancarte manuscrite indiquant : « De retour à 16 heures. » Elle essaya d'ouvrir la porte, constata qu'elle n'était pas fermée et pénétra dans le bureau. Elle détailla calmement les murs de marbre lambrissés de chêne sur la partie inférieure et en était à admirer une peinture représentant Fort Worth quand elle entendit un léger bruit en provenance des bureaux qui prolongeaient la pièce où elle se trouvait. Elle décida de signaler sa présence, pour éviter de surprendre qui que ce soit.

Elle s'engagea dans un couloir où des piles de listings informatiques s'entassaient le long des murs et jeta un coup d'œil à l'intérieur de chaque bureau. Lorsqu'elle découvrit la source du bruit qu'elle avait surpris, son cœur cessa soudain de battre, et elle resta figée sur place.

C'était impossible. Il devait s'agir d'un coup monté, d'un canular, d'une caméra cachée... Comment expliquer autrement que cet homme-là se trouve dans le bureau de Tom ? Car c'était bien lui. Il était assis devant un ordinateur et contemplait fixement l'écran tout en essayant de marquer des paniers avec un ballon de basket.

Fort heureusement, il n'avait pas remarqué sa présence. Rebecca entreprit de reculer le plus silencieusement possible jusqu'à la porte – non sans noter au passage la mèche de cheveux châtains qui retombait devant ses yeux. Il avait posé sa veste sur le dossier de sa chaise, avait rabattu sa cravate sur l'épaule et portait une chemise blanche et des chaussures impeccablement cirées. Tandis qu'il étendait le bras pour relancer le ballon de basket, elle remarqua aussi qu'il était extrêmement adroit. Lorsqu'elle l'avait croisé, elle n'avait pas remarqué le charme que dégageait cet arrogant personnage...

— Excusez-moi, je ne vous avais pas entendue entrer, dit-il en se retournant quand le sac à main de Rebecca heurta le chambranle de la porte.

Rebecca s'immobilisa. Il se leva et se tourna vers elle, tout sourires. Comment avait-elle pu passer à côté de cette mâchoire volontaire, de ces fossettes que creusait son sourire ? Un sourire qui céda la place à une expression horrifiée quand il la reconnut.

En fait, Matt se sentait plus perplexe qu'horrifié. Cette femme devait être une déséquilibrée, probablement une nymphomane – sinon, pourquoi l'aurait-elle suivi ainsi ? Cependant, si tel était le cas, c'était la plus jolie nymphomane qu'il ait jamais vue. C'était d'ailleurs le souvenir qu'il avait conservé d'elle. Il avait plusieurs fois repensé à cette femme grande et mince, à ses longs cheveux bruns et soyeux, à ses longues jambes tout aussi soyeuses – pour autant qu'il puisse en juger – et à ses yeux bleus qui brillaient avec une intensité diabolique. Surtout à cet instant précis, tandis qu'elle l'observait sous l'arcade que formaient ses sourcils nettement dessinés.

— Quoi de neuf, docteur ? dit-il en croisant les bras. On a encore égaré sa *quesadilla* ?

— Absolument pas, répondit-elle en se plantant face à lui dans la même attitude.

— Dois-je en conclure que vous me suivez comme un petit chien ? s'enquit-il d'un ton amusé.

Rebecca plissa les yeux.

— Vous auriez vraiment besoin de faire dégonfler votre ego, monsieur… Ah ! Je suis désolée, j'ai oublié votre nom. C'est comment, déjà ? Monsieur Plutôt Pauvre ?

— Mon nom est Parrish, si vous n'y voyez pas d'inconvénient, et j'aimerais bien savoir, si vous ne me suivez pas à la trace, ce qui vous amène ici.

— Vous devriez vraiment consulter un psychiatre, vous savez. Votre imagination frise dangereusement la paranoïa. Pourquoi vous suivrais-je à la trace ?

— Pourquoi pas ? rétorqua-t-il pour voir ce qu'elle allait répondre.

— Et voilà ! J'en étais sûre ! Monsieur se prend pour un apollon et pense que toutes les femmes sont folles de lui. Ça ne vous fatigue pas de jouer ce rôle-là ?

Le fait d'être suivi par une aussi jolie jeune femme ne dérangeait pas Matt. En fait, elle n'était pas seulement jolie, elle était divinement belle. Et Matt était un expert en matière de beauté féminine.

— Pensez-vous vraiment que vos reproches soient justifiés ? demanda-t-il. Je suis en droit de manifester ma surprise quand vous surgissez dans ce bureau alors que, comme par hasard, je m'y trouve.

Elle le gratifia d'un petit rire méprisant.

— Vous êtes vraiment paranoïaque, constata-t-elle.

— Votre état mental m'inquiète également, riposta Matt. Pourquoi les femmes les plus belles sont-elles toujours complètement cinglées ?

Rebecca leva les yeux au ciel.

— Pourquoi les hommes dans votre genre sont-ils toujours aussi suffisants ?

— Sans doute à cause des cinglées qui ne cessent de les harceler, rétorqua-t-il avec un grand sourire, en s'approchant tout près d'elle. Si vous n'y voyez pas d'inconvénient, j'aimerais zapper votre petit numéro pour en arriver directement à la raison de votre présence.

Rebecca lui adressa le regard hautain dont elle avait déjà usé des milliers de fois sur des milliers d'hommes dans des milliers de circonstances, un regard que Matt savait d'ordinaire faire disparaître d'un simple sourire. Mais Rebecca n'était visiblement pas une femme ordinaire, aussi se contenta-t-il de tendre le bras pour attraper sa veste. Cela l'amena cependant à la frôler dangereusement, et il fut incapable de résister à l'envie de plonger son regard dans les grands yeux bleus qui le défiaient.

— Admettons que vous ne me suiviez pas…

— C'est cela, oui, admettons, répondit-elle d'un ton ironique.

— Pouvez-vous m'expliquer ce que vous faites ici ? demanda-t-il en humant l'odeur de son parfum.

Elle inclina la tête sur le côté.

— Et vous, qu'est-ce que vous y faites ?

— Je vous ai posé la question en premier, mademoiselle.

— Et alors ? répliqua-t-elle sans se démonter. Qu'avez-vous l'intention de faire pour m'obliger à répondre ? Me donner une fessée ?

Matt gloussa, et son regard descendit vers ses lèvres pulpeuses.

— J'avoue que la solution que vous proposez est assez tentante…

— Au lieu de céder à vos fantasmes, faites un peu marcher votre cervelle et essayez de deviner pourquoi je suis ici.

Il n'était pas précisément en phase de réflexion intense, absorbé qu'il était par la contemplation de ses lèvres, de son petit nez retroussé, de ses yeux... Mais, soudain, un doute l'assaillit. Au fond, il n'avait aucune preuve que cette femme l'ait suivi. Il se pouvait fort bien qu'elle soit là pour...

— Euh... vous n'êtes pas venue voir le sénateur Masters, n'est-ce pas ?

— Brillant esprit de déduction, ronronna-t-elle.

Matt se raidit. Cette petite écervelée était donc une amie de Tom ? Incroyable !

— C'est une plaisanterie ?

— Pas le moins du monde, répondit-elle en souriant avec un plaisir si manifeste que deux petites fossettes apparurent sur ses joues. Vous êtes un ami de Tom ?

— On s'est connus à la fac.

Matt secoua la tête et épousseta sa veste, s'émerveillant secrètement de cette incroyable coïncidence. D'une certaine façon, il regrettait que le mystère soit éclairci – leur petite joute verbale commençait à lui plaire. Mais comme il ne pouvait plus se permettre de soupçonner l'amie de Tom de l'avoir suivi, il désigna le couloir.

— Vous serez plus à l'aise dans l'autre bureau, suggéra-t-il.

— Tout à fait, répondit-elle, visiblement très contente d'elle-même. Tom a sûrement l'intention de nous recevoir dans le grand bureau. D'après ce que j'ai compris, nous risquons d'être assez nombreux à cette réunion.

Matt, qui était en train de rajuster sa cravate, suspendit son geste.

— Vous êtes certaine de ne pas vous tromper de jour ? Tom réunit les membres de son équipe de campagne, cet après-midi...

— Oui, c'est la raison qui m'amène ici, répondit Rebecca.

Cette fois, Matt se sentit complètement perdu. L'équipe était au complet, et il était encore trop tôt pour faire appel au bénévolat de quartier. Il contempla la tenue de Rebecca, son tailleur haute couture, son sac à main, ses chaussures, sa parure de perles noires.

— Mais…

La porte s'ouvrit à cet instant précis, et ils se retournèrent en même temps. Plusieurs personnes entrèrent dans le bureau.

— Tom ! s'exclama Rebecca en agitant la main à l'intention du sénateur.

Celui-ci la vit, sourit et se dirigea prestement vers elle.

— Ah ! Je vois que vous avez fait connaissance ! s'exclama-t-il gaiement en serrant Rebecca dans ses bras.

— Pas exactement, répondit celle-ci.

— Oh ? Eh bien, permets-moi de te présenter Matt Parrish – tu peux le tutoyer, on se tutoie tous dans l'équipe, dit Tom en adressant un clin d'œil à Matt. Je parie que tu as tout de suite reconnu Rebecca Reynolds ?

Matt resta perplexe. Pourquoi diable aurait-il dû…

— Euh… c'est Lear, maintenant, rectifia vivement Rebecca, en rougissant légèrement.

— C'est vrai, j'oublie toujours. Rebecca Lear. C'était ton nom quand tu as décroché ton titre de gloire, n'est-ce pas ? poursuivit Tom. Tu as compris de qui il s'agit, je pense, Matt ? Miss Texas 1990 !

L'expression de Matt subit un changement radical. Sa mâchoire dégringola et sa langue parut se dérouler sur la moquette, à la façon du loup des dessins animés de Tex Avery. Il reporta son regard sur Rebecca Lear et sentit une vague d'inquiétude le submerger. Qu'est-ce que Tom était en train de mijoter ? Mais celui-ci avait déjà attrapé Rebecca par l'épaule et l'entraînait vers la salle de conférences.

— Tu as aussi reçu le titre de Miss Houston en 1989, si mes souvenirs sont bons ?

— Oh, Tom, c'est tellement loin, tout ça !

— Allons, allons, ne sois pas modeste. La modestie n'est pas de mise au sein de cette campagne ! Nous allons au contraire faire étalage de tous nos talents! Matt ici présent est le meilleur avocat de l'État, et fais-lui confiance, il n'est pas du genre à s'en cacher. Si tu as le moindre litige en cours, je te conseille vivement de recourir à ses services, ajouta-t-il.

Il poussa Rebecca dans la salle de conférences, où attendaient les autres membres de l'équipe.

— Bonjour à tous! Permettez-moi de vous présenter Miss Texas 1990!

Toutes les têtes se tournèrent vers eux, et les personnes présentes affichèrent une expression aussi éberluée que celle de Matt l'instant précédent. Chacun observa Rebecca Lear comme si elle débarquait d'une autre planète, située au fin fond d'une très lointaine galaxie. Après un long silence, Gilbert, un homme chaussé de sandales à la Jésus-Christ, prit la parole d'un ton goguenard.

— Salut, Miss Texas. On est venue sans sa couronne?

— Elle est dans mon sac, répondit Rebecca du tac au tac. Je ne voulais pas la mettre tout de suite pour éviter de vous impressionner.

Il y eut un nouveau silence, le temps que les membres de la réunion comprennent qu'elle venait de faire une plaisanterie.

6

*La description d'un emploi trace uniquement les grandes
lignes de ce qu'on attend de vous. Vous réfugier derrière
elle équivaut à refuser d'élargir votre horizon...*

Un jour nouveau : redémarrer et se dépasser

Une femme d'âge moyen, dont la coiffure évoquait
un casque, émit un petit gloussement quand elle comprit la plaisanterie de Rebecca, mais à en juger par l'expression des autres participants (surtout celle du
meilleur avocat de l'État), tout le monde se demandait
ce que Miss Texas 1990 venait faire à cette réunion.

Rebecca elle-même se posait la question. À quoi
s'était-elle attendue ? À une partie de bridge au cours
de laquelle on aborderait poliment des questions politiques ? Les gens qui étaient là étaient visiblement qualifiés pour participer à cette réunion. On voyait au
premier coup d'œil qu'il s'agissait d'experts en la
matière, et si Tom ne s'était pas trouvé juste devant
la porte, elle aurait tourné les talons et se serait sauvée en courant.

Elle en était à souhaiter rentrer sous terre quand une
femme aux cheveux rouge vif et vêtue d'un treillis militaire se leva.

— Tu veux qu'on commande des pizzas, Tom ?
demanda-t-elle.

— Excellente initiative, Angie ! Rebecca, je te présente Gilbert, Pat et Angie, les seuls membres salariés
de l'équipe. Nous allons consacrer cette fin d'après-

midi à bavarder tous ensemble, poursuivit-il. Assieds-toi, Rebecca, je t'en prie.

Rebecca obéit et surprit au passage le regard de Matt. Il avait acquis la certitude qu'elle ne lui courait pas après et la voyait à présent comme une ex-Miss qui s'amusait à faire de la politique.

— Tom? Je peux te dire un mot en privé, s'il te plaît? demanda-t-il en entraînant le sénateur dans un coin de la pièce pour lui parler en tête à tête.

Cet aparté déplut aussitôt à Rebecca. Le meilleur avocat du Texas voulait probablement informer Tom que sa présence relevait de l'imposture. Elle croisa de nouveau son regard. Hou là là! Il avait vraiment beaucoup de choses à raconter à Tom. Comme elle n'avait pas encore lu *Les signes qui nous trahissent: comment interpréter les gestes de ses amis et des inconnus* – un ouvrage qui lui aurait pourtant permis de se persuader que Matt avait bien plus important à faire que de débattre de sa santé mentale avec Tom et que ce qui ressemblait à une discussion houleuse ne la concernait en rien –, Rebecca se convainquit du contraire. Un effet de son intuition féminine, sans doute (une donnée dont *Notre corps, notre esprit, notre cœur* se faisait l'ardent défenseur), mais Rebecca était absolument certaine que cette conversation la concernait à cent pour cent.

— Anchois?

— Pardon? demanda-t-elle en sursautant.

— Tu prends des anchois?

C'était Gilbert, un type qui donnait l'impression qu'il venait de tomber du lit et dont l'attitude n'avait strictement rien d'affecté.

— Je... euh... je ferai comme les autres, répondit-elle en se forçant à sourire.

— Ils prennent tous des anchois, répondit Gilbert en s'asseyant à côté d'elle. Alors, sans rire, tu as vraiment été Miss Texas?

— Oui, sans rire, répondit Rebecca pour rester dans le ton.

— Cool, commenta-t-il en dodelinant du chef. Trop cool.

Rebecca n'avait pas trouvé ça cool à l'époque où cela lui était arrivé. C'était Bud qui lui avait demandé de se porter candidate. En fait, il avait presque présenté cela comme une condition pour qu'il l'épouse. Qu'est-ce qu'elle avait pu être bête ! Hélas, sa bêtise d'alors n'était supplantée que par son actuelle bêtise…

— Alors ? Tout le monde est prêt à retrousser ses manches et à se mettre au travail ? demanda Tom à la cantonade.

Il avait terminé son petit aparté avec Matt et revenait vers la table. Il adressa un clin d'œil à Rebecca et s'assit sur une chaise capitonnée de cuir et frappée du blason de l'État du Texas. Tout le monde acquiesça. Matt vint s'asseoir juste en face de Rebecca, qui eut l'impression que son regard la transperçait de part en part. Elle savait qu'elle n'était pas à sa place à cette table, mais elle soutint son regard et releva légèrement le menton.

— Bien, dit Tom. Alors, allons-y. La dernière fois qu'on s'est vus, on a décidé de rédiger une liste des problèmes auxquels le Texas est confronté aujourd'hui. Vous avez tous eu le temps de cogiter, voyons ce que vous avez trouvé.

Matt s'apprêtait à parler quand l'imposante carrure de Tom vint s'interposer dans le champ de vision de Rebecca.

— Tu as quelque chose à proposer, Rebecca ?

— Je… euh… je…

— L'économie, intervint Matt en concentrant son regard sur Tom. Soit on propose quelque chose pour stimuler l'économie, soit on lance directement le débat sur l'impôt gouvernemental.

— L'assurance maladie, suggéra Gilbert. Le nombre de personnes qui n'ont pas la moindre couverture sociale est anormalement élevé au Texas.

— Excuse-moi, mais je crois que le problème de l'éducation est beaucoup plus important, objecta Pat.

En début de carrière, le salaire des enseignants du Texas est plus bas que dans tous les autres États, et il y a beaucoup à redire au fonctionnement du système éducatif.

— Ce sont effectivement des problèmes importants, dit Tom en hochant pensivement la tête. Comme vous le savez, ma position vis-à-vis de l'éducation et de l'assurance maladie m'a valu d'être élu sénateur. Tu veux ajouter quelque chose, Rebecca ?

— Je... euh... je ne sais pas vraiment...

— Ne sois pas timide ! Les questions ou les commentaires stupides n'existent pas dans cette salle, dit Tom pour l'encourager.

— Bon, d'accord, répondit-elle en se raclant les méninges pour trouver quelque chose à dire. On doit proposer des arguments pour la campagne électorale, c'est ça ?

— Cette question se situe peut-être tout de même dans la catégorie des questions stupides, fit Tom en s'esclaffant.

Rebecca cligna des yeux. Tom lui donna un léger coup de coude.

— Je plaisante ! En effet, nous sommes en train de parler de la campagne. Alors, qu'as-tu à dire ?

— Ce que j'ai à dire ? répéta-t-elle bêtement, en regardant une à une les personnes assises autour de la table.

Toutes la dévisageaient avec une telle expression d'attente, comme si elle était détentrice d'une vérité essentielle, comme si elle avait quelque chose d'important à leur révéler !

— Eh bien... euh...

En face d'elle, Matt Parrish poussa un soupir impatient. Il le fit discrètement, mais ce son eut l'effet d'un coup de fouet sur Rebecca – sans doute parce qu'elle avait trop souvent entendu son père et son ex-mari soupirer ainsi. Une chose était certaine, ce soupir la dopa. D'autant plus que l'avocat arborait à présent un petit sourire méprisant.

— L'environnement, énonça-t-elle à haute et intelligible voix. Protéger la beauté du paysage texan, sa faune et sa flore, qui sont uniques au monde.

Le silence s'abattit sur la salle. Rebecca commença à paniquer, persuadée qu'elle venait de dire quelque chose de ridicule. Mais Tom sourit fièrement.

— Excellent ! s'exclama-t-il.

Rebecca sentit aussitôt la panique refluer, cédant la place à la satisfaction. Matt n'avait cependant pas l'air plus impressionné que ça.

— Penses-tu réellement que ce problème concerne l'ensemble de l'État ? demanda-t-il.

Bien qu'elle n'ait pas la moindre preuve pour étayer son affirmation, elle hocha vaillamment la tête.

— Tout le monde est concerné par l'environnement, dit Gilbert.

— Pas au-delà du centre de l'État, objecta Matt. Il s'agit d'un problème local.

— Je ne pense pas que ce soit seulement local, s'entendit répondre Rebecca. Je crois au contraire que tous les Texans se sentent concernés.

— Vraiment ? Alors, laisse-moi te poser une question. Les Texans que tu connais vivent-ils dans la perpétuelle frayeur du réchauffement de la planète et de la disparition de la forêt amazonienne ? À moins que ce ne soit l'imminence de l'extinction des salamandres qui les empêche de dormir ?

Non, mais quel petit prétentieux !

— Je pense que la menace de l'extinction des salamandres préoccupe beaucoup de gens, répliqua-t-elle. Mais le problème des exploitations à ciel ouvert n'est pas à négliger non plus. Tu en as sans doute entendu parler ? C'est un problème qui a été porté devant la justice, poursuivit-elle d'une voix suave.

Mis à part un article qu'elle avait lu dans *Texas Monthly*, Rebecca ignorait tout des exploitations à ciel ouvert. Et encore ! C'était tout juste si elle se rappelait le sous-titre – *L'habitat des fauvettes est détruit par les exploitations à ciel ouvert ; d'autres espèces sont mena-*

cées. Elle se sentait cependant prête à livrer bataille et gratifia Monsieur Condescendance d'un petit sourire méprisant à sa façon, ce qui eut visiblement le don de lui déplaire. Mais avant qu'il ait eu le temps de parler, Pat intervint

— Elle a tout à fait raison.

Rebecca lui promit silencieusement son indéfectible et éternelle amitié.

— Le budget fédéral pour la préservation de l'habitat naturel des espèces menacées est assez conséquent, me semble-t-il, déclara Gilbert. Ne perdons pas cela de vue.

— Les salamandres et les oiseaux n'ont rien à faire dans le cadre de cette campagne, dit Matt.

— Il ne s'agit pas simplement de salamandres et d'oiseaux, Matt, lui fit remarquer Pat. Les exploitations à ciel ouvert sont dévastatrices. Elles détruisent l'habitat naturel d'espèces menacées et polluent les sources d'eau potable. C'est un problème écologique essentiel.

— Et l'énergie ? riposta Matt. Tu crois que nous pouvons nous passer de charbon ? Ou d'uranium ? Sans parler des emplois que ces exploitations créent pour les Texans. Que les choses soient bien claires, ajouta-t-il en levant la main avant que Pat ait le temps de protester. Je n'ai rien contre l'écologie. Je dis simplement que ce n'est pas un problème primordial pour le Texas et que c'est un sujet qu'il vaut mieux laisser de côté. Crois-moi, dans le cadre d'une campagne de cette envergure, personne n'a envie de parler de ça.

— Et si certaines personnes ont envie d'en parler ? objecta Rebecca. Bien des gens sont intéressés par l'écologie. Les seules réactions des participants à cette réunion viennent d'en faire la démonstration.

Les yeux de Matt ne formèrent plus que deux fentes minuscules tandis qu'il concentrait son regard sur elle. Tom intervint :

— Tu as raison, Rebecca. Nous devons avoir une position précise sur ce point, au cas où on nous demanderait de la clarifier. Ça ne peut pas faire de mal, n'est-ce pas?

Matt donnait à présent l'impression que sa tête était sur le point d'exploser.

— En effet, ça ne peut pas faire de mal, acquiesça-t-il du bout des lèvres, en reportant son regard sur Tom. Mais le point majeur demeure l'économie. Le taux de chômage n'a jamais été aussi élevé depuis vingt ans, et le salaire minimum n'augmente pas au même rythme que l'inflation.

— Dis donc, mec, fit Angie en riant, tu touches un max en économie!

— Tu as parfaitement raison, Matt, dit Tom en adressant cependant un grand sourire à Rebecca. Et Rebecca aussi! Vous avez tous les deux une conscience aiguë des enjeux essentiels pour l'État, et je suis heureux d'avoir fait appel à vous. Les amis, permettez-moi de vous présenter notre nouveau stratège de campagne!

Stratège de campagne? Rebecca laissa échapper un petit cri de surprise ravie – ça ressemblait à l'intitulé d'un vrai poste!

— Cool, commenta Gilbert.

Matt, quant à lui, dévisagea Tom d'un air incrédule.

— Tu crois vraiment, Tom? demanda Rebecca avec un sourire si large qu'elle en eut mal aux joues. Je ne suis pas certaine...

— J'en suis absolument sûr, dit-il en hochant vigoureusement la tête. Tu ajoutes la touche d'humanité qui faisait défaut à cette équipe, déclara-t-il.

N'était-elle pas en train de rêver? Était-il possible que Rachel ait vu juste avec ses prédictions cosmico-karmiques? Elle adressa à Tom son plus beau sourire et, pas plus que lui, ne remarqua les regards étonnés qu'échangèrent les autres participants.

— Bon! s'exclama Tom après avoir longuement répondu au sourire de Rebecca. Où sont les pizzas? Je meurs de faim! Tu aimes la pizza, Rebecca?

— J'adore ça, mentit-elle tandis que Matt la fixait d'un œil noir.

Imperturbable, elle se débarrassa de la veste de son tailleur Chanel et retroussa ses manches pour se mettre au travail.

7

L'entêtement est une forme de détermination.
L'un est régi par une énergie négative,
l'autre par une énergie positive.

Peter McWilliams, *Life 101*

Stratège de campagne ?

Matt lança son attaché-case sur un fauteuil recouvert de documents, posa ses poings sur ses hanches et regarda le dôme du sénat à travers la vitre teintée de son bureau.

Stratège de campagne... Ce titre impliquait que la personne investie de cette responsabilité avait au moins des notions en matière de stratégie électorale. Les exploitations à ciel ouvert ! N'importe quoi, franchement !

Il avait une sainte horreur de ce genre de dérapage. S'il avait eu ne serait-ce qu'une once de jugeote, il aurait dit à Tom et à ses amis d'aller se faire voir, le soir où ils lui avaient tendu un traquenard au *Stetson's*. Il aurait dû prévoir que s'investir dans un projet de ce genre allait lui porter sur les nerfs. Ça n'avait pas loupé. Matt le regrettait, d'ailleurs, car cette histoire de campagne électorale lui plaisait. Vraiment. L'idée de relever des défis au niveau de l'État le stimulait. Il avait apprécié les hommes et les femmes que Tom lui avait présentés jusqu'ici, des membres du parti qui le taquinaient en le traitant de digne successeur de John Kennedy, des gens qui lui susurraient à l'oreille des mots comme « procureur »... Il devait reconnaître que la sonorité de ce mot lui plaisait beaucoup.

Mais ce Tom, alors, quel balourd ! Matt en arrivait à penser qu'il n'était pas fichu d'affronter un problème qui ne le concernât pas directement. Il attendait encore de le voir agir d'une façon qui soit dictée par autre chose que ses intérêts personnels. Il espérait se tromper et avait accueilli sans piper mot l'arrivée de Gilbert, un étudiant diplômé toujours vêtu du même jean noir, qui s'y connaissait un peu en informatique et qui avait déjà rédigé quelques discours (« C'est le fils d'un vieux copain. En plus, il n'est pas exigeant côté salaire », lui avait glissé Tom à l'oreille). Puis il y avait eu Angie, une serveuse qui travaillait dans le restaurant préféré de Tom, sur la Quatrième Rue. Elle venait de décrocher un diplôme d'enseignement technique et devait assurer la mise en place du standard téléphonique (elle non plus n'était pas exigeante côté salaire, et sa paire de seins semblait correspondre aux goûts du sénateur Masters). Quand Matt avait essayé de faire entrer dans l'équipe des gens qui avaient de réelles compétences en politique, telle Pat, une ancienne avocate du ministère de l'Éducation qui était au courant de tous les bruits de couloir du sénat, Tom avait haussé les épaules.

— Elle est un peu vieille, tu ne trouves pas ? avait-il fait remarquer à Matt.

Mais Rebecca Lear ? Cette petite péronnelle qui se croyait sortie de la cuisse de Jupiter ?

Dégoûté, Matt se laissa tomber sur sa chaise et posa les pieds sur son bureau. Il pressa l'extrémité de ses doigts l'une contre l'autre et contempla la peinture qui se trouvait en face de lui, un groupe de cow-boys à côté d'un train à vapeur.

Plus il en apprenait sur Tom, plus Matt se posait des questions sur son vieux copain de fac. Il savait bien qu'il devait son poste aux efforts que les consultants et les organisateurs de campagne du parti démocrate fournissaient à sa place. C'était grâce à eux que Tom donnait l'impression de savoir ce qu'il faisait. Mais de là à embaucher une serveuse quand on trouvait des techniciens qualifiés à la pelle, ou à faire intervenir sans motif apparent une ex-reine de beauté à l'équilibre mental douteux...

Matt fulminait. Il comprenait que ce cavaleur invétéré de Tom ait envie de s'entourer d'une femme comme Rebecca Lear : elle était d'une beauté renversante. Pour tout dire, ses yeux avaient failli sortir de leurs orbites la première fois qu'il l'avait vue, dans les jardins du sénat. Il se serait fait hacher menu plutôt que de le reconnaître, mais l'espace d'un instant (avant qu'elle ouvre la bouche pour l'insulter), il n'en était pas revenu qu'une femme aussi somptueusement belle cherche à engager la conversation avec lui.

Oui, il comprenait que Tom soit fasciné. Il était marié et donnait de temps à autre un petit coup de canif dans le contrat de mariage. Il avait certainement l'intention de coucher avec Rebecca. Matt repensa à la silhouette de Miss Texas, moulée dans son tailleur beige, à ses longs cheveux bruns, à ses yeux... (Ah ! Ces yeux !) Tom était quand même gonflé de croire qu'une créature aussi superbe puisse s'intéresser à lui.

Mais, son physique mis à part, qu'allait-elle apporter à la campagne électorale ? Bon, d'accord, elle dégageait quelque chose... Mais ce quelque chose ne compensait pas sa manie de s'accrocher avec entêtement à des idées ridicules – les exploitations à ciel ouvert ! Pitié ! Sans parler de l'étrange tirade qu'elle avait faite à la fin de la réunion, à propos des pauvres chiens lâchement abandonnés par leurs maîtres.

Stratège de campagne ? C'était le poste qui impliquait les plus hautes responsabilités au sein d'une équipe de campagne électorale. Le poste que Tom lui avait confié, à lui. Un poste qui était censé n'être occupé que par une personne, avant que Tom ne décide d'en partager les responsabilités sur un coup de tête. C'était vraiment n'importe quoi !

D'instinct, Matt avait senti venir le coup, et c'était ce qui l'avait incité à avoir un petit entretien en particulier avec Tom.

— Je croyais qu'il s'agissait d'une réunion sérieuse, Tom, lui avait-il dit. Que vient faire Miss Texas ici ?

— Elle est canon, hein ? avait ricané Tom en lui décochant un coup de coude complice.

Matt n'avait rien répondu (Tom avait-il seulement entendu parler de harcèlement sexuel ? Matt aurait pu lui montrer plusieurs dossiers édifiants à ce sujet...) et Tom avait poussé un long soupir.

— Tu sais qui est son père ? Lear Transport Industries, ça te dit quelque chose ?

Matt en avait bien évidemment entendu parler. Tous les Texans connaissaient LTI, une des plus grosses entreprises fondées par un Texan. Mais il ne voyait pas le rapport avec la campagne de Tom.

— Oui, et alors ? avait-il demandé.

— Et alors ? Aaron Lear est son père ! Elle a des relations à ne plus savoir qu'en faire. Elle était mariée avec Bud Reynolds – tu sais, le mec qui a toutes ces succursales automobiles. Elle peut m'apporter de grosses contributions.

— D'accord. Prends-lui son fric, emmène-la au resto et demande-lui de passer quelques coups de fil pour te rendre service. Pas de problème. Mais qu'est-ce qu'elle vient faire ici ? Qu'est-ce qu'elle connaît à la politique ?

— Je pense que nous n'allons pas tarder à le découvrir, avait répondu Tom sur le ton de la blague. Si on voit qu'elle a un petit pois en guise de cervelle, on l'éjectera en douceur, avait-il ajouté en constatant que ça ne faisait pas rire Matt, mais je crois que faire une petite faveur à l'un des plus gros contributeurs potentiels de l'État ne peut pas nous nuire. Entre nous, lui faire personnellement une petite faveur ne me déplairait pas...

Il fallait se faire une raison, Rebecca Lear assisterait aux réunions. Bof ! Elle finirait par se fatiguer, on n'en entendrait plus parler et il n'y penserait plus – qu'est-ce qu'il en avait à faire, de toute façon ? Ce n'était pas lui qui se présentait aux élections. Pour l'instant, il fallait qu'il se prépare pour une audience difficile dans le cadre de l'affaire Kiker. Il soupira, se passa la main dans les cheveux, alluma son ordinateur et se pencha vers l'interphone pour demander à Harold de lui apporter du café.

Un peu plus tard, alors qu'il sortait des dossiers de son attaché-case, Harold pénétra dans son bureau, une tasse de café fumant à la main.

— Voilà, monsieur Parrish. Exactement comme vous l'aimez.

— Merci, Harold, répondit-il machinalement.

Harold déposa le café sur la table roulante en prenant soin de disposer le dessin qui ornait la tasse vers Matt, puis poussa délicatement la table jusqu'à son bureau.

— Désirez-vous autre chose, monsieur Parrish ?

— Oui, apportez-moi le dossier Kiker, s'il vous plaît.

Harold secoua la tête.

— Quelle affaire sordide, dit-il en quittant la pièce.

Harold avait malheureusement raison. Kelly Kiker était une de ces femmes marquées par la vie. Les épreuves qu'elle avait endurées et les cigarettes qu'elle fumait à la chaîne la faisaient paraître plus âgée qu'elle ne l'était en réalité. À quarante-deux ans, elle avait déjà fait plusieurs allers-retours en prison. Après bien des déboires, elle avait fini par se ressaisir, s'était installée avec son père dans une caravane et avait même réussi à décrocher un emploi de comptable. Kelly Kiker avait souvent fait de mauvais choix dans la vie, mais elle était loin d'être idiote et n'avait pas tardé à comprendre que son patron détournait l'argent de la société pour son compte personnel. Elle était allée le trouver pour lui dire qu'elle avait découvert son petit trafic et s'était fait renvoyer. Dans un premier temps, Kelly avait failli abandonner l'affaire – une attitude que la vie l'avait contrainte à adopter plus d'une fois. Mais à bien y réfléchir, elle s'était dit qu'elle ne pouvait pas laisser passer ça, que c'était injuste. La contrôleuse judiciaire qui la suivait (et avec qui Matt avait couché par le passé) lui avait conseillé de remettre l'affaire entre les mains expertes de M. Parrish.

Matt s'occupait de droit civil depuis si longtemps que plus grand-chose ne le surprenait. Il avait vu des affaires de divorce où des époux, pourtant sains de corps et d'esprit, étaient prêts à dépenser jusqu'à leur dernier centime pour s'assurer que l'autre n'empocherait rien. Il avait représenté des enfants que non seulement leurs propres parents, mais également l'État avaient spoliés de leurs biens. Il avait tout vu, tout entendu. Mais il lui arrivait encore parfois, lorsqu'il se confrontait à certains cas, de se demander s'il avait bien fait d'embrasser la carrière d'avocat. Oui, certains cas l'amenaient à se poser des questions sur l'évolution du genre humain. À se demander si la notion de bien était encore valable.

Le cas de Kelly Kiker lui faisait cet effet-là.

La campagne électorale de Tom le plongeait dans le même état, et le fait que Rebecca Lear ne cesse de hanter son esprit l'irritait d'autant plus.

Tandis que Matt s'efforçait d'élaborer des arguments légaux en vue d'obtenir réparation pour Kelly Kiker, Rebecca rentrait d'un stage de transformation (étape quatre) au cours duquel elle avait appris à visualiser son moi profond («Visualisez la victoire! Visualisez votre avenir!»). Elle en était à s'imaginer dans la peau d'un stratège de campagne électorale et essayait de surfer sur Internet pour trouver des informations sur les exploitations à ciel ouvert.

Heureusement, Jo Lynn était venue s'occuper de Grayson. Jo Lynn avait soixante-dix ans et vivait seule au-delà des chênes, des peupliers de Virginie et des prosopis qui jalonnaient la propriété de Rebecca. Elle avait mis une petite annonce chez Sam, l'épicier de Ruby Falls : «Cherche occupation quelques heures par semaine.» Rebecca l'avait appelée, elles avaient bavardé de façon fort agréable, et Rebecca l'avait embauchée pour s'occuper de Grayson quelques heures par semaine.

Dans un premier temps, celui-ci s'était opposé à sa venue.

— Je veux Lucy ! avait-il hurlé.

Comme Rebecca lui avait répondu que c'était impossible, il était allé se réfugier dans sa chambre, avait claqué la porte et hurlé :

— Tu es méchante, maman !

Mais quand Jo Lynn était arrivée avec un pot de crème glacée faite maison et une chèvre, Grayson avait cessé de réclamer Lucy. Jo Lynn était une femme pleine d'entrain, « pratiquement veuve » (pratiquement, disait-elle, parce que son mari, atteint de la maladie d'Alzheimer, ne la reconnaissait plus quand elle lui rendait visite à l'hôpital) et qui adorait la vie. Elle avait la peau aussi tannée qu'un vieux cuir et avait dû tellement rire que les rides semblaient avoir été sculptées sur son visage. Le soleil avait jauni ses cheveux gris qu'elle coiffait en queue de cheval, comme une jeune fille. Les vêtements qu'elle portait étaient tous teints artisanalement et donnaient l'impression d'avoir subi un épouvantable accident de machine à laver.

Jo Lynn avait tout de suite adoré Grayson et était complètement gaga avec lui. Pendant qu'ils jouaient ensemble au bord du fleuve, Rebecca pouvait mettre ses talents de surfeuse virtuelle à l'épreuve. Ses incursions sur la toile étaient demeurées rares jusque-là. Pour tout dire, elle avait limité l'usage qu'elle faisait d'Internet à l'envoi d'e-mails et à quelques achats en ligne sur le site de Neiman Marcus (un magasin qui lui manquait terriblement depuis son arrivée à Austin). Mais elle n'avait jamais rien cherché de plus précis sur Internet et ne savait pas trop comment s'y prendre.

Mais elle était motivée – très motivée – pour trouver des informations dignes d'intérêt sur les exploitations à ciel ouvert avant le lendemain. Car le lendemain, Tom avait programmé une réunion dans les nouveaux locaux de sa campagne électorale, et elle tenait à s'y présenter armée de documents qui donneraient l'occasion de réfléchir à Matt Parrish.

Il lui était déjà arrivé de croiser des hommes arrogants dans sa vie, mais celui-là remportait vraiment le pompon, et elle était farouchement déterminée à lui faire ravaler son petit sourire suffisant. L'étape quatre de son stage de transformation lui avait même permis de se visualiser en train de le gommer de son visage à mains nues, façon Rambo.

Si seulement elle avait pu comprendre comment on lançait une recherche sur Internet !

Assise à la table de son immense cuisine, elle jeta un coup d'œil par-dessus l'écran de son ordinateur portable et vit Jo Lynn qui traversait le jardin, Grayson et les chiens sur ses talons. Elle les entendit ensuite gravir les marches de la véranda clopin-clopant et se diriger vers la cuisine. Grayson fonça vers le réfrigérateur pour y pêcher une canette de jus d'orange, et Jo Lynn l'aida à s'installer sur un tabouret à l'autre bout de la table, afin d'éviter qu'il ne traîne dans les parages de l'ordinateur de Rebecca. En passant, elle jeta un coup d'œil à l'écran.

— Qu'est-ce que tu fais de beau ?

— Je cherche des informations sur les exploitations à ciel ouvert et leurs répercussions sur l'environnement.

— Tu as fait une recherche avec Google ? demanda Jo Lynn.

— Avec qui ? demanda Rebecca.

— Google.

Rebecca se contenta de cligner des yeux, et Jo Lynn soupira.

— Avoir l'ADSL sans savoir comment en tirer profit, c'est vraiment dommage ! Regarde, dit-elle en pointant le curseur sur la barre d'adresses. Tape Google.com... Voilà, tu y es. Maintenant, tape ce que tu veux dans la barre de recherche, et tu auras la liste de tous les sites qui contiennent ces mots.

À l'aide de ses deux index, Rebecca tapa « exploitations à ciel ouvert » et, ô miracle de la technologie moderne, des pages et des pages de sites Internet apparurent comme par enchantement.

— Mais c'est génial, Jo Lynn ! Comment as-tu découvert ça ?

— Je ne sais pas, répondit Jo Lynn en riant. Je crois que j'ai toujours été curieuse de tout, un peu comme ma mère. Elle était tellement curieuse qu'elle a fini par suivre un cirque.

— Ta maman travaille dans un cirque ? demanda Grayson, visiblement fasciné.

Rebecca s'esclaffa.

— Mais non. Elle dit ça pour rire, n'est-ce pas, Jo Lynn ?

— Mais oui, répondit celle-ci avec un grand sourire. C'était ce que disait ma grand-mère pour nous consoler quand on était petits, expliqua-t-elle en se dirigeant vers la porte de service.

Elle s'arrêta et contempla la moustiquaire d'un œil absent.

— Je crois qu'elle enjolivait les choses, car je me souviens que ma mère a disparu pendant la période du carnaval. De toute façon, aucun cirque n'a jamais daigné s'arrêter à Ruby Falls, ajouta-t-elle en poussant la porte. Prends bien soin des chiens, Grayson ! lança-t-elle en descendant les marches.

Médusés, Grayson et sa mère la regardèrent s'installer au volant de la voiturette de golf qu'elle utilisait pour traverser la propriété de Rebecca.

Une demi-heure plus tard, tandis que Grayson faisait la sieste dans son lit en forme de voiture de course, Rebecca était arrivée à la seizième page de la liste apparemment infinie des sites Internet consacrés aux avantages et inconvénients des exploitations à ciel ouvert. Tous faisaient ressortir une évidence aussi incontournable qu'un éléphant dans sa cuisine : les exploitations à ciel ouvert ne représentaient pas un danger écologique essentiel pour l'État du Texas. Seule une localité proche d'Austin – celle dont *Texas Monthly* avait parlé – était concernée.

En réponse à sa question – quelles sont les mensurations moyennes d'une imbécile ? –, Rebecca était à présent en mesure de fournir une réponse exacte : un mètre soixante-dix-huit, soixante-cinq kilos. Matt Parrish avait raison, et un discours imparable sur l'importance de la protection de l'habitat naturel ne serait pas facile à rédiger.

Rebecca enfouit son visage dans ses mains. Elle n'avait rien à faire dans cette équipe de campagne électorale. Mais il était hors de question qu'elle abandonne. Elle avait passé sa vie à abandonner, et cette fois, elle ne lâcherait pas le morceau. Cet ersatz d'emploi représentait un enjeu trop important pour elle.

Un violent sentiment de frustration la poussa à ouvrir le réfrigérateur. Elle passa un long moment à contempler son contenu sans le voir. Elle n'arrivait pas à chasser de son esprit le petit sourire supérieur que Matt ne manquerait pas d'arborer quand elle reconnaîtrait qu'en fait les exploitations à ciel ouvert ne pouvaient être un argument essentiel pour la campagne de Tom. Elle aurait préféré être jetée vivante dans un bassin rempli de piranhas plutôt que d'avoir à affronter ce sourire.

Il était hors de question que ce petit prétentieux lui rabatte son caquet.

Elle referma sèchement la porte du réfrigérateur sans y avoir rien pris, retourna s'asseoir devant son ordinateur, fixa d'un œil noir la page d'accueil de Google comme si tout était de sa faute, puis entra les mots « politique du Texas » dans la barre de recherche.

Règle numéro huit du demandeur d'emploi sans qualification : ne pleurez jamais en public.

8

*Ignoramus : Personne qui n'est pas
accoutumée à un savoir qui vous
est familier et qui possède des talents
qui vous sont totalement inconnus...*

Ambrose PIERCE, *Le Dictionnaire du diable*

Éléments positifs de ma vie :
1) Google.
2) Jo Lynn.
*3) Je ne suis pas et je n'ai jamais été aussi arrogante et
prétentieuse que Monsieur M'as-tu-vu (c'est comme ça
que j'appellerai dorénavant l'infect Matt Parrish).*

Il faisait un soleil radieux, le lendemain matin, et
Rebecca inspira l'air printanier à pleins poumons au
cours de son exercice de communion avec la nature.
D'après le livre qu'elle venait de lire (*Un jour nouveau :
redémarrer et se dépasser*), une journée comme celle-ci
était idéale pour relever de nouveaux défis. Or, il y en
avait un qu'elle souhaitait relever par-dessus tout : prouver qu'elle était un véritable stratège de campagne électorale. Elle fit une pause et se visualisa en... lunettes de
soleil aux lignes épurées, justaucorps et bottes moulantes
de super-héroïne, applaudie par une foule en délire...
Bon. Elle venait tout juste d'apprendre l'art de la
visualisation. Il lui manquait juste un peu de pratique.
Plus tard dans la journée, alors que le gros toutou
brun que Grayson et elle avaient fini par baptiser Frank

faisait la sieste au pied de son lit, elle enfila un haut sans manches bleu ciel et des sandales assorties bleu ciel et noir (elle s'était dit que le tailleur Chanel était peut-être un peu trop habillé pour Austin, finalement, à moins de rencontrer quelqu'un de vraiment important, comme Dieu ou Renée Zellwegger). Ensuite, elle fit sortir le chien de la pièce, sauta au volant de sa Range Rover et fredonna sur *Modern Mozart* tout en s'engageant sur la route à deux voies. Une serviette en cuir toute neuve et ultrachic se trouvait à côté d'elle et contenait quelque chose de plus que son attirail habituel, à savoir un tube de rouge à lèvres, un carnet vierge et un stylo. Cette fois-ci, elle y avait glissé une chemise à élastiques truffée de surprises pour la campagne électorale. Et dans le coffre de sa voiture, un carton contenait d'autres surprises.

Elle se gara sur le parking du jardin d'enfants Maverick au moment précis où Grayson sortait. La tête basse, il se dirigea d'un pas décidé vers la Range Rover et grimpa à l'intérieur.

— Bonjour, lui dit Rebecca tandis qu'il se débattait avec sa ceinture de sécurité. Comment s'est passée ta journée ?

— Bien, dit-il en regardant par la fenêtre.

— Qu'est-ce que tu as fait de beau, aujourd'hui ?

— J'ai fait tomber Taylor, répondit-il sur le ton qu'il aurait utilisé pour lui rapporter qu'il avait fait la sieste.

— Grayson ! s'exclama-t-elle en lui donnant une petite tape sur l'épaule. Je t'ai dit qu'il ne fallait pas faire ça !

— Je sais, répondit-il. Mais il a dit que mon père n'était pas mon vrai père.

— Comment ça ?

— Taylor a dit que ce n'est pas mon père qu'on entend à la radio, expliqua Grayson en tournant vers elle son regard noisette, reflet exact de celui de Bud.

Rebecca avait eu la malencontreuse idée de laisser une tierce personne s'occuper de son fils au cours des quatre premières années de sa vie, si bien que ses compétences en matière d'éducation n'étaient pas très développées, mais son instinct lui souffla tout de même que cette chamaillerie avec Taylor devenait plus grave qu'un simple incident de cour de récréation.

— Je me fiche pas mal de ce que peut raconter Taylor, Grayson. Si tu le fais tomber encore une fois, je te donnerai la plus grosse fessée que tu aies jamais reçue, tu m'as bien comprise ?

— Mais personne ne m'a jamais donné de fessée, maman.

— Là n'est pas la question. J'espère que tu as compris ce que je viens de te dire.

Grayson hocha la tête et se frotta le bout du nez du plat de la main.

— C'est mon père, marmonna-t-il.

— Bien sûr que c'est ton père. Tu le sais, je le sais, et ce que raconte Taylor n'a aucune importance.

Grayson appuya sa tête contre le dossier de la banquette. Rebecca l'observa un long moment, puis lui tendit un paquet de cartes Yu-Gi-Oh! qu'elle avait acheté un peu plus tôt. Grayson se mit à les étudier avidement tandis qu'elle quittait le parking, prenait la direction d'Austin et rappelait à Grayson de sa voix la plus autoritaire qu'ils allaient assister à une réunion d'adultes et qu'il faudrait qu'il soit bien sage pendant que maman travaillerait.

Grayson éclata de rire.

— Mais, maman, tu ne travailles pas ! s'exclama-t-il.

Rebecca prit la judicieuse décision d'ignorer sa remarque.

Elle arriva très en avance. Heureusement, l'employé de l'agence de location fut plus que ravi de lui remettre la clé, car il était déjà presque 17 heures et qu'il avait encore des tas de choses à faire. Il restait plus d'une demi-heure avant le début de la réunion, mais au fond, c'était plutôt une bonne chose. Elle allait en profiter pour décorer un petit peu la salle.

Rebecca et Grayson pénétrèrent dans l'entrée, qui n'était pas plus grande qu'un timbre-poste.

— C'est le bureau d'un docteur ? demanda Grayson.

— Non, c'est le bureau de la campagne.

— Qu'est-ce que c'est ?

— C'est un endroit où des gens comme le président travaillent avant d'être élus.

— Oh, répondit-il, alors qu'il n'avait visiblement pas compris ce qu'elle venait de dire.

Ils longèrent un étroit couloir et jetèrent un coup d'œil aux différentes pièces – en fait, ce fut là l'attitude de Rebecca. Grayson, lui, pénétrait dans chaque pièce en faisant mine d'être abattu par un ennemi invisible. Elle était un peu déçue que les locaux de la permanence soient si différents des bureaux qu'occupait Tom au sénat. Cet endroit avait un côté « fonction publique » déprimant : des murs en crépi gris, un sol recouvert de lino et du mobilier métallique. Une grande pièce servirait probablement de standard téléphonique, une autre grande pièce située à l'opposé, près de la porte d'entrée, deviendrait certainement la salle de réunion. Coincés entre ces deux pièces se trouvaient plusieurs bureaux minuscules dépourvus de fenêtres. Au bout du couloir, entre les toilettes pour hommes et les toilettes pour femmes, un bureau un peu plus grand que les autres bénéficiait d'une fenêtre qui donnait sur le parc. Tom s'en servirait sans doute pour recevoir les électeurs et les donateurs de la campagne.

Lorsqu'ils eurent terminé leur visite des lieux, Rebecca et Grayson allèrent chercher le grand carton dans le coffre de la Range Rover. Rebecca accrocha aux murs quelques posters pour égayer la future salle de réunion tandis que Grayson jouait par terre avec une petite voiture qu'il lançait contre le mur.

Tous deux sursautèrent quand quelqu'un ouvrit la porte d'entrée. Ce quelqu'un avança dans le couloir d'un pas décidé, puis pénétra dans la pièce et plissa les yeux en voyant Rebecca. En revanche, il ne vit pas tout de suite Grayson, qui était assis par terre, et dut lever précipitamment la jambe gauche pour éviter de trébucher sur lui. Il resta figé sur place, contempla Grayson, puis leva les yeux vers Rebecca.

Celle-ci était toute prête à l'accueillir. Spontanément, elle cala ses mains sur ses hanches.

— Bonjour, Matt, dit-elle.

— Bonjour, Rebecca, répondit-il sur le même ton poli qu'elle.

— Voici mon fils, Grayson.

Celui-ci se redressa et cligna des yeux en regardant l'homme qui le surplombait. Deux ronds de poussière couronnaient ses genoux.

L'espace d'un instant, Matt perdit un peu de sa superbe et se fendit même d'un sourire authentiquement chaleureux.

— Salut, Grayson, ça boume ? demanda-t-il en tendant la main vers lui, la paume tournée vers le haut.

Grayson contempla cette grande main, puis recula d'un pas et tapa dans la main de Matt de toutes ses forces.

— Je vois que ça boume fort ! remarqua Matt avec un petit rire.

Grayson hocha solennellement la tête et continua à dévisager Matt, tandis que celui-ci le contournait pour avancer vers le centre de la pièce.

— Il est mignon, dit-il à Rebecca.

— Merci. Tu as des enfants ?

— Moi ? Non ! répondit-il, comme si cette éventualité était plus qu'improbable.

Encore un de ces types incapables de s'impliquer dans quoi que ce soit de plus sérieux que son jogging du matin, songea Rebecca.

— Mais j'espère en avoir tout plein un jour, ajouta-t-il d'un ton détaché.

Oh ! Elle ne s'était pas attendue à ça – sans doute parce qu'elle-même avait un jour entretenu ce rêve. Cela ne lui fit cependant pas oublier en face de qui elle se trouvait.

— Tu es en avance, fit-il remarquer.

— Toi aussi.

— Personne d'autre n'est encore arrivé ?

— Non. Nous sommes les premiers.

Rebecca croisa les bras et détourna le regard. La présence de Matt la faisait soudain douter d'être prête à jouer le rôle de stratège de campagne qu'elle avait répété. Que lui arrivait-il ? Elle avait pourtant l'habitude que les hommes l'observent – peut-être pas exactement de cette façon-là, cependant. D'ordinaire, les hommes la déshabillaient du regard. Matt, lui, se contentait de la regarder normalement. Et c'était cela qui, bizarrement, lui nouait le ventre. Cela tenait à sa façon de se comporter avec elle, à l'expression de son regard... Dans *Ami ou amant ? Comment les distinguer*, l'auteur appelait cet état un « trouble ». Matt lui donnait l'impression de savoir quelque chose qu'elle ignorait. Et le petit sourire amusé qu'il avait à cet instant précis la troublait.

— C'est sympa, cette décoration, dit-il en posant les yeux sur les petits drapeaux des États-Unis et du Texas qu'elle avait punaisés au mur.

— Vraiment ? demanda-t-elle, ravie de ce compliment.

— Tu veux que je te dise le fond de ma pensée ? Je crois que Tom n'aurait pas pu trouver un local plus moche !

— Je me suis dit la même chose en arrivant, répondit-elle. Mais c'est un détail secondaire, non ?

Matt la regarda comme si elle avait complètement perdu la raison.

— L'image est absolument essentielle dans une campagne électorale. Il faut donner l'impression d'être capable d'assumer le rôle que les électeurs vont vous confier. Les candidats dépensent des sommes astronomiques pour avoir l'image qui convient. Je pensais que tu serais la plus qualifiée pour comprendre ça.

La plus qualifiée ? Qu'entendait-il exactement par là ?

— Oui, dit-elle en hochant pensivement la tête. Je crois que je vois ce que tu veux dire... Par exemple, si on a envie de passer pour un type sans scrupule, on a intérêt à en avoir l'air.

— Ou bien, enchaîna-t-il aussitôt, si on veut donner l'impression qu'on est beau, on a tout intérêt à l'être vraiment.

Il lui décocha son sourire à tomber à la renverse, et Rebecca eut beau réfléchir, elle fut incapable de trouver une riposte spirituelle. Occupé à étudier les posters motivants qu'elle avait accrochés au mur, Matt ne s'en souciait absolument pas.

— J'espère que tu n'as pas dépensé trop d'argent pour ces sal... euh... ces trucs-là.

— Maman dépense toujours plein d'argent, déclara Grayson.

— Grayson ! s'écria Rebecca.

Matt haussa les sourcils, ce qui le rendit plus beau encore, et elle sentit une onde de chaleur envahir ses joues.

Une onde de quoi ? Oh, non ! Pitié ! Pas ça !

— Alors, dis-moi, qu'as-tu fait de beau avant ça ? s'enquit Matt en s'approchant d'elle.

— J'étais à la maison, répondit-elle en se demandant s'il avait remarqué qu'elle rougissait.

— Je voulais dire avant cette campagne.

De mieux en mieux.

— Je... euh... je vivais à Dallas. Je suis arrivée à Austin il y a quelques mois et... euh... je me suis consacrée à mon installation.

Grayson vint glisser sa tête sous son bras. Elle le fit passer devant elle et lui caressa les cheveux.

— Et à Dallas, que faisais-tu ?

Pourquoi lui posait-on toujours cette question ? Était-elle la seule citoyenne des États-Unis à n'avoir jamais travaillé ?

— Tu cherches sans doute à savoir si j'ai une quelconque expérience en matière de campagne électorale, répondit-elle du ton le plus détaché qu'elle put. Eh bien, non.

92

— Aïe ! Tu me fais mal, maman ! se plaignit Grayson.

Sans s'en rendre compte, Rebecca avait enroulé une mèche de ses cheveux autour de son doigt.

— Excuse-moi, murmura-t-elle. Avant, j'étais mère au foyer et je m'occupais de Grayson.

— Même pas vrai, intervint Grayson. C'était Lucy qui s'occupait de moi à Dallas.

Cette réflexion lui fit l'effet d'un coup de poignard dans le cœur. « Merci, ô doux fruit de mes entrailles... » songea-t-elle. Matt eut l'air complètement décontenancé, lui aussi. Rebecca émit un petit rire forcé.

— C'était sa nounou, expliqua-t-elle en se remettant à caresser les cheveux de son fils.

— Ah, dit Matt. Tu ne t'occupais donc pas d'un refuge pour les oiseaux, les chiens et les salamandres privés de leur habitat naturel ?

Rebecca sentit la moutarde lui monter au nez.

— Je plaisante, dit-il en levant la main pour éviter qu'elle se mette en colère.

Tiens donc ! Monsieur M'as-tu-vu possédait donc quelque chose qui se rapprochait du sens de l'humour.

— Très drôle, dit-elle. À ce propos, tu seras certainement ravi d'apprendre que j'ai révisé ma position sur les exploitations à ciel ouvert.

— Vraiment ? demanda-t-il.

— Je crois que ce n'est pas essentiel dans le cadre d'une campagne électorale, ajouta-t-elle en sentant ses joues s'enflammer de plus belle.

— Ah, bon ? C'est dommage, l'équipe va être très déçue.

— Ne t'en fais pas pour ça, j'ai une autre idée, dit-elle.

Pourquoi ses mains devenaient-elles moites, tout à coup ?

— Génial ! J'avoue que j'ai hâte de savoir de quoi il retourne.

— Je ne peux pas te le dire, c'est une surprise.

— Je ne sais pas si je serai en mesure de survivre à une autre de tes surprises, dit-il en s'approchant d'elle, les yeux brillants de malice.

— J'ai du mal à te croire. J'ai l'impression que tu es capable de résister à pas mal de surprises, au contraire. Un avocat doit en encaisser de temps à autre, non ?

— C'est vrai. Mais même les avocats ont des limites dans ce domaine.

Il se tenait à présent tout près d'elle. Trop près, en fait... Son expression avait quelque chose de diabolique. Combien de femmes avant elle avaient rougi sous ce regard ? se demanda Rebecca.

— Où en es-tu de tes limites ? Tu pourras bien supporter une petite surprise de plus aujourd'hui, non ?

Matt gloussa, et son regard se concentra sur les lèvres de Rebecca.

— Eh bien, je pense que cela dépend de la taille de la surprise que tu dissimules dans ta... euh... manche, répondit-il tandis que ses yeux descendaient plus bas.

— Pour le savoir, tu seras obligé d'attendre, répondit-elle.

— Des promesses, toujours des promesses, dit-il avec un clin d'œil entendu.

Rebecca eut soudain envie que quelqu'un, n'importe qui (une femme de ménage, un livreur, un officier de police), entre dans la salle. Elle détourna les yeux, plaça ses cheveux derrière ses oreilles et s'éclaircit la gorge.

— Où doit se tenir la réunion ? demanda-t-elle.

— Dans la salle du fond. À ta place, j'attendrais tranquillement ici jusqu'à ce que la personne chargée de s'occuper de Grayson arrive.

Le regard de Rebecca passa de Matt à son fils.

— Personne ne doit venir le chercher, dit-elle. Il est avec moi.

Matt eut l'air perplexe.

— Il ne peut pas rester pendant qu'on travaille !

— Pourquoi pas ? Il est très bien élevé.

— Ma maîtresse dit que j'ai une conduite exemplaire, intervint Grayson.

— Je t'en félicite ! lui dit Matt, avant de se retourner vers Rebecca. Je ne crois vraiment pas que ce soit une bonne idée. On a beaucoup de choses à voir aujourd'hui.

— Je comprends ton point de vue, il n'a que cinq ans, dit Rebecca. Mais je suis bénévole, ce qui signifie que je ne suis pas payée et qu'on ne me remboursera pas mes frais de baby-sitting. Le temps que je passe ici, je devrais normalement le consacrer à Grayson. Et c'est pour ça qu'il est ici.

Matt était sur le point de lui répondre quand la porte d'entrée s'ouvrit. Grayson en profita pour se dégager de l'étreinte de sa mère.

— Rebecca ! s'exclama Tom en franchissant le seuil. Derrière lui, Gilbert tendait le cou pour voir qui se trouvait là.

— Qui est ce charmant jeune homme ? demanda Tom en avançant dans la salle, Gilbert pratiquement collé à ses talons. Non, je retire ma question ! C'est le portrait craché de Bud !

— C'est Grayson, annonça Rebecca. Grayson, dis bonjour au sénateur Masters.

— Bonjour, dit Grayson bien poliment.

— Salut, mec, fit Gilbert. Vas-y, tape dans ma main ! dit-il en s'agenouillant pour se mettre au niveau de Grayson.

Visiblement ravi, Grayson tapa dans la main de Gilbert de toutes ses forces. Celui-ci vacilla sur ses sandales, puis tomba à la renverse et fit le mort, pour la plus grande joie de Grayson, qui enjamba son corps en riant jusqu'à ce que Gilbert se relève, l'attrape et le cale sur ses épaules pour l'emmener faire un tour.

Pendant ce temps, Tom s'était avancé dans la salle et avait découvert ce que Rebecca avait accroché aux murs.

— Quelle décoration ! s'exclama-t-il. C'est toi qui as fait ça, Matt ? demanda-t-il, avant d'éclater de rire et de s'élancer vers Rebecca pour la serrer dans ses bras. Rebecca, tu es parfaite ! Ce que tu as accompli est merveilleux ! Je veux des drapeaux et des posters comme ça dans toutes les pièces !

Sa réaction enthousiaste donna un coup de fouet à l'ego de Rebecca.

— C'est déjà fait, déclara-t-elle en relevant fièrement le menton.

— Je n'en suis pas autrement surpris, marmonna Matt dans son dos.

Quand Angie et Pat arrivèrent, les bras chargés de sacs en papier contenant sodas, chips et sauces, ils se réunirent dans la salle du fond.

— J'adore les chips à la sauce pimentée, déclara Tom. Il devrait y avoir une loi qui les impose en toutes circonstances.

— C'est toi qui fais les lois, lui rappela Pat.

Tom hocha pensivement la tête, comme s'il en prenait conscience pour la première fois.

Matt, qui s'était assis à côté de Rebecca, ne toucha pas aux chips. Il pianotait du bout des doigts sur la table et se tenait si près de Rebecca qu'elle sentait son parfum. Les autres bavardaient de gens et d'événements qui lui étaient inconnus, et elle ne put s'empêcher de remarquer qu'il avait de belles mains. Très grandes. Ce qui lui rappela un thème de chamaillerie fréquent entre ses deux sœurs. Robin disait : « Grandes mains, grand sexe. Des chercheurs ont fait des études très sérieuses là-dessus. » À quoi Rachel ripostait : « Grands pieds, grand sexe. C'est les pieds qu'il faut regarder en premier. » Le coup d'œil discret qu'elle coula sous la table lui apprit qu'aucun doute n'était permis au sujet de Matt.

L'image qui s'imposa à son esprit la fit rougir, mais elle était incapable de détacher les yeux des mains de Matt. Heureusement, celui-ci, qui était en train de lire les slogans sur les affiches qu'elle avait punaisées aux murs, ne se rendit compte de rien.

— « Constitution de l'équipe idéale : une personne seule a peu de chances d'atteindre la perfection », lut-il à voix haute. Je crois que nous en avons déjà brillamment fait la preuve. « Une équipe est composée d'experts dans bien des domaines. » Dans la décoration, par exemple ? demanda-t-il en se tournant vers Rebecca.

— Jaloux ! siffla-t-elle sans le regarder.

— Oh, non, je ne crois pas, dit-il. On peut me faire bien des reproches, mais pas celui-là. Tu veux savoir comment je me sens à l'instant ?

Elle le regarda du coin de l'œil et surprit son petit sourire entendu.

— Non, merci, répondit-elle d'un ton léger.

— Bon ! On s'y met ? intervint Pat à ce moment-là. J'ai une réunion de parents d'élèves, après.

Rebecca la remercia silencieusement de cette intervention. Grayson commençait à donner des signes de fatigue. Le haut du corps en appui contre les genoux de sa mère, il pesait de plus en plus lourd. Elle l'écarta délicatement, sortit de sa serviette les papiers qu'elle avait imprimés, les posa devant elle et plaça un stylo à côté, au cas où elle aurait besoin de prendre des notes.

Matt la regarda faire en fronçant légèrement les sourcils. Rebecca se redressa et plaça ses fesses au bord de sa chaise.

— D'accord, dit Tom, visiblement mécontent que Pat ait mis fin à la récréation. J'aimerais qu'on établisse la liste des groupes à cibler en priorité. Il me faudrait également la liste des associations à contacter.

Rebecca leva la main. Pat, elle, n'en fit rien et se mit à débiter le nom des associations que Rebecca avait péniblement recensées.

— Les Jeunesses Démocrates des zones urbaines, dit-elle, la Junior League de Dallas et de Houston et, surtout, les Démocrates Texans pour le Changement.

— On va commencer par les DTC, déclara Tom, tandis que Rebecca cherchait frénétiquement le nom d'une autre association sur sa liste.

« Sois agressive ! » lui souffla son moi profond.

— Euh… Tom, tu permets ? demanda-t-elle, la main toujours levée. Il y a une autre association dont on devrait s'occuper.

— Nous t'écoutons.

Elle toussota.

— Eh bien, Pat les a pratiquement toutes citées, dit-elle en adressant un sourire à celle-ci, mais il y en a une autre dont nous devrions nous occuper : les Silver Panthers.

À côté d'elle, Matt se laissa aller contre le dossier de sa chaise, croisa les bras et sourit.

— C'est une association de citoyens du troisième âge, expliqua-t-elle.

— Nous la connaissons, dit Tom. Et je te remercie de l'avoir citée. Il s'agit d'un oubli fortuit. Les Silver Panthers ne sont pas faciles à convaincre, mais je suppose que tu le sais.

— Eh bien, leur convention annuelle se tiendra à Lakeway à la fin du mois, et je… je me suis dit que ce serait une bonne occasion pour te présenter à eux.

— C'est une excellente idée, Rebecca, déclara Tom.

Celle-ci se détendit un peu et sourit.

— Je ne suis pas certaine qu'on parvienne à retenir leur attention en s'y prenant aussi tard, mais…

— Dans ce cas, permets-moi d'éclairer ta lanterne : c'est impossible, intervint Matt d'un ton faussement amical.

Rebecca ne lui accorda pas un regard et poursuivit :

— Bref, je me suis dit qu'on pourrait organiser une petite fête et inviter le plus grand nombre d'adhérents des Silver Panthers à y assister.

— Parfait ! On retient l'idée, dit Tom.

— Tom, intervint Matt, je n'ai rien contre une levée de fonds anticipée, mais je trouve qu'il est un peu trop tôt pour ratisser au-delà du premier cercle de tes connaissances, tu ne crois pas ? Il serait plus judicieux de commencer par établir les principaux thèmes de ta campagne. On a réussi à passer au travers de la primaire du mois de mars sans rien avoir préparé, mais il est temps de se concentrer pour faire ressortir ton message. Les Silver Panthers risquent d'exiger des réponses précises sur de nombreux points.

— Il n'y a pas de quoi se faire trop de mouron, Matt, lui répondit Tom. C'est un ramassis de vieux croûtons.

— Tu les juges peut-être un peu trop hâtivement, poursuivit Matt sans se démonter. Ce sont des citoyens encore actifs qui ne se soucient pas seulement de leur retraite.

— Il n'y a tout de même pas de quoi fouetter un chat, insista Tom avec un grand sourire. On a largement le temps. Je suis en train de boucler le dossier des thèmes de ma campagne avec les types du parti, assura-t-il à Matt. Si Rebecca est en mesure de nous faire rencontrer les Silver Panthers, ce sera tout à son honneur, et je suis partant. Bon, passons à la suite. Angie, j'aimerais que le standard téléphonique soit opérationnel d'ici la semaine prochaine.

Tandis que Tom se mettait à débiter la liste des tâches qui incombaient à chacun, Rebecca se risqua à jeter un regard à Matt. Il était justement en train de la regarder. Son expression était calme et impénétrable. Elle lui adressa un petit sourire, reporta son regard sur ses papiers et se demanda s'il allait systématiquement essayer de lui mettre des bâtons dans les roues chaque fois qu'elle proposerait quelque chose.

Comme s'il avait pu lire dans ses pensées, Matt se pencha vers elle, si près que lorsqu'il chuchota, elle sentit son souffle dans ses cheveux.

— Ne fais rien pour l'instant, dit-il. Avant d'organiser quoi que ce soit, il faut en parler avec les responsables du parti.

— Tom m'a dit de m'en occuper, lui rappela-t-elle à mi-voix.

Matt s'approcha plus près d'elle encore.

— Je sais qu'il t'a dit de le faire, mais moi, je te dis que c'est prématuré. Il n'a pas assez d'arguments convaincants pour le moment, et le parti voudra orchestrer tout ça. Ne t'inquiète pas, je me charge de lui parler une fois que la réunion sera terminée.

Non, mais franchement, pour qui se prenait-il ?

— Permets-moi de te rappeler, chuchota-t-elle, que c'est Tom qui se présente aux élections. Pas toi.

— Tu veux bien m'expliquer pourquoi ta réponse ne me surprend pas ? lui demanda-t-il d'un ton joyeux, avant de se redresser sur son siège.

Puis, vif comme l'éclair, il se pencha de nouveau vers elle, tout en gardant le regard braqué sur Tom.

— Au fait… tu sens merveilleusement bon, lui glissat-il à l'oreille.

Rebecca se sentit devenir écarlate.

— Tu es ridicule !

— La primaire de mars est derrière nous, claironnait Tom pendant ce temps. Les jeux sont déjà faits pour moitié, et nous devons unir nos forces pour la bataille finale ! Les républicains vont tout mettre en œuvre pour que le Texas nous recrache comme un vieux chewinggum. Il y a du pain sur la planche ! Angie va s'arranger pour que nos bureaux soient opérationnels dès demain et opérera en première ligne. Matt va peaufiner les derniers points de l'argumentaire de campagne qu'il nous remettra le plus tôt possible.

Il décocha un clin d'œil à Matt et se mit brusquement debout.

— Allez ! C'est une affaire qui marche ! Merci de votre coopération, les amis. Angie, viens avec moi, nous allons voir comment se présente mon bureau.

Angie se leva vivement pour le suivre, ainsi que Gilbert. Pat et Matt se retrouvèrent seuls dans la salle en compagnie de Rebecca, qui essayait de faire descendre Grayson de ses genoux.

— Une réunion des plus productives, hein ? lança ironiquement Pat à Matt.

Rebecca ne comprit absolument pas sa remarque. Elle estimait quant à elle que la réunion avait effectivement été très productive. Grayson tomba de ses genoux, se redressa et essuya ses mains sur son jean.

— On rentre à la maison, maman? gémit-il.

— Bientôt, mon chéri, répondit-elle en rassemblant ses papiers pour les ranger soigneusement dans l'intercalaire de la chemise prévu à cet effet.

— Ton idée de faire participer les Silver Panthers n'est pas mauvaise, Rebecca, dit Pat. Mais… organiser cette rencontre d'ici la fin du mois relève du challenge, tu ne crois pas? demanda-t-elle en échangeant un regard avec Matt. Si tu veux faire ça bien, s'entend.

Cette dernière phrase résonna aux oreilles de Rebecca comme une déclaration de guerre. Quand elle se mettait en tête de faire quelque chose, il allait de soi qu'elle avait l'intention de le faire bien, et elle s'y entendait mieux que quiconque pour organiser une fête dans les règles de l'art. Elle toisa Pat, son sourire de reine de beauté plaqué sur les lèvres.

— Ce n'est pas difficile. Je sais comment m'y prendre.

— Je te disais ça pour que tu ne sois pas trop déçue si tu n'arrives pas à tes fins, répondit Pat d'un ton épouvantablement condescendant.

— Je sais comment faire, persista Rebecca.

— Écoute, Rebecca, dit Matt, ne le prends pas mal, mais étant donné que tu débarques sur la scène politique, Pat essaie simplement de te dire le plus gentiment du monde que ce que tu as l'intention de faire est totalement irréalisable. Si tu ne figures pas dans le carnet d'adresses des Silver Panthers, qui sont connus pour être un cercle très fermé, tu n'as aucune chance d'organiser une rencontre avec eux à la dernière minute.

Son arrogance dépassait vraiment toutes les bornes. Mais Rebecca se fichait pas mal qu'il se croie en position de lui donner des leçons, même s'il s'adressait à elle sur le ton qu'on emploie pour parler à une attardée mentale. Pour mener son projet à bien, il lui suffisait d'être en contact avec les gens qu'il fallait. Ce n'était pas exactement le cas, certes, mais elle se faisait fort de les dénicher.

— Je te remercie de ta mise en garde, dit-elle, mais je n'ai pas l'intention de figurer dans leur carnet d'adresses. Il s'agit simplement d'une rencontre.

Matt poussa un soupir qui donna envie à Rebecca de lui flanquer son poing dans la figure.

— Tu fais comme tu veux, dit-il en se passant la main dans les cheveux. Essayer ne te fera pas de mal. Ce sera même une excellente expérience.

Cette fois, elle eut envie de lui enfoncer les doigts dans les orbites.

— Tu veux parier ? demanda-t-elle sans réfléchir.

Cette question eut le don de retenir l'attention de Matt.

— Comment ? demanda-t-il en s'étranglant à moitié.

Il n'avait pas entièrement tort de poser cette question : qu'était-elle en train de faire, au juste ? Elle le regarda et réalisa qu'elle pensait vraiment ce qu'elle venait de dire. Elle n'avait pas été impunément la femme de Bud pendant toutes ces années : elle était passée maîtresse dans l'art de lancer des paris tellement énormes que les gens en parlaient encore des années après.

— Je te demande si tu veux parier, répéta-t-elle en souriant.

La mâchoire de Pat dégringola, mais Matt eut un sourire extrêmement narquois et se rapprocha de Rebecca.

— Je relèverais volontiers ce pari, en effet.

Il se planta juste devant elle et la défia de ses yeux gris.

— Quel est l'enjeu, Miss Texas ?

Ah. Elle n'avait pas pensé à cela.

— Viens, maman, on s'en va, gémit Grayson en la tirant par le bras.

Le sourire de Matt s'élargit, et un frisson parcourut la colonne vertébrale de Rebecca.

— Je vais te faciliter la tâche, proposa-t-il de sa voix de velours. Le vainqueur aura le droit de demander la faveur de son choix au perdant. Si tu arrives à présenter

Tom aux Silver Panthers, tu auras le droit de faire de moi ce qui te plaira. Marché conclu ?

« Non, Rebecca ! Ne fais pas ça ! protesta la voix de la raison en elle. Non, non, non, non... »

— Marché conclu, répondit-elle.

Et elle laissa Grayson l'entraîner dehors.

9

*J'avais six ans quand j'ai compris
que j'étais très sexy. Et laissez-moi vous
dire qu'attendre d'utiliser ce pouvoir
a été un enfer, un véritable enfer...*

Bette DAVIS

Dans sa vieille maison victorienne située sur les hauteurs de Houston, Robin Lear, le téléphone vissé à l'oreille, contemplait le plafond situé à trois mètres au-dessus d'elle en tripotant négligemment la frange d'un coussin.

— Je ne lui ai pas parlé, répéta-t-elle à son père, qui essayait depuis un mois de renouer avec son ex-femme.

— Tu veux dire que ta mère ne t'a pas appelée depuis un mois ? demanda Aaron Lear.

— Non. Je dis simplement que je ne lui ai pas parlé depuis la dernière fois que tu m'as appelée. Maman est à Los Angeles.

Elle s'y trouvait depuis que le cancer de son ex-mari était entré en phase de rémission et qu'il était redevenu invivable. Celui qui n'arrêtait pas de dire que ses trois filles devaient se débrouiller toutes seules et apprécier les choses essentielles de la vie aurait bien pu tirer profit de ses propres conseils.

— Je sais bien qu'elle est à L.A. ! aboya-t-il. Je te demande si tu lui as parlé !

— Non ! cria Robin à son tour.

Elle leva les yeux vers Jake Manning, l'homme de sa vie. Assis devant une table d'architecte, il travaillait à leur dernier projet de rénovation. Il haussa un sourcil interrogateur. D'un geste évasif, Robin lui fit comprendre qu'il n'y avait rien de nouveau sous le soleil.

— Appelle Rebecca, suggéra-t-elle. Elle a peut-être…

— Je n'arrive pas non plus à la joindre, riposta son père d'un ton boudeur.

— Elle est très occupée.

— Elle n'a pas besoin d'occupation ! Est-ce que tu peux me dire pourquoi elle ne se contente pas d'élever son fils, au lieu de passer son temps à essayer de renouer avec Bud ?

— Papa, elle est loin de chercher à renouer avec Bud !

— À d'autres ! Elle…

Heureusement, un signal d'appel retentit, noyant la suite de sa phrase.

— … qu'elle perdait son temps, mais elle n'a pas voulu m'écouter.

— Papa, j'ai un autre appel.

— Je peux patienter, grommela-t-il.

Robin prit le deuxième appel

— Allô !

— Robin ! Dieu merci, tu es là ! s'exclama Rebecca.

— Salut, sœurette !

— Dis-moi, tu t'y connais en politique, toi, pas vrai ? Tu as déjà entendu parler des Silver Panthers ?

— Des quoi ?

— Des Silver Panthers ! répéta sa sœur d'un ton impatient.

— Non. Pourquoi, je devrais ?

— Seigneur ! Est-ce qu'il t'arrive de t'intéresser à autre chose qu'à Jake, de temps en temps ?

— Non, mais dis donc ! Écoute, je suis déjà en ligne avec papa…

— Flûte ! lâcha Rebecca. Ne lui dis pas que c'est moi, d'accord ?

— Promis. Ne quitte pas, j'essaie de m'en débarrasser, dit Robin avant de reprendre son père. Papa ? Il faut que je te laisse.

— Qui est-ce qui t'appelle ?

— Papa ! Il faut vraiment que j'y aille. Essaie donc d'appeler Rachel. Je sais qu'elle a parlé avec maman il y a deux semaines et qu'elle comptait passer la voir à L.A.

— Vraiment ? demanda son père d'un ton plein d'espoir.

Robin se mordit la lèvre. Rachel allait lui en vouloir à mort.

— Bon. Je vais l'appeler, alors. Mais la prochaine fois que tu parleras à ta mère, dis-lui que j'aimerais qu'elle me téléphone, si ce n'est pas trop lui demander. À mon avis, c'est la moindre des choses.

— D'accord, je lui dirai que tu estimes que c'est la moindre des choses. Au revoir, papa, dit-elle avant de couper la communication. Rebecca ?

— Je suis là. Il est encore en ligne ?

— Non. Écoute, si jamais tu as maman au téléphone, tu veux bien lui demander d'appeler papa avant qu'il nous fasse toutes devenir chèvres ?

— Je lui en parlerai, mais ça m'étonnerait qu'elle le fasse.

— Je sais, soupira Robin.

— Robin, j'ai absolument besoin de ton aide, dit Rebecca. Je me suis mise dans un pétrin épouvantable.

Rebecca, dans le pétrin ? Impossible. Elle était bien trop parfaite pour se retrouver dans quelque chose qui puisse ressembler, même de loin, à un pétrin. Robin et Rachel, oui. Ça leur arrivait même un peu plus souvent qu'à leur tour. Mais Rebecca ? Non, elle devait s'être trompée de mot.

— Non ? glapit Robin. Raconte !

— C'est une assez longue histoire… Bon, tu sais que j'ai accepté de travailler pour Tom Masters dans le cadre de sa campagne électorale, n'est-ce pas ? J'ai assisté à une première réunion, mais tout le monde a vu que je ne connaissais rien à la politique et il y avait un type... une espèce de type qui pensait un peu plus fort que les autres que je n'y connaissais absolument rien. Ça m'a énervée, et je me suis mise à débiter des âneries sur les exploitations à ciel ouvert, je ne sais pas pourquoi, et...

— Les exploitations à ciel ouvert ? répéta Robin, incapable de réprimer un éclat de rire.

— Tu permets que je termine mon histoire ? demanda Rebecca d'un ton pincé. Bon, toujours est-il qu'après ça, j'ai potassé à fond et qu'à la réunion suivante, je me suis pointée avec toute une documentation sur les campagnes électorales.

Rebecca s'interrompit pour pousser un long soupir.

— Et là, j'ai dit que les Silver Panthers – c'est une association de citoyens actifs du troisième âge – tenaient leur convention annuelle à la fin du mois et qu'on pouvait peut-être envisager une rencontre avec eux à ce moment-là.

— Et alors ? C'est une bonne idée, non ? s'enquit prudemment Robin.

— Oui... en théorie ! Mais en pratique, c'est ridicule !

— Pourquoi ?

— Parce que je n'ai aucun moyen d'entrer en contact avec eux ! expliqua Rebecca avec colère. Tu peux croire ça, toi ? Aucun moyen !

Robin se mit à arpenter la pièce.

— Eh bien, tu peux y travailler et remettre ça à un peu plus tard, non ? Les élections ont lieu en novembre, la situation n'est pas aussi critique que tu le dis...

— Si ! Si ! C'est critique à ce point !

— Hou là ! s'exclama Robin.

— C'est carrément la merde, marmonna Rebecca.

Carrément la quoi ? Robin avala bruyamment sa salive, écarta le téléphone de son oreille et le contempla d'un air songeur. Rebecca ne disait jamais, absolument jamais, de gros mots. Ça jurait avec son image de Miss.

— Rebecca ! s'exclama-t-elle, choquée. Pourquoi dis-tu que c'est si important ? Tu risques de te faire renvoyer, c'est ça ?

— Non, ce n'est pas le problème. Je suis bénévole.

— Mais alors, pourquoi dis-tu que c'est si important ? répéta Robin.

Seul le silence lui répondit.

— Allô ! fit Robin.

Rebecca poussa un long soupir.

— Bon, tu vas trouver ça idiot. Complètement idiot, même. Mais tu sais, Robin, j'ai envoyé des tas et des tas de CV, et personne ne veut m'embaucher nulle part, même pas comme dame pipi ! J'avais autant de chances de trouver du travail qu'une poignée de porte, et d'un seul coup, cette occasion de rêve est tombée du ciel. Ce bénévolat me permettra de décrocher un vrai travail par la suite, c'est une chance inespérée. Mais il faut que je fasse les choses bien, et j'ai déjà gaffé avec cette histoire d'exploitations à ciel ouvert. J'étais absolument certaine de trouver un moyen d'entrer en contact avec les Silver Panthers, mais je me rends compte que je ne vais pas y arriver !

Elle fit une autre pause et poussa un long soupir exaspéré.

— Et puis, il y a ce type, là…

Tiens, tiens… C'était la deuxième fois qu'elle le mentionnait.

— C'est quelqu'un qui te plaît ? demanda Robin.

— Qui me plaît ? Je t'en prie, Robin, tu me connais quand même mieux que ça ! Je ne m'entiche pas d'un homme sur un coup de tête ! Et je te rappelle que je ne veux plus jamais rien avoir à faire avec aucun représentant du sexe masculin. Tu divagues complètement.

— Qu'est-ce qui te déplaît tellement en lui, alors ? demanda Robin avec un large sourire.

— Une vie entière ne suffirait pas à établir la liste de ses défauts, mais laisse-moi te donner un exemple… Il ne l'a pas dit expressément, mais il a clairement laissé entendre qu'il pensait que je n'avais rien à faire dans cette campagne. En gros, il a sous-entendu que j'étais incompétente. Quand j'ai proposé d'arranger une rencontre avec les Silver Panthers, il a dit qu'ils ne voudraient jamais, que c'était au-dessus de mes possibilités, etc. Ce à quoi j'ai rétorqué : « Tu vas voir si je n'en suis pas capable, espèce de crétin. »

— Tu lui as vraiment dit ça ? demanda Robin.

— Non ! Bien sûr que non ! Mais j'ai parié avec lui que j'y arriverais ! On a parié que le vainqueur pourrait demander ce qu'il voulait au perdant, et donc... il faut absolument que je réussisse.

Ah. Tout s'expliquait. Robin pivota sur elle-même et adressa un clin d'œil à Jake, qui l'observait d'un air soucieux.

— Tu sais quel est ton problème, Rebecca ? demanda-t-elle avant de fournir aussitôt la réponse à sa question. Tu as besoin de baiser un bon coup.

— Pardon ? s'écria sa sœur.

— Tu as besoin de baiser un bon coup, répéta lentement Robin, en détachant nettement les syllabes.

— Robin ! s'exclama Rebecca en même temps que Jake.

— Parfaitement, affirma Robin. Ça fait une éternité que ça ne t'est pas arrivé – au moins quatre ans, non ? – et c'est pour ça que ce type te met dans cet état-là.

— Je te remercie de tenir toute la population de Houston informée de ma vie sexuelle, mais je t'assure que ça n'a strictement rien à voir ! Je cherche simplement à prouver que je ne suis pas une incapable. Matt est tellement imbu de lui-même qu'il croit être le seul à avoir de bonnes idées et qu'il ne supporte pas que quelqu'un d'autre suggère quoi que ce soit...

— Il est comment, physiquement ? coupa Robin.

— Beau comme un dieu, lâcha Rebecca à contre-cœur.

— C'est bien ce que je disais, tu as besoin de baiser, conclut Robin d'un ton guilleret.

Jake fondit sur elle si prestement qu'elle n'eut pas le temps de réagir. Il lui arracha le téléphone des mains.

— Rebecca? Salut, comment ça va? demanda-t-il en faisant signe à Robin de s'éloigner.

Celle-ci ignora son geste et se colla à lui pour entendre la suite de la conversation.

— Salut, Jake. Ça va… Enfin, mis à part le petit problème dont je parlais à Robin, qui ne m'apporte pas beaucoup d'aide, mais bon, ça n'a rien d'étonnant.

— Hé! protesta Robin.

— Si tu m'en parlais? suggéra Jake en fronçant les sourcils à l'intention de Robin. Je peux peut-être t'aider.

Robin lui tira la langue et s'éloigna. Jake lui tourna le dos.

— Non… Je n'ai jamais entendu parler d'eux… Oh, d'accord, je vois. Écoute, tu devrais appeler Elmer. Ton grand-père connaît tout le monde au Texas. Je parie qu'il saura te dire qui contacter… Pas de problème. Au fait, comment va Grayson?

La réponse de Rebecca lui tira un soupir, et il hocha la tête.

— Pauvre gosse. Mais bon, on se retrouvera tous ensemble au ranch d'ici quelques semaines. Je l'emmènerai pêcher, qu'est-ce que tu en dis? Entendu… À bientôt.

Jake coupa la communication, releva la tête et regarda Robin d'un air sévère.

— Il y a un problème avec Grayson? demanda-t-elle.

— Son père annule sans arrêt ses week-ends de garde et il lui manque terriblement.

— Bud a toujours été un crétin, de toute façon, commenta Robin d'un ton dédaigneux.

— Tu peux parler, dit Jake en pointant le téléphone vers elle, avant de le reposer sur la table. Tu crois que tu aides beaucoup ta sœur en lui disant qu'elle a besoin de s'envoyer en l'air?

— Je n'ai fait qu'énoncer clairement son problème, et elle sait parfaitement que j'ai raison.

— En l'occurrence, je crois que c'est plutôt toi qui as un problème de ce côté-là, dit Jake en s'approchant d'elle.

110

Robin éclata de rire et se laissa tomber sur le canapé.

— Viens me dire ça plus près, susurra-t-elle.

Et elle poussa un nouvel éclat de rire quand il lui sauta dessus.

Son grand-père! Comment se faisait-il qu'elle n'y ait pas pensé plus tôt?

Rebecca pressa sa main sur sa joue. Il fallait qu'elle se ressaisisse. La situation n'était pas désespérée. Elle avait réservé une salle à l'*Elk's Lodge*, qui mettait son équipement de bingo à sa disposition, et elle avait réussi à obtenir un tarif défiant toute concurrence pour les rafraîchissements. Il ne lui manquait plus que la liste des participants pour envoyer les invitations, et elle aurait accompli sa mission. Cette tâche n'avait rien d'impossible : il suffisait de s'adresser à la personne adéquate.

Règle numéro neuf du demandeur d'emploi sans qualification : le verre est toujours à moitié plein.

Rebecca composa le numéro de téléphone de ses grands-parents.

— Allô! pépia sa grand-mère à l'autre bout de la ligne.

— Bonjour, grand-mère, c'est Rebecca.

— Becky! s'exclama-t-elle. Comment va mon arrière-petit-fils préféré?

— Il va très bien. Il est en train de faire la sieste.

— Oh! Je ne vais pas pouvoir lui parler, alors?

— Pas aujourd'hui, grand-mère. Ce sera pour une prochaine fois, d'accord?

— Est-ce que toi aussi, tu cherches à joindre ta maman? Aaron a appelé cet après-midi parce qu'il mourait d'envie de lui parler. Tu sais comme il est... Il passe d'une humeur à l'autre sans crier gare...

Le plus délicatement possible, Rebecca l'interrompit.

— En fait, j'appelais pour demander quelque chose de précis à grand-père. Il est là?

— Où voudrais-tu qu'il soit? rétorqua sa grand-mère. Jake ne l'accepte plus sur ses chantiers depuis qu'il a arraché les moulures que ses employés venaient tout juste de poser. Il est impossible, tu sais. On ne peut vraiment pas le laisser seul une minute...

— Tu veux bien me le passer, s'il te plaît, grand-mère ? demanda Rebecca de sa voix la plus suave.

— Bien sûr, ma chérie. Ne quitte pas.

Elle posa le combiné sur la table et se mit à crier :

— Elmer ! Ta petite-fille veut te parler !

Une minute s'écoula, puis elle reprit un peu plus fort :

— J'ai dit que ta petite-fille voulait te parler !

Un instant plus tard, Elmer Stanton prit la communication dans une autre pièce.

— C'est toi, Robin ?

— Non, grand-père. C'est Rebecca.

— Becky ! Comment vas-tu, ma chérie ?

— Je vais bien. Mais j'ai besoin de ton aide.

— Je ferai tout ce qui est en mon pouvoir... Attends un instant, dit-il avant de poser la main sur le combiné – ce qui n'empêcha pas Rebecca d'entendre la suite. Lil ! Raccroche le téléphone tout de suite !

— Prends bien soin de toi, ma chérie, et embrasse mon petit Grayson de ma part, dit Lil avant de raccrocher.

— Je n'y manquerai pas, promit Rebecca.

— Alors, Becky, qu'est-ce que je peux faire pour toi ? demanda son grand-père.

— Est-ce que tu as déjà entendu parler des Silver Panthers ?

Son grand-père s'esclaffa.

— Si j'en ai entendu parler ? Tu veux rire ! Je les ai pratiquement inventés !

Il se lança alors dans le récit détaillé des circonstances de cette invention, et Rebecca fut obligée à deux reprises de lui rappeler le sujet initial de la conversation. L'écouter attentivement lui permit cependant d'apprendre qu'il avait fait partie des Silver Panthers par le passé. Lorsqu'il eut terminé son récit, elle lui exposa les raisons qui motivaient sa question. Son grand-père claqua des doigts.

— Rien de plus simple ! s'exclama-t-il avant de lui promettre la liste des membres des Silver Panthers avant le lundi suivant.

Rebecca le remercia chaleureusement et raccrocha. Un peu plus tard cet après-midi-là, alors qu'elle se promenait au bord du fleuve avec Grayson, elle imagina la tête que ferait Matt Parrish à la prochaine réunion, quand elle annoncerait qu'une entrevue avec les Silver Panthers était à inscrire au programme.

Et encore un peu plus tard, quand elle éteignit sa lampe de chevet, après avoir lu la première partie de *Fais l'effort de me comprendre – caractère et comportement,* elle resta un long moment les yeux ouverts dans le noir, à réfléchir à ce que lui avait conseillé Robin.

10

De son côté, Matt pensait également à Rebecca. Il avait réussi à comprendre pourquoi cette fille lui tapait sur les nerfs : Rebecca Lear lui rappelait Tanya Kwitokowsky, une ancienne camarade de collège.

À cette époque-là, Matt accumulait les heures de colle pour manquement au règlement. Tanya, elle, était toujours assise au premier rang, prête à exécuter les ordres des professeurs, ses cahiers bien parallèles au bord de la table et ses crayons impeccablement taillés rangés par ordre de taille à côté. C'était la pire fayote qu'il ait jamais côtoyée de toute sa scolarité. Fayote, moucharde et sadique. Et le pire de tout, c'était que même à cet âge tendre, il mourait d'envie de voir sa petite culotte.

Rebecca Lear lui inspirait exactement le même désir, ce qui rendait son incompétence en matière de politique (excepté un art consommé de la décoration des salles de réunion) d'autant plus agaçante.

Il n'avait rien contre elle – c'était la plus belle femme qu'il ait jamais rencontrée. Il ne pouvait pas non plus l'accuser d'être stupide, loin de là – il la soupçonnait même d'avoir autant de ruse qu'une vieille renarde. Mais elle était ridiculement en dehors du coup. À tout point de vue. On eût dit qu'elle débarquait d'une autre planète. Mais le plus embêtant de tout, c'était qu'il ne pouvait s'empêcher de penser à elle en permanence.

Son physique le subjuguait. Elle était d'une beauté éblouissante. On l'aurait imaginée plus volontiers à Hollywood qu'au sein d'une équipe de campagne électorale.

Penser à elle le rendait dingue. Il fallait absolument qu'il la chasse de son esprit. Comme le week-end s'annonçait, il se concentra sur le tourbillon d'activités qui l'attendaient, à commencer par son rendez-vous du soir avec Debbie Seaforth, une brillante avocate du comté.

Quand il la raccompagna chez elle, elle l'invita à entrer, bien que ce ne soit que leur deuxième rendez-vous. Matt s'esquiva le samedi matin après un petit déjeuner éclair et repassa par son loft pour se changer. Tandis qu'il roulait en direction du terrain de golf où il avait rendez-vous avec le juge Halliburton, il se débarrassa des préservatifs vert fluo que Debbie avait glissés dans ses poches. Après sa partie de golf, il se rendit au lac Travis pour retrouver Alan, le frère de Ben, un soi-disant homme d'affaires qui donnait une fête sur son yacht. Comment Alan, à quarante ans passés, s'arrangeait-il pour connaître autant de ravissantes jeunes étudiantes ? C'était un mystère qui échappait complètement à Matt. Du haut de ses trente-six ans, il avait tendance à les considérer comme des gamines, mais appréciait énormément leur compagnie, surtout quand elles étaient en bikini.

Le dimanche était le jour du déjeuner rituel chez ses parents, qui vivaient à côté de Dripping Springs. Ce dimanche-là, son père avait organisé un barbecue pour toute la famille : sa sœur Bella avec son mari Bill et leur fille Cameron, âgée de six mois, et les deux frères cadets de Matt, Mark et Danny.

Dans le cadre de son travail, Matt était témoin de bien des désaccords conjugaux, et il appréciait à sa juste valeur le fait d'appartenir à une famille unie où tout le monde s'entendait bien. Le seul inconvénient, depuis peu de temps, c'était que sa mère, qui avait franchi le cap de la soixantaine, commençait à les harceler, lui et ses frères, pour qu'ils lui fassent des petits-enfants.

— Nous ne sommes plus tout jeunes, votre père et moi, leur rappelait-elle sans arrêt.

En tant que fils aîné, Matt était particulièrement visé par ces petites phrases lourdes de sous-entendus, mais quand elle essayait de lui en parler en privé, il déposait un baiser sur sa joue.

— Reprends un verre de vin, maman, ça te fera voir la vie en rose, plaisantait-il, certain de s'attirer ainsi la complicité de son père.

Sa mère était bonne joueuse, de toute façon. Elle ripostait à ces petites plaisanteries en disant que son fils aîné n'était pas du genre à se marier. Matt n'en était pas certain. Tout ce qu'il savait, c'était qu'il n'avait pas encore rencontré la femme de sa vie.

Ce jour-là, la conversation fut particulièrement enjouée et principalement axée sur le mariage à venir de Danny (avec neuf demoiselles d'honneur, le pauvre !). Quand Matt rentra chez lui, tard dans la soirée, Rebecca Lear avait enfin disparu de ses pensées.

Le lundi se passa sans histoires. Le mardi matin, il se présenta au palais de justice pour une audience. En attendant que le jugement soit rendu, il bavardait dans le couloir avec l'avocat de la partie adverse, Ricardo Ruiz, quand Melissa Samuelson, une avocate avec qui il avait également couché, passa devant eux et fit une légère pause pour dévisager Matt d'un air méprisant.

Ricardo regarda Matt, qui haussa les épaules.

— Dois-je conclure de cet échange qu'elle figure sur ton tableau de chasse ? demanda Ricardo.

— Tu as tout compris, répondit Matt.

Ricardo, qui était du genre jovial, eut un rire complice, puis demanda à Matt si la rumeur qui circulait était fondée. Matt, qui en était encore à son tableau de chasse, eut un petit sourire.

— Quelle rumeur ?

— Que tu comptes devenir procureur. Il n'a été question que de ça au bar, hier soir.

Cette réponse prit Matt de court. Les dirigeants du parti en avaient parlé entre eux, mais Matt s'était bien gardé d'en souffler mot à qui que ce soit.

— Alors ? insista Ricardo. Seras-tu notre prochain procureur ? Tu sais que Hilliard va bientôt laisser la place, ajouta-t-il, énonçant un fait déjà connu de tous.

— Il ne faut pas croire tout ce qu'on raconte, tu sais, répondit Matt en feignant de rire.

La tape que Ricardo lui appliqua dans le dos et son petit rire entendu lui indiquèrent clairement qu'il ne croyait pas un mot de ce qu'il venait de dire, mais il n'en prit pas ombrage. Austin était une petite ville, et des rumeurs de ce genre naissaient à partir de trois fois rien. Lui eût-on annoncé qu'il devait se marier à la fin de la semaine avec Debbie Seaforth qu'il n'en aurait pas été autrement étonné. Cependant, à la fin de l'audience, une fois le jugement rendu, une petite lueur malicieuse brillait toujours dans l'œil de Ricardo.

— À un de ces quatre au Palais, dit-il avec un clin d'œil avant de tourner les talons.

Cet après-midi-là, Doug Balinger, une des huiles du parti démocrate, appela Matt pour lui annoncer que leurs premiers travaux avaient eu des échos positifs dans la presse.

— C'est un vrai miracle, après ce qu'a lâché Tom sur l'assurance maladie.

Matt savait de quoi il retournait. La semaine précédente, Tom s'était laissé aller à émettre un commentaire méprisant sur les gens qui n'avaient pas de couverture sociale, ce qui risquait d'être interprété comme les propos d'un riche qui se payait la tête des pauvres. Matt avait passé tout un après-midi à s'efforcer de limiter les dégâts et avait obtenu que la presse n'y fasse allusion que de façon très voilée. Doug craignait cependant – avec raison, selon Matt – que des gaffes du même ordre ne se reproduisent.

— Il faut absolument que Tom consolide sa position sur l'assurance maladie. Ses petites réflexions à l'emporte-pièce peuvent se révéler dangereuses, dit Matt.

— On y travaille, assura Doug. Sois patient. En attendant, laisse-moi t'informer des nouveaux éléments que nous voudrions apporter à la campagne, dit-il avant de lui faire son compte rendu.

Quand Matt raccrocha enfin, il jeta un coup d'œil à la pendule. Il allait arriver en retard à la réunion de campagne, et l'idée de ne pas y aller l'effleura. Mais Angie et les autres devaient avoir procédé à la mise en place du standard, et c'était un point qui l'intéressait. De plus, des milliers d'affiches appelant à voter Tom Masters avaient été collées dans toute la ville ce jour-là. Et surtout, il mourait d'envie de savoir où en était son pari avec Rebecca...

Il appela Harold à l'interphone. Celui-ci apparut immédiatement et s'avança vers lui, les mains tendues, prêt à recevoir les dossiers de Matt.

— Si vous me permettez, monsieur, vous avez l'air épuisé, lui dit-il en prenant les dossiers. Vous devriez mettre des rondelles de concombre sur vos yeux, ajouta-t-il en pivotant sur lui-même. Et si ça ne marche pas, essayez le truc des Miss : un peu de pommade contre les hémorroïdes sous les yeux pour faire dégonfler les cernes.

Matt releva la tête et le regarda s'éloigner.

— Vous plaisantez ? lui lança-t-il.

— Pas le moins du monde, répondit Harold.

— Mais c'est dégoûtant !

— Peut-être, mais c'est efficace, pépia Harold en quittant le bureau.

Matt pensait parfois que Ben avait raison : Harold aurait parfaitement été à sa place dans le salon d'une esthéticienne. Par ailleurs, Harold était le meilleur secrétaire qu'ils aient jamais embauché, et Dieu sait qu'ils en avaient vu défiler. Les astuces de beauté dont Harold le régalait – les rondelles de concombre et la pommade contre les hémorroïdes ne manqueraient pas de figurer dans les annales – faisaient frémir Matt de dégoût, mais il ne pouvait nier que Harold excellait dans son travail. Enfin,

tout de même... de la pommade contre les hémorroïdes !

Il rassembla ses affaires en secouant la tête, desserra
le nœud de sa cravate et quitta son bureau.

En chemin, il fut pris dans un petit embouteillage et
alluma l'autoradio pour écouter les informations.

— Si vous cherchez le meilleur rapport qualité-prix,
vous ne trouverez jamais mieux que chez Reynolds
Cadillac et Chevrolet !

Encore de la pub ! Était-ce son imagination ou bien
le volume sonore montait-il automatiquement pendant
les pages de pub ? Il changea de station.

— Reynolds Cadillac et Chevrolet, vous ne pourrez
pas trouver mieux ! Le meilleur rapport qualité-prix du
Texas...

Matt finit par mettre un CD de jazz dans le lecteur.

Les voitures avançaient à une allure d'escargot. Un
accident avait dû se produire. Matt tourna le volant
pour s'engager sur une route secondaire. Le long d'une
rue fréquentée d'Austin, il remarqua plusieurs panneaux sur lesquels figuraient des affiches appelant à
voter pour Tom. Le problème, c'était qu'ils avaient été
placés si près des maisons et des immeubles qu'il fallait pratiquement se dévisser la tête pour avoir une
chance de les apercevoir. À croire que si Matt ne faisait
pas les choses lui-même, tout allait toujours de travers !
Il se gara sur le parking le plus proche, alla chercher
un club de golf dans le coffre de sa voiture et remonta
la rue à petites foulées, s'arrêtant tous les vingt mètres
pour rapprocher les panneaux du bord du trottoir en
les inclinant de façon à ce que les automobilistes puissent les voir. C'était pourtant le B.A.-BA du métier.

Quand il arriva devant la permanence, il ouvrit vivement la porte d'entrée et faillit se cogner contre un
bureau que quelqu'un avait placé là et qui occupait
presque tout l'espace. Plusieurs piles d'enveloppes comportant des adresses manuscrites s'y trouvaient, et Matt
ne put s'empêcher de penser au gâchis de main-
d'œuvre que cela représentait. Avec un ordinateur, on

aurait pu abattre la même quantité de travail en un clin d'œil.

Il contourna le bureau, se dirigea vers la salle du fond et remarqua au passage les ajouts décoratifs sur les murs du couloir – des bannières pimpantes qui semblaient avoir été peintes à la main. Des voix lui parvinrent depuis la salle de réunion, et la sonnerie d'un téléphone retentit quelque part. Gilbert apparut sur le seuil de la salle et aperçut Matt.

— Oh! On allait justement commencer. Tu veux bien aller répondre, s'il te plaît? lui demanda-t-il.

Matt hocha la tête et se dirigea vers le standard. Il entra dans la pièce remplie de bureaux métalliques gris sur lesquels étaient disposés blocs-notes et annuaires, ainsi que des téléphones à cadran couleur mastic.

Le téléphone avait cessé de sonner. Rebecca se trouvait là, plus ravissante que jamais, vêtue d'une jupe et d'un bustier gris perle coordonnés. Elle avait relevé ses cheveux, et de petites boucles d'oreilles en diamants scintillaient à ses oreilles. Elle ne s'était pas encore aperçue de la présence de Matt. Les sourcils froncés, elle écoutait attentivement ce que lui disait son interlocuteur.

Enfin, elle tourna la tête vers lui, et l'intensité de ses grands yeux bleus le cloua sur place. Elle lui adressa un petit salut de la main. Il lui répondit d'un hochement de tête, se dit qu'il la dérangeait et qu'il ferait mieux de regagner la salle de réunion, mais ne put s'y résoudre. Il était incapable d'échapper au pouvoir hypnotique des yeux de Rebecca.

— Oui, je comprends, c'est vraiment épouvantable, disait-elle.

Il haussa un sourcil interrogateur, mais elle détourna le regard.

— Je sais, je n'arrive pas non plus à concevoir que de telles choses puissent se produire... Oh, non, je vous promets de faire tout mon possible... Oui, je vous rappelle très bientôt, dit-elle en cherchant un stylo du regard. Je suis sûre que cela intéressera beaucoup le sénateur Masters.

Matt s'approcha d'elle, sortit un stylo de sa poche et le lui tendit. Rebecca le regarda avec surprise, sourit et prit le stylo. Ce sourire provoqua en lui un long frisson, et il se rendit compte à travers une sorte de brouillard qu'il était en train d'observer la courbe de son cou, tandis qu'elle notait un nom et un numéro de téléphone.

Elle raccrocha et contempla son bloc-notes d'un air soucieux.

— Tout va bien ? lui demanda Matt.

— Pas vraiment, répondit-elle en posant une main élégante sur son décolleté. En fait, c'est affreux.

— Quoi donc ? Je peux peut-être t'aider ? proposa-t-il sans grande conviction.

— Oh, Matt… fit-elle en levant les yeux vers lui avec un sourire triste. Il n'y a malheureusement rien que tu puisses faire. C'est avec Tom qu'il faut que je voie ça.

Matt croisa posément les bras.

— De quoi s'agit-il ?

— De l'Association protectrice des cervidés de Hill County.

Matt attendit qu'elle ajoute quelque chose, mais Rebecca se contenta de lui offrir le merveilleux regard de ses yeux bleus. Il n'y avait pas la moindre trace d'humour sur son joli visage. C'était, Matt ne pouvait plus en douter, une extraterrestre pure et dure.

— L'Association protectrice des cervidés, répéta-t-il à voix haute, savourant la sonorité des mots.

Rebecca hocha la tête.

— On les abat pour les empêcher de proliférer, et les membres de cette association souhaiteraient qu'on les déplace. Ils aimeraient s'entretenir avec Tom à ce propos.

Matt avait du mal à en croire ses oreilles, mais Rebecca ne se rendait compte de rien. Elle ramassa sa serviette et la fit passer par-dessus son épaule.

— On ferait mieux de rejoindre les autres. Tiens, je te rends ton stylo, dit-elle avec un sourire radieux. Et encore merci.

— Est-ce que tu es vraiment cinglée ? demanda Matt en replaçant le stylo dans sa poche.

Rebecca battit des cils.

— Je te demande pardon ?

— Es-tu cinglée ou bien fais-tu cela pour t'amuser ?

— Est-ce que je fais quoi pour m'amuser ? demanda-t-elle en fronçant les sourcils.

— Est-ce que tu viens vraiment d'avoir une conversation sérieuse sur le sort des cerfs et des biches ou est-ce que tu te paies ma tête ?

— Tu as quelque chose contre les cerfs ?

— Eh bien, oui, figure-toi. Et je vais t'expliquer ce que j'ai contre eux : ils sont problématiques dans quelques comtés où de grosses sociétés sponsorisent des terrains de golf, mais ils ne représentent pas un problème pour le Texas en tant qu'État.

— Et alors ? demanda-t-elle.

Il se produisit alors un phénomène auquel Matt commençait à s'habituer : les beaux yeux bleus de Rebecca lancèrent des éclairs.

— Tu veux bien m'expliquer pourquoi Tom perdrait une minute de son précieux temps à se soucier du sort des cerfs ?

— Parce que Tom a conscience des problèmes qui préoccupent les citoyens de cet État ! répliqua-t-elle en avançant vers la porte. Je sais que c'est un sujet qui te dépasse, mais Tom est quelqu'un de bien, et des tas de gens au Texas se soucient des droits des animaux !

— Dites-moi que je rêve ! grommela Matt en levant les yeux au ciel. Tu as sérieusement l'intention de faire figurer les droits des animaux parmi les thèmes de la campagne ?

— Pour votre gouverne, monsieur M'as-tu-vu, cette association demande seulement qu'on interdise l'abattage des cerfs et qu'on procède à leur transplantation. Tom pourra aisément lui donner satisfaction ! s'exclama-t-elle en sortant de la pièce d'un pas décidé, accompagnée par le cliquetis des talons aiguilles de ses sandales sur le linoléum.

— Oui, mais est-ce bien raisonnable ? demanda Matt en la suivant de près, d'autant plus irrité qu'en dépit de sa colère il ne pouvait s'empêcher d'admirer son fabuleux déhanchement. Tu ne crois pas qu'il a des problèmes plus urgents à traiter qu'un malheureux troupeau de cerfs ?

Rebecca pila sur place et pivota si prestement qu'elle faillit entrer en collision avec Matt.

— Quel genre d'homme es-tu donc ? lui demanda-t-elle.

— Le genre d'homme qui veut aider Tom à devenir gouverneur, pas à figurer sur l'affiche de *Sauvez Bambi* !

— Ô mon Dieu, laissa-t-elle échapper dans un souffle.

Elle se retourna d'un bloc et repartit vers la salle de réunion. Elle fit trois pas, s'arrêta et se retourna de nouveau, le forçant à s'immobiliser.

— Tu sais ce que tu es ? Tu es… tu es… Je ne peux même pas dire ce que tu es ! lança-t-elle.

Sur ce, elle se retourna un peu trop brusquement. Matt la retint juste à temps pour lui éviter de se cogner. Il lui attrapa le bras et le plaqua contre le mur. Rebecca se retrouva privée de sa liberté de mouvement, ce qui plut énormément à Matt. Elle replia son bras vers son ventre et le dévisagea.

— Tu peux m'expliquer ce que tu essaies de faire ?

Le regard de Matt descendit vers la moue que formaient ses lèvres, et son parfum assaillit ses narines.

— Je te donne l'occasion de dire à voix haute ce que tu penses de moi. Vas-y, Rebecca, lâche-toi.

— D'accord. Tu es révoltant.

— Moi ? Révoltant ? riposta-t-il avec dédain. C'est tout ce que tu as trouvé, Miss Chochotte ? Je suis déçu.

— Tu as raison, c'est en dessous de la vérité. En fait, je voulais dire que tu es un monstre d'arrogance…

— Ravi d'entendre ça de la bouche de la grenouille qui enfle de suffisance quand on la félicite pour quelques malheureux drapeaux, rétorqua-t-il avec un léger sourire.

Il n'aurait pas cru que ce soit possible, mais elle était encore plus belle quand elle était en colère.

— Tu es tyrannique.

— Déterminé, rectifia-t-il.

Rebecca se tut un instant, puis le surprit totalement en éclatant de rire et en se retournant, ce qui plaça son visage juste en dessous du sien. Si proche du sien qu'il aurait pu, s'il avait été fou à lier, l'embrasser sans effort. Il constata qu'il mourait d'envie de céder à cette tentation et s'en inquiéta un peu.

— J'ai parfaitement compris ce que tu cherches à faire, chuchota-t-elle.

— Ah, vraiment ?

— Vraiment.

— Je t'écoute.

— Tu cherches à me faire partir, dit-elle en pointant l'index vers le nœud de sa cravate.

Elle sourit et se haussa sur la pointe des pieds, ce qui amena ses lèvres au niveau de celles de Matt.

— Tu estimes que je ne suis pas à ma place ici et tu essaies de m'intimider pour que je m'en aille.

Ô Seigneur, ces lèvres ! Ce sourire ! Cette bouche pleine et luisante !

— Ce serait idiot de ma part... Non, j'essaie simplement de faire entrer un peu de discernement dans ta charmante petite tête.

— Tu veux que je te dise, Matt ? demanda-t-elle en le dévisageant d'un œil langoureux. Ça ne marche pas.

Il ressentit soudain une douleur fulgurante sur le dessus de son pied, à l'endroit précis où elle venait d'enfoncer son talon. Il recula en grimaçant.

— Je ne partirai pas, ajouta-t-elle en se dirigeant vers la salle.

— C'est bien ce que je craignais, marmonna-t-il en la suivant.

Ils firent une entrée fracassante dans la salle, et tous les visages se tournèrent vers eux.

— Désolée de ce retard, dit Rebecca en prenant place autour de la table.

Matt s'assit à côté d'elle. Tous deux fixèrent Tom en évitant soigneusement de se regarder. Le regard de Tom se posa sur Pat, puis sur Matt et Rebecca.

— Bon, eh bien, au travail ! Nous avons beaucoup de choses à voir ! Je vous écoute ! Angie ?

— Le standard a très bien fonctionné, répondit celle-ci. Il y avait cinq étudiants bénévoles, Gilbert, Rebecca et moi. En deux heures, nous avons répondu à une centaine d'appels.

— Excellent ! s'exclama Tom. Gilbert ? Comment s'est passée la mise en place des panneaux d'affichage ?

— Les équipes de Dallas, Houston et San Antonio ont disposé près de huit cents panneaux ce week-end. Avec Pat et Rebecca, on a partagé Austin en trois secteurs et procédé à la mise en place de trois cent cinquante panneaux.

Matt connaissait à présent les responsables de la disposition catastrophique des panneaux dans le quartier ouest.

— Très bon travail ! s'exclama Tom.

— J'aimerais faire une suggestion, Tom, intervint Matt. Est-ce qu'on pourrait se mettre d'accord pour disposer les panneaux de façon à ce que les automobilistes les voient, plutôt que comme des éléments visant à embellir l'espace urbain ?

Il sentit Miss Chochotte se raidir à côté de lui.

— Bien sûr ! dit Tom. Tout le monde en prend note. Bon, Rebecca, quoi de neuf du côté des Silver Panthers ?

— Oui, j'ai hâte de savoir où ça en est, moi aussi, dit Matt en se tournant vers elle.

Le coup de talon qu'elle lui avait infligé décuplait son imagination quant aux faveurs qu'il exigerait d'elle à l'issue de leur pari. Assise bien droite sur sa chaise, les bras sagement croisés sur la table, elle lui rappelait plus que jamais Tanya Kwitokowsky.

— C'est réglé, annonça-t-elle fièrement. Nous avons une salle, l'animation et les rafraîchissements pour la veille de leur convention annuelle. Mais nous disposons surtout de la liste tant convoitée des participants. Il ne me manque plus que ton accord pour envoyer les cinq cents invitations.

Matt ne pouvait pas en croire ses oreilles. Les Silver Panthers constituaient un cercle très fermé, et personne – surtout pas une ex-Miss Texas – n'était jamais parvenu à entrer en possession de la liste de ses membres !

— Mais c'est fantastique ! s'exclama Tom. Rebecca, tu es tout simplement géniale ! Les autres, voilà exactement le genre d'action que j'attends de vous. Atteindre les objectifs qu'on s'est fixés ! Bon, Gilbert, tu m'écriras un petit speech. Pat, tu me prépareras la doc. Quant à toi, Rebecca, si tu veux bien m'accorder une minute à l'issue de la réunion, j'aimerais te parler de gens qu'il faut absolument que tu rencontres.

La colonne vertébrale de Miss Chochotte accomplit l'exploit de se raidir encore.

— Avec plaisir, Tom, dit-elle en se rengorgeant. Je crois que c'est au tour de Matt de parler, ajouta-t-elle en se tournant vers lui.

— C'est juste ! Matt, nous t'écoutons. Quoi de neuf de ton côté depuis la dernière réunion ?

Matt fronça les sourcils à l'intention de Rebecca, qui le gratifia d'une petite moue dédaigneuse. Cette pauvre petite extraterrestre n'avait pas la moindre idée de ce qui se profilait, mais si elle voulait jouer à ça, il serait ravi d'assister au spectacle.

— J'ai parlé avec Doug aujourd'hui, dit-il en se tournant vers le groupe.

Et il se mit en devoir d'exposer les points à affiner pour présenter l'opinion des démocrates texans sur l'assurance maladie.

11

*Pour réussir dans la vie, deux ingrédients suffisent :
l'ignorance et la confiance en soi...*

Mark Twain

Cela tenait presque du miracle, mais après lui avoir fait faux bond quatre week-ends de suite, Bud passa chercher Grayson à Austin, ce vendredi-là.

Les gens que Tom allait présenter à Rebecca étaient des spécialistes des médias de Los Angeles. Ils allaient lui apprendre à maîtriser son image de façon à donner l'impression que le poste de gouverneur lui revenait de droit (selon les propres mots de Tom).

Après le départ de Grayson, Rebecca passa son temps à se préparer pour son rendez-vous avec les spécialistes des médias (le simple fait de prononcer ces mots la mettait dans tous ses états !) autour d'un apéritif au *Four Seasons*. Et le point le plus positif dans tout ça, c'était que l'infect Monsieur M'as-tu-vu ne serait pas là pour lui faire perdre ses moyens.

— J'ai vraiment besoin que tu sois là, lui avait glissé Tom sur le ton de la confidence. Ce sont des spécialistes des médias. Ils sont établis à Los Angeles et ils connaissent leur affaire. Pat est bien gentille, mais elle n'est pas très... Enfin, elle est un peu trop... Tu vois ce que je veux dire.

— Non, pas vraiment.

— Si, si, tu me comprends, avait-il affirmé. Quant à Angie et Gilbert... avait-il ajouté en levant les yeux au ciel. Ils font une belle paire, ces deux-là, tiens ! Entendons-nous bien : je ne remets pas leurs compétences en cause, mais ils n'ont pas le profil qui convient. C'est de toi que j'ai besoin, Rebecca. Tu sais à quel point les apparences sont importantes... Tu es passée maîtresse dans cet art-là.

C'était la deuxième fois que quelqu'un insinuait qu'elle maîtrisait son apparence. Mais peu importait. Une part d'elle-même était très flattée que Tom lui fasse confiance, surtout après la longue traversée du désert qu'elle venait de subir. Par ailleurs, elle se demandait ce qu'il avait derrière la tête. Contrairement à ce qu'il semblait penser, elle n'avait aucune expérience des médias, excepté les quelques interviews qu'elle avait accordées après avoir décroché son titre de Miss Texas, dix ans auparavant. Mais, de la même façon qu'elle avait su qu'elle serait capable d'organiser une rencontre avec les Silver Panthers, elle savait qu'elle serait capable de tenir son rôle au cours de cette entrevue. Ça ne serait pas bien compliqué. Il lui suffirait : 1) d'avoir confiance en elle (*Guide de la femme pour se réaliser à travers sa carrière*), 2) de se visualiser dans le rôle (stage de transformation, étape quatre), 3) de donner l'image de quelqu'un de compétent (*Règle numéro onze du demandeur d'emploi sans qualification : ne jamais porter de vêtements roses ou sans manches*).

Cependant...

— Et Matt ? avait-elle demandé.

Tom avait éclaté de rire.

— Matt ? Tu n'y penses pas ! Tout le monde déteste les avocats !

Ce qui était on ne peut plus vrai. Surtout quand l'avocat en question était aussi égocentrique et aussi beau que Matt. D'ailleurs, se dit Rebecca en se coiffant, elle aurait très bien pu le trouver attirant. Enfin, disons qu'il aurait pu lui faire de l'effet. Il aurait été parfait s'il n'avait pas été... celui qu'il était, un monstre froid et sans cœur à qui la mort de centaines de cerfs innocents ne faisait ni chaud ni froid. Tom n'avait certainement pas envie qu'on cherche des poux dans la tête des spécialistes des médias, et Matt était plus susceptible que quiconque de le faire.

Il devenait de plus en plus évident qu'Uranus entreprenait de sérieux projets de rénovation dans sa maison! Sa vie commençait enfin à prendre tournure. Pour s'assurer que les choses continuent d'évoluer dans cette voie, elle pratiqua ses exercices de visualisation (stratège de campagne) et consigna les trois éléments positifs du jour :

1) Une jolie tenue vestimentaire.

2) Bonne présence téléphonique (standard). Réponses données avec cœur (pas comme certains…).

3) Beaucoup de travail de terrain (panneaux d'affichage) alors que certaines personnes pensent qu'il suffit de critiquer le travail des autres pour participer. D'autant qu'il n'y a rien de mal à disposer des panneaux selon des critères esthétiques.

Fin prête pour son rendez-vous, Rebecca, vêtue d'un très joli chemisier bleu lavande à manches longues, d'une jupe noire qui s'arrêtait aux genoux et d'une paire de bottes noires, se dirigea d'un pas décidé vers le bar du *Four Seasons*.

Elle repéra immédiatement Tom parmi les nombreux clients du bar et remarqua qu'il avait réussi à s'approprier une table au centre de la salle, où il était assis en compagnie de deux personnes d'une vingtaine d'années. Cela la surprit. Pour une raison ou pour une autre, elle s'était imaginé que des spécialistes des médias seraient plus mûrs que ça. Tom la vit et s'avança aussitôt vers elle. Ses compagnons – un homme et une femme, tous deux excessivement minces, tout de noir vêtus, équipés de lunettes de soleil *Men in black* et affichant des mines de déterrés – pivotèrent sur leur siège pour la regarder.

— Rebecca ! appela Tom comme si elle ne l'avait pas vu, ce qui était absurde étant donné qu'ils étaient en train de se regarder et de s'adresser un signe de la main.

Elle se visualisa en «Rebecca, stratège de campagne» et s'avança vers la table.

— Bonjour, Tom. Comment vas-tu? demanda-t-elle en lui tendant la main avec assurance.

— À merveille! Permets-moi de te présenter Gunter Falk et Heather Hill. Ils travaillent pour DGM, notre nouveau consultant médias. Gunter, Heather, je vous présente une amie très chère, Rebecca Reynolds.

— Hum... Lear, rectifia poliment Rebecca.

Heather rejeta ses cheveux en arrière et détailla Rebecca de la tête aux pieds.

— Yo! émit Gunter en tendant deux doigts vers elle, avant de s'affaler au fond de son siège. Tu travailles pour la campagne de Tom? demanda-t-il en la détaillant lui aussi d'un œil critique.

Tellement critique que Rebecca se sentit légèrement décontenancée. Donnait-elle l'impression d'être si mal fagotée que ça face à leur look *made in* L.A.?

— Euh... oui, répondit-elle en ayant l'impression de ressembler à la maman d'un joueur de football américain gavé de Blédine.

Règle numéro sept du demandeur d'emploi sans qualification: ayez confiance! Si vous n'avez pas confiance en vous, personne ne vous fera confiance!

— Tu prends quelque chose, Rebecca? demanda Tom.

— Je veux bien un verre de vin.

Tom lui adressa un sourire chaleureux et tira une chaise pour l'inviter à s'asseoir.

— Nous étions en train de parler du look à donner à la campagne.

— Masters! lança quelqu'un dans la salle.

Tom tendit le cou, localisa l'homme qui venait de l'appeler, lui adressa un signe de la main et tapota l'épaule de Rebecca.

— Tu veux bien leur expliquer ce que nous avons en tête, Rebecca? Je reviens tout de suite. Oh, j'oubliais! Au cas où vous ne le sauriez pas, Rebecca a été Miss Texas! lança-t-il tout en quittant la table.

— C'est vrai ? demanda Gunter d'un ton exagérément surpris.

— C'était il y a plus de dix ans, dit Rebecca avec un petit rire nerveux.

— Mais c'est hyper cool ! déclara Heather en hochant la tête de concert avec Gunter. Enfin, c'est peut-être un événement trop ancien pour qu'on puisse l'utiliser.

— Ça tombe bien, ce n'est pas moi qui suis candidate, lui rappela poliment Rebecca.

— C'est vrai, approuva Gunter en recommençant à hocher la tête. Commandons à boire, tu nous raconteras ensuite de quoi traite cette campagne.

De quoi traitait la campagne ? Comme si elle le savait ! Tom lui avait seulement dit qu'il voulait lui faire rencontrer des gens ! Les choses ne se passaient pas du tout comme prévu. Elle allait devoir reprendre son travail de visualisation à zéro. Pendant que Gunter et Heather se concertaient pour savoir ce qu'ils allaient commander, Rebecca réfléchit. Elle se trouvait en compagnie de spécialistes des médias pour parler de... de quoi ? Génial. Elle ne savait même pas de quoi Tom avait l'intention de leur parler. Aïe !

La serveuse apparut avec deux martinis et un verre de vin. Du vin blanc. Rebecca fuyait le vin blanc comme la peste. Ça lui faisait dire des bêtises. Elle en but tout de même une longue gorgée pour se donner du courage et observa ses deux compagnons, Frick et Frack, qui lui rendirent son regard. Pour qui se prenaient-ils ? Elle avait fait partie du gratin de Dallas et avait plus d'une fois plongé dans des eaux infestées de requins. Ce n'étaient pas deux gamins de L.A. qui allaient lui faire peur.

— Bon. On cherche à sélectionner deux événements importants sur le calendrier de la campagne pour intégrer des images aux spots télévisés sur Tom, déclara Heather. Tu vois le genre : Tom Masters en train de faire des trucs, de rencontrer des gens, ce genre de choses.

— Oh, répondit brillamment Rebecca.

— Ouais. Qu'est-ce que tu aurais à nous proposer ? demanda Gunter.

— Laissez-moi réfléchir, dit-elle en se cachant derrière son verre, tout en cherchant à localiser Tom du coin de l'œil.

Il se tenait entre deux types à cheveux gris, et Rebecca se dit que la meilleure réponse qu'elle pourrait fournir à Gunter serait une image de Tom en train de recevoir un bon coup de pied aux fesses. Elle visualisa si bien la scène qu'elle se mit à sourire.

— Je sens que tu tiens quelque chose de bon, pas vrai ? demanda Gunter.

— Oui ! répondit-elle avec un peu trop d'enthousiasme. Nous devons rencontrer les Silver Panthers au cours d'une fête qui aura lieu la veille de leur convention annuelle à Lakeway.

Frick et Frack restèrent silencieux un moment, comme s'ils réfléchissaient intensément à ce qu'elle venait de dire. Finalement, Gunter hocha lentement la tête.

— Ouais, c'est bon, ça.

Il se redressa sur son siège, aussitôt imité par Heather.

— Ça me fait penser à cette pub pour les pilules contre l'arthrite. Tu sais, celle où on voit un papy en train de danser, l'air tout content.

— Ouais, fit Heather. Il y a aussi celle où on voit un autre vieux monter dans une fusée pour aller découvrir l'espace.

— Trop cool, dit Gunter. On pourrait prendre en photo des tas de papys comme ça !

Frick et Frack échangèrent un sourire complice, puis se tournèrent vers Rebecca.

— C'est quand, ce truc ?

— Jeudi prochain.

— Une teuf. Bon plan. On enverra quelqu'un pour photographier Tom en train de danser avec une mémé, annonça Gunter.

Non seulement le terme de « mémé » était politiquement incorrect, mais ces deux-là se trompaient du tout au tout s'ils s'imaginaient que les gens danseraient au cours de cette rencontre.

— Je suis désolée de vous avoir donné de faux espoirs, mais ça m'étonnerait fort que les gens dansent...

— Tu as dit que c'était une fête ! s'exclama Heather d'un ton accusateur.

— Oui, mais je n'ai pas parlé de danse...

— Qu'est-ce qui va se passer, alors ? demanda Gunter.

— Ils vont faire un bingo.

— Un bingo ? répéta Gunter, plus perplexe qu'ennuyé.

— Les personnes du troisième âge apprécient énormément le bingo.

— Je sais bien que les vieux adorent le bingo, émit Gunter sur un mode proche du gémissement, mais je ne pensais pas que c'était ce que Tom avait en tête.

Le regard qu'il adressa à Rebecca signifiait qu'il espérait qu'elle plaisantait.

Elle ne plaisantait absolument pas. Elle avait longuement réfléchi aux moyens d'inciter les Silver Panthers à accepter son invitation et avait même consulté Jo Lynn à ce sujet. Tom pourrait bavarder avec eux entre deux tirages et profiter d'une pause pour faire un petit speech.

— Tom va dégager une image très chaleureuse au milieu de tous ces seniors, dit-elle. Cela plaira beaucoup aux Texans.

— Oui, d'accord, c'est important, concéda Heather du bout des lèvres. Mais que les choses soient claires : l'objectif, c'est que Tom et ses électeurs se retrouvent dans une atmosphère décontract'... Je crois qu'on pourra avoir des images cool, ajouta-t-elle en se tournant vers Gunter. Une sorte d'effet miroir décalé, tu vois.

— Tout à fait ! approuva Rebecca, qui n'avait pas la moindre idée de ce que ça voulait dire.

— Ouais, ça le fera, dit Gunter.

Ils se mirent alors à parler en jargon de métier en ignorant complètement Rebecca. Quand elle essaya d'intervenir, Gunter la gratifia d'un sourire tellement réfrigérant qu'elle ne trouva rien d'autre à faire que de reprendre une gorgée de vin.

Règle numéro deux du demandeur d'emploi sans qualification : si vous n'avez rien d'intéressant à ajouter, n'ajoutez rien.

Très bien. C'étaient eux les spécialistes, après tout. Elle chercha Tom du regard. Pendant qu'elle se forçait à siroter ce vin blanc épouvantablement sucré et qu'elle faisait son travail à sa place, il s'était installé à une autre table avec ses deux copains. Et il avait visiblement l'intention de rester un moment en leur compagnie. Tandis qu'elle se visualisait en train de renverser un pot de fleurs sur la tête de Tom, elle se rendit compte qu'un de ses deux copains – celui qui avait une bouche en bec de canard et qui était fortement dégarni – lui souriait.

Beurk.

Rebecca l'ignorait, mais Ben, l'associé de Matt, la regardait également en souriant.

— Dis donc, tu la connais, toi, cette fille ? demanda Ben à Matt en désignant le dos de Rebecca.

Matt leva les yeux, et son cœur fit un petit bond auquel il refusa de prêter attention.

— Tu ne perds rien, crois-moi, soupira-t-il, tout en remarquant que Tom se trouvait également dans la salle en compagnie de Jeffers, le porte-parole du parti, et de Fred Davis.

Qu'est-ce que c'était que cette histoire ?

— J'en conclus donc que tu la connais, répondit Ben.

— Oui. Elle est bénévole dans l'équipe de campagne de Tom. Une ex-Miss Texas qui débarque de l'espace. Mais je te garantis qu'il vaut mieux éviter de se trouver dans son champ d'action. J'aimerais bien savoir ce qu'elle fiche ici avec Tom, en revanche.

Ben pouffa.

— Jaloux ?

— Sûrement pas ! dit Matt en se levant.

— Si on parlait un peu des slogans ? suggéra Gunter. Tu peux peut-être nous aider.

— Je pourrais peut-être aussi boire un autre verre de vin, marmonna Rebecca sans réfléchir.

— Tu disais ? demanda Gunter.

— Moi ? fit Rebecca en regardant un des deux compagnons de Tom se lever et longer la table, la main tendue.

— Salut ! claironna-t-il, comme s'il désirait devenir le point de mire de toute la salle. Je m'appelle Fred Davis !

Rebecca regarda sa main. Était-ce l'odeur de son parfum qui lui chatouillait les narines ?

— Et moi, c'est Matt Parrish, entendit-elle derrière elle.

Une main soigneusement manucurée frôla sa tête pour s'emparer de celle de Fred.

— Génial, marmonna-t-elle en finissant son verre.

L'apparition de Matt fit sursauter Gunter, qui faillit dégringoler de sa chaise. Fred Davis était bien le seul à ne pas sembler surpris. Mais il ne paraissait pas particulièrement ravi non plus. Il serra la main de Matt en fronçant les sourcils et retourna s'asseoir à côté de Tom. Quant à Heather, elle adopta un sourire si éblouissant que Rebecca fut tentée de sortir ses lunettes de soleil, mais elle se contenta de faire signe à la serveuse pour qu'elle lui apporte un autre verre de vin. Elle se retourna ensuite pour s'assurer qu'elle n'avait pas rêvé.

Mais non. C'était bien Monsieur M'as-tu-vu. Plus cool que jamais, il gratifiait Heather de son sourire ravageur. Beurk. Sans rien modifier de son expression, il tourna la tête vers Rebecca, et la petite étincelle qu'elle vit passer dans son regard fit palpiter quelque chose au creux de son ventre.

— On joue les stratèges de campagne ? demanda-t-il avec un clin d'œil complice.

Rebecca leva les yeux au ciel.

— Matt ! s'exclama Tom. Ça alors ! Quel bon vent t'amène ?

— J'avais un client à voir, dit Matt en se penchant par-dessus la table pour lui serrer la main. Je peux me joindre à vous ?

— Bien sûr! s'exclama Tom en lui faisant signe d'approcher. Plus on est de fous, plus on rit!

— C'est sympa de se retrouver ici, dit Matt à l'intention de Rebecca.

Il s'éloigna pour aller chercher une chaise. Heather en profita pour donner un coup de coude à Rebecca.

— Qui est-ce?

— Qui ça? Lui? demanda Rebecca en tournant le pouce vers le dos de Matt.

Heather hocha la tête, et Gunter lui-même parut étirer une ou deux vertèbres pour écouter la réponse.

— Matt Parrish. Un avocat en début de carrière.

Heather hocha de nouveau la tête, visiblement impatiente de recueillir de plus amples informations, mais Rebecca avait décidé de ne les lui fournir que lorsque ses yeux auraient réintégré leurs orbites.

— Il n'y a pas grand-chose à ajouter. Ce n'est qu'un simple avocaillon.

Heather eut l'air extrêmement déçue.

Matt cala une chaise entre Heather et Rebecca – place logique quand on se considère comme un don de Dieu pour le genre féminin. Rebecca détourna les yeux et vit que la serveuse lui apportait son deuxième verre de vin. Matt posa les coudes sur la table.

— Salut, Maria, dit-il à la serveuse en lui souriant. Tu veux bien m'apporter un bourbon sans glace?

— Tout de suite, répondit-elle en souriant pour la première fois depuis que Rebecca l'avait vue.

Heather souriait aussi. Diable! Gunter lui-même esquissait un petit sourire. Mais Matt n'en avait pas conscience – c'était Rebecca qu'il regardait.

— Bon... commença-t-il.

— S'il vous plaît! s'exclama Rebecca pour retenir l'attention de la serveuse avant qu'elle s'occupe de Gunter et Heather. Vous m'en apporterez un autre.

Si Matt devait s'incruster à leur table, autant s'assurer qu'elle aurait de quoi sombrer dans l'oubli.

— Alors? Quoi de neuf? demanda celui-ci d'un ton légèrement impatient.

— Oh, des tas de choses, répondit-elle en baissant la voix et en lui faisant signe d'approcher.

Il se pencha vers Rebecca, qui jeta un regard furtif autour d'elle.

— Nous avons reçu de nouveaux tapis de souris aujourd'hui, lui chuchota-t-elle à l'oreille. Aux couleurs du drapeau du Texas.

Matt se redressa en poussant un long soupir exaspéré.

— Parrish ! lança Tom depuis la table voisine. Tu as fait connaissance avec nos spécialistes des médias ?

Heather sourit niaisement, impatiente d'être présentée à Matt. Seigneur ! Les femmes le dévoraient-elles toujours ainsi des yeux ?

— Des spécialistes des médias ? Intéressant, n'est-ce pas, Rebecca ? Voilà le genre de réunion à laquelle tous les stratèges d'une campagne électorale ont envie de participer... Eh bien ? Qu'attends-tu pour faire les présentations ?

Rebecca chercha le regard de Tom, mais celui-ci s'était lancé dans la narration d'une blague apparemment désopilante pour le bénéfice d'un nouvel arrivant à sa table.

— Gunter Falk, Heather Hill, dit-elle. Matt travaille aussi pour la campagne de Tom.

— Oh, vraiment ? roucoula Heather en se redressant sur son siège.

— Eh oui ! répondit Matt avec un clin d'œil qui lui fit beaucoup d'effet. Alors ? De quoi parliez-vous ? demanda-t-il.

À cet instant précis, quelqu'un se faufila derrière Rebecca, qui fut obligée de se coller à Matt pour le laisser passer. Elle se retrouva pratiquement assise sur ses genoux. Le corps de Matt était ferme, ses membres aussi durs que du marbre. Mais le pire de tout, ce fut le trouble qu'elle éprouva à ce contact. Un trouble tel qu'elle prit une gorgée de vin blanc pour se ressaisir.

— On essaie de trouver des slogans accrocheurs pour la campagne, s'empressa de lâcher Heather avant que Gunter ait le temps d'ouvrir la bouche. Quelque chose qu'on puisse inclure aux spots radio. Des trucs qui entrent en douceur dans la tête des gens et dont ils ne peuvent plus se défaire par la suite, tu vois le genre ?

Tandis que Heather babillait, Rebecca remarqua que Tom accueillait deux autres connaissances à sa table. La situation frisait l'absurde. Ils se creusaient le ciboulot pour trouver des slogans pour la campagne de Tom, qui prenait tranquillement l'apéritif avec ses copains. Enfin ! Quand on est à Rome... D'autant qu'elle se sentait d'humeur créative.

— Son nom, Masters, peut prêter à de nombreuses déclinaisons, dit-elle en prenant son verre de vin.

— Voyons voir, dit Gunter. Masters... Masters...

Rebecca faillit lui demander combien il était payé, mais se ravisa à temps.

— On pourrait penser à quelque chose comme : « Pourquoi choisir un amateur quand vous pouvez avoir Masters ? » proposa-t-elle.

— Hou là là ! fit Monsieur M'as-tu-vu en pouffant.

— Quoi ? lui demanda-t-elle.

— Phil Harbaugh, le candidat républicain, n'a rien d'un amateur...

— Très bien. Alors, que proposes-tu ? demanda-t-elle à Matt.

Il réfléchit un court instant.

— Que pensez-vous de ça : « Masterisez votre vote : votez Masters » ?

Frick et Frack échangèrent un regard ravi.

— Génial ! s'exclama Heather.

Rebecca s'étrangla. Ça, génial ?

— Tu trouves ? demanda Matt en se rengorgeant.

— Une seconde, dit Rebecca en faisant appel à tout le savoir qu'elle avait acquis au cours de son stage de transformation et de ses lectures. Puis-je savoir ce qui fait que son slogan est génial et que le mien ne l'est pas ?

— Ne le prends pas mal, mais ton slogan est tarte, dit Heather en souriant à Matt.

— Et le sien ne l'est pas?

— Non. Le mien est génial, répondit Matt.

Rebecca ferma les yeux et réprima un gémissement. La serveuse surgit à point nommé. Matt reçut son bourbon avec un sourire, émit un gloussement faussement discret quand la serveuse posa un verre de vin blanc devant Rebecca, puis plaça un billet de dix dollars sur le plateau. La serveuse se pencha vers lui et lui sourit.

— On cherche des endroits où on pourrait filmer Tom pour faire les spots télé. Tu aurais des trucs à proposer, Matt? demanda Heather pour détourner son attention de la serveuse.

— Mmm... Rebecca, tu as une idée? Pourquoi pas une de ces réunions style *Sauvez Bambi* dont tu as le secret? On pourrait filmer Tom en train de donner le biberon à un faon avant de le relâcher en pleine nature. Qu'est-ce que tu en penses?

— La ferme, maugréa-t-elle.

Elle se visualisa en train de lui tordre le bras dans le dos et de le faire passer par la fenêtre. Visualiser pouvait être un exercice réellement amusant. Presque aussi agréable que de boire un verre de chablis, se dit-elle en portant le verre qu'on venait de lui servir à ses lèvres. Ou de chardonay – elle n'aurait su dire de quel cru il s'agissait.

— Je plaisante, expliqua Matt à l'intention de Frick et Frack. La réunion avec les Silver Panthers pourrait être l'occasion de filmer Tom.

— Oui, on a déjà évoqué ça, dit Gunter.

Matt hocha la tête et réfléchit une minute.

— Des lois importantes doivent être votées sous peu. On pourrait vous passer un coup de fil un ou deux jours avant pour prendre des photos de Tom dans un contexte législatif sérieux. Un débat entre les candidats est programmé le mois prochain parallèlement à la conférence d'État de la Ligue des femmes électrices... C'est un truc qui attire pas mal de monde en général. On pourrait déjà commencer avec ça, non?

— Génial! dit Gunter en hochant énergiquement la tête.

Il jeta un coup d'œil à sa montre.

— Bon, il faut qu'on se bouge si on veut choper l'avion, dit-il en se levant. On s'appelle en début de semaine pour mettre ça au point. Ne vous occupez pas de l'addition, on s'en charge!

— Merci, dit Matt avant d'adresser un sourire à Heather, qui quittait visiblement son siège à contre-cœur.

— C'était très sympa de te rencontrer, dit-elle en lui souriant. Et ça le sera encore plus de te revoir.

— Tout à fait d'accord, répondit Matt.

— Bon… Eh bien, à plus tard.

Elle fit un gros effort pour détacher son regard de lui et posa les yeux sur Rebecca.

— À plus, lâcha-t-elle.

« Ouais, c'est ça, à plus tard, songea Rebecca. À beaucoup plus tard. À jamais, même. »

— *Ciao*, roucoula-t-elle dans son dos.

À côté d'elle, Monsieur M'as-tu-vu pouffa discrètement. Rebecca prit une gorgée de vin en regardant Heather disparaître, essaya d'ignorer Matt, puis, voyant qu'elle n'y parvenait pas, se força à l'observer.

— Qu'est-ce qui te fait rire?

— Toi.

— Moi? Et qu'est-ce que j'ai de si drôle?

— Tu es très… intéressante. Moins coincée que je le croyais au début.

— Coincée? répéta-t-elle avec indignation.

— C'est ce que j'ai dit, en effet, confirma-t-il en gloussant. J'en étais même venu à me faire du souci pour ta santé. Mais je constate à présent que tu es très différente de ce que j'avais cru au premier abord. Le fait de participer à des réunions secrètes reflète plutôt un tempérament fougueux.

— Fougueux? C'est ta façon de draguer les filles?

— Je ne cherche pas à te draguer. C'était juste une observation.

Zut. Elle avait pensé à voix haute sans s'en rendre compte. Il fallait qu'elle se surveille. Et qu'elle surveille aussi ses visualisations, car en le regardant, elle ne pouvait pas s'empêcher d'imaginer... Non ! Il ne fallait surtout pas penser à ça, se réprimanda-t-elle en détournant le regard de ses mains. Elle se concentra sur son (ses) verre(s) de vin et constata avec inquiétude qu'il y en avait toute une rangée devant elle, alignés comme des soldats de plomb. D'où sortaient tous ces verres ?

— D'autant que je ne perdrais jamais mon temps à te draguer.

— Et pourquoi pas ? demanda-t-elle.

Elle ne lui laissa pas le temps de répondre.

— Si tu essayais de me draguer, je me contenterais de rire. Ah ah ah.

Elle reposa son verre d'un geste brusque et eut soudain l'impression d'avoir trop chaud et que son corps ramollissait d'une façon qui n'avait rien d'agréable. Un peu comme une motte de beurre rance.

Matt contemplait les verres alignés devant elle.

— C'est toi qui as bu tout ça, demanda-t-il, ou bien tu es allée chercher des verres vides sur d'autres tables ?

Ce fut la goutte d'eau fatale. Elle le fusilla du regard.

— Je n'en sais rien.

Matt éclata de rire, ce qui attira l'attention de tous les convives de la table voisine, y compris de Tom, qui agita la main à l'intention de Rebecca. Du moins fut-ce l'impression qu'elle eut. Elle jeta un coup d'œil par-dessus son épaule, mais ne repéra aucun visage connu, excepté celui de la serveuse. Ah ! Elle tombait bien, celle-là ! Elle leva la main pour attirer son attention. Quand elle se retourna, Tom se tenait devant elle, son visage dangereusement proche du sien.

— J'ai quelque chose à te dire, Rebecca, dit-il en se plaquant contre la table. Je suis avec un ami qui s'appelle Fred Davis. C'est le propriétaire de KTXT Television.

— Ravie de l'apprendre, répondit-elle avec un sourire hypocrite.

— Il aimerait beaucoup faire ta connaissance. Tu vois ce que je veux dire... Savoir ce que tu as de prévu ce soir.

— Ce soir ?

— Oui. Après. Je suis certain que tu comprends, expliqua-t-il, ignorant le grognement de Matt. Il voudrait t'offrir un verre quelque part.

Rebecca cligna des yeux. Tom sourit. Seigneur, était-il en train de...

— Tom ! Tu n'essaies pas de jouer les entremetteurs, j'espère ?

Tom haussa les épaules et jeta un coup d'œil derrière lui. Rebecca suivit son regard et aperçut Fred. Son sourire libidineux la fit frissonner de dégoût.

— Tout de suite les grands mots ! Non, Rebecca... Simplement, tu es divorcée, je ne te connais pas de petit ami et j'essaie de rendre service à un copain, c'est tout.

— Désolé, Tom, mais tu arrives trop tard, intervint Matt d'un ton guilleret.

— Hein ? émirent en chœur Tom et Rebecca.

Matt étendit son bras sur le dossier de la chaise de Rebecca et se pencha vers Tom.

— Elle a accepté de dîner avec moi ce soir.

Rebecca entendit retentir un éclat de rire entrecoupé de hoquets... et finit par réaliser que c'était le sien.

12

*Dire des bêtises et être respecté pour
cela est le privilège de l'amitié...*

Charles LAMB

Le plus simple aurait été de l'emmener au *Stetson's*.
Rien de tel qu'un steak d'une demi-livre pour dessoûler une foldingue aussi épaisse qu'un haricot vert.

Mais, évidemment, Miss Chochotte ne l'entendait pas
de cette oreille. Il était hors de question qu'il l'emmène
dîner où que ce soit. Elle n'avait pas faim, de toute
façon, et semblait partie pour boire toute la soirée, tout
en jurant ses grands dieux qu'elle ne buvait jamais.

Un gentleman sommeillait probablement en Matt,
car il ne supportait pas l'idée qu'un type comme Fred
Davis puisse profiter de l'état de Rebecca pour essayer
de se glisser sous ses jupes. Par devoir civique, il n'avait
pas l'intention de la laisser prendre le volant non
plus.

— Où habites-tu? lui demanda-t-il après avoir
envoyé Tom annoncer à Fred qu'il avait fait chou blanc.

— Ruby Falls, répondit-elle en se penchant si brusquement en avant qu'elle faillit tomber de sa chaise.

— Mince! Ce n'est pas la porte à côté.

— Trois quarts d'heure de route en roulant à cent à
l'heure, lui annonça-t-elle.

Pas question de la laisser conduire sur cette petite
route en lacet.

— Où est ton fils? demanda-t-il.

— À South Padre avec son papa! s'exclama-t-elle comme s'il perdait la mémoire, en lui donnant une petite tape sur le bras.

— Tu as de la famille ou des amis en ville?

— Nan.

— Un appartement, peut-être?

— Nan, répondit-elle en gloussant, comme s'il s'agissait d'un petit jeu rigolo.

— Y a-t-il un endroit où je puisse te déposer à Austin?

Elle réfléchit un moment en se tapotant la lèvre inférieure de son index manucuré.

— Nan, finit-elle par lâcher.

— Alors, tant pis, soupira-t-il. Il va falloir que tu viennes avec moi.

Elle renifla avec autant d'élégance qu'un chauffeur routier.

— Non. Je sais pourquoi tu veux que je te suive et ça ne m'intéresse pas, répliqua-t-elle avec morgue.

— Ça ne m'intéresse pas plus que toi, tu peux me croire sur parole, répondit-il en cherchant à localiser son sac à main.

Heureusement, Rebecca était dans un tel état qu'elle ne fut pas difficile à manœuvrer. Matt réussit à persuader Miss Texas qu'elle était trop soûle pour conduire («Absolument pas! Bon, c'est vrai, là, tout de suite, un peu. Mais ça va passer») et qu'elle allait se rendre malade si elle continuait à boire du chablis l'estomac vide («J'ai horreur du chablis, de toute façon»). Il finit par avoir raison de ses réticences en lui faisant remarquer que Fred Davis, qui n'en était pas non plus à son premier verre, avançait les lèvres à son adresse d'une façon qui se voulait sexy.

— Tu ne peux pas conduire, d'accord?

— D'accord, répondit-elle en hochant résolument la tête.

— Et si tu ne viens pas avec moi, tu vas te retrouver avec ce type-là. C'est à toi de voir.

Rebecca s'efforça d'accommoder sa vision pour distinguer le visage de Fred.

— OK, fit-elle en se laissant glisser de sa chaise et en soupirant comme si elle embarquait pour l'enfer.

Elle tituba jusqu'au parking et accomplit l'exploit de monter dans la Jaguar de Matt sans son aide. Une fois installé au volant, Matt écouta Rebecca soliloquer à propos des slogans de la campagne et évoquer de façon décousue son intention de botter l'arrière-train de Gunter. Il fallait absolument donner quelque chose à manger à cette femme, et vite.

— Tu aimes le steak ? demanda-t-il en prenant son portable.

— Comment, tu ne le sais pas ? Tu sais pourtant toujours tout, non ?

— Allons, Rebecca, je n'ai pas toutes les réponses – seulement quelques-unes. Je préfère cependant te prévenir que je plaide régulièrement des affaires de divorce et que j'ai donc vu défiler les plus beaux spécimens d'emmerdeurs que la terre puisse porter. Crois-moi sur parole, tu ne fais pas le poids. Je vais te commander un bon steak bien saignant, d'accord ?

— D'accord, répliqua-t-elle en évitant de justesse de basculer vers l'avant.

— Et une cafetière de café bien fort, ajouta-t-il essentiellement pour lui-même.

— Ne commence pas ! l'avertit-elle en croisant les bras pour garder l'équilibre. Il faut toujours que tu me cherches...

Matt ne comprit pas ce qu'elle voulait dire. Elle lui donnait le tournis. Là, par exemple, le regard qu'elle faisait peser sur lui signifiait clairement qu'elle le tenait pour un affreux pervers. Néanmoins, il ne put s'empêcher de remarquer que la quantité de vin qu'elle venait d'ingurgiter avait coloré ses joues et qu'elle était... plus belle que jamais. Hou là ! Il filait un mauvais coton.

— Qu'est-ce que tu regardes ? demanda-t-elle d'un ton accusateur.

— Mais c'est incroyable, ça ! Bon, Rebecca, écoute-moi attentivement et tâche de comprendre ce que je te dis : je ne suis pas en train de te regarder. Je n'ai pas envie de coucher avec toi. Tu es beurrée comme un Petit Lu et j'essaie simplement de t'aider à dessoûler.

Le front de Rebecca se dérida comme par magie.

— Je sais, admit-elle. C'est bizarre, non ? C'est comme si quelqu'un avait utilisé mon corps pour agir à ma place.

Elle émit un léger grognement et laissa aller sa tête contre le dossier du siège. Matt composa le numéro de téléphone du *Stetson's*.

— Pourquoi j'ai fait ça ? dit-elle soudain d'un ton larmoyant.

Matt haussa les épaules.

— C'est vrai, quoi ! J'étais assise, là, bien tranquillement…

— … en compagnie de quelques verres de vin inoffensifs, poursuivit-il ironiquement. Allô ! Oui, je voudrais passer une commande à emporter…

— J'essayais de faire du bon travail ! C'est tout ! Et il a fallu que tu t'en mêles, dit-elle d'un ton boudeur, tandis qu'il commandait les steaks.

— Et que je te sauve la mise, ajouta-t-il en coupant la communication. Il serait bon que tu ne l'oublies pas et que tu arrêtes de me voir comme un importun. Détends-toi un peu. Je te promets de ne faire aucune allusion aux exploitations à ciel ouvert, ni à Bambi.

— Et à ces stupides slogans de campagne non plus, ajouta-t-elle en pointant l'index vers lui.

— Je te jure que je ne parlerai même pas de la campagne si tu en fais autant.

— Bon, dit-elle en penchant la tête sur le côté pour essayer de distinguer les traits de son visage. Mais de quoi on va parler, alors ?

— Excellente question, approuva-t-il. Mais commençons par le commencement : opération « dessoûler la madame » enclenchée, dit-il en mettant le contact.

Il sortit du parking, longea deux pâtés de maisons et s'arrêta devant une épicerie pour acheter une bouteille d'eau minérale. Rebecca le gratifia d'un sourire reconnaissant, vida la bouteille d'un trait, puis porta le dos de sa main à sa bouche.

— Ça va mieux ? demanda-t-il en gloussant.

— Beaucoup mieux.

Matt redémarra. Rebecca se lança dans un long discours emberlificoté visant à établir qu'elle ne buvait jamais et que Heather aurait eu besoin de faire un tour chez le coiffeur jusqu'à ce qu'ils s'arrêtent devant le *Stetson's*. Le voiturier partit s'informer de l'état de leur commande et revint leur annoncer qu'elle n'était pas encore prête. Matt alla se garer sur un emplacement payant.

Ils gardèrent le silence environ quatre secondes. Rebecca y mit fin.

— Tu vois bien. On n'a rien à se dire.

— Mais si, mais si.

— Ah, oui ? Et quoi donc ?

— J'aimerais bien savoir, par exemple, pourquoi tu es toujours aussi agressive.

Rebecca renifla d'une façon extrêmement disgracieuse.

— Tu plaisantes ?

— Pas le moins du monde. Je suis même mortellement sérieux.

Rebecca secoua la tête de gauche à droite contre le dossier du siège. Quand elle la redressa, ses grands yeux bleus (Seigneur ! Ces yeux !) luisaient de malice.

— Tu as tout faux depuis le début, mon petit Matt, déclara-t-elle. Je ne suis pas agressive. Tu me déplais prodigieusement, voilà tout.

Et comme si c'était la chose la plus naturelle du monde à dire à quelqu'un, elle lui adressa un petit sourire en coin.

Matt en resta estomaqué. En quoi pouvait-il déplaire ? Il plaisait à tout le monde ! Même aux juges qu'il s'évertuait à agacer !

— En quoi est-ce que je te déplais ? demanda-t-il, bouche bée.

— Tu excelles à déplaire, répondit-elle avec conviction. Malgré tout, je te trouve plutôt... mignon.

Matt ne retint que la première partie de son affirmation.

— C'est faux ! Je suis très aimable, au contraire. Tu peux vérifier auprès de n'importe qui.

Elle éclata de rire.

— Ah, ça non, par exemple ! Tu n'es vraiment pas aimable ! Mignon, oui, mais pas aimable. Je ne peux pas en dire plus, ajouta-t-elle en agitant la main.

— Tu sais quoi, Miss Chochotte ? Tu n'es pas particulièrement aimable non plus.

— Pourquoi dis-tu cela ? Je suis très polie, riposta-t-elle avec un vigoureux hochement de tête.

— Pas vraiment, répondit-il. Je te trouve même un peu abrupte, si tu veux tout savoir.

— Je n'ai rien d'abrupt. Je suis parfaitement adorable. C'est bien simple, on me reproche souvent d'être trop gentille.

— Sur la planète Terre, ça m'étonnerait, répondit-il en cherchant le voiturier des yeux.

Qu'est-ce qui l'avait pris de jouer les chevaliers servants ? Miss Chochotte devait être persuadée que l'homme qui ne tombait pas à ses pieds avait forcément un problème.

— Je crois que ton titre de Miss Texas t'est légèrement monté à la tête.

— Mon pauvre petit Matt, tu ne sais même pas de quoi tu parles. Je n'ai jamais voulu être Miss Texas.

— Ne me prends pas pour un imbécile. Toutes les jeunes filles en rêvent.

— Pas toutes, non, espèce de... espèce d'ignare !

— Ignare ? Je ne savais pas qu'on avait déjà atteint ce degré d'intimité en matière d'insultes. Je me suis contenté de dire que j'ai du mal à croire que tu n'aies pas eu envie d'être élue Miss Texas. J'ai l'impression que tu as perpétuellement besoin de l'attention des autres. D'une dose massive d'attention.

— Tu vois pourquoi je te trouve déplaisant ? demanda-t-elle en appuyant l'index contre son épaule. Je n'ai jamais dit que je n'en avais pas eu envie. C'était important pour moi. J'ai même trouvé ça génial, sur le moment ! Simplement... je ne m'étais jamais imaginé que je serais ça un jour.

— Que tu serais quoi ?

— Un prix de beauté, tiens, gros malin !

Qui pouvait se vanter de la comprendre ? En quoi était-ce si difficile d'être un prix de beauté ? Pour autant qu'il le sache, tout ce qu'une Miss avait à faire pour mériter son titre, c'était d'être belle, et Rebecca était sans conteste la plus belle femme qu'il ait jamais vue. Même si elle était têtue comme une mule.

L'ex-reine de beauté était pour le moment en train de glisser de son siège et posait un coude sur le tableau de bord pour conserver son équilibre.

— Laisse-moi te poser une question, mon petit Matt. Est-ce que tu as déjà pensé à ça ?

— Pensé à quoi ?

— Est-ce que tu as déjà pensé que tu ne savais pas vraiment qui tu voulais être ?

Il prit le temps de réfléchir – pour reformuler la question dans sa tête, puis pour en déchiffrer le sens.

— Je ne crois pas, non, répondit-il avec sincérité.

— Oh, laissa-t-elle échapper dans un souffle, visiblement désappointée.

C'était vrai. Il n'avait jamais pensé à cela. Il s'était toujours vu avocat. Son grand-père l'avait été, son père aussi, et il avait l'intention de suivre l'exemple de celui-ci jusqu'au bout et de devenir juge un jour. Pourquoi, dans ces conditions, se sentait-il soudain mal à l'aise ? Pourquoi avait-il l'impression qu'il aurait dû faire autre chose de sa vie ? La réponse était simple : parce qu'il avait faim. Il donna un coup de klaxon à l'intention du voiturier.

— D'accord, dit-il. Alors, comment se fait-il que tu te sois retrouvée Miss Texas si ce n'était pas ce que tu voulais ?

Rebecca leva les yeux du tableau de bord et le transperça de son regard bleu et limpide. Cette façon qu'elle avait de voir à travers lui avait vraiment le don de l'énerver.

— Parce que c'était ce qu'on attendait de moi.

— Qui ça ? Tes parents ?

— Mon père, oui. Et mon copain. Enfin, mon mari. Il était les deux, en fait, dit-elle en baissant de nouveau les yeux vers l'autoradio. Bud. Petit ami, mari... Aussi mauvais dans un rôle que dans l'autre, ajouta-t-elle avec un petit rire.

Elle abordait un territoire que Matt n'avait pas tellement envie d'explorer, bien qu'il fût curieux de comprendre comment on pouvait être assez bête pour laisser filer une femme comme Rebecca.

— Mais ce n'était pas vraiment de leur faute, poursuivit-elle. Personne ne m'a collé un pistolet sur la tempe pour m'obliger à participer à l'élection.

— Je suppose que non, en effet.

— J'ai participé à toutes les épreuves éliminatoires de mon plein gré, non ?

— J'imagine, répondit-il en essayant vainement de se représenter Rebecca en train d'appliquer de la pommade contre les hémorroïdes sous ses yeux.

— C'est moi qui ai fait tout ça. Et pourtant...

Elle poussa un long soupir, puis se tourna vers lui, le regard chargé d'espoir.

— Dis, Matt, tu te souviens quand tu étais jeune et que tu avais la tête pleine de...

— ... conneries ? proposa-t-il.

Elle sourit. Ses yeux étaient à présent d'un merveilleux bleu-gris.

— Non, dit-elle. Pleine d'espoirs. De rêves. Quand tu rêvais à ce que tu ferais quand tu serais grand.

— Oui, je crois que je m'en souviens.

Il avait cependant du mal à y parvenir. C'était si lointain !

— Je me demande parfois si celle que j'étais aimerait celle que je suis devenue.

Matt sentit sa nuque se raidir. Alerte, alerte, danger ! Il pencha la tête pour voir si elle pleurait. Apparemment pas. Mais mieux valait prévenir que guérir.

— C'est une question que tout le monde se pose, non ? On se demande si on a réussi à atteindre les objectifs qu'on s'était fixés. Si on est devenu l'homme – ou la femme – qu'on rêvait de devenir.

Rebecca ne répondit pas.

Qu'est-ce qu'ils attendaient pour apporter les steaks, nom de nom ?

— Parlons d'autre chose, d'accord ? Parlons… Tiens ! Parlons de ton fils, par exemple ! Quel âge a-t-il ? Six ans ? Sept ans ? Qu'est-ce qui lui plaît le plus à l'école ?

Il se pencha de nouveau pour voir si elle pleurait.

— Rebecca ?

Au lieu de lui répondre, Rebecca plongea vers lui et atterrit, la tête la première, au beau milieu de son entrejambe.

13

Une des raisons qui font que je ne bois pas,
c'est que j'aime rester lucide quand je m'amuse…

Nancy ASTOR

Rebecca eut à peine le temps de se rendre compte de l'endroit où sa tête avait atterri que Matt l'avait saisie par les épaules et redressée sur son siège.

Rouge de honte, elle le contempla, bouche bée. Seigneur! Comment une telle chose avait-elle pu se produire? Elle cligna des yeux plusieurs fois de suite pour tâcher d'y voir clair et remarqua que Matt l'observait avec une telle intensité qu'elle en vint à se demander combien de temps elle était restée ainsi, la tête enfouie dans son entrejambe.

Pour couronner le tout, un homme se tenait à côté de la portière de Matt. Il tapait contre la vitre, mais Matt ne semblait pas l'entendre. Il donnait même l'impression d'avoir cessé de respirer.

— Euh… parvint-elle à émettre en écarquillant les yeux.

— Oui? demanda-t-il.

Elle désigna la vitre. Matt tourna la tête et Rebecca en profita pour cacher son visage dans ses mains. Toute humiliation mise à part, elle était incapable de se rappeler ce qui s'était passé au cours des dernières heures. Elle ne se souvenait même pas de l'endroit où elle avait garé sa voiture. Elle inspira à fond et se rappela qu'une situation négative recelait toujours quelque chose de positif. Tous ses manuels de psychologie le disaient. Qu'est-ce que ça pouvait bien faire qu'elle se soit monstrueusement ridiculisée ? Peut-être s'était-elle tout simplement comportée comme la nouvelle Rebecca, une femme qui ne se souciait plus des apparences et du qu'en-dira-t-on, une femme qui se laissait aller à rire et à s'amuser.

Elle retira ses mains de son visage au moment où Matt tendait des billets au voiturier.

— Gardez la monnaie, dit-il.

Il prit les boîtes en polystyrène, referma sa vitre, se retourna et déposa les boîtes sur les genoux de Rebecca.

— Essaie de ne pas te jeter dessus, d'accord ? J'ai vraiment faim.

— Oh, Matt ! dit-elle avec un petit rire forcé. Ce n'était pas du tout ce que tu as cru...

— Tout ce que je sais, c'est que tu as besoin d'un bon steak et d'aller te coucher, répondit-il avec fermeté.

— J'ai glissé, c'est tout. Ça ne t'est jamais arrivé de glisser ?

— Glisser, oui. Atterrir là où tu as atterri, non. Jamais. Alors, de deux choses l'une : soit tu as la plus étrange manière de me faire savoir que tu veux coucher avec moi, soit tu es complètement ivre, répondit-il en démarrant.

— Si je voulais coucher avec toi, monsieur M'as-tu-vu, je serais beaucoup plus... plus...

— Prudente ? suggéra-t-il.

— Intéressée, dit-elle, contente d'avoir trouvé un terme qui puisse convenir.

Matt éclata de rire.

— Je vois mal comment on peut avoir l'air plus intéressé qu'en piquant du nez sur la cible !

Il s'arrêta à un feu rouge et lui sourit.

— Avoue : tu ne sais même pas comment tu te comporterais.

— Si, je le sais, insista-t-elle. Mais je ne te le dirai pas, parce que coucher avec toi est bien la dernière chose dont j'aie envie.

Matt souriait toujours quand le feu passa au vert.

— Coucher avec moi est loin d'être désagréable, d'après ce qu'on m'a dit. Mais imaginons que tu aies envie de coucher avec moi – ce qui n'est bien évidemment pas le cas. Comment t'y prendrais-tu ?

La question à se poser était plutôt de savoir comment ils pouvaient avoir cette conversation. Rebecca avait la très nette intuition que la combinaison des mots « Matt » et « coucher » était extrêmement dangereuse. Elle releva fièrement le menton.

— Ça ne te regarde pas !

— Tu sais ce que je pense ? poursuivit Matt sans tenir compte de sa réponse. Je pense que tu me ferais ton petit sourire aguicheur. Tu vois de quoi je veux parler ?

— Je ne fais pas de petits sourires aguicheurs !

— Oh que si ! insista-t-il en garant sa voiture. Inutile de mentir, tu m'en as déjà régalé plus d'une fois.

— Tu penses réellement ce que tu dis ? s'exclama-t-elle, indignée. Je ne t'ai jamais adressé le moindre sourire aguicheur ! Je souris tout le temps, contrairement à d'autres, et si tu veux tout savoir, ça fait quatre ans que je n'ai aucune vie sexuelle…

Un signal d'alarme traversa son cerveau imbibé de chablis. Était-il possible qu'elle ait dit ça à voix haute ?

Matt, quant à lui, ne fit pas un geste. Il se contenta de regarder le mur de béton qui se trouvait devant eux.

— Tu as… tu as vraiment dit ce que je viens d'entendre ? finit-il par demander. Tu sais, Rebecca, je plaisantais. Toi aussi, n'est-ce pas ?

— On est où, là ? demanda-t-elle pour changer de sujet.

— Mon Dieu ! Mais comment est-ce possible ?

Il la contemplait avec la fascination morbide d'un automobiliste qui passe à côté d'un carambolage mortel.

— Comment peut-on tenir quatre ans sans faire l'amour ?

— Ce n'est pas facile, figure-toi, répliqua-t-elle en essayant vainement d'ouvrir sa portière.

— Pas facile ? Moi, je trouverais ça tout simplement

impossible, répondit-il en secouant la tête, avant de sortir de la voiture.

Il repassa la tête à l'intérieur.

— Tu es vraiment une extraterrestre, hein? demanda-t-il avant de disparaître de nouveau.

Une extraterrestre? Mais avant que Rebecca ait eu le temps de rassembler ses pensées éparses, Matt avait fait le tour de la voiture, ouvert sa portière, pris les boîtes en polystyrène et lui tendait la main pour l'aider à sortir.

Une fois dehors, elle chancela un instant, prit appui contre la portière pour retrouver son équilibre, puis se pencha à l'intérieur de la voiture pour récupérer son sac à main.

— Ça va? lui demanda Matt. Je veux dire, mis à part ton... enfin... ça.

Troublée par la proximité de son visage, dont les contours n'étaient pas tout à fait nets, Rebecca ne comprit pas tout de suite le sens de sa question. Il était très beau. Tellement beau qu'elle tendit la main pour caresser sa barbe naissante.

— Tu sais que tu es vraiment mignon.

Matt leva les yeux au ciel et fit claquer la portière de la voiture.

— Si tu le dis.

Il passa son bras autour de sa taille et l'attira contre lui.

— Et maintenant, tu vas placer un pied devant l'autre.

— Je sais, répondit-elle, bien qu'elle se soit mise à tituber.

Elle se concentrait tellement pour marcher droit qu'elle ne se rendit compte qu'ils se dirigeaient vers un ascenseur que lorsqu'ils se retrouvèrent dans la cabine. Matt appuya sur un bouton portant la lettre P. Elle émit un hoquet, puis se demanda ce que signifiait ce P.

— Où est-ce qu'on est, déjà?

Matt poussa un long soupir exaspéré.

Quand les portes de l'ascenseur s'ouvrirent et révélèrent un long couloir moquetté, Matt la prit par la main pour l'aider à sortir. Le couloir ne comportait que deux portes situées tout au bout. Matt la traîna tout du long, s'arrêta devant une des deux portes, l'ouvrit et poussa Rebecca à l'intérieur.

Elle pénétra d'un pas chancelant dans une très grande pièce aux murs blancs. Le sol carrelé de gris était recouvert de tapis Pottery Barn (elle avait étudié leur catalogue au cours de ses nuits d'insomnie). Le mobilier était noir et chromé, et les lampes étaient elles aussi en acier chromé. Elle avait l'impression de se retrouver dans une page d'*Architectural Digest* : un décor dépouillé, une touche de Philippe Stark. Complètement inhabitable.

— Attends un peu… On est où, ici ? demanda-t-elle en pivotant sur elle-même, très lentement, pour éviter que sa tête tourne plus vite qu'elle ne le faisait déjà.

— On est chez moi, dit Matt en déposant les boîtes en polystyrène sur un plan de travail en granit, avant d'ôter son manteau.

Hou là ! Comment avaient-ils atterri ici ?

— Dis donc, espèce de…

— Tut-tut ! fit Matt en tendant la main pour l'empêcher d'aller plus loin. Ce n'est pas pour coucher avec toi, tu te rappelles ? Tu n'es pas en état de conduire jusqu'à Ruby Falls. Quelle idée, aussi, d'habiter ce trou paumé !

— Et toi ? Ça ne te dérange pas de vivre dans un sanatorium ? riposta-t-elle.

Matt posa les poings sur ses hanches et fronça les sourcils.

— Bon. Il est temps d'avaler ces steaks pour éponger le baril de chablis que tu as descendu.

— Je n'ai pas faim ! protesta-t-elle en se dirigeant vers l'immense baie vitrée qui occupait tout un pan de mur de la pièce.

— Au moins, maintenant, je sais ce qui cloche chez toi, dit-il en desserrant son nœud de cravate et en la suivant.

— Qu'est-ce que tu veux dire?

— Simplement que je serais un peu coincé, moi aussi, après quatre ans d'abstinence, répondit-il en secouant la tête d'un air incrédule. Comment en es-tu arrivée là? demanda-t-il après avoir observé un long silence.

— Comment j'en suis arrivée où?

Matt la regarda et gloussa.

— Tu sais très bien ce que je veux dire, Rebecca Lear. Tu es à ramasser à la petite cuillère, déclara-t-il avec un sourire chaleureux. Je me demande comment une femme aussi belle que toi peut se passer de vie sexuelle pendant quatre ans.

Rebecca sentit ses oreilles bourdonner au rythme de ses battements de cœur.

— Pour une raison toute simple, gros malin, dit-elle en croisant les bras. J'étais mariée avec un pauvre type dont j'ai fini par divorcer. Et ce n'est pas dans les pages jaunes qu'on trouve de quoi alimenter sa libido.

— Si, mais il faut savoir où chercher, répondit-il en lui décochant un sourire que George Clooney lui aurait envié et en la détaillant de la tête aux pieds. Je trouve ça vraiment dommage, ajouta-t-il en faisant remonter son regard vers le sien. Bien des hommes seraient prêts à mourir pour avoir le plaisir de passer une nuit en ta compagnie.

Une sensation aussi étrange qu'inattendue s'empara soudain de Rebecca. Elle eut envie de lui dire que Bud ne l'avait jamais désirée à ce point-là et que depuis son divorce, elle ne pouvait pas vraiment se plaindre d'être victime de harcèlement sexuel de la part des hommes. Contrairement à ce que s'imaginaient les gens, les hommes osaient rarement l'approcher. Mais sentir Matt si proche d'elle à cet instant, tellement beau, tellement… viril lui fit oublier les raisons qui l'incitaient à ne pas l'apprécier. Et pour couronner le tout, la nouvelle Rebecca – celle qui se soûlait dans des lieux publics – susurra à l'oreille de l'ancienne Rebecca que cela faisait effectivement quatre ans. Quatre longues années. Quatre années d'ennui. Quatre années de souf-frances.

— Qu'est-ce que tu as ? demanda-t-il, son irrésistible sourire toujours en place.

— Et toi ? répliqua-t-elle dans un souffle.

Sans réfléchir, elle s'approcha de lui, si près que sa poitrine frôla la sienne. Elle posa la main sur le mur que formait son torse.

— Serais-tu prêt à mourir pour passer une nuit avec moi ?

Les yeux de Matt se posèrent sur sa main, puis sur sa poitrine.

— Je ne sais pas, répondit-il avec douceur. Je n'ai jamais fait l'amour avec une extraterrestre.

Un sourire rêveur se peignit sur les lèvres de Rebecca.

— De plus, ajouta-t-il en écartant délicatement une mèche de cheveux de son front, tu es ivre.

— Non. Je suis libre, rectifia-t-elle. Allez, Matt... tu me dois une faveur, tu te rappelles ?

Il ne répondit pas.

Rebecca ressentit un pincement de déception, ferma les yeux et eut soudain l'impression que le monde se mettait à tourner plus vite autour d'elle. Elle était sur le point de se laisser happer par ce tourbillon quand elle sentit le souffle de Matt sur ses lèvres.

Rebecca se figea. Ce contact pourtant léger éveillait en elle quelque chose de violent. « Approche, chuchota son cœur. Approche encore. » Elle se laissa peut-être aller à prononcer ces mots à voix haute, car l'instant d'après, elle sentit la pression des lèvres de Matt sur sa gorge. Une pression si délicieusement impérieuse qu'elle sentit son entrejambe s'embraser.

Cette sensation la bouleversa, et son corps fut tra-versé par un courant de mille watts. C'était une sensa-tion familière, profondément enfouie, mais elle avait l'impression de la ressentir pour la toute première fois. Douce comme la soie, la bouche de Matt rejoignit la sienne. Rebecca, en proie à présent à un feu dévorant, entrouvrit les lèvres. Le baiser de Matt s'intensifia, et sa langue se glissa dans sa bouche. La main qui jouait avec ses cheveux l'incita à se rapprocher de lui. Serrée contre sa poitrine, l'odeur de son corps assaillit ses narines, le goût de sa bouche prit possession de la sienne.

Rapidement, cette sensation exquise se transforma en fièvre. Une fièvre qui envahit sa poitrine, emplit tout l'espace laissé libre par les pulsations de son cœur et descendit jusqu'à son entrejambe. Matt se serra encore contre elle, et Rebecca réalisa au milieu du brouillard de ses émotions que son corps s'adaptait parfaitement au sien, qu'il fondait contre la crête de son désir. La main de Matt descendit jusqu'à sa poitrine, l'effleura, puis se referma délicatement sur la courbe de son sein.

Quand ses lèvres revinrent caresser la peau de son cou, elle renversa la tête en arrière. Elle ne désirait plus qu'une chose: croire à la promesse d'oubli de cette délicieuse sensation, flotter et se laisser emporter par le tourbillon de ce baiser aussi léger que la caresse d'une plume.

Ils se déplaçaient, comme au rythme d'une valse lente. Matt guidait ses pas, une main plaquée contre son dos, la soulevant, la faisant reculer. Un long frisson la traversa, se communiqua au corps de Matt, et elle n'opposa aucune résistance quand il l'emmena sur le canapé en cuir. Elle sourit tandis que sa tête ballottait contre le dossier du canapé. Elle sentit qu'il s'agenouillait devant elle, qu'il déboutonnait son chemisier et qu'il posait la main sur sa poitrine. Une petite voix dans sa tête l'incita à protester, mais elle ne l'écouta pas. Elle n'avait pas envie de l'entendre.

— Quatre ans, c'est inhumain, murmura-t-il. Ça devrait être interdit.

— Je ferais mieux d'arrêter, dit Rebecca dans un halètement. Dis-moi d'arrêter.

— Tu veux vraiment arrêter? Ou bien tu préfères que je mette fin à ton supplice, Rebecca? lui demanda-t-il de sa belle voix grave et envoûtante.

— Oh... soupira-t-elle.

Son entrejambe était moite. La nouvelle Rebecca avait pris totalement possession d'elle.

— Oui! souffla-t-elle en levant la tête pour sourire à celui qui s'était agenouillé entre ses cuisses. Oui... Fais-moi jouir!

Matt n'hésita pas plus longtemps. Il se redressa de façon à placer sa bouche sur la sienne et s'en empara avidement tandis que ses mains se frayaient un passage sous le mince tissu de son chemisier. Rebecca sentit un courant d'air frais dans son dos, les mains chaudes de Matt sur sa peau, ses doigts qui trouvaient l'agrafe de son soutien-gorge et la détachaient. Elle fit glisser les bretelles de son soutien-gorge le long de ses bras et le lança loin d'elle. Elle n'eut guère le loisir de repérer l'endroit où il atterrissait, car la bouche de Matt s'était emparée d'un de ses seins. Elle cessa de bouger, incapable de penser à quoi que ce soit, submergée par les coups de langue et les légères morsures qu'il infligeait à la pointe de son sein.

Il releva sa jupe, lui écarta les cuisses et plaça ses mains sur ses hanches. Rebecca se laissa faire, totalement possédée par son désir de jouissance.

Elle sentit la bouche de Matt contre le tissu de sa culotte, l'entendit pousser un gémissement étranglé, puis laissa échapper un cri de plaisir. L'obstacle que constituait sa culotte disparut soudain, et la savante pression de la langue de Matt entre les replis de son sexe fit tressauter son corps.

Elle renversa la tête en arrière et poussa un long cri de plaisir, tandis que ses cuisses se refermaient autour de sa tête. Une merveilleuse sensation de bien-être la parcourut, suivie d'un irrépressible frisson. Matt lui immobilisa les hanches, fit glisser sa langue sur son clitoris, et le halètement de Rebecca laissa la place à un gémissement de satisfaction.

— Fais-moi jouir! répéta-t-elle entre ses dents serrées.

160

Elle agrippa ses épaules, sa tête, ses cheveux, tout ce qui passait sous sa main dans le brouillard qui l'entourait, incapable d'endurer plus longtemps le supplice de la langue et des lèvres de Matt, qui se refermèrent soudain autour de son clitoris.

Après quatre ans d'abstinence et de désirs refoulés, l'orgasme inonda son corps avec la fureur d'un fleuve en crue qui brise un barrage. Elle émit un cri rauque et inarticulé, un cri animal qui envahit l'espace autour d'eux, et elle eut l'impression de faire une chute vertigineuse, de s'enfoncer de plus en plus profondément dans un trou noir...

Quand elle reprit ses esprits, elle était allongée sur le canapé, et elle avait la tête qui tournait.

Elle ouvrit un œil, puis l'autre. Matt était debout à côté d'elle. Il y avait même deux Matt. Les mains sur les hanches, ils l'observaient. Elle essaya de sourire, et les deux Mat s'accroupirent à côté d'elle pour poser leurs mains sur son front moite.

— Je crois que je vais être malade, souffla-t-elle.

— Je fais souvent cet effet-là aux femmes, dit Matt en la soulevant pour l'emmener dans la salle de bains.

Cette nuit-là, Rebecca rêva de la femme qu'elle aurait pu être. Son père était mort et elle se retrouvait à la tête de LTI. Au lieu d'être une idiote sans expérience, elle faisait preuve d'un sens des affaires et d'une compétence rares qui lui valaient l'admiration et le respect de tous les employés, depuis la base jusqu'aux directeurs d'agences.

Le seul problème, c'était qu'elle était toute nue.

Elle se réveilla en sursaut, se redressa... et découvrit qu'elle avait épouvantablement mal à la tête, qu'il faisait nuit noire et qu'elle ne savait pas où elle était. Elle cligna des yeux pour accommoder sa vision à l'obscurité tandis que la mémoire lui revenait petit à petit, et soudain, la réalité s'imposa à son esprit. Elle était chez Matt.

Oh, non !

Elle avait non seulement embrassé Monsieur M'as-tu-vu, mais elle l'avait également laissé lui faire quelque chose que personne ne lui avait jamais fait – pas comme ça, en tout cas. Tout lui revenait, à présent. Les souvenirs l'assaillaient par bribes, par lambeaux, par plaques. Ils finirent par former un tout impressionnant. Jamais, au grand jamais, elle n'avait voulu que les choses se passent ainsi !

Elle laissa retomber sa tête sur le lit et posa une main sur ses yeux. Bon, la performance de Matt avait été réellement exceptionnelle. Si exceptionnelle qu'elle en ressentait encore les effets... À moins que sa longue période d'abstinence ne fausse son jugement. Elle se souvenait cependant du poids de ses mains sur ses hanches quand il l'avait immobilisée pour la faire sombrer dans un abîme de jouissance, dans un état d'inconscience totale où la seule chose qui importait était de sentir son corps contre le sien, dur comme le marbre, le contact de sa bouche, le bruit de sa respiration, ses gémissements... la délivrance.

Et après, que s'était-il passé ? Rebecca s'assit, regarda le lit, le toucha. Il était vide. Bon. Mais qu'est-ce que ça voulait dire, exactement ?

Cela voulait dire, lui rappelèrent les soudains gargouillis de son estomac, qu'elle avait trop bu. Elle s'empressa de poser les pieds par terre et sentit le vertige qui emplissait sa tête descendre en une spirale fulgurante de violence jusqu'à son ventre. Elle se leva et longea le mur jusqu'à la salle de bains.

Elle resta ensuite allongée sur le carrelage froid jusqu'à ce qu'elle soit certaine qu'elle allait survivre. Non qu'elle tienne excessivement à la vie à cet instant précis, mais si elle devait mourir, autant que ce soit ailleurs que sur le carrelage d'une salle de bains.

Quand elle fut enfin capable de s'asseoir, elle se rendit compte qu'elle ne portait rien d'autre que sa jupe et son soutien-gorge et qu'elle aurait été bien en peine de dire où se trouvaient son chemisier, ses bottes et sa culotte. Mauvais, ça. Très mauvais. Elle s'était dit que ça ne lui ferait pas de mal de se lâcher un peu, mais il paraissait à présent très clair que la nouvelle Rebecca méritait d'être attrapée au lasso et solidement ficelée.

Elle prit appui des deux mains sur le rebord du lavabo, se redressa et contempla longuement son reflet dans le miroir. Une armoire à pharmacie était accrochée au mur, et elle se dirigea vers elle en titubant. Visiblement, Matt avait l'habitude de recevoir des femmes. L'armoire à pharmacie contenait plusieurs brosses à dents neuves, du dentifrice, des Tampax, de la crème hydratante, du shampoing, de l'après-shampooing, de l'aspirine... et un flacon de Maalox. Bingo !

Elle utilisa une brosse à dents, du dentifrice, de l'aspirine et du Maalox. Quand elle eut terminé, elle se passa la main dans les cheveux et se dit qu'il fallait absolument qu'elle retrouve son sac, qui contenait un peigne et un petit nécessaire de maquillage. Elle regagna la chambre d'un pas prudent, s'approcha de la fenêtre, écarta les rideaux et recula aussitôt, aveuglée par le soleil. Quelle heure était-il donc ?

— L'heure de prendre tes cliques et tes claques, patate, marmonna-t-elle. Tu pourrais poser pour une campagne contre l'alcoolisme. Non, mais franchement ! Entre tous les hommes à qui tu aurais pu faire cette révélation, pourquoi avoir choisi celui-là ? Et pourquoi t'arrêter en si bon chemin, d'ailleurs ? Vas-y, dis-lui tout ! Dis-lui qu'il t'arrive de te goinfrer de glace Häagen-Dazs, que tu n'as jamais travaillé de ta vie et que Bud, en quinze ans de mariage, n'a pas été fichu de te donner un orgasme sans ton aide !

Elle trouva son chemisier au pied du lit. Pas trace de sa culotte, en revanche, ni de ses bottes. Difficile de se sauver pieds nus.

— Et maintenant ? se demanda-t-elle à elle-même.

Elle passa mentalement en revue les titres de ses manuels de psychologie pour trouver celui qui expliquerait comment se sortir d'une situation de ce genre.

La règle numéro cinq du demandeur d'emploi sans qualification, peut-être? *En cas d'erreur, prenez du recul avant de poursuivre*. «Voilà, c'est parfait pour toi, ça, ma bichette! se dit-elle. Mais commence par regarder les choses en face: tes bottes ne sont pas dans cette pièce!»

Elle se dirigea vers la porte, abaissa la poignée le plus silencieusement possible pour ne pas réveiller celui qu'elle ne voulait plus jamais revoir de sa vie, puis ouvrit la porte d'un coup sec – et ne réussit qu'à la faire épouvantablement grincer.

— Oups! glapit Matt tandis que Rebecca reculait précipitamment en portant la main à son cœur.

Matt franchit le seuil et resta planté là, torse nu, ses cheveux ébouriffés indiquant qu'il venait de tomber du lit. Ces petits détails mis à part, il était aussi présentable que n'importe qui. Plus, même. Il était carrément craquant. Rien d'étonnant à ce qu'elle lui ait laissé faire ce qu'il lui avait fait.

— J'ai eu l'impression d'entendre des voix, dit-il d'un ton d'excuse.

— Il n'y a que nous deux, maugréa-t-elle en replaçant ses cheveux derrière ses oreilles pour se donner une contenance.

Elle passa si prestement devant lui qu'il dut faire un petit bond de côté pour lui céder le passage. Elle longea le couloir, aperçut deux portes – l'une ouverte (pincement de cœur à la vision fugitive des draps entortillés sur l'immense lit plate-forme), l'autre fermée – et atteignit la grande salle de stérilisation à la décoration noir et chrome qu'il considérait comme son foyer. Une fois là, elle jeta un coup d'œil coupable au canapé et essaya de récupérer ses affaires.

Elle lança un regard par-dessus son épaule. Matt l'avait suivie et l'observait, nonchalamment accoudé au bar. Il se passa la main dans les cheveux, ce qui eut pour effet de les ébouriffer encore un peu plus.

— Je suppose que ta façon de foncer dans l'appartement comme une fusée signifie que tu es décidée à partir. Tu veux du café?

— Oui.

Matt se dirigea vers la cuisine, séparée du reste de la pièce par un long bar en granit sur lequel elle aperçut son sac à main. Ses bottes, sagement rangées côte à côte, se trouvaient au pied du bar. Elle s'en approcha, tout en cherchant à localiser sa culotte du coin de l'œil. En vain.

— Ça va ? lui demanda Matt en lui servant une tasse de café.

Elle hocha la tête.

— Besoin de quelque chose ?

Elle secoua la tête.

— Faim ?

— Surtout pas !

Matt sourit.

— Ne te moque pas de moi, le prévint-elle. J'ai déjà assez honte comme ça. Au cas où tu ne l'aurais pas remarqué, je n'ai pas l'habitude de boire.

— Vraiment ? demanda-t-il en se versant une tasse de café. Tu donnais pourtant l'impression de savoir lever le coude, hier.

Rebecca fit la grimace, prit une gorgée de café, se rendit immédiatement compte que son estomac n'allait pas apprécier, reposa délicatement la tasse et l'éloigna pour éviter que son arôme vienne lui chatouiller les narines. Matt l'observait avec curiosité. Elle porta ses doigts à ses tempes et les massa.

— Matt... Je suis désolée... Vraiment désolée.

— Ne t'en fais pas. Depuis que je t'ai aperçue dans les jardins du sénat, je sais que tu es une femme dangereuse, répondit-il en souriant.

— C'est complètement faux, dit-elle.

Elle regarda la courbe de ses lèvres, et un frisson la traversa tandis qu'elle se rappelait avec une incroyable précision ce que cette bouche lui avait fait la veille. Elle sentit ses jambes faiblir.

— Oh non, murmura-t-elle d'un ton désespéré.

— Un problème ? s'enquit Matt.

— Ah... euh... Eh bien, j'ai passé une excellente soirée, bredouilla-t-elle en évitant son regard, mais je tenais à ce que tu saches que ce n'est pas mon genre de m'offrir comme ça au premier venu.

— Je m'en doutais un peu, répondit-il aimablement, en contournant le bar auquel elle s'accrochait de toutes ses forces.

Il s'approcha d'elle, tout près d'elle, et Rebecca jeta un coup d'œil dans sa direction. Son beau regard lui rappela la façon dont il l'avait contemplée la veille. Le tendre sourire qu'il lui adressait lui donna l'audace de lâcher le comptoir pour toucher son torse nu, tracer du bout de l'index une ligne jusqu'à la ceinture de son bas de pyjama et remonter.

— J'avais trop bu. Je suis sincèrement désolée.

Matt posa la main sur la sienne, et la chaleur de ses doigts se communiqua à son bras et atteignit son cœur.

— Que tu t'excuses une fois, passe. Mais des excuses réitérées pourraient vexer celui à qui elles sont adressées, dit-il avec douceur. Tu n'as rien à craindre, Rebecca, je ne suis pas le genre de type à profiter d'une femme soûle. On s'est un peu emmêlé les pinceaux, hier. Ayons le courage de regarder les choses en face. Le tableau que nous formions aurait pu s'intituler *Femme ivre et sexuellement frustrée profitant d'une occasion inesp...*

— Hé! Je ne suis pas sexuellement frustrée!

— Ah, bon? Il me semble pourtant avoir échangé avec toi un baiser dont la charge érotique reflétait clairement quatre ans d'abstinence. Et j'ai eu la très nette impression que les gémissements que j'ai entendus venaient de toi – ce dont je ne me plains d'ailleurs absolument pas, ajouta-t-il avec un clin d'œil assassin.

Rebecca eut un petit rire timide.

— Je n'ai pas gémi si fort que ça, marmonna-t-elle.

— En es-tu bien sûre?

— Non, admit-elle avec un grand sourire.

Matt ne dit rien. Il se contenta de la regarder.

— C'était délicieux, murmura-t-il enfin.

Il se pencha et déposa un baiser au coin de ses lèvres.

— On a passé un merveilleux moment et on va en rester là, d'accord ?

— Oh ! Merci, mon Dieu ! s'exclama-t-elle avec soulagement. J'avais peur que tu penses que... que je cherchais à obtenir quelque chose.

Matt lâcha sa main et fit un pas en arrière.

— Qui ça ? Moi ? Non, sûrement pas. Écoute, à mon avis, tu ferais bien de prendre une bonne douche. Tu te sentiras beaucoup mieux après. Je dois avoir des vêtements de rechange à te prêter, dit-il en l'invitant à le suivre.

— Tu as l'intention de me prêter les vêtements d'une de tes ex ? protesta-t-elle en ramassant ses bottes et son sac.

— Les vêtements de ma sœur, rectifia-t-il en se dirigeant vers la chambre où elle avait dormi. Comme toi, ma sœur a le mauvais goût de vivre au milieu de nulle part, et il lui arrive de dormir ici quand elle passe la soirée en ville.

Il ouvrit les portes d'un placard et en sortit un tee-shirt et une paire de baskets.

— Essaie-les pour voir si c'est à ta taille.

Comme elle restait immobile, les sourcils froncés, il marcha résolument jusqu'à elle et les lui mit dans les mains.

— Essaie-les, ça ne va pas te tuer.

Après avoir tenté de résister à son injonction – étape qui lui permit de réaliser que la terre n'avait pas changé d'orbite et que Monsieur M'as-tu-vu était resté aussi autoritaire qu'à son habitude –, Rebecca enfila une paire de baskets trop grandes d'une pointure et un tee-shirt qui portait l'inscription « Stubbs Bar-B-Q ». Pendant qu'elle se regardait dans la glace, Matt ouvrit un tiroir et en sortit une petite culotte.

— Non ! s'écria Rebecca. Il y a tout de même des limites ! J'aimerais bien savoir où est passée la mienne...

— Pour tout t'avouer, je n'en sais rien moi-même, répondit-il d'un ton calme.

— Oh. Bon.

Elle se sentit devenir rouge brique.

— Ce n'est pas grave, je ne mettrai pas celle-ci, de toute façon.

— Mais comment vas-tu…

— Ne te soucie pas de ça.

L'expression imperturbable de Matt se modifia légèrement.

— Je ne m'en soucierai pas, mais je ne pourrai pas m'empêcher d'y penser, répondit-il en s'apprêtant à quitter la chambre. La douche est là. Tu trouveras tout ce dont tu as besoin dans l'armoire à pharmacie et dans l'armoire à linge.

Il lui sourit et quitta la pièce d'une façon si décontractée que Rebecca se dit qu'il avait dû prononcer cette phrase des milliers de fois – ce qui ne l'empêcha pas de s'allonger sur le lit et de fermer les yeux pour se remémorer encore une fois tout ce qu'il lui avait fait la veille.

À Los Angeles, Bonnie Lear sortait tout juste de la douche quand le téléphone se mit à sonner. Elle s'approcha de l'appareil pour vérifier l'identité de son correspondant. Zut! C'était encore Aaron.

Elle hésita un instant. Si elle décrochait, il recommencerait à lui débiter ses salades. Des salades qu'elle n'avait plus du tout envie d'entendre. Mais si elle ne répondait pas, il continuerait à essayer de la joindre jusqu'à la fin des temps. Aaron était têtu comme une mule.

— Aaron? lâcha-t-elle en décrochant. Qu'est-ce que tu veux?

— Enfin! Qu'est-ce que tu fabriquais? Tu as déménagé? Tu es partie en vacances? Tu ne retrouvais plus ton téléphone?

— Aaron! dit-elle sèchement. Tu m'espionnes ou quoi?

— Bien sûr que non! répondit-il avec colère, avant de pousser un long soupir exaspéré. Ah, Bonnie! Qu'est-ce que tu dois penser de moi? Je suis désolé.

Il ne l'était pas le moins du monde. Il prononçait le mot « désolé » toutes les trente secondes, mais dans sa bouche, ce mot-là était dépourvu de sens.

— Que veux-tu, Aaron ? répéta-t-elle.

Il poussa un nouveau soupir qui n'avait rien d'exaspéré. C'était un soupir de tristesse. Un soupir qu'elle ne l'avait jamais entendu pousser en plus de trente ans de mariage, de divorce, de réconciliations et de brouilles.

— Ce que je veux… ce que je veux n'est pas facile à exprimer, dit-il d'une voix douce. J'ai toujours eu du mal avec les mots, tu le sais bien. J'arrive à en mettre sur les choses moches, mais les belles choses restent coincées à l'intérieur de moi.

— Épargne-moi ton numéro, Aaron, marmonna Bonnie. Tu n'arrêtes pas de dire des choses sans en penser un mot. Tu rampes pour obtenir ce que tu veux, et quand je cède, tu oublies toutes tes promesses et tu redeviens aussi odieux qu'avant. J'en ai par-dessus la tête de cette comédie. C'est fini pour moi, tout ça.

— Je t'en prie, ne dis pas ça ! s'exclama-t-il. Je t'appelle pour te demander de revenir, Bonnie. Je ferai tout ce que tu voudras.

Bonnie ne répondit pas tout de suite. Elle s'assit au bord du lit et regarda sans le voir le mur qui se trouvait en face d'elle.

— Permets-moi de te répéter que je suis désolé, s'empressa-t-il de dire pour combler le silence. Pour tout. Pour toutes ces années, tout le mal que je t'ai fait. Quand j'ai appris que j'étais malade, tu es venue alors que rien ne t'y obligeait. Et moi, qu'est-ce que j'ai fait ? Je t'ai fait fuir, une fois de plus. Je m'en rends parfaitement compte. Les filles aussi en sont conscientes. Mais j'ai beaucoup réfléchi, Bonnie, j'ai pris conscience de mes erreurs. Je ne sais pas pourquoi je ne les voyais pas avant… Je t'en supplie, donne-moi une dernière chance. Reviens ! Je te jure que tu ne le regretteras pas ! Je te le jure sur ma vie !

Bonnie inspira à fond et ferma très fort les yeux. Combien de fois lui avait-il chanté cet air-là ? Cent fois ?

Mille ? Comment était-il possible qu'il parvienne encore à lui faire croire qu'il tiendrait ses promesses ? Et surtout, comment pouvait-elle l'aimer encore malgré tout ce qu'il lui avait fait endurer ?

— Alors, Bonnie... qu'est-ce que tu en dis ? demanda-t-il.

Bonnie rouvrit les yeux.

— Je dis non, Aaron.

Et elle raccrocha sans lui laisser le temps de répliquer.

14

Quand vos limites personnelles s'étirent,
vous ne pouvez plus revenir en arrière.
Vous vous transformez jusqu'à remplir
vos nouveaux contours.

Stage de transformation, étape deux

Rebecca sortit de la salle de bains une demi-heure plus tard, un peu pâle, mais en bien meilleure forme. Cependant, maintenant qu'il l'avait tenue dans ses bras, Matt la trouvait un peu trop mince. Dépouillées de ses bottes, ses longues jambes fuselées évoquaient les pattes d'un volatile terminées par deux baskets blanches disproportionnées, et le tee-shirt de Bella, qu'elle avait coincé dans sa jupe, semblait l'engloutir complètement. Elle devait suivre un de ces stupides régimes amaigrissants auxquels se soumettaient les Miss. Matt n'avait jamais réussi à comprendre pourquoi les femmes cherchaient à ressembler à des rescapés d'un camp de concentration. Il aimait la chair. Douce et parfumée, agréable au goût, comme la chair de... comme une chair qu'il devait à présent bannir de sa mémoire.

Il avait lui aussi pris une douche et confectionné quelques sandwiches. Rebecca blêmit quand il lui en parla, mais après ses excès de la veille, il était hors de question que Matt la laisse repartir l'estomac vide. Il la força à s'asseoir au bar pour goûter à ses sandwiches.

Rebecca s'assit, réussit même à manger un peu, mais son comportement n'était plus le même. Elle n'avait plus rien de la vamp ivre et dangereusement attirante qui réclamait son dû. La femme affamée de sexe à qui il avait eu affaire la veille l'avait complètement bouleversé, et il repensait sans arrêt à l'instant magique du premier baiser qu'ils avaient échangé.

Un simple mot, un geste, un regard pouvaient être lourds de sens. Il avait suffi qu'elle lui avoue ses quatre années d'abstinence pour qu'il comprenne qu'elle avait envie de lui. Après l'avoir fait jouir, il avait ressenti quelque chose d'extraordinaire. Il aurait voulu tomber à la renverse et demeurer dans cet état de grâce le plus longtemps possible, retenir l'émotion qu'il avait fait naître. Peut-être était-ce l'intensité de son orgasme qui lui avait fait cet effet-là. Peut-être était-ce tout simplement la sincérité à laquelle elle s'était laissée aller. Il n'en savait rien, mais il était certain de n'avoir jamais rien éprouvé de tel et trouvait cela bizarre.

Cela expliquait sans doute qu'il se soit empressé de déclarer qu'il s'agissait d'un moment d'égarement. Il avait remarqué son soulagement quand il lui avait dit que cette histoire resterait sans suite... Pour quelque raison obscure, cela l'avait attristé, et lorsqu'il s'était retrouvé sous la douche, il s'était frotté les lèvres pour chasser son odeur. En vain.

Il l'observa tandis qu'elle essayait d'avaler péniblement son sandwich et se demanda comment cette ex-Miss un peu cinglée avait réussi à le mettre dans cet état-là. Le corps de Rebecca s'était embrasé, il l'avait sentie vibrer sous ses doigts...

Il se surprit à souhaiter que la Rebecca libre et passionnée refasse surface, jette un coup d'œil à travers le rideau des convenances pour lui faire un petit coucou... Mais au lieu de recevoir le message télépathique qu'il essayait de lui transmettre, elle repoussa son assiette, qui contenait encore la moitié du sandwich.

— Vas-y, mange, lui dit-il. Tu peux te permettre de prendre un peu de poids.

— Merci beaucoup, j'apprécie, répondit-elle. Tu veux bien me raccompagner jusqu'à ma voiture, maintenant ?

Génial. Elle ne se serait pas comportée autrement avec un type qu'elle aurait ramassé dans un bar.

— Bien sûr, répondit-il en passant un coup d'éponge sur le comptoir. J'arrive dans une minute.

Il contourna le bar et se dirigea vers sa chambre. Tout en cherchant ses chaussures, il tenta de comprendre pourquoi il se sentait vexé. D'ordinaire, c'était lui qui présentait ses excuses le lendemain matin. De plus, c'était elle qui avait commencé, qui n'avait pas hésité une seconde et qui s'était embrasée comme du petit bois dès qu'il l'avait touchée. Il s'était contenté d'accepter l'aventure qu'elle lui proposait et s'était attendu qu'après quatre ans de frustration sexuelle Miss Chochotte apprécie les efforts qu'il avait déployés pour elle. Comment osait-elle réagir de la sorte ?

Une extraterrestre. Inutile de chercher plus loin.

De toute façon, son attitude supérieure commençait à lui taper sérieusement sur les nerfs. Cette femme ne lui plaisait pas. Bon, si, d'accord, elle lui plaisait, mais c'était uniquement à cause de son physique. Pas question qu'il remette ça avec elle. Si, par extraordinaire, il se retrouvait sur sa route après une nouvelle période d'abstinence, il ne lui céderait pas si facilement. Il faudrait qu'elle se mette à genoux et qu'elle le supplie pour qu'il daigne la toucher. Ça lui apprendrait. Na !

Il trouva une paire de chaussures, les enfila et sortit de sa chambre d'un pas martial, bien décidé à se débarrasser de cette ingrate.

Quand il pénétra dans la grande salle, Rebecca se tenait devant la fenêtre. Son doux sourire l'incita à ralentir le pas.

— Tu sais quoi ? lui demanda-t-elle. Tu avais raison.

Évidemment qu'il avait raison. C'était elle qui avait commencé. Pas lui.

— Je me sens beaucoup mieux maintenant que j'ai mangé ce sandwich. Je ne sais pas comment te remercier, Matt. Je me demande ce que j'aurais fait sans toi. Je ne bois jamais autant que ça – je fais très attention, d'habitude. J'apprécie vraiment l'aide que tu m'as apportée.

Bon. Ce petit discours avait une résonance nettement plus agréable à ses oreilles.

— Ce n'est rien, mentit-il en ramassant ses clés. On y va ?

Il désigna la porte, lui emboîta le pas et attrapa deux casquettes de base-ball au passage.

— Pourquoi ? demanda-t-elle quand il lui en tendit une.

— On va rouler capote baissée, répondit-il en ouvrant la porte. Après vous, madame.

Elle le dévisagea d'un œil suspicieux, secoua la tête et franchit le seuil.

Matt avait l'intention de l'emmener directement à sa voiture, mais elle était tellement mignonne avec cette casquette de base-ball et il faisait si beau qu'il décida d'en profiter. L'anniversaire de sa mère lui fournit un alibi idéal – anniversaire dont il ne se souvint que lorsqu'ils traversèrent West Lynn, où se tenait la foire d'art et d'artisanat annuelle. La mère de Matt adorait les créations artisanales, dont elle remplissait sa maison. De plus, véritable intervention de la divine providence, une Chevy bicolore libéra juste devant lui le plus bel espace de stationnement de toute l'histoire de l'automobile.

Matt n'hésita pas une seconde et se gara.

— Qu'est-ce que tu fais ? glapit Rebecca en s'accrochant à la poignée de la portière pour éviter de se retrouver projetée sur le trottoir.

— C'est l'anniversaire de ma mère, la semaine prochaine.

Rebecca se pencha et contempla la petite rue noire de monde où se tenait la foire d'artisanat.

— Oh… Tu ne peux pas me déposer à ma voiture, avant de faire ton shopping ?

— Jamais de la vie, dit-il en serrant le frein à main.

Je ne retrouverai jamais une aussi bonne place, et tu me dois bien cela.

Sa réponse lui cloua le bec.

— Je veux juste faire un petit tour rapide, le temps de dénicher quelque chose qui plaira à ma mère. J'en ai pour une minute. Tu peux venir avec moi ou m'attendre ici. C'est comme tu veux.

Rebecca hésita, pesant visiblement le pour et le contre, poussa un soupir de mécontentement en ouvrant sa portière, la claqua et fit le tour de la voiture pour le rejoindre.

— D'accord, allons-y, dit-elle.

— Je ne te demande pas de te jeter du haut d'une falaise, tu sais, lui fit-il remarquer en l'attrapant instinctivement par le coude pour la guider à travers la foule.

— Je sais. Mais je me disais qu'il valait mieux se séparer le plus tôt possible et poursuivre sa route chacun de son côté, répliqua-t-elle un peu sèchement.

— Pourquoi en fais-tu toute une histoire ? demanda-t-il d'un ton irrité.

— Je n'en fais pas toute une histoire, rétorqua-t-elle. Il se trouve simplement que ça représente quelque chose pour moi...

— J'imagine, oui ! Au bout de quatre ans ! marmonna-t-il.

— Je peux terminer, oui ? Je voulais simplement dire que je n'ai pas l'habitude de coucher avec le premier venu.

Matt haussa les sourcils et la regarda du coin de l'œil.

— Tu es du genre longue à la détente, c'est ça ?

— Matt !

Il soupira.

— J'essaie simplement de te faire sourire, Rebecca. On est d'accord : on s'est fait du bien. Et c'est tout, ajouta-t-il en constatant qu'elle rosissait. Étant donné que nous savons aussi bien l'un que l'autre que je ne vais pas m'agenouiller pour te demander en mariage, je crois que tu peux endurer une petite virée shopping.

— Dans ces conditions, d'accord.

Matt leva les yeux au ciel, puis détourna le regard. Elle le scrutait avec une intensité qui le mettait mal à l'aise.

— Tu aimes l'art? demanda-t-elle tandis qu'ils longeaient une allée de peintures à l'huile, d'aquarelles, de poteries, d'objets en fer forgé et de sculptures en métal.

— Tu essaies de détourner la conversation?

— Oui, admit-elle. Et ta participation me serait une aide précieuse. Tu aimes l'art? reprit-elle.

— Je suis surtout amateur d'originalité, répondit-il avec sincérité. Et toi?

— Oh, oui, répondit-elle en hochant vigoureusement la tête. En fait, j'aurais voulu être artiste.

Elle s'arrêta devant une toile représentant un champ de bleuets.

— Quand j'étais petite, j'emportais un carnet de croquis et des crayons de couleur partout où j'allais.

Cette révélation surprit Matt. Il l'aurait plus vue en pom-pom girl qu'en artiste.

— Pourquoi as-tu arrêté?

— La vie, répondit-elle avec un haussement d'épaules désabusé. Pour quelle autre raison?

Elle continua d'étudier les tableaux de bleuets, de moulins à vent et de granges délabrées. Mais la réponse qu'elle venait de lui donner ne satisfaisait pas Matt.

— En quoi la vie t'a-t-elle arrêtée? Elle ne m'a pas empêché de faire mon droit, par exemple.

— Oui, mais toi, tu es malin. Moi, je n'ai pas réussi à être tout à la fois celle que je voulais être et celle que les autres voulaient que je sois.

— Comment peut-on obliger quelqu'un à devenir autre chose que ce qu'il est?

Rebecca eut un petit sourire triste.

— Excellente question. Je me la suis posée des millions de fois. J'étais tellement bête quand j'étais jeune, et j'ai fait une croix sur tant de choses! Je n'en ai pris conscience que tout récemment.

176

Elle soupira et s'approcha d'une toile qui représentait un troupeau de vaches. Sa réponse intriguait Matt. Jusque-là, Rebecca ne lui avait pas paru être le genre de femme à faire une croix sur quoi que ce soit. Elle lui avait même donné l'impression exactement opposée.

— Bon, tu as commis des erreurs de jeunesse, mais n'est-ce pas le cas de tout le monde ? Il est toujours temps de rattraper, non ?

— De rattraper quoi ?

— Ta vie.

Elle eut un rire léger et agréable qui retomba sur lui comme une étrange pluie cosmique.

— Je pourrais, si j'avais le pouvoir de remonter le temps !

— Je sais bien qu'on ne peut pas revenir en arrière, mais on peut toujours reprendre les choses là où on les a laissées, répondit-il, soudain désireux de voir la femme que Rebecca aurait pu devenir.

— Non, c'est impossible. Trop de temps s'est écoulé. De plus, il ne faut jamais regarder derrière soi, mais devant.

— Où es-tu allée pêcher une ânerie pareille ? On dirait un truc tout droit sorti d'un de ces manuels de vulgarisation psychologique du style *Prenez votre avenir en main*.

Cette remarque lui valut un regard assassin de la part de Rebecca.

— J'imagine que tu trouves ridicules les gens qui cherchent à s'améliorer ?

— Absolument pas. En revanche, je trouve ridicules les gens qui décident qu'ils n'ont pas le droit d'accomplir les rêves et les désirs qu'ils avaient quand ils étaient petits.

Rebecca haussa les épaules.

— Qu'est-ce que ça signifie ?

— Quoi donc ?

— Ce mouvement d'épaules que tu viens de faire. Ça voulait dire oui ou non ?

— Je n'ai pas bougé les épaules. Je n'ai plus rien à dire à ce sujet.

— Ah, fit-il tandis qu'ils s'arrêtaient devant un stand de poteries. J'ai touché un point sensible, on dirait.

— Non, Matt. Tu n'as touché aucun point sensible. Je ne suis plus celle que j'ai été, c'est tout.

— La nuit dernière, je crois pourtant l'avoir plus qu'effleurée, marmonna-t-il.

— Je préfère ne pas relever, répondit-elle en plissant les yeux. Mais laisse-moi te dire que la plupart des gens traversent sept étapes de développement personnel avant de savoir qui ils sont réellement.

Seigneur! Elle avait effectivement lu des manuels de psychologie.

— N'importe quoi. On reste la même personne d'un bout à l'autre de la vie. Je suis persuadé que tu as toujours envie de peindre, mais qu'on t'a fait croire que c'était un désir puéril.

— C'est un désir puéril. Et puis, de toute façon, maintenant, j'ai Grayson.

— C'est le pire prétexte que tu puisses trouver pour justifier le fait que tu n'essaies même pas.

Elle s'arrêta net devant une cruche en grès émaillée.

— Qu'est-ce que ça peut te faire, de toute façon, que je peigne ou non?

— Je m'en fiche complètement, assura-t-il. Mais je n'aime pas les gens qui sont incapables d'aller au bout de leurs désirs. À ta place, j'arrêterais de lire ces livres censés m'expliquer comment je fonctionne et j'écouterais ce que me dicte mon cœur. Tu peux être qui tu veux, Rebecca. Il n'y a pas de limites, pas de règle, pas de fantasme puéril qui tienne face à tes désirs. Sois celle que tu as envie d'être. Et j'irais même plus loin...

Il regarda autour de lui et se pencha pour lui parler à l'oreille.

— Tu as le droit d'avoir des rapports sexuels pour le seul plaisir de la chose. Ça fait du bien, tu sais.

Elle recula vivement.

— Je n'ai pas besoin de tes conseils. J'ai une mère, un père, deux sœurs, une grand-mère, un grand-père et un ex-mari qui sont plus que ravis de m'en donner sans que je leur demande rien ! Alors, je n'ai vraiment pas besoin que tu...

— Monsieur Parrish !

Matt et Rebecca pivotèrent en même temps pour voir d'où provenait cet appel. Matt réprima un juron. C'était Harold, en tenue de week-end (chemise à fleurs, short blanc, pieds nus dans des sandales en cuir), bras dessus, bras dessous avec un homme qui devait être son amant (petit et massif, en short, lui aussi, débardeur et bottes) et était en train d'admirer un distributeur de bonbons géant. À voir le sourire qui illuminait son visage, Harold était bien plus heureux de tomber sur Matt que l'inverse. Il se précipita à sa rencontre, son ami sur ses talons.

— Monsieur Parrish ! Comment allez-vous ? s'exclama-t-il.

— Bien, Harold.

— Vous connaissez Gary ?

— Ah, non...

— Alors, je vous présente Gary, dit-il en invitant d'un geste son compagnon à serrer la main de Matt.

— Je suis ravi de faire votre connaissance, monsieur Parrish, déclara Gary. J'ai beaucoup entendu parler de vous.

— Vraiment ? fit Matt.

Il dévisagea Harold, qui détourna le regard et se mit du même coup à observer Rebecca en haussant les sourcils.

— Oh... euh... Harold et Gary, je vous présente Rebecca Lear, dit Matt. Elle travaille pour la campagne électorale de Tom Masters avec moi.

— Enchanté, roucoula Harold en ondulant jusqu'à elle pour lui serrer la main.

— Harold est mon secrétaire, dit Matt en se retenant difficilement de grimacer.

— Ravie de vous connaître, dit Rebecca avec un sourire gracieux.

— Certainement pas autant que moi, assura Harold.

— J'ai l'étrange impression de vous avoir déjà rencontrée, dit Gary en inclinant la tête et en se tapotant la joue de l'index.

— Mon Dieu ! Est-ce possible ? Vous vous connaissez ? s'exclama Harold.

— Je ne pense pas vous avoir rencontré, dit poliment Rebecca.

Matt remarqua qu'elle amorçait un léger mouvement de retrait.

— Si, si, insista Gary en faisant un pas en avant. Je suis certain de vous avoir déjà vue.

— Elle a été élue Miss Texas il y a quelques années, lui apprit Matt, soucieux de mettre un terme à l'embarras de Rebecca.

Harold et Gary ouvrirent la bouche en même temps.

— Vous plaisantez ? s'exclama Harold. Mais c'est génial !

— Je savais que je la connaissais, dit Gary en se rengorgeant. Oh, Rebecca ! C'est merveilleux ! C'est le plus beau jour de ma vie. Harold, il faudra absolument raconter ça à Jim !

Matt craignit un instant qu'ils ne se prennent par la main et ne se mettent à danser. Mais Gary passa derrière Rebecca avec un sourire jusqu'aux oreilles.

— Rebecca, vous ne pouvez pas savoir quel bonheur c'est pour moi de vous rencontrer. On a toutes les cassettes vidéo de l'élection de Miss Texas depuis le milieu des années quatre-vingt.

— Vraiment ? s'exclama Rebecca.

La surprise qu'elle manifesta refléta l'effet que cette déclaration avait sur Matt.

— Oui ! s'écria Gary. Quelle année ? Non, ne dites rien, laissez-moi deviner ! 1995 ?

Rebecca eut un petit rire gêné.

— Ô mon Dieu ! Bien avant ça. 1990.

— Miss Texas ! s'extasia Gary.

Matt ne parvenait pas à comprendre comment quelqu'un – excepté des adolescentes – pouvait s'intéresser à l'élection de Miss Texas. Quoi qu'il en soit, il était clair que Rebecca n'appréciait guère cette reconnaissance.

— Désolé, Harold, mais nous n'avons pas le temps de rester, dit-il en prenant la main de Rebecca.

— Nous comprenons, répondit Harold.

Gary et lui adressèrent deux sourires jumeaux à Rebecca.

— C'était un immense plaisir de vous rencontrer, Rebecca, dit Harold en pliant légèrement les genoux pour appuyer son propos. J'ai du mal à croire que cette scène est bien réelle.

— Merci, dit Rebecca en se rapprochant de Matt. J'ai été ravie de vous rencontrer, moi aussi.

Ils s'éloignèrent. Lorsque Matt se retourna, quelques pas plus loin, il aperçut une dernière fois Harold et Gary, côte à côte, qui dévoraient Miss Texas des yeux avec toute la révérence due à son titre.

— Pourquoi cela t'a-t-il embarrassée que Gary te reconnaisse ? demanda-t-il à Rebecca lorsque celle-ci lui lâcha la main.

— Ça ne m'a pas embarrassée, protesta-t-elle.

— Tu t'es pourtant comportée comme si c'était le cas. Et tu m'as tenu des propos qui allaient dans ce sens, hier soir.

— Ah, bon ? demanda-t-elle d'une petite voix.

— Oui. Tu m'as donné l'impression d'avoir des regrets. Je ne comprends pas. Qu'y a-t-il de mal à avoir été Miss Texas ?

Rebecca s'arrêta devant des sculptures métalliques et réfléchit un instant.

— Je crois que ça ne me paraît pas très important, marmonna-t-elle.

— Important ? s'étonna-t-il. On peut tous regarder en arrière et en dire autant à propos de tout un tas de choses. Qu'est-ce qui est réellement important, au fond ?

— L'art, répondit-elle avec conviction. L'art est important. Regarde cette sculpture, par exemple.

Elle désigna un vase de forme étrange et expliqua ce qu'évoquaient pour elle les divers renflements percés de trous, tandis que Matt se demandait comment cet objet pouvait contenir de l'eau. Ils avancèrent jusqu'au stand voisin, qui proposait des objets en papier mâché peints et vernis. Rebecca désigna un bouquet de fleurs absolument ravissant et fit remarquer à Matt les couleurs et les lignes originales qui le composaient. Comme il le prenait dans ses mains, elle suggéra que cela ferait un joli cadeau d'anniversaire pour sa mère. C'était effectivement un objet qui lui plairait beaucoup.

Il en fit l'acquisition et la rejoignit au stand voisin, où elle admirait des poteries. Le bouquet de fleurs niché au creux de son bras, il lui demanda si elle s'était essayée à d'autres formes d'art que la peinture. Elle lui répondit qu'elle avait fait un peu de poterie, en plus des peintures et des sculptures qu'elle avait réalisées. Elle avait même vendu quelques-unes de ses œuvres à des amis de ses parents qui lui avaient prédit une brillante carrière. Elle parlait avec tant d'animation que Matt comprit à quel point tout cela avait été important pour elle. Ça l'était toujours, d'ailleurs – même si elle essayait de prétendre le contraire.

Quand ils atteignirent le bout de l'allée, Matt réalisa qu'il venait d'apercevoir une autre femme derrière le masque de la reine de beauté. Une femme qui était beaucoup plus drôle et originale qu'il ne l'aurait cru, et qui le fascinait. Il se mit à imaginer par quels moyens il pourrait l'extraire de la gangue de perfection dans laquelle elle s'était laissé piéger. Le plus gros obstacle à un tel projet, c'était qu'elle ne l'appréciait pas. Pour la première fois de sa vie, Matt se trouvait en face d'une femme qui ne l'aimait pas. L'univers tel qu'il le connaissait jusqu'à ce jour en était bouleversé.

Ils quittèrent la foire d'artisanat, et il la raccompagna jusqu'à sa voiture, en proie à un sentiment indéfinissable qui ne fit que s'accentuer à mesure qu'ils se rapprochaient du *Four Seasons*. Il ressentait le besoin de lui prouver qu'il pouvait être autre chose qu'une simple aventure d'un soir, qu'on pouvait l'aimer. Quand elle descendit de voiture avec le bouquet qu'il destinait à sa mère, il sortit aussi, attrapa son sac à main et marcha avec elle jusqu'à sa voiture.

Elle leva les yeux vers lui et haussa un sourcil interrogateur.

Sans rien dire, il lui tendit son sac. Elle le prit avec un petit sourire, le passa sur son épaule et voulut lui tendre le bouquet de sa mère.

— Tu sais quoi ? lâcha-t-il soudain. Tu devrais être plus relax vis-à-vis de ton titre de Miss. Si une femme le mérite vraiment, c'est bien toi.

Une expression que Matt ne parvint pas à déchiffrer passa sur le visage de Rebecca, qui baissa les yeux vers les fleurs. Matt eut l'impression désagréable qu'on avait déjà dû lui dire ça des millions de fois et, tandis qu'il se raclait désespérément les méninges pour trouver un moyen original d'exprimer ce qu'il éprouvait, il se sentit encore plus idiot qu'avant.

— Je ne suis pas… Écoute, Rebecca, je suis juriste, pas poète. J'essaie simplement de dire que tu es tellement belle que tu dois hanter les rêves de bien des hommes sans même en avoir conscience. Tu es un vrai fantasme ambulant.

Rebecca ne répondit pas et tendit le bouquet vers lui.

Matt le prit d'une main et avança instinctivement l'autre vers sa joue, incapable de résister à l'envie de sentir la douceur de sa peau une dernière fois, même de façon fugitive.

Rebecca laissa échapper un souffle bref, comme si ce contact l'avait brûlée.

Matt se demanda s'il pouvait profiter de ce qu'elle se tenait là, immobile, pour l'embrasser. Ses lèvres légèrement entrouvertes frémirent au contact des siennes, et quand sa main se posa sur son cou, il sentit son pouls s'emballer. Elle répondit enfin à son baiser, se rapprocha de lui, releva la tête et se mit à l'embrasser plus intensément. Matt sentit chaque fibre de son être, chacune de ses cellules s'animer à l'intérieur de son corps.

L'étirement qui s'empara de son entrejambe remonta jusqu'à sa gorge, mais alors qu'il passait un bras autour de sa taille, elle mit fin à leur baiser.

Abasourdi, Matt resta pétrifié sur place.

Rebecca effleura ses lèvres du bout des doigts et leva vers lui son merveilleux regard d'un bleu limpide.

— Merci, Matt. Merci pour cette nuit et pour avoir dit ce que tu as dit de moi. Mais je crois qu'il faut que tu saches que je...

Elle s'apprêtait à prendre définitivement congé de lui, et l'instinct de survie de Matt se rebella. Il plaça le bouquet de fleurs entre eux et lui adressa un petit sourire en coin.

— Hé! Ne te méprends pas, dit-il avec un rire forcé. Je te remerciais simplement pour les beaux souvenirs que tu vas me laisser.

Rebecca sourit, mais son regard lui dit qu'elle ne croyait pas à son mensonge.

— C'est bien ce que je pensais, dit-elle d'une voix douce.

Elle se dirigea vers sa voiture, démarra et quitta le parking, le laissant planté là comme un imbécile, un bouquet de fleurs en papier mâché sur les bras. Il resta ainsi le temps de prendre conscience de quelque chose d'assez désagréable.

En sortant de sa vie comme elle venait de le faire, Rebecca avait interverti les rôles. D'ordinaire, c'était lui qui quittait les femmes de cette façon.

15

*Dans la plupart des cas qui associent
les émotions et la sexualité, surmonter
ce qui nous retient peut prendre
un certain temps – mais le résultat
mérite qu'on fasse un effort.*

affairesdefemme.com

Rebecca eut l'impression que le trajet de retour durait une éternité.

Quand elle eut regagné son abri, elle donna à manger aux chiens, puis s'octroya un long bain brûlant. Mais la fraîcheur de son masque pour les yeux ne parvint pas à chasser l'image de Matt, et la chaleur de l'eau ne réussit pas à effacer le souvenir de la pression de son corps contre le sien, ni la palpitation lancinante du meilleur orgasme de sa vie. Chaque fois qu'elle y repensait, un délicieux frisson parcourait son épine dorsale. Quand il l'avait embrassée une dernière fois dans le parking du *Four Seasons*, elle avait failli fondre dans ses bras comme la veille...

Son mal de tête l'incita à se coucher de bonne heure, Frank au pied du lit, le museau de Bean enfoui dessous (il était trop gros pour se caler tout entier sous le lit). Elle rêva que Matt et elle faisaient follement l'amour, Matt lui prodiguant le plus glorieux orgasme de toute l'histoire de la sexualité, et se réveilla frustrée et malheureuse. Comme d'habitude.

Mais l'histoire n'était pas terminée. Après des années de léthargie, sa sensualité avait été tirée de sa torpeur et se débattait pour émerger totalement, sans qu'elle puisse la contrôler. Pendant des années, elle s'était appliquée à se comporter de façon irréprochable, à rester bien sagement à sa place, à surveiller ses moindres faits et gestes. Sentir que quelque chose d'animal – et donc d'essentiellement imparfait – tentait de s'échapper d'elle, c'était… l'anarchie.

Elle ne parvenait pas à comprendre comment elle avait pu laisser cette part d'elle-même échapper à son contrôle. Si elle avait pu localiser avec précision la faille de son barrage interne, elle se serait plaquée contre elle pour l'empêcher de s'agrandir. Si le flot que ce barrage était censé retenir le faisait exploser, elle naviguerait en eaux troubles. Des eaux à la surface desquelles surgiraient des créatures terrifiantes qui chercheraient à l'engloutir.

À ce mal, un seul remède : faire le ménage, récurer sa maison de fond en comble pour se débarrasser de cette sensation par trop charnelle et remettre chaque chose à sa place. À commencer par Matt, qui était devenu, pour sa plus grande terreur, quelqu'un qu'elle aurait pu aimer. Aimer vraiment.

La séance de ménage ne lui fut d'aucun secours. Exténuée, elle essaya une autre méthode, et après avoir englouti un container de crème glacée en guise de dîner, elle s'immergea dans les profondeurs de sa bibliothèque, constituée d'ouvrages de développement personnel mâtiné de philosophie orientale. Elle y chercha des conseils qui lui auraient permis de s'extirper du brouillard qui l'enveloppait et qui refusait de se dissiper, mais ses efforts demeurèrent vains.

Elle s'absorba dans l'étude minutieuse de *Ami ou amant ? Comment les distinguer*, mais n'y trouva rien qui l'aide à déterminer la position de Matt. Ce livre était nul, de toute façon. Il ne fournissait même pas la liste des indices permettant d'identifier l'ennemi.

Pour couronner cette âpre journée d'incertitudes, elle reçut un coup de fil de sa sœur Rachel.

— Je viens de faire ton horoscope ! glapit celle-ci quand Rebecca décrocha.

— Pourquoi ?

— Il est génial ! poursuivit Rachel. Bon, tu sais qu'Uranus est entré en Poissons, ce qui est déjà génial en soi, tu peux vraiment t'attendre à quelque chose de complètement délirant. Mais devine la suite... Vénus est aussi entré en Poissons ! Alors, j'ai fait ton horoscope pour l'année à venir, et tu ne vas pas en croire tes oreilles ! Devine ce que ça donne !

— Je...

— D'accord, je vais te le dire, reprit aussitôt Rachel. L'orbite de Vénus va passer tout près d'Uranus, générant un violent courant électrique qui va doter les Poissons d'un pouvoir d'attraction magnétique qu'ils n'ont pas eu depuis plus de soixante-dix ans. Par ailleurs, quelqu'un de très proche de toi, probablement natif du Cancer, va te combler d'une façon dont tu n'oserais même pas rêver ! Tu imagines ?

Elle ménagea une pause pour intensifier l'effet théâtral de son annonce et permettre à Rebecca de dire quelque chose.

— Oh, dit celle-ci pour lui faire plaisir.

— Becky ! s'exclama Rachel, désespérée par le manque d'enthousiasme de sa sœur. Je croyais que ça te ferait plaisir ! Tu n'as pas envie de tomber amoureuse et...

— Non ! répondit-elle sèchement. Non, Rachel, je n'ai pas envie de tomber amoureuse. Je ne sais pas si tu t'en souviens, mais je viens de divorcer.

— Évidemment que je m'en souviens ! Mais ça remonte à plusieurs mois déjà. Tu as l'intention de rester seule toute ta vie à cause de ça ? Rappelle-toi ce que je t'ai dit : quelqu'un de très proche...

— J'ai parfaitement entendu ce que tu as dit ! Mais personne n'est proche de moi, et pourtant, je ne suis pas insatisfaite ! Je suis heureuse !

— Sois réaliste. Être parfaite ne signifie pas forcément que tu es heureuse.

— C'est censé vouloir dire quoi, ça ? demanda Rebecca.

— Quelle partie de ma phrase n'as-tu pas comprise ? La perfection ou le bonheur ?

Rebecca renifla avec mépris.

— Est-ce qu'on voudra bien m'expliquer un jour pourquoi les gens se soucient tellement de ma vie ?

— Peut-être parce qu'ils t'aiment, répondit Rachel sur le ton de l'évidence. Bud était un pourri. Tu mérites d'être heureuse.

— Je suis heureuse, répéta Rebecca, sans comprendre pourquoi elle se sentait soudain au bord des larmes.

— Mieux vaut entendre ça que d'être sourde, répondit Rachel d'un ton exaspéré. Bon, il faut que je te laisse. Je dois partir en Angleterre jeudi prochain et je n'ai pas encore terminé l'horoscope de Robin. Elle peut s'attendre à une aubaine exceptionnelle au mois de juin !

— Je suis sûre qu'elle sera ravie de l'apprendre, répondit Rebecca.

Après un au revoir des plus guillerets, Rachel raccrocha. Rebecca aurait préféré que sa sœur s'abstienne de l'appeler pour lui raconter des sornettes, pour la bonne raison qu'elle avait fâcheusement tendance à y croire.

Après une nuit passée à contempler l'ombre projetée d'un arbre sur le mur qui se trouvait en face de son lit, elle parvint à quelques conclusions bancales : 1) une nuit de passion torride n'avait rien à voir avec une histoire d'amour, et le physique de Matt mis à part (mais quel physique !), il n'avait franchement rien d'exceptionnel. Enfin, son humour, peut-être – quoiqu'un peu trop axé sur le sexe – et son sens pratique, qui était appréciable. Son intelligence, aussi. Il avait également fait preuve d'une grande gentillesse avec elle. Mais c'était vraiment tout ce qu'elle pouvait lui concéder.

Il n'avait pas franchement l'air fou d'elle, de toute façon, et ils n'avaient rien en commun. 2) Même s'ils avaient eu quelque chose en commun – ce qui n'était pas le cas –, elle n'était vraiment pas prête pour une histoire de ce genre, quoi qu'en dise son horoscope.

Après de longues années de mariage, elle commençait tout juste à se retrouver (en même temps que quelques autres Rebecca qui n'avaient rien à faire là). Elle n'avait pas envie de courir le risque de se perdre une fois de plus, et avec les hommes, elle avait tendance à oublier qui elle était. Elle venait juste de vivre une petite – bon, d'accord, merveilleuse – histoire sexuelle après avoir bu plus que de raison. Ce n'était pas la fin du monde et ce n'était pas non plus le début de quelque chose.

Et elle n'était pas malheureuse.

Il y avait cependant une chose qu'elle pouvait secrètement admettre. Robin avait raison : elle avait besoin de s'envoyer en l'air.

Éléments positifs de ma vie :

1) Grayson revient aujourd'hui !

2) Décroché le gros lot, cette semaine, ce qui signifie que le manque de sexe ne me pèsera plus autant. Youpi !

3) Survécu à une cuite mémorable et mis fin à quatre ans d'abstinence. Peux envisager deux années supplémentaires sans bouger d'une oreille avant d'être prête pour une vraie relation (incluant des rapports sexuels). On peut parfaitement décider de se tenir à une ligne de conduite pendant deux ans si on est vraiment motivé (vérifier ce que dit le manuel de transformation à ce sujet).

Quand Rebecca arriva au lieu de rendez-vous convenu (le parking d'un *Holiday Inn* en bordure d'autoroute) pour récupérer son fils, Bud, Grayson et la seconde femme de Bud l'attendaient. Grayson descendit de l'immense Cadillac Escalade, lui fit signe de la main et fonça vers l'arrière de la voiture. Bud le rejoignit, ouvrit les portes et prit son sac à dos. Pendant que Grayson l'enfilait, Bud attrapa quelque chose à l'intérieur du coffre et le lui tendit. C'était un énorme bébé chien tout noir dont les pattes avaient le diamètre d'un Frisbee.

— Hé! s'exclama Rebecca en traversant le parking, tandis que Bud récupérait une laisse et une gamelle dans la voiture.

— Coucou, maman, s'exclama joyeusement Grayson. Regarde ce que Candace m'a offert!

Quelle délicate attention!

— Tu lui as dit qu'on avait déjà deux chiens? demanda Rebecca en s'agenouillant pour embrasser son visage couvert de quelque chose de gluant et sucré.

— Un de plus, un de moins, ce n'est pas bien grave, intervint Bud en lui remettant un paquet de biscuits pour chien. Et puis, il en avait tellement envie.

— Ah, bon? Il rêve également d'avoir un cheval, répondit Rebecca. Tu vas aussi en sortir un de ta voiture?

— Allez, Rebecca...

— Gray désire beaucoup de choses qu'il n'est pas en mesure de posséder, Bud, poursuivit-elle calmement. Tu aurais au moins pu m'en parler. Tu imagines la quantité de nourriture et les soins que va exiger un chien de cette taille? Ce n'est pas un petit toutou de salon, c'est un futur molosse!

— On l'a appelé Patate, annonça Grayson. C'est Candace qui m'a aidé à lui trouver un nom.

En entendant son nom, le chiot se mit à lécher les joues de Grayson.

— C'est très aimable de sa part, répondit Rebecca en fusillant Bud du regard.

— Arrête de jouer les princesses offensées. En quoi ce chien va-t-il te déranger? Tu as une grande maison et largement assez d'argent pour le nourrir.

Rétrospectivement, Rebecca se disait justement qu'elle n'en avait pas autant qu'elle aurait pu en obtenir de lui.

190

— Il paraît que tu milites pour Masters, reprit Bud d'un ton teinté d'ironie.

— Qui t'a mis au courant ? C'est Robin qui te l'a dit ?

Bud haussa les épaules.

— Il vaut mieux que tu fasses ça plutôt que de t'entêter à travailler.

Il se retourna pour attraper quelque chose dans la voiture, et Rebecca résista difficilement à l'envie de lui flanquer un bon coup de pied aux fesses.

— Tom plairait beaucoup à ton père.

— Mon père a horreur de la politique et des politiciens, au cas où tu l'aurais oublié.

— Je ne l'ai pas oublié. Mais Masters est différent des autres politiciens. Tu devrais parler de lui à ton père.

Qu'est-ce que c'était que cette histoire ? L'intérêt de Bud pour les engagements politiques d'Aaron Lear était pour le moins étrange. Rebecca fut soudain saisie d'un doute épouvantable.

— C'est toi qui as suggéré à Tom de me contacter ? demanda-t-elle pour en avoir le cœur net.

— Absolument pas.

Ouf ! Elle aurait préféré mourir plutôt que de devoir quoi que ce soit à Bud.

— Bon, il faut que j'y aille, fiston, dit Bud en ébouriffant les cheveux de Grayson. La route est encore longue jusqu'à Dallas.

— Quand est-ce que je pourrai venir vous voir, Lucy et toi ? demanda celui-ci en luttant pour empêcher le chien de s'échapper de ses bras.

— Je t'appellerai pour te dire ça, répondit Bud avant de tourner son regard vers Rebecca. Ça va, toi ? Je trouve que tu as maigri.

— Merci pour le compliment.

Bud fronça les sourcils.

— Tu arrives à t'en sortir ?

— Me sortir de quoi ?

— Tu sais bien, de notre histoire. Du divorce.

— Bud, je t'en prie, épargne-moi cette attitude paternaliste, répondit Rebecca d'un ton égal. Ça fait déjà presque un an qu'on a divorcé.

Elle voulut attraper le chien par la peau du cou pour éviter qu'il n'échappe à Grayson.

— Non, maman ! C'est mon chien, protesta-t-il en se détournant.

— Bon, à plus ! lança Bud en se dirigeant vers l'avant du 4×4.

Grayson courut derrière lui.

— Papa ! Papa ! cria-t-il. Au revoir, papa !

Bud lui adressa un signe de la main avant de claquer sa portière. Puis il démarra et quitta le parking sans prendre la peine de jeter un dernier coup d'œil à son fils. Quand le 4×4 se fut inséré dans la circulation, Rebecca posa une main sur l'épaule de Grayson.

— Viens, mon ange.

Grayson se dégagea de son étreinte.

— J'arrive ! répondit-il avec hargne en se dirigeant vers la Range Rover, le chien se débattant toujours dans ses bras.

Sur le chemin du retour, Rebecca essaya de bavarder avec lui, mais Grayson était de mauvaise humeur. « Je me suis bien amusé avec papa » fut le seul commentaire qu'elle parvint à tirer de lui.

— J'aimerais bien que papa se marie avec Lucy, ajouta-t-il d'un ton si enthousiaste que Rebecca fut persuadée qu'il cherchait vraiment à la blesser.

Son humeur ne s'améliora pas dans la soirée. Bean enregistra l'arrivée d'un nouvel élément canin au sein de la communauté sans broncher, mais Frank manifesta sa désapprobation en mordillant à deux reprises un Patate un peu trop joueur et remuant à son goût. Cela ne plut pas du tout à Grayson, qui exigea de Rebecca qu'elle punisse Frank. Lorsque Rebecca refusa, Grayson prit Patate dans ses bras et l'emmena dans sa chambre, dont il claqua violemment la porte.

Une demi-heure plus tard, Rebecca passa la tête dans l'entrebâillement de la porte. Grayson dormait sur son lit en forme de voiture de course, le nez et les joues rouges des larmes qu'il avait versées avant de s'endormir. Cette vision lui serra le cœur : qu'est-ce qui pouvait faire autant de chagrin à un petit garçon de cinq ans ? Elle ne trouva pas de réponse à cette question, mais découvrit un peu plus tard que Patate, qui s'en était déjà pris à un livre de Grayson, avait réduit une chaussure en bouillie.

Rebecca alla déposer le chiot dans le jardin et le remit aux bons soins de Bean et Frank. Surtout de Bean, à dire vrai.

Le lendemain après-midi, après un crochet par la librairie où Grayson lui réclama un livre racontant les aventures d'une famille de chiens et où elle acheta pour elle-même un livre sur les parents divorcés et un autre sur l'éducation des chiens, l'humeur de Grayson s'améliora.

Les retrouvailles avec son fils avaient permis à Rebecca de penser à autre chose qu'à Matt et à se concentrer sur la soirée bingo de Tom Masters. Elle avait échangé près d'un millier d'e-mails avec Francine McDonough, la présidente des Silver Panthers. Le plan était simple : les gains de la soirée seraient partagés entre les œuvres caritatives auxquelles se consacraient les Silver Panthers et des donations au parti démocrate. Familier des soirées bingo, l'*Elk's Lodge* s'était engagé à mettre gracieusement à la disposition de Rebecca tout le matériel nécessaire. En outre, la grand-mère de Rebecca, joueuse de bingo invétérée, l'avait aidée à obtenir l'atout essentiel pour sa soirée : un meneur de jeu professionnel, le meilleur du Texas, selon elle.

Rebecca se rendit par deux fois sur les lieux pour les décorer, et Grayson mit la main à la pâte pour réaliser les banderoles appelant à voter pour Tom. Elle téléphona trois fois à celui-ci pour être certaine qu'il avait bien compris à quels moments il pourrait intervenir, mais ne parvint à joindre que Gilbert, qui lui certifia que Tom savait ce qu'il avait à faire. En revanche, elle ne reçut pas le moindre appel de Monsieur M'as-tu-vu.

Elle ne savait qu'en penser. Certes, elle avait déclaré qu'elle souhaitait que les choses en restent là. Mais après ce qu'il lui avait dit, elle avait pensé... et même espéré... qu'il appellerait peut-être. Non qu'elle veuille qu'il le fasse. Non, vraiment pas. Mais bon.

Toujours est-il que lorsqu'il l'appela, la veille de la soirée bingo – alors qu'elle était en train de lire *Survivre au divorce : le chemin que doit suivre une femme pour redémarrer*, vêtue d'un pyjama en soie –, elle ne sut pas trop si elle était vexée qu'il ait mis si longtemps à l'appeler ou si elle était simplement satisfaite qu'il le fasse.

— Salut, dit-il quand elle décrocha.

— Matt Parrish. Il y a un problème ? s'enquit-elle poliment.

Était-il possible qu'il l'appelle à cette heure-là pour lui parler de la campagne de Tom ? Le petit rire qu'il émit la rassura sur ce point.

— J'allais te poser exactement la même question.

— Pourquoi donc ? demanda-t-elle en posant son livre. Tu crois que j'ai un problème ?

— Seigneur, par où commencer ? En fait, j'appelais surtout pour savoir comment tu allais.

— Je vais très bien. Pourquoi ça n'irait pas ?

— Je ne sais pas. Je suppose que c'est parce que la dernière fois qu'on s'est vus, tu étais un peu... désorientée.

— Désorientée ? répéta Rebecca en s'esclaffant. Pourquoi dis-tu cela ?

— Pour rien. Il m'avait semblé, c'est tout.

— Peut-être as-tu cru cela parce que tu as pensé à ramasser mon sac quand nous avons quitté le *Four Seasons* ?

— Non, Miss Chochotte, riposta Matt. Parce que tu as oublié ta petite culotte chez moi.

Une rougeur subite prit possession du visage de Rebecca. Elle passa une mèche de cheveux derrière son oreille et s'adossa confortablement à ses oreillers.

— Je vois. Il s'agit donc d'une inspection de mes sous-vêtements, dit-elle d'une voix douce.

— Oui. Qu'est-ce que tu portes en ce moment ?

— Tu souhaites réellement que je te réponde ?

Matt produisit un son guttural qui tenait à la fois du rire et du grognement.

— Oui. En fait, non, ne me dis rien, laisse-moi deviner. Tu veux bien jouer aux devinettes avec moi ?

— Matt...

— Bon, c'est moi qui commence. Je t'imagine allongée, vêtue de quelque chose de léger, sans rien en dessous...

— Matt ! s'exclama-t-elle.

— ... et le simple fait de penser à moi te rend toute chose, tout alanguie...

— C'est complètement faux ! riposta-t-elle en riant.

Elle replia ses genoux contre elle, posa son menton dessus et se sentit soudain exactement dans l'état qu'il venait de décrire.

— Je sais bien, Rebecca. C'est juste un jeu... Ta peau est brûlante, à présent, et tu deviens toute chaude à l'intérieur. Tu ne peux pas t'empêcher de repenser à ce que je t'ai fait l'autre soir, tu te tortilles...

— Matt ! s'écria-t-elle en se redressant.

— Bon, bon, j'arrête, dit-il avant de pousser un long soupir exagéré. Je me contenterai d'imaginer pour moi tout seul.

— Ah, lâcha-t-elle, déçue. Euh... alors, à mon tour... Tu portes quelque chose de sexy ?

— Je suis complètement nu, ma belle, répondit Matt, très sûr de lui. Et sous ma main, je sens quelque chose d'énorme et de dur...

— J'ai compris, j'ai compris ! glapit-elle. C'était gentil d'appeler ! ajouta-t-elle précipitamment.

Matt laissa échapper un nouveau rire.

— D'accord. J'ai saisi le message. Tu es sûre que tout va bien, alors ?

— Évidemment !

— Tu ne t'es pas inscrite à une cure de désintoxication, ni quoi que ce soit de ce genre ?

— Je vais très bien, répondit Rebecca en riant. Je te remercie de t'en soucier. Bonne nuit, Matt.

— Dors bien, Rebecca, répondit-il d'une voix douce avant de raccrocher.

Une vision de Matt entièrement nu hanta cependant son esprit un long moment avant qu'elle parvienne à trouver le sommeil.

Les grands-parents de Rebecca, qui s'étaient invités à la partie de bingo des Silver Panthers, arrivèrent chez elle le lendemain après-midi, au volant de leur camping-car.

Grayson, Rebecca, Jo Lynn, Bean, Frank et Patate sortirent sur la véranda pour les accueillir. Elmer Stanton fut le premier à descendre de voiture et se précipita pour serrer son arrière-petit-fils dans ses bras. Sa femme ne tarda guère à l'imiter. Une fois qu'ils eurent terminé de cajoler le pauvre Grayson, ils embrassèrent leur petite-fille. Elle parvint à leur présenter Jo Lynn en dépit des questions dont ils l'assaillaient (sa grand-mère : « Tu es trop maigre, ma chérie. Tu n'as pas bon appétit en ce moment ? Tu as changé de coiffure ? » ; son grand-père : « Combien t'a coûté cette maison ? À combien as-tu fait estimer ta Range Rover ? Mais qu'est-ce qui lui prend, à ce gros chien jaune ? Il a failli se cogner contre le mur ! »).

— Bon ! finit par conclure sa grand-mère. Quand est-ce qu'on se met en route pour cette partie de bingo ? Il faut arriver en avance pour avoir de bonnes places.

— Il est 14 heures, grand-mère ! lui fit remarquer Rebecca. La partie ne commencera pas avant 19 heures.

— Je vais faire quelque chose à manger, alors, dit-elle en poussant sa petite-fille pour pénétrer dans la maison, tandis que Grayson prenait son arrière-grand-père par la main pour lui montrer la niche des chiens.

Le reste de l'après-midi se passa en coups de fil à Gunter (« Comme c'est dommage que Heather ne puisse pas se libérer ! »), qui avait besoin d'indications pour se rendre à l'*Elk's Lodge* depuis l'aéroport, en aboiements furieux des chiens et en vaines tentatives de la part de Rebecca d'empêcher sa grand-mère de réorganiser la cuisine de fond en comble. Mais le plus délicat fut de passer entre les mailles du filet de son inquisition permanente. Rebecca adorait sa grand-mère, mais si elle s'était laissé faire, elle aurait été obligée de lui raconter sa vie dans les moindres détails. Ses nombreux coups de téléphone la maintinrent fort heureusement à distance de sa curiosité, et Lil Stanton eut tout juste le temps de faire quelques réflexions sur sa fille, la mère de Rebecca.

— Si tu veux mon avis, elle fuit ses problèmes en restant à Los Angeles, dit-elle en secouant la tête. Il faut qu'elle choisisse : soit elle retourne avec ton père, soit elle le quitte.

Quand ce fut l'heure de partir, Rebecca sortit de sa chambre vêtue d'un tailleur-pantalon Ralph Lauren gris de coupe très classique. Sa grand-mère la regarda de bas en haut et secoua la tête.

— Tu ne joues pas souvent au bingo, hein, ma chérie ?

Rebecca retourna dans sa chambre pour se changer et enfila une grande chemise noire, des santiags noires et une veste en daim à franges que sa grand-mère trouva un peu trop habillée, mais qui reçut l'approbation de son grand-père.

Le parking de l'*Elk's Lodge* était déjà plein quand ils arrivèrent, une demi-heure avant le début de la partie.

— Je savais bien qu'on serait en retard, se plaignit Lil.

Elle fut la première à descendre de voiture, suivie par Jo Lynn, et toutes deux se précipitèrent vers l'entrée de l'établissement. Rebecca, son grand-père et Grayson les rejoignirent au pas de course.

Une odeur de poitrine de bœuf aux haricots les accueillit quand ils franchirent la porte. Les personnes présentes formaient une véritable mer de nylon et de polyester, sur laquelle semblaient flotter des turbans de couleurs vives. Une femme corpulente coiffée d'un turban rose les repéra et s'élança vers eux sur son scooter électrique à une vitesse telle que Grayson se réfugia précipitamment derrière sa mère. La femme freina abruptement devant eux et les gratifia d'un sourire étincelant.

— Bienvenue à la soirée de bingo au profit du sénateur Masters, s'exclama-t-elle. Je suis Francine McDonough, présidente des Silver Panthers.

— Bonjour, madame McDonough. Je suis Rebecca Lear.

— Ça alors! s'exclama la femme. Je ne vous imaginais pas du tout comme ça! Difficile de se faire une idée à partir d'un e-mail, me direz-vous. Je m'attendais à voir une retraitée de Lakeway!

— Je vous présente mon fils, Grayson.

— Oh, qu'il est chou! s'écria Francine. Viens là, mon mignon, que Francine te voie bien.

Elle lâcha le guidon de son scooter et lui pinça la joue.

— Qu'il est chou, qu'il est chou! dit-elle à travers ses dents serrées, avant de relâcher brusquement la joue de Grayson.

— Voici mon grand-père, Elmer Stanton.

— J'ai pratiquement fondé les Silver Panthers, affirma celui-ci.

— Vraiment? fit Francine d'un ton extrêmement sceptique. La salle est splendide, n'est-ce pas? enchaîna-t-elle à l'intention de Rebecca, sans laisser le temps à Elmer de répondre. Quand vous m'avez appelée pour nous proposer cette rencontre, je me suis dit que vous deviez avoir perdu la raison! Inviter les Silver Panthers à un tournoi de bingo, c'est vraiment chercher les ennuis! Mais nous sommes tous au rendez-vous, comme vous pouvez le constater. Le seul petit problème, c'est que l'animateur a été obligé d'annuler.

— Comment? s'exclama aussitôt Rebecca, horrifiée par cette nouvelle.

— Il a appelé il y a environ une demi-heure pour annoncer qu'il avait un imprévu et qu'il ne pourrait pas venir.

— Mais… qui va procéder au tirage, alors ?

Francine s'esclaffa.

— Du diable si je le sais !

Elle se tordit le cou pour regarder derrière Rebecca.

— Mais c'est ma vieille copine Mary Zamburger que je vois là-bas ! Pardon, ma chérie, je me sauve !

Elle appuya si fort sur l'accélérateur de son scooter que Grayson dut faire un bond de côté pour éviter d'être renversé.

— Mais… commença Rebecca en pivotant pour ajouter quelque chose à l'intention de Francine.

C'est alors qu'elle aperçut Gunter à côté de la porte d'entrée.

— Ne t'inquiète pas, ma chérie, dit son grand-père en lui tapotant le bras. Je vais m'en occuper, moi, du tirage.

16

*Si vous rencontrez un chemin dépourvu d'obstacles,
c'est probablement qu'il ne mène nulle part...*

Frank A. CLARK

Grâce au zèle du sénateur Masters, les chips à la sauce pimentée étaient en passe de devenir l'amuse-gueule officiel du Texas.

Tom mettait Matt dans une situation de plus en plus embarrassante. Il s'était occupé de projets législatifs intéressants au cours de son mandat, mais la seule chose qui avait retenu l'attention de la presse, c'était cette histoire de chips à la sauce pimentée, ce qui, selon Matt, le faisait vraiment passer pour un beauf. Opinion partagée par Doug, du parti démocrate. Ils se consacraient tous deux cet après-midi-là à essayer de sauver les meubles, sans l'aide de Tom, qui avait objecté qu'il était en mesure de tirer le meilleur parti de n'importe quel article de loi.

— Si on envoie un communiqué aux journalistes sur un sujet vraiment important, on peut être certain de faire des mécontents. Vous vous souvenez de ce qui s'est passé quand j'ai proposé la réforme sur le financement des campagnes : ils m'ont carrément cloué au pilori ! En revanche, aucun Texan ne trouvera rien à redire aux chips à la sauce pimentée. Moi, par exemple, j'adore ça.

— Ils trouveront peut-être à redire au fait qu'un candidat se contente de faire voter des lois stupides, avait rétorqué Matt.

Tom s'était alors esclaffé et lui avait donné une tape dans le dos.

— Voilà que tu te mets à parler comme un Yankee, Parrish !

Cette conversation avait une fois de plus incité Matt à se demander pourquoi il avait accepté de s'engager dans cette campagne. N'ayant abouti à aucune réponse satisfaisante, la perspective d'une rencontre avec les Silver Panthers ce soir-là ne le réjouissait guère. Il avait envisagé de se faire porter pâle, mais un petit détail l'avait retenu.

Eh oui ! L'extraterrestre.

Pour des raisons qui lui échappaient totalement, il ressentait le besoin de la protéger. Ou de la posséder, il ne savait pas trop. Quoi qu'il en soit, il n'aimait pas trop l'état dans lequel elle le mettait. Ce qui s'était passé entre lui et Miss Chochotte la semaine précédente constituait une aberration pure et simple. Qu'est-ce que ça pouvait bien faire que Rebecca soit merveilleusement belle, sexy et un peu fêlée sur les bords ? Il y avait des tas de femmes mystérieuses de par le monde.

D'ailleurs, il préférait d'ordinaire se tenir à distance des femmes qui appréciaient les jeux tordus. Il trouvait bien plus confortable d'en rester au rituel traditionnel du dîner en tête à tête, et depuis l'université, il ne s'était jamais engagé que dans des relations basées sur le sexe, pour dire les choses crûment. Rebecca ne correspondait pas à cette définition. C'était un petit poisson timide qui se sauvait à toutes nageoires dès que le filet se resserrait… tout le contraire des femmes barracudas auxquelles il était habitué, qui jetaient leur dévolu sur lui et le croquaient à belles dents.

Pourquoi, dans ce cas, avait-il cédé à l'envie de lui téléphoner ? À cause de cette histoire de quatre ans d'abstinence, peut-être ? Il n'arrêtait pas d'y penser. Et la petite culotte en soie qu'il avait retrouvée et rangée dans sa commode ne l'aidait pas à l'oublier.

Ce fut donc avec bien des incertitudes qu'il prit congé de Harold, à qui il annonça qu'il se rendait à la fête de

Lakeway. Harold (dont les doigts pianotaient sur le clavier au rythme parfait de cent vingt mots par minute) ne quitta pas l'écran des yeux, mais un grand sourire apparut sur son visage.

— Oh! N'oubliez pas de saluer Mlle Lear de ma part, surtout!

Quand Matt entra à l'*Elk's Lodge*, une heure et demie plus tard, la salle était pleine à craquer de vieux croûtons. Des rangées ininterrompues de têtes blanches, parsemées de-ci de-là d'un brun aile de corbeau ou d'un rouge violacé, se penchaient au-dessus de grandes feuilles de papier sur lesquelles les participants traçaient des signes à l'aide de gros marqueurs fluo.

Dans une autre salle à sa droite, une douzaine de papys et de mamies étaient assis autour de petites tables, occupés à mâchouiller ce qui ressemblait à de la viande en buvant une boisson rose.

Matt avança prudemment dans la grande salle et remarqua deux femmes âgées vêtues de vestes vertes identiques, assises derrière une pile de feuilles blanches et de marqueurs de couleur. L'une d'elles lui fit signe d'approcher, mais Matt était trop stupéfait pour bouger. Il s'était attendu à une sorte de meeting, à un événement sérieux et solennel, pas du tout à cette espèce de... Mais il devait se tromper. Ça ne pouvait pas être ça.

— N-45! On fait bien attention, 45! N-45!

— Bingo! s'écria une femme en se levant comme un diable jaillissant de sa boîte.

Tout le monde l'applaudit, et elle agita les mains en l'air, exhibant sans pudeur la chair flasque de ses bras.

— Nous avons une gagnante!

Le meneur de jeu était assis sur un tabouret, à la façon d'un vieux cow-boy de saloon. À côté de lui, des boules numérotées s'agitaient dans un gros globe transparent.

— Venez là, ma belle. On va vérifier que vous avez bien remporté cette cagnotte de vingt-cinq dollars!

— Je dois m'être trompé d'endroit, marmonna Matt dans sa barbe.

Il se retourna et resta figé de stupeur en découvrant une banderole qui disait en caractères colorés : « Bienvenue au bingo caritatif ! Un grand merci au sénateur Masters ! »

— Qu'est-ce que c'est que ce truc ? souffla-t-il en regardant la gagnante contourner les tables en se déhanchant façon cha-cha-cha pour aller chercher son prix.

— Matt ? demanda derrière lui une voix masculine.

Matt sursauta et se retourna. C'était Gunter, tout de noir vêtu.

— Gunter ! s'exclama-t-il avec un soupir de soulagement en lui tendant la main.

— Mais oui, mais oui ! C'est un bingo ! tonitrua le meneur de jeu. À quelle œuvre caritative souhaitez-vous reverser votre gain ?

— À la fondation pour l'arthrose.

— Excellent ! Leurs recherches me seront personnellement profitables ! Allez-y, les enfants, faites votre choix ! Le montant de la prochaine cagnotte est de quarante dollars !

— C'est une vraie partie de bingo, remarqua Gunter, stoïque.

— Où est Tom ? demanda Matt.

— Tout le monde est prêt ? Les grilles sont remplies ? Alors, c'est parti pour le bingo !

— Il n'est pas encore arrivé. Mais je crois que Rebecca est là, répondit Gunter en désignant une silhouette qui se dirigeait vers le podium.

Matt regarda l'endroit qu'il désignait. C'était bien elle. Pas étonnant qu'il ne l'ait pas reconnue plus tôt : elle avait natté ses cheveux, une sorte de grand mouchoir dépassait de sa poche, et elle tenait un objet qui ressemblait fort à une gomme géante. Elle escalada prestement les trois marches du podium et se planta devant un grand tableau blanc tandis que le meneur de jeu tirait une boule de la grosse sphère transparente.

— Le premier numéro du quatrième jeu est le B-11. Je répète : B-11 !

Rebecca inscrivit en gros « B-11 » sur le tableau blanc.

— C'est une plaisanterie ?

— Ben, j'ai pas l'impression, répondit Gunter en croisant les bras sur son torse concave.

— J'avais cru comprendre qu'il s'agissait d'une réunion...

— Moi, tu sais, je suis là pour prendre des photos.

Peut-être, mais Matt, lui, était venu assister à une réunion. Il se dirigea vers le podium d'un pas décidé. Une fois arrivé au bas des marches, il se plaça juste en dessous de l'endroit où se tenait Rebecca.

— Rebecca ! siffla-t-il entre ses dents, juste avant que le papy qui faisait office d'animateur n'annonce le I-20.

Elle lui jeta à peine un coup d'œil avant d'effacer le tableau et d'écrire « I-20 ».

— Où est Tom ? lui demanda-t-elle à mi-voix. Il avait promis d'être à l'heure.

— Il a peut-être cru qu'il s'était trompé, lui répondit Matt. Il devait s'attendre à une vraie réunion, pas à une partie de bingo.

— Tournoi.

— Pardon ?

— C'est un tournoi de bingo, reprit Rebecca. Et c'est une vraie réunion.

— Tout le monde est prêt ? Le numéro suivant est le O-66. Repérez bien le O-66.

Rebecca effaça le tableau et inscrivit soigneusement « O-66 ».

— Je croyais que tu avais dit que Tom ferait un discours devant les membres politisés des Silver Panthers, pas pour le bénéfice d'un club de bingo !

— Il pourrait leur faire un discours si seulement il daignait les honorer de sa présence !

— Ici ?

Le meneur de jeu jeta un coup d'œil à Matt et Rebecca par-dessus son épaule. Rebecca recula précipitamment à l'autre bout du podium, la tête basse. Une bouffée de son parfum vint chatouiller les narines de Matt, réveillant instantanément son désir.

— Matt, je n'en ai plus pour longtemps, dit Rebecca d'une voix légèrement hystérique. Jo Lynn va me remplacer, mais elle tenait absolument à faire quelques grilles.

— Jo Lynn ?

— Écoute, tu vois tous les gens qui sont dans cette salle ? La plupart d'entre eux n'entendent rien et ont la vue très basse. C'est pour ça que j'écris le résultat du tirage au tableau. Donne-moi une minute, d'accord ? Une minute, c'est tout ce que je te demande.

Elle avait formulé cette demande d'un ton si implorant que Matt aurait été prêt à lui accorder toutes les minutes, toutes les heures, tous les jours et toutes les nuits qu'elle voulait.

— D'accord, dit-il en reculant.

— Et nous avons à présent le numéro G-56. G-56, les amis.

— Va t'asseoir avec Grayson, lui ordonna-t-elle en effaçant rageusement le tableau pour y inscrire le nouveau numéro.

Matt mit ses mains dans ses poches, parcourut les rangées de tables des yeux et repéra le fils de Rebecca. Il était assis tout au bout d'une table, à côté de deux vieilles dames. En s'approchant, Matt remarqua que Grayson avait entouré tous les chiffres qui figuraient sur sa grille. L'enfant intercepta le regard de Matt et croisa aussitôt les bras sur sa grille pour l'empêcher de regarder. Matt lui fit un grand sourire et continua d'avancer jusqu'au fond de la salle, où Gunter et son photographe prenaient des photos de groupe. Il resta là jusqu'à ce que l'animateur finisse par annoncer une pause de vingt-cinq minutes.

— Dans l'intervalle, nous vous invitons à profiter d'un délicieux repas gratuit ! Poitrine de bœuf aux haricots pour tout le monde ! Par égard pour vos voisins, n'abusez pas des haricots !

Les joueurs se ruèrent aussitôt en masse vers la salle voisine, aplatissant pratiquement Matt contre le mur au passage. Quand le plus gros de la horde fut passé, Matt repéra Rebecca à côté de son fils et se dirigea vers elle.

— Salut, dit-elle en lui souriant.

— Quand tu as dit que tu t'étais occupée de l'organisation de cet événement, j'ai cru que Tom bénéficierait d'un véritable public disposé à l'écouter, dit-il. Je ne me souviens pas que les mots « tournoi de bingo » aient jamais franchi tes lèvres.

— C'est un vrai bonheur de te retrouver ici, répondit-elle. L'idée de ce tournoi de bingo est de moi, poursuivit-elle en adressant un sourire radieux à trois papys en salopette qui se dirigeaient vers le buffet gratuit. Les gens qui sont ici adorent jouer au bingo.

— J'ai remarqué, merci. Ils aiment tellement ça qu'ils ne s'intéressent à rien d'autre. J'ose à peine imaginer ce qu'a pu coûter cette petite...

— Hé ! Le voilà !

Rebecca et Matt tournèrent la tête vers Gunter. Il se dirigeait vers la porte d'entrée, où Tom, Pat et Angie jouaient des coudes pour avancer à contre-courant des joueurs affamés. Gunter les rejoignit prestement, coinça Tom le temps de prendre quelques photos, puis le laissa repartir.

— Parrish ! Ça alors !

— On dirait que quelqu'un t'a reconnu, déclara Rebecca en se tournant vers son fils et les deux vieilles dames qui étaient apparemment chargées de s'occuper de lui.

Matt réprima un soupir, se retourna et se retrouva nez à nez avec le sommet du crâne du juge Gambofini. Il ne l'avait jamais vu sans sa robe, et son apparence le surprit : il arborait un polo à rayures rouges qui s'étiraient largement au niveau de son abdomen. Mais le plus surprenant de tout, c'était son immense sourire. Matt ne l'avait jamais vu sourire.

— Comment allez-vous, Votre Honneur ?

— J'ai failli faire bingo au deuxième jeu. Je vous ai vu à côté du podium, tout à l'heure. Mais il me semble que vous êtes un peu jeune pour faire partie des Silver Panthers, non ?

— En fait, je...

Il fut brutalement interrompu par une claque dans le dos qui faillit lui faire perdre l'équilibre.

— Parrish ! Vieille crapule !

— Bonjour, sénateur, dit-il en s'époussetant l'épaule. Vous connaissez le juge Gambofini, je crois ?

— Certainement, certainement, dit Tom, alors que Matt savait pertinemment qu'il n'avait jamais entendu parler du juge.

— Ah, fit Gambofini en dévisageant Tom d'un air perplexe, mais en serrant néanmoins la main qu'il lui tendait.

Il reporta ensuite son attention sur Matt, croisa les mains et se mit à se balancer d'avant en arrière.

— J'en conclus que les rumeurs à propos de vos ambitions politiques sont fondées, Parrish...

— De quelles rumeurs s'agit-il ? demanda Tom en mettant les mains sur ses hanches.

— Oh ! Des bruits qui circulent dans les couloirs du palais de justice, répondit Gambofini en gloussant. Si vous voulez bien m'excuser, je vais aller goûter à cette poitrine de bœuf...

Génial. Tout le Palais serait au courant dès le lundi suivant.

— Hé ! Mais c'est formidable ! s'exclama Tom en regardant autour de lui. Quelle foule ! C'est exactement ce qu'il nous fallait.

— Sois réaliste, Tom. Ce qu'il nous faut, c'est...

— On verra ça plus tard, répondit-il en tournant le dos à Matt. Pour l'instant, je dois féliciter cette jeune femme.

Il se dirigea vers Rebecca et s'écria :

— Madame Reynolds, vous vous êtes vraiment sur-passée !

— Lear, lui rappela-t-elle tandis qu'il l'attrapait par l'épaule pour la serrer contre lui. Ce n'était pas grand-chose à organiser. Il ne faut pas croire ceux qui racontent que c'est difficile, ajouta-t-elle en regardant Matt du coin de l'œil.

— N'est-ce pas ? fit Tom en s'esclaffant. Mais dis-moi, où est notre hôtesse ?

— Elle est au buffet. Allons la rejoindre, proposa-t-elle.

Ils s'éloignèrent sans même un regard pour Matt.

— Dis-moi que je rêve, murmura Pat en balayant la salle d'un œil incrédule. J'avais compris qu'il s'agissait d'une réunion.

— Moi aussi.

— Je trouve ça hyper cool, dit Angie, qui s'était teint les cheveux d'un noir de jais pour l'occasion. C'est la première fois que j'assiste à une partie de bingo, ajouta-t-elle avant de s'éloigner pour inspecter les lieux.

Pat et Matt échangèrent un regard, et Pat haussa les épaules.

— Enfin ! Quand on est à Rome... dit-elle en emboîtant le pas à Angie.

— Stupide proverbe, marmonna Matt.

Il se retourna et aperçut Grayson. Le gamin était en train de remplir une nouvelle grille pour prendre de l'avance sur la partie à venir.

— Salut, lui dit-il.

— Salut, répondit Grayson sans même lever les yeux.

— Tu te souviens de moi ?

— Un peu, répondit-il en fronçant légèrement les sourcils.

— Moi aussi, je me souviens un peu de toi, dit Matt en tirant une chaise. Mais j'ai oublié ton prénom, ajouta-t-il.

— Je m'appelle Grayson. Et toi ?

— Matt.

— Excusez-moi ? Monsieur, s'il vous plaît ? dit une des deux vieilles dames en le dévisageant derrière ses lunettes à monture rose. Je m'appelle Lil Stanton. Et vous, qui êtes-vous ?

— Matt Parrish, répondit-il en se levant et en lui tendant la main.

Lil Stanton regarda sa main, puis Grayson.

— Vous connaissez mon arrière-petit-fils ?

— Euh... oui, un peu. Pas vrai, gamin ?

Grayson haussa les épaules.

— Je travaille avec sa maman dans l'équipe de campagne du sénateur Masters.

— Oh, roucoula Lil, soudain ravie. J'adore rencontrer les amis de Rebecca ! Je suis sa grand-mère. Vous pouvez m'appeler Lil. C'est mon mari qui est sur le podium. Il adore être le point de mire. Et la dame qui est avec moi, c'est Jo Lynn, une grande amie de Rebecca.

— Il faut que je vous quitte, dit la femme. C'est moi qui dois inscrire les numéros au tableau après la pause. Ravie de vous avoir rencontré, dit-elle en passant devant Matt.

Lil Stanton sourit à Matt, puis fit mine de mettre de l'ordre dans ses feuilles de jeu. Matt et Grayson l'observèrent sans mot dire.

— Mon Dieu ! s'exclama-t-elle soudain en clignant des yeux derrière les verres grossissants de ses lunettes. Elmer avait raison à propos des haricots ! Vous voulez bien surveiller Gray un instant ?

Matt n'eut même pas le temps de lui répondre. Lil s'éloignait en trottinant, une main sur son ventre. Grayson la regarda partir, puis reporta son attention sur ses feuilles et entreprit de cocher toutes les cases comportant la lettre N.

— Alors, tu as de la chance aujourd'hui ? lui demanda Matt.

— Je n'aime pas tellement ce jeu, répondit Grayson en haussant les épaules.

— Moi non plus, lui avoua Matt. C'est trop bizarre.

Grayson arrêta de cocher les cases et observa Matt du coin de l'œil.

— Maman a dit qu'il y aurait peut-être quelqu'un avec qui jouer, mais il n'y a personne.

— Quelqu'un avec qui jouer ? répéta Matt sans comprendre.

Il se retourna et s'aperçut que Tom et Rebecca étaient revenus dans la salle de bingo. Ils étaient en train de bavarder avec une grosse bonne femme perchée sur un scooter électrique. Il enfouit une main dans sa poche et en sortit des bonbons à la menthe.

— Tu en veux un ? proposa-t-il à Grayson en en mettan un dans sa bouche.

L'enfant contempla le bonbon.

— Je n'ai pas le droit d'en manger.

— Ah, bon ? Pourquoi ?

— Parce que j'ai un problème avec mes dents. Si je mange des bonbons, ça les abîme.

— Ah, dit Matt en défaisant le papier d'emballage. Il faut savoir prendre des risques dans la vie. Celui-ci ne t'abîmera pas les dents.

Grayson leva les yeux vers lui et le jaugea, l'air hésitant.

— Quoi ? Tu ne me crois pas ?

Grayson se mit à regarder fixement la cravate de Matt.

— Tu peux me faire confiance. Tu n'as aucun problème avec tes dents. Ta maman te raconte des histoires. Toutes les mamans font des trucs bizarres, et crois-moi, ta maman détient le record dans ce domaine. Vas-y, prends-le. Elle ne le saura pas.

Grayson accepta le bonbon, le mit dans sa bouche et sourit. Matt plongea la main dans sa poche, attrapa quatre autres bonbons et ouvrit la main. Grayson les prit tous les quatre, défit les emballages et les enfourna dans sa bouche. Ce n'était pas ce que Matt s'était attendu à le voir faire, mais les joues de Grayson évoquaient celles d'un hamster et il ne put s'empêcher de rire.

Grayson sourit, découvrant une rangée de bonbons à la menthe en guise de dents.

— Quel genre de jeux tu aimes ? demanda Matt.

— Hoguio.

— Hoguio ?

Grayson éclata de rire.

— Yu-Gi-Oh ! Et Barbie, ajouta-t-il en faisant l'effort d'articuler.

— Barbie ? Tu plaisantes ?

— Non, je l'aime bien, répondit l'enfant en haussant les épaules.

— Mais les Barbie, c'est un truc de filles ! Tu n'as pas envie qu'on te traite de fille, à l'école, pas vrai ?

Grayson cligna des yeux, réfléchit, puis secoua la tête.

— J'imagine que tu vas à l'école, ajouta Matt. Tu es en quelle classe ? CP ? CE1 ?

— Jardin d'enfants Maverick.

— C'est pareil. Se faire traiter de fille est désagréable dès le jardin d'enfants.

Il jeta un regard par-dessus son épaule et sursauta légèrement : il avait l'impression de s'être fait repérer par une sorte de radar maternel terrifiant. Rebecca les scrutait d'un œil suspicieux. Elle dit quelques mots à Tom et se dirigea vers eux d'un pas décidé.

— Argh ! laissa échapper Grayson en voyant sa mère approcher.

Argh, en effet.

— Ne t'inquiète pas, je m'en occupe, lui chuchota Matt.

Rebecca atteignit leur table au moment où l'animateur annonçait la reprise du jeu dans moins de cinq minutes. Elle se planta devant eux, les bras croisés, et les toisa d'un œil mauvais.

— Qu'est-ce que vous mijotez, tous les deux ? demanda-t-elle.

Grayson jeta un regard désespéré à Matt.

— Coucou ! dit Matt en souriant de toutes ses dents. On rigole un peu entre hommes, c'est tout. Dis-moi, on ne va pas avoir besoin de toi sur le podium ?

— Grayson ? demanda-t-elle, ignorant Matt.

Celui-ci essaya de prendre un air dégagé, mais ses joues le trahirent. Rebecca fronça les sourcils à l'intention de Matt, puis se pencha vers son fils de façon à amener son visage à hauteur du sien et tendit la main.

— Crache! ordonna-t-elle.

— Oh, allez! Laisse-les-lui, demanda Matt tandis que l'enfant obéissait à l'injonction de sa mère.

— Pour un bonbon, je n'aurais rien dit, Grayson. Mais cinq?

Elle foudroya Matt du regard, et celui-ci eut soudain l'impression de se retrouver en face de Tanya Kwitokowsky. D'un geste délicat, Rebecca déposa les bonbons sur une serviette en papier.

— C'est une petite réunion de famille pour les Lear, ce soir, à ce que je vois, observa Matt.

— Tu as fait connaissance avec ma grand-mère? demanda Rebecca, les sourcils toujours froncés.

— Oui, et elle m'a désigné ton grand-père.

Rebecca fit la grimace.

— L'animateur s'est désisté, et grand-père a proposé de le remplacer au pied levé.

— Mamie adore le bingo, dit Grayson en levant les yeux au ciel, avant de disparaître sous la table.

— Quand est-il prévu que Tom prenne la parole? demanda Matt.

Rebecca ne répondit pas et alla s'asseoir sur la chaise libérée par sa grand-mère tandis que son grand-père annonçait que la première partie offrirait un double bonus si le I-15 sortait. Cette nouvelle rencontra un écho approbateur chez les joueurs qui regagnaient leurs places petit à petit, les bras chargés d'assiettes en carton garnies de poitrine de bœuf et de salade de chou.

— Où est ma grand-mère? demanda Rebecca.

— Je ne sais pas... Elle a parlé de haricots, répondit Matt. Et le discours électoral, alors? poursuivit-il en s'installant sur la chaise de Grayson, à côté de Rebecca. C'est prévu pour quand? Avant ou après le bal?

— On fera une pause entre deux parties, répondit-elle en lui donnant un coup de coude pour lui signifier de changer de place.

Matt fit mine de ne pas comprendre.

— D'ici là, tu peux te rendre utile et m'aider à faire ça, dit-elle en désignant les marqueurs de couleur.

— Mais...

Rebecca le fusilla de son merveilleux regard bleu.

— Matt, si tu veux bien arrêter de parler, je te promets de veiller personnellement à ce que ce bal auquel tu sembles tenir puisse avoir lieu, dit-elle d'un ton impatient. Mais ma grand-mère va faire une attaque si personne ne surveille ses grilles.

Matt ouvrit la bouche pour lui dire qu'il n'avait absolument pas envie d'assister à un bal de petits vieux et que la seule chose qui importait, c'était l'allocution de Tom. Mais il se rendit compte soudain que la cuisse de Rebecca était collée à la sienne et se souvint de cette cuisse dans toute la splendeur et la fermeté de sa chair. Pour couper court à ces pensées troublantes, il se mit à chercher le numéro que le meneur de jeu venait d'annoncer.

17

Les politiciens s'intéressent aux gens.
Pas par vertu. Les puces s'intéressent
bien aux chiens...

P.J. O'ROURKE

Les choses ne se déroulaient pas comme prévu. Elle se retrouvait assise à côté de Monsieur M'as-tu-vu et jouait au bingo à la place de sa grand-mère. Mais l'essentiel, c'était que tout s'était bien passé jusqu'ici. Le problème, c'était qu'elle n'écoutait pas vraiment ce qu'annonçait son grand-père depuis que sa cuisse était entrée en contact avec celle de Matt et que le souvenir du vendredi soir précédent avait enflammé ses sens, tout comme la veille, quand il lui avait téléphoné.

Son grand-père avait procédé au tirage de cinq numéros, mais elle avait presque perdu le fil, en partie parce qu'il avait fait à propos du numéro O-69 une remarque déplacée qui lui avait donné envie de se cacher sous la table. Mais le pire, c'était que Matt restait là, à côté d'elle, les yeux rivés sur les cartes, et pressait sa cuisse contre la sienne comme si c'était la chose la plus naturelle du monde. Il laissait nonchalamment sa cuisse lui brûler la peau à travers le tissu de sa jupe, la brûler jusqu'à l'os, jusqu'à la moelle des os, même.

— Tu en as oublié un, dit-il en désignant le B-4 du doigt.

— Je sais, mentit-elle en écartant sa main pour cocher le numéro.

Derrière elle, un des joueurs se plaignit :

— Il ne pourrait pas ralentir un peu ? Il va trop vite !

Oui, tout allait trop vite. Un tourbillon furieux avait pris possession de son esprit, balayant toutes ses pensées et ses techniques d'autodéfense.

— Amateur ! marmonna Matt en désignant un autre nombre dans la colonne des G sur la grille de Rebecca. Tu as oublié celui-là, aussi.

Elle avança les fesses au bord de sa chaise et cocha la case.

— Tu devrais peut-être prendre un jeu de grilles, toi aussi, suggéra-t-elle.

— Non, répondit-il en attrapant un marqueur pour cocher une autre combinaison de G sur deux autres de ses grilles. Je préfère m'occuper des tiennes. D'autant que tu as visiblement besoin de mon aide.

— C'est parti, les amis ! Le numéro N-32 ! Je ne crois pas qu'on ait eu un 32 jusqu'ici... pas avec un N, en tout cas.

Une fois de plus, Matt passa le bras sous le nez de Rebecca pour cocher les numéros. En fait, son bras ne passa pas à proprement parler sous son nez, mais lui frôla les seins.

— Pardon, dit-il avec un petit sourire en coin.

Super. Fabuleux. Le corps de Rebecca fut parcouru d'un délicieux frisson. Elle essaya d'éloigner sa chaise de celle de Matt, mais Grayson s'était installé à côté d'elle pour dessiner au dos des grilles de bingo, et sa chaise était collée à la sienne.

— Allons, allons, on se concentre sur le jeu, lui dit Matt en posant négligemment le bras sur le dossier de sa chaise et en se penchant pour cocher d'autres numéros.

L'odeur épicée de son parfum prit possession de ses sens et déclencha en elle une vague de panique.

— Passe-moi ce marqueur, ordonna-t-elle en tendant la main.

— Non, répondit-il sans quitter les grilles des yeux.

— Écoute, ce sont les grilles de ma grand-mère, et si elle perd à cause de toi...

— J'ai parfaitement cerné l'enjeu, je te remercie, et c'est bien pour ça que je t'aide. Si tu te trompes, ta grand-mère tirera d'abord et demandera à connaître le nom des coupables ensuite.

— Sur qui vais-je tirer ? demanda la grand-mère de Rebecca derrière eux.

Elle se frayait un passage à travers les rangées de tables pour regagner sa place.

— C'est bon, je l'ai, dit-elle en prenant le marqueur que tenait Rebecca. C'est quoi, ce numéro ? demanda-t-elle en relevant les yeux vers le tableau blanc, les sourcils froncés. Jo Lynn écrit vraiment trop petit !

— N-32, répondit Rebecca.

— Tout le monde est prêt ? demanda son grand-père. C'est encore un B. Le B-9.

— Bingo ! Bingo ! hurla un joueur.

— Et merde ! lâcha Lil Stanton en laissant tomber son marqueur sur la table.

— Maman ! beugla Grayson. Mamie Lil a dit un gros mot !

— Ne t'en fais pas, mon lapin, déclara celle-ci d'un ton apaisant. Le bon Dieu s'est déjà chargé de mon châtiment.

Elle se tourna vers Matt et lui sourit.

— J'aurais préféré que mon mari n'en parle pas devant tout le monde, mais il avait raison à propos des haricots.

— Je vous remercie de me fournir cette explication, répondit Matt d'un ton guilleret.

Rebecca souhaita très fort qu'une porte dérobée conduisant à une autre galaxie s'ouvre soudain devant elle. Comme si elle n'en avait pas déjà assez fait, sa grand-mère se fendit alors d'un de ses sourires « j'ai une idée ! » qui les avaient toujours terrifiées, ses sœurs et elle, quand elles étaient petites.

— Alors, comme ça, vous travaillez avec Becky ? demanda-t-elle à Matt après lui avoir jeté un rapide coup d'œil.

Rebecca se leva.

— Grand-mère, tu veux bien surveiller Grayson ? Tom doit faire son discours.

— Bien sûr, mon ange. File donc avec Matt, répondit-elle avec un grand sourire, avant de reporter son attention sur la grille de bingo suivante.

Rebecca contourna rapidement la chaise de Matt et fit une brève pause pour dire à Grayson d'être bien sage avec mamie Lil jusqu'à ce qu'elle revienne.

— Regardez ce dessin, Matt, dit celle-ci avec un sourire fier, en lui montrant le monstre avec de très grandes dents que Grayson venait de dessiner. Cet enfant a hérité du talent artistique de sa maman et de son attrait pour l'étrange et le fantastique.

— Vraiment ? demanda Matt en prenant tout son temps pour se lever de sa chaise. Rebecca était attirée par le surnaturel ?

— Oh, oui ! s'exclama Lil en riant. Elle n'arrêtait pas de dessiner des monstres, des vampires et des tas de choses dans ce goût-là !

— J'avais six ans, mamie, lui rappela Rebecca d'un ton impatient.

— Excusez-moi, intervint une joueuse derrière eux, mais on n'arrive pas à entendre ce que dit l'animateur.

— C'est normal : il ne dit rien, pour l'instant, riposta Lil.

Rebecca fit signe à Matt de la suivre, mais il prit le temps de bavarder encore un moment avec sa grand-mère avant de lui obéir.

— Mesdames et messieurs, nous allons observer une petite pause pour vérifier ce bingo ! Ne vous éloignez pas trop !

Cette annonce pouvait passer pour une nouvelle invite à regagner le buffet.

— Super. Où est Tom ? Il était à côté de l'entrée, tout à l'heure, gémit Rebecca en regardant autour d'elle.

— Pourvu qu'il ne soit pas en train de subir les effets secondaires des haricots, dit Matt d'un ton jovial.

Rebecca lui décocha un regard noir, et le sourire de Matt s'évanouit.

— D'accord, reprit-il en levant la main. Je vais voir si je le trouve.

Il s'éloigna, et Rebecca se dirigea vers le podium pour annoncer à son grand-père que Tom allait faire son discours. Malheureusement, Elmer éprouva le besoin de partager avec elle les meilleures plaisanteries qu'il avait faites au cours de la partie, et Rebecca n'avait pas pu placer un mot lorsque – ô miracle ! – Matt surgit, accompagné de Tom. À en juger par les taches de sauce barbecue qui ornaient sa chemise, Tom avait fait un crochet par le buffet. Angie, Pat, Gunter et son photographe le suivaient.

— Bon, tout le monde est là ? demanda Tom en se frottant les mains, tandis que le photographe bondissait autour d'eux en les mitraillant. Le grand moment est arrivé, celui qui justifie notre présence ici ce soir. Tu as mon allocution ? ajouta-t-il en se tournant vers Rebecca.

— Mais… euh… je croyais que c'était Gilbert qui devait s'occuper de ton speech, non ?

— Tout à fait, répondit Tom. Il m'a dit qu'il te l'avait faxé.

Le silence se fit tandis que Rebecca contemplait Tom d'un air hagard. Pat fut la première à prendre la parole.

— Et voilà ! Bingo !

Mais Rebecca eut l'impression qu'elle disait : « Qu'on lui coupe la tête ! » Matt s'approcha de Tom.

— Le fonds de secours, lui souffla-t-il. Dis-leur que tu y es favorable, afin de pourvoir aux besoins de tous en cas d'urgence, pour ne jamais être obligé de restreindre les services publics.

— Oui, c'est bon, ça, dit Tom en prenant des notes sur son carnet.

Rebecca approuva silencieusement, tout en se disant avec désespoir qu'elle n'aurait jamais réussi à formuler une phrase pareille même si elle avait disposé d'un million d'années.

— Je pourrais aussi mentionner le fait que je suis partisan de l'épargne, dit Tom. Personnellement, je suis complètement nul pour faire des économies, mais ils n'en savent rien, n'est-ce pas ? ajouta-t-il avec un rire niais.

Pat émit un grognement.

— Les amis, nous vous avons réservé une belle surprise ce soir ! Francine McDonough, la présidente des Silver Panthers, va venir me remplacer pour vous en parler !

Francine était tellement pressée de prendre la parole que la roue avant de son scooter percuta le podium. Matt donna un coup de coude à Tom pour inciter celui-ci à grimper les marches derrière elle.

— Les innovations en matière d'assurance maladie, lui rappela-t-il. Ne réponds à aucune question, et pour l'amour de Dieu, reste dans le vague !

Tom émit un petit rire.

— Ne t'inquiète pas, Parrish ! Je n'en suis pas à mon premier rodéo.

Il lui fit un clin d'œil, grimpa prestement les marches du podium et alla rejoindre Francine d'un pas sautillant. Rebecca regarda Matt du coin de l'œil.

— Merci, lui dit-elle. Je te dois une fière chandelle.

Matt lui sourit, et ses yeux gris pétillèrent de plaisir.

— Mes oreilles me joueraient-elles des tours ? Je crois bien n'avoir jamais entendu plus douces paroles.

Rebecca fit un gros effort pour ne pas sourire.

— Ce que je voulais dire, c'est que…

— J'ai compris, coupa-t-il.

— Bon, dit-elle sans parvenir à réprimer son sourire, cette fois. Mais en fait, ce que je voulais…

— Les dettes sont une merveilleuse invention…

— Arrête.

— J'ai commencé par être ton débiteur…

Le photographe s'approcha et prit plusieurs photos d'eux. Rebecca laissa fuser un petit rire nerveux.

— ... maintenant, c'est à ton tour, acheva Matt.

— Excusez-moi, chuchota Rebecca au photographe en désignant Tom.

Docile, le photographe pointa son objectif vers Tom. Rebecca entendit Matt glousser, mais s'abstint de le regarder. Si elle ne voulait pas perdre le peu de contenance qu'il lui restait, il ne fallait surtout pas qu'elle se laisse aller à penser aux mots « dette » ou « pari ». Cependant, tandis qu'elle écoutait Francine (qui semblait apprécier les feux de la rampe au moins autant qu'Elmer) débiter son long préambule au discours de Tom, la proximité du corps de Matt et la chaleur qui s'en dégageait l'incitèrent à songer aux perspectives merveilleusement séduisantes que recouvrait le mot « dette ».

Francine se tourna enfin vers Tom pour lui céder la parole. Tom la remercia et se mit à parler des raisons de sa présence et de l'importance des Silver Panthers pour l'État du Texas et pour le candidat qu'il était. Il embraya ensuite sur un petit discours bien rodé sur ce qu'il avait l'intention de faire une fois qu'il serait gouverneur – et qui se résumait, une fois dépouillé des fioritures de la langue de bois, à une promesse de ne pas augmenter les impôts. Il évoqua ensuite le projet d'une nouvelle autoroute reliant Dallas à Old Mexico, sous laquelle passerait un pipeline de pétrole qui garantirait l'épanouissement commercial du Texas.

— Première fois que j'entends parler de ça, marmonna Matt.

— Il ressemble vraiment à une saucisse, dit Gunter. Il n'est pas du tout photogénique.

— Bon, dit Rebecca, qui se sentit nettement mieux quand le public se mit à applaudir. Tout se passe très bien, finalement.

Elle jeta un coup d'œil à Pat, qui haussa les épaules.

— On n'entend plus parler que du fonds de secours, en ce moment, dans les médias, poursuivit Tom. Tout le monde est concerné par ce problème, y compris moi. Et je connais bien des politiciens qui sont tentés de croquer une part du gâteau. Mais je dis non! Je dis que remanier l'épargne à l'heure actuelle, c'est mettre en péril notre avenir et l'avenir de nos enfants. Il appartient aux citoyens du Texas de s'assurer, dans l'intérêt de tous, que le fonds de secours demeure intact, de façon à pouvoir compter dessus en cas d'urgence!

Une salve d'applaudissements vint ponctuer cette déclaration. Rebecca se tourna vers Matt avec un grand sourire, mais Tom n'avait pas terminé.

— Oh! Au fait, j'ai fait voter récemment un petit décret amusant qui va nettement améliorer votre quotidien.

Pat renversa la tête en arrière et ferma les yeux.

— Ô mon Dieu! gémit-elle. Faites qu'il ne dise pas ça!

— Qu'il ne dise pas quoi? demanda Rebecca.

Mais Pat était trop mortifiée pour lui répondre et continua à contempler Tom, tétanisée.

— Grâce à ce décret, les chips à la sauce pimentée sont à présent l'amuse-gueule officiel de l'État du Texas! annonça Tom en levant les bras en l'air.

— Waouh! s'exclama Angie. Je n'y crois pas! Il a vraiment dit ça ou j'ai rêvé?

— Il l'a vraiment dit, confirma Pat en soupirant.

— Je suis certaine que les Silver Panthers vont trouver ça sympa, dit Rebecca.

— Un suicide politique n'a rien de sympa, riposta sèchement Pat.

Rebecca regarda les autres.

— Vous croyez vraiment qu'une allusion aux chips à la sauce pimentée s'apparente à un suicide politique?

— C'est au moins un signal de détresse, répondit Matt. Regarde les gens dans le public : ils sont complètement largués.

Rebecca observa les joueurs de bingo. Le bruit qu'ils faisaient avait soudain nettement décru. Des dizaines de visages ridés – des visages d'électeurs – étaient tournés vers Tom, attendant visiblement la chute de ce qu'ils prenaient encore pour une plaisanterie. Une chute qui avait peu de chances de survenir.

— Je vous invite donc à vous diriger vers le buffet pour vous régaler de chips à la sauce pimentée !

— Qui va lui dire qu'il n'y a pas de chips ? demanda Pat sans s'adresser à quelqu'un en particulier.

D'autres applaudissements retentirent. Le grand-père de Rebecca remonta sur le podium et prit le micro des mains de Tom avec un sourire radieux.

— Prêts à reprendre le jeu, les amis ?

Tom se dirigea vers les marches.

— Bien joué, sénateur ! s'exclama Angie tandis qu'il descendait les marches.

— Je l'ai trouvé tout à fait charmant, marmonna Rebecca pour elle-même.

— Ah, Rebecca ! s'écria Tom en écartant les bras pour la serrer contre lui. Encore merci. Un million de fois merci d'avoir organisé tout ça.

— Il n'y a vraiment pas de quoi, Tom, répondit-elle en se dégageant de son étreinte.

— Nous devrions tous prendre exemple sur toi, poursuivit-il. Bon, rentrez bien sagement, Matt et toi. En route, les enfants ! Je paie ma tournée sur le chemin du retour !

Il se dirigea vers la sortie en compagnie de Pat et Angie, Gunter et son photographe en remorque.

— Je dois avouer que tu as fait du bon travail, dit Matt en mettant les mains dans ses poches.

— Merci.

— J'espère que tu réalises que Tom n'a pas encore officiellement commencé sa campagne.

— Que veux-tu dire ?

— Je veux dire qu'à partir de maintenant, il ne sera plus question de gentilles petites sauteries de ce genre et qu'il faut que tu ajustes ta vision des choses de façon à tenir la distance.

— Quelle mouche te pique ? protesta-t-elle. Moi, au moins, j'ai une vision des choses.

— Hé ! Ce n'était pas une critique ! Au contraire, je disais simplement que...

— Tu n'as qu'à le dire à quelqu'un d'autre !

Surpris, Matt haussa les sourcils.

— Je te trouve d'humeur bien querelleuse, ce soir. Si je ne te connaissais pas aussi bien, je croirais que tu as fugué d'un centre de désintoxication alcoolique.

— Tu sais ce que tu es? lui demanda-t-elle, profondément irritée. Psychorigide, voilà ce que tu es!

— Je te demande pardon?

— Psychorigide! répéta-t-elle. Tu sais, le genre de gens qui aiment bien commander, s'entourer de lois, mettre les gens dans des cages et qui n'aiment surtout pas les voir en sortir.

— Ce que tu dis n'a aucun sens. Je passe ma vie à me battre contre des lois. Et je ne cherche pas à te mettre en cage, j'essaie de t'aider.

— Hé! Ce n'était pas une critique, le singea-t-elle. Au contraire, je disais simplement que... Eh bien, moi, je me contente de te faire une remarque amicale.

— OK, les amis, le jeu reprendra dans quinze minutes, vous pouvez en profiter pour faire un tour au buffet! annonça le grand-père de Rebecca. On m'a demandé de vous prévenir qu'il n'y a pas de chips à la sauce pimentée. Je répète: pas de chips à la sauce pimentée ce soir!

— Tu sais quel est ton problème? Tu penses trop, reprit gaiement Matt. Tu te rendrais un immense service si tu te détendais un peu, si tu laissais un peu plus parler tes tripes... avec ou sans petite culotte, à ta guise.

— Tu m'es d'une aide précieuse, répondit Rebecca d'un ton ironique tandis qu'ils regagnaient leur table. Jamais avare de conseils, à ce que je vois.

— En effet, c'est mon métier. Tu n'es pas la seule psychologue dans cette salle, ce soir. Moi aussi, je connais bien les gens. Les gens comme toi, par exemple, qui lisent des livres de psychologie comme d'autres lisent la Bible, dans l'espoir de trouver une réponse.

Rebecca s'arrêta et le regarda en riant.

— Je t'en prie! Je ne suis pas à la recherche de...

— Si, mais tu ne veux pas voir ce qui se passe réellement à l'intérieur de toi.

— Il ne se passe rien de particulier à l'intérieur de moi… Rien de ce que tu penses, en tout cas.

— Ce que je pense, c'est qu'il y a quelque chose qui bouillonne en toi. Un chaos créatif qui menace ton petit univers parfaitement ordonné. Je le vois dans tes yeux, dit-il en se penchant vers elle. Et c'est d'autant plus visible quand tu te laisses aller, ajouta-t-il plus bas. Pourquoi ne pas profiter de l'occasion que je t'offre et permettre à cette chose de s'exprimer librement ?

Elle pensait qu'ils avaient conclu une sorte de trêve, mais ces propos évoquaient plutôt une plongée dans un enchevêtrement compliqué dont elle serait incapable de s'extirper.

— Bon, blague à part, je croyais qu'il ne serait plus question de ça entre nous, lui rappela-t-elle.

— On peut toujours espérer, non ? répondit Matt. De plus, tu as reconnu me devoir une fière chandelle.

— À ta place, je me contenterais de me raccrocher à l'espoir, dit-elle en se penchant vers lui. C'est ce qui s'approche le plus de ce que tu obtiendras de moi.

Elle s'apprêtait à s'éloigner, mais Matt ne lui en laissa pas le temps et l'attrapa par la main. À ce contact, Rebecca eut l'impression qu'un courant de mille volts traversait son corps.

— Dis donc, tu n'as pas l'impression d'oublier quelque chose ? Tu as une dette envers moi. Suis-moi, je te promets que ce sera rapide et indolore.

— Mon Dieu ! Quelle grossièreté !

— Pardonne-moi, mais je suis pressé, dit-il en la tirant par le bras pour qu'elle le suive.

— Mais attends ! Grayson est là et…

— Je sais, je sais. Crois-moi, ça ne prendra pas plus d'une minute. Il ne se rendra même pas compte de ton absence.

— Mais je…

— Calme-toi, Rebecca, dit-il, les yeux plus brillants que jamais. Il ne s'agit pas de ce que tu crois. Suis-moi, d'accord? J'ai quelque chose à te montrer, ajouta-t-il en posant la main au creux de ses reins pour l'inciter à avancer.

Un peu calmée, Rebecca jeta un rapide coup d'œil autour d'elle et se laissa entraîner vers la sortie. Mais lorsqu'il poussa la porte du hall, il s'arrêta net et elle se cogna contre son dos. Tom et sa suite étaient encore dans le hall. Le photographe de Gunter les prenait en photo. Matt et Rebecca échangèrent un regard et passèrent un accord silencieux, scellé par un sourire complice. Matt la prit par la main, et ils foncèrent ensemble vers les portes situées à l'autre bout du hall.

Sur le parking, Matt refusa de lui lâcher la main et l'entraîna en riant. Le cœur de Rebecca s'était mis à battre follement, et bien qu'elle n'ait aucune idée de ce que Matt avait en tête, elle se sentait excitée comme une petite fille sage qui s'apprête à transgresser un interdit. Quand ils atteignirent la voiture de Matt, il ouvrit la portière côté passager et la poussa pratiquement à l'intérieur.

— Mets-toi à l'aise, dit-il.

Il claqua la portière, fit le tour de la voiture, s'installa sur le siège du conducteur et mit de la musique. Un CD de jazz.

— Musique d'ambiance. Quelle classe! railla-t-elle.

— Le meilleur de mon stock.

— Je n'ai pas flirté dans une voiture depuis le lycée, dit-elle en croisant les bras sur sa poitrine et en se tournant vers lui de façon à le regarder bien en face.

— Dans ce cas, tu ne sais pas à côté de quoi tu es passée, répondit-il, tout sourires.

— Non, mais en ce moment, je passe à côté d'un tournoi de bingo…

— Tout doux, ma belle. Inutile de monter sur tes grands chevaux. J'ai un cadeau pour toi.

— Pour moi? répéta-t-elle en riant. Alors, ce doit être quelque chose d'exceptionnel – le règlement du parfait petit membre d'équipe de campagne électorale, peut-être?

Matt eut un sourire énigmatique.

— Absolument pas, répondit-il en tendant le bras derrière lui pour attraper un carnet de croquis à couverture gainée de cuir qu'il posa sur les genoux de Rebecca.

Un carnet de croquis. Elle le contempla d'un œil perplexe, un peu alarmée par l'étrange sensation qui s'était emparée de son cœur.

— Je t'en prie, Rebecca, prends-le, dit Matt au bout d'un moment. Sinon, je vais me sentir complètement idiot.

Elle leva les yeux vers lui et chercha dans son regard où se nichait la plaisanterie, le canular.

— Qu'est-ce que c'est ?

— Un carnet de croquis. Cela fait tellement longtemps que tu n'en as pas vu que tu ne sais même plus à quoi ça ressemble ? demanda-t-il avec un sourire hésitant.

Rebecca baissa les yeux vers le carnet et se sentit extrêmement... touchée. Cela lui faisait chaud au cœur. Elle n'aurait su dire à quand remontait la dernière fois qu'on lui avait fait un cadeau comme ça, sans raison officielle.

— Hou là là, murmura-t-elle en soulevant délicatement le carnet et en le retournant.

Elle leva les yeux vers Matt et le questionna du regard. Son sourire avait disparu pour céder la place à une lueur de tendresse dans ses yeux gris. Il tendit encore une fois le bras derrière lui et fit apparaître un étui en velours rouge.

— Je... euh... je ne savais pas si tu avais conservé tes crayons, dit-il. Le vendeur m'a assuré que ceux-ci étaient les meilleurs.

Sans le quitter des yeux, Rebecca prit l'étui, referma les mains sur ses cadeaux et les serra contre sa poitrine tandis qu'un sourire né au plus profond d'elle-même venait illuminer son visage. Monsieur M'as-tu-vu semblait soudain dépouillé de sa belle assurance, au point de paraître vulnérable. Il se tortillait sur son siège et donnait l'impression de ne pas savoir quoi faire de ses mains.

— Excusez-moi, lui dit-elle d'une voix douce, mais savez-vous où est passé M. Parrish, l'affreux bonhomme qui croit tout savoir mieux que tout le monde?

— Oh! Ce type-là? répondit Matt en se passant la main dans les cheveux. Figurez-vous qu'il a totalement perdu la raison. Il s'est mis dans la tête qu'une femme devait se remettre à dessiner si elle avait une dette envers lui.

Il baissa les yeux vers la boîte de crayons.

— Je veux dire que ça me ferait plaisir que tu essaies. Il y a de fortes chances pour que ça te plaise, ajouta-t-il. Je voudrais que tu retrouves ce plaisir, Rebecca. Que tu redeviennes toi-même.

Elle aussi avait envie de retrouver ce plaisir. Elle le désirait comme jamais elle n'avait désiré quoi que ce soit de sa vie.

— Matt... merci, murmura-t-elle. C'est vraiment, vraiment... gentil.

— Sois gentille, toi aussi, alors, répondit-il. Ne le répète à personne. Je préfère que ça ne s'ébruite pas.

Elle sourit.

Matt sembla sur le point de dire quelque chose et la regarda. Ses yeux reflétaient le même désir que celui qui bouillonnait en elle, un désir si fort qu'il l'effrayait. Elle se pencha vers lui, et le contact de ses lèvres sur sa joue surprit Matt.

Il se tourna vers elle, posa une main sur son visage, et elle sentit la tiédeur de son souffle sur sa peau. Ses lèvres glissèrent jusqu'au coin de celles de Matt et restèrent là un bref instant, assez longtemps pour que son cœur se mette à palpiter comme les ailes d'un millier d'oiseaux.

Matt tourna encore légèrement la tête et leurs lèvres se rencontrèrent. Leur baiser fut d'abord doux, puis devint plus exigeant, et la main de Matt se posa sur la poitrine de Rebecca. Le carnet de croquis et les crayons glissèrent, et dans le mouvement qu'elle fit pour les empêcher de tomber, Rebecca frôla le pantalon de Matt. Ses doigts restèrent là, indécis, effleurant son sexe, s'émerveillant de ce contact dur et chaud à travers le tissu.

Matt gémit dans sa bouche. Il prit un de ses seins à pleine main et se mit à lui mordiller la lèvre supérieure. Son baiser l'électrifia. Rebecca sentit qu'elle perdait tout contrôle, que des choses se mettaient en mouvement dans son corps et entre ses cuisses. Des choses qu'elle redoutait. Elle savait qu'elle était sur le point de plonger dans l'abîme de la passion la plus débridée, et la pensée de son fils et de ses grands-parents lui traversa soudain l'esprit. Elle repoussa Matt tout en s'enfonçant dans son siège.

— Il faut que j'y aille, dit-elle, le souffle court.

— Impossible. Mon taux de testostérone me joue des tours et me supplie d'aller au fond des choses, murmura-t-il en se penchant vers elle pour lui mordiller de nouveau les lèvres. Ne pense plus au dessin et à l'art...

— Oh, je n'y pense plus du tout, tu peux me croire, répondit-elle avec un petit rire. Mais mon fils est à l'intérieur.

— Oui.

Il poussa un long soupir et se redressa sur son siège.

— Fais attention à tous ces petits vieux, dit-il en se passant les deux mains dans les cheveux. Ils sont imprévisibles quand ils jouent au bingo.

— Je vais me méfier aussi du buffet gratuit, lui promit-elle en ouvrant la portière.

Elle marqua un temps d'arrêt et lui sourit.

— Merci, Matt.

— Tout le plaisir était pour moi, répondit-il.

Elle descendit de la voiture, encore un peu ébranlée, et referma la portière. Elle resta là, à serrer ses cadeaux contre elle, tandis que Matt mettait le contact. Il baissa sa vitre.

— Bon, dit-il d'un ton résigné. Je suppose que le moment est venu de se souhaiter bonne nuit.

— Bonne nuit, chantonna-t-elle.

Matt rit, secoua la tête et quitta sa place en marche arrière. Mais une question qui la démangeait revint soudain à l'esprit de Rebecca, et elle agita la main pour lui faire signe d'attendre.

— Tu es de quel signe ? lâcha-t-elle.

— Pardon ?

— Ton signe astrologique. Poissons ? Taureau ?

Il éclata de rire.

— Cancer. Et toi ?

— Poissons.

— Ravi que nous ayons échangé des informations aussi compromettantes, dit-il en passant la première.

— Ô mon Dieu, murmura Rebecca en le regardant s'éloigner. Ô mon Dieu !

18

Si la confusion est le premier pas vers la
connaissance, je dois être un génie...

Larry LEISSNER

Rebecca ne dormit pas cette nuit-là, à cause de Matt Parrish, de son cadeau qui lui avait chamboulé le cœur... et du baiser passionné qu'ils avaient échangé.

Fort heureusement, il était prévu qu'elle parte à l'aube pour rendre visite à son père au ranch familial, ce qui était une excellente chose car elle ne parvenait plus à réfléchir correctement. Pour tout dire, elle n'arrivait même plus du tout à penser et avait grand besoin d'une diversion.

Sa sœur Robin, Jake et Cole, le neveu de Jake, seraient là-bas, ce qui rendrait l'entrevue avec son père moins pénible. Elle regrettait seulement que Rachel, qui était en Angleterre pour étudier un manuscrit ou quelque chose de ce genre-là, ne puisse pas venir. La dernière fois que Rachel l'avait appelée, Rebecca était tellement perturbée qu'elle n'avait pas vraiment fait attention à ce que lui disait sa sœur – à l'exception de cet accord exceptionnel avec un natif du Cancer qu'elle lui avait prédit.

Ses grands-parents, Grayson, les chiens et elle s'entassèrent dans le camping-car pour regagner l'autoroute. Frank et Patate n'arrêtaient pas d'aller et venir à l'intérieur du véhicule pour coller leurs truffes contre les vitres, dans le vain espoir de sentir le paysage qui défilait. Bean, lui, dormait comme un bienheureux.

Elmer semblait avoir toutes les peines du monde à maintenir la direction de son paquebot. Il était tellement occupé à revivre sa gloire d'animateur de bingo qu'il ne remarquait même pas les visages terrifiés des conducteurs qu'il croisait. De son côté, la grand-mère de Rebecca remâchait sa rancœur, incriminant l'étrange hasard qui avait fait qu'aucun de ses numéros n'était sorti.

— C'était une partie à but caritatif, grand-mère, tu n'aurais rien gagné, de toute façon, lui rappela Rebecca.

— Je sais bien, ma chérie, mais ça m'aurait quand même plu de gagner. Et ça, Monsieur Fièvre du Samedi Soir s'en moque bien. Je suis prête à parier qu'il sort le O-69 chaque fois qu'il fait le tirage.

— Lil, voyons ! Une vraie joueuse doit accepter la défaite avec fair-play.

— Je n'ai pas l'impression d'avoir essuyé une défaite, Elmer, riposta-t-elle. Ce jeu est idiot, de toute façon !

Elle resta silencieuse un instant et chacun eut la sagesse de l'imiter. Soudain, elle pivota dans son immense siège baquet.

— Parle-moi un peu de ce charmant jeune homme qui était avec toi, hier soir, demanda-t-elle à Rebecca.

— Euh... tu veux parler du sénateur Masters ?

Mais sa grand-mère était bien trop fine mouche pour se laisser embobiner aussi facilement.

— Non, je veux parler du jeune homme qui t'a aidée à cocher mes grilles quand j'ai eu ce petit ennui gastrique.

— Oh. Euh... Matt Parrish, marmonna Rebecca.

— Qui ça ?

— Matt ! cria Grayson, qui avait compris que ses arrière-grands-parents n'entendaient pas très bien. Elle veut parler de Matt, ajouta-t-il, un ton plus bas, à l'intention de Rebecca.

— Ce Matt est tout à fait charmant, et beau garçon, si tu veux mon avis, dit Lil avec un sourire radieux.

— C'est juste un des membres de l'équipe de campagne de Tom, grand-mère, répondit Rebecca. Il n'y a pas de quoi en faire tout un plat.

Trop tard. Sa grand-mère était la reine des indiscrètes. Elle se déboîta pratiquement les vertèbres pour se tourner vers Grayson.

— Tu le trouves bien, toi, mon lapin ?

Grayson hocha la tête.

— C'est un monsieur tout à fait charmant, tu es d'accord avec moi ? insista Lil.

Grayson haussa les épaules.

— Il dit qu'il faut que j'arrête de jouer aux Barbie, sinon les autres vont me traiter de fille.

— Aux Barbie ? Mais, Grayson, tu n'as pas une seule Barbie ! Tu n'as même pas de Ken !

— Je sais. Mais il l'a dit quand même.

— Il cherchait sûrement à faire la conversation, intervint Lil. Et c'est vrai que le petit se ferait traiter de fille, Rebecca. Tu ne devrais pas offrir de poupées à ton fils...

— Mais je ne...

— En tout cas, je trouve admirable qu'un monsieur de cette classe cherche à se lier d'amitié avec un petit bout de chou de cinq ans. C'est la preuve qu'il aime les enfants. Il fera un très bon père de famille.

— Où sont mes cacahuètes ? demanda Elmer.

« Où est mon revolver ? » se demanda Rebecca en s'allongeant sur la banquette et en contemplant les petits pompons accrochés en bas du rideau qui se balançait au-dessus de sa tête. Mieux valait se concentrer sur trois pensées positives. Cela l'aiderait à endurer ce long trajet jusqu'à Comfort.

1) Ses grands-parents, même s'ils étaient parfois pénibles. Tout de même, qu'est-ce qui leur avait pris d'acheter un camping-car aussi moche ?

2) Le tournoi de bingo s'était très bien passé et avait permis de récolter mille six cents dollars.

3) Le carnet de croquis et les crayons. D'un strict point de vue artistique, bien sûr.

— Matt Parrish est un homme tout simplement délicieux, au cas où tu ne l'aurais pas remarqué, Becky, reprit sa grand-mère.

Rebecca se demanda si elle allait pouvoir résister à la tentation de descendre en marche avant l'arrivée. Vu l'allure à laquelle roulait son grand-père, elle aurait largement le temps de se placer devant ses roues et de s'allonger par terre avant qu'il ne lui roule dessus et ne mette ainsi fin à son calvaire.

Au Blue Cross Ranch, Aaron Lear perçut le bruit du moteur dès que la voiture d'Elmer franchit le portail, pourtant distant d'un bon kilomètre du ranch proprement dit. Il n'était pas particulièrement ravi de recevoir les Stanton pour le week-end, mais étant donné le peu d'aide que ses filles apportaient à ses tentatives de réconciliation avec leur mère, mieux valait se concilier les bonnes grâces de ses beaux-parents. Dieu saurait mesurer l'effort qu'il faisait – Elmer avait le don de lui taper sur les nerfs.

Lorsqu'il vit apparaître l'énorme camping-car, Aaron grommela dans sa barbe. Il n'y avait vraiment que cet imbécile d'Elmer Stanton pour arriver en pareil équipage dans une maison qui comportait plus de chambres à coucher que la Maison-Blanche. Il afficha cependant un sourire de circonstance et descendit les marches en pierre de la véranda pour souhaiter la bienvenue à ses visiteurs. Son petit-fils fut le premier à jaillir de l'immonde véhicule et se précipita vers lui en criant : « Papy ! » avec une telle spontanéité qu'Aaron sentit son vieux cœur se réchauffer. Il se pencha pour prendre Grayson dans ses bras, ne put réprimer une grimace de douleur, mais le souleva tout de même et le serra bien fort contre lui.

— Salut, fripouille, dit-il. Tu m'as manqué, tu sais.

La souffrance devint cependant bien vite insoutenable, et il reposa l'enfant par terre, tandis que Rebecca descendait gracieusement du camping-car, une escorte de trois chiens sur ses talons. Deux d'entre eux se précipitèrent aussitôt vers la pelouse pour renifler les arbres et les buissons. Le troisième, un affreux gros chien jaune, les suivit mollement, s'arrêta au pied du premier arbre qu'il rencontra et leva la patte.

Rebecca, apparemment inconsciente de ce que faisaient ses chiens, se dirigea vers Aaron, le sourire aux lèvres. Un beau sourire qu'elle tenait de sa mère.

— Comment ça va, ma belle ? demanda Aaron en s'approchant d'elle.

— Bien, papa, répondit Rebecca en le serrant dans ses bras. Tu as l'air en forme, ajouta-t-elle en reculant d'un pas pour l'observer.

C'était faux, Aaron le savait. À vrai dire, il se sentait très mal.

— Merci. Toi aussi. Mais tu es un peu trop maigre...

— Papa ! soupira-t-elle en lâchant ses mains.

Cette attitude rappela à Aaron celle de Bonnie quand il l'agaçait. Il se tourna vers Lil, qui le serra dans ses bras avec force.

— Oh, Aaron ! Ça me fait tellement plaisir de voir que tu vas bien, s'exclama-t-elle.

— Merci, Lil, répondit-il en passant la main sur son front pour éponger la transpiration qui commençait à y perler.

— Pour sûr, même s'il est habillé comme l'as de pique, il a l'air en pleine forme, dit Elmer en jaugeant Aaron de la tête aux pieds. J'ai toujours su que tu t'en tirerais, ajouta-t-il avec un grand sourire en lui serrant la main. Tu es bien trop méchant pour mourir.

Aaron se contenta de sourire – il n'avait pas trouvé le courage d'annoncer à sa famille que le mal qui le rongeait avait recommencé à faire des siennes. Il était revenu pendant qu'il avait le dos tourné et étendait ses tentacules dans son corps pour reprendre racine.

— J'ai demandé à Lucha de nous préparer du thé glacé, dit-il.

Il les invita d'un geste à prendre place sur la grande véranda, où un salon de jardin avait été disposé sous d'énormes ventilateurs dont les pales tournaient au ralenti, et monta les marches derrière eux pour que personne ne soit témoin de ses grimaces de douleur.

Chacun s'assit, et ses beaux-parents se lancèrent dans le récit détaillé d'une partie de bingo que Rebecca avait organisée la veille. Aaron avait désespérément envie de demander des nouvelles de Bonnie. Il voulait savoir ce qu'elle faisait, si elle était heureuse, s'il y avait quoi que ce soit qu'il puisse faire ou dire pour qu'elle accepte de l'écouter. Mais aucun élément de la conversation ne lui permit de poser ces questions, et il se contenta de laisser Lil pérorer, tout en observant Grayson qui jouait avec les chiens sur la pelouse. Ce garçon lui ressemblait tellement ! Conserverait-il des souvenirs de son grand-père quand il serait grand ? Qui se souviendrait de lui, d'ailleurs ? La mémoire de ceux qui lui survivraient ne risquait-elle pas de se décolorer, petit à petit ? De jaunir comme le papier peint de la cuisine de sa mère, à tel point que personne n'aurait pu dire de quelle couleur il était quand on l'avait posé ?

Après le dîner, chacun se retira de son côté en attendant l'arrivée de Robin et Jake. Au premier étage, Grayson se mit à jouer à un jeu vidéo avec son arrière-grand-père, pendant que Lil marinait dans son bain. Quant à Aaron, il prétendit avoir des coups de fil à passer et s'enferma dans son bureau.

Enfin débarrassée de ce qui commençait à ressembler dangereusement à une famille étouffante, Rebecca sortit et s'installa sur la balancelle de la véranda, Frank, Bean et Patate formant un parterre à ses pieds.

Pour la première fois de la journée, elle avait enfin le loisir de réfléchir, d'essayer de mettre de l'ordre dans ses pensées plus que confuses. Elle ne parvint cependant pas à construire le moindre embryon de raisonnement. La double porte grillagée grinça derrière elle, et elle regarda par-dessus son épaule. Son père s'approchait d'elle, un journal coincé sous son bras. Il lui fit signe de rester assise, enjamba les chiens et s'installa à côté d'elle. Bean changea aussitôt de position, de façon à appuyer sa tête contre les jambes d'Aaron.

— Mais qu'est-ce qu'il a, ce chien ? se plaignit-il en soulevant les jambes.

— Un besoin de tendresse propre au troisième âge, peut-être ?

Son père sourit faiblement.

— Penses-tu !

Il posa son journal sur ses genoux, souleva sa casquette de base-ball et se caressa le sommet du crâne. Après sa chimiothérapie, ses cheveux avaient repoussé plus dru qu'avant. Ils étaient entièrement gris, à présent. Cela faisait six mois qu'il était entré en phase de rémission, et Rebecca s'étonna qu'ils n'aient pas plus repoussé que ça. Il remit sa casquette et lui sourit.

— Alors, dis-moi, qu'est-ce que ça donne, cette campagne électorale ? Quel siège Masters brigue-t-il, déjà ?

— Gouverneur.

— Ah, dit Aaron en hochant pensivement la tête. Un gros morceau. Dommage qu'il soit démocrate. J'aurais pu m'occuper sérieusement de son cas, autrement. Alors, comment ça se passe ?

— Plutôt bien, répondit prudemment Rebecca. J'apprends des tas de choses et je rencontre du monde. Beaucoup de monde, même.

— Tu apprends des choses intéressantes ou bien tu te contentes de rencontrer des gens ?

Le ton sur lequel il venait de poser cette question balaya les derniers espoirs de Rebecca d'avoir un entretien agréable avec son père.

— Je me suis lancée là-dedans pour toutes sortes de raisons. Principalement pour faire des expériences nouvelles et pour mieux cerner mes compétences.

C'était une citation mot pour mot extraite du *Demandeur d'emploi sans qualification*.

236

— Tu dois mettre tes compétences au service de l'éducation de mon petit-fils, bougonna son père. N'oublie pas le choc qu'il vient de subir.

Rebecca profita de l'obscurité pour lever les yeux au ciel. Comme si elle pouvait l'oublier !

— Je sais ce qu'il vient de subir, répondit-elle en ayant le sentiment d'avoir déjà eu cette conversation des milliers de fois. Et je sais aussi ce que moi, j'ai subi.

— J'ai conscience que ça n'a pas été facile pour toi, je ne te critique pas. Mais tu es ma fille, et j'ai à cœur de faire comprendre à toutes mes filles ce qui est important...

— Oui, papa, je sais. Figure-toi que ce sont tes conseils que j'essaie de mettre en pratique !

— Tu n'en donnes pas l'impression ! riposta-t-il. Tu cherches seulement à te consoler. Mais les années présentes sont déterminantes pour Grayson, Rebecca. Ne fais pas comme moi, ne les gâche pas. Crois-moi, le temps qui passe ne revient pas.

— Je ne gâche rien, répliqua-t-elle. Je...

— C'est peut-être ce que tu crois. Mais je suis bien placé pour savoir que de toutes mes filles, tu es celle que la vie terrifie le plus. Elle te terrifie tellement que tu es incapable de vivre seule. Tu crois que tu as absolument besoin d'un homme près de toi pour...

— Mais de quoi parles-tu ? s'écria Rebecca, hors d'elle. Je vis seule ! Je suis toute seule avec mon fils...

— Et une nouvelle nounou...

— Ce n'est pas une nounou ! C'est quelqu'un qui m'aide quelques heures par semaine pour que je puisse prendre du temps pour moi et découvrir qui je suis vraiment. Tu t'en fiches peut-être, mais je me suis perdue moi-même dans cette histoire !

— Vraiment ? Tu utilises uniquement ton temps libre pour te chercher toi-même, Rebecca ? demanda-t-il d'un ton ironique en dépliant son journal. Tu es bien certaine de ne pas l'employer à chercher un autre homme qui s'occuperait de tout à ta place ?

Rebecca leva les yeux vers lui. Son père désigna une photo du journal.

— J'ai pourtant l'impression qu'il y a quelque chose entre ce zozo et toi !

Elle se pencha pour mieux voir, et son père se fit un plaisir d'approcher le journal de ses yeux. Il y avait trois photos. Elles avaient été prises au tournoi de bingo et Tom figurait sur chacune d'elles, entouré de son équipe. Mais sur celle que son père désignait, il n'y avait que Matt et Rebecca aux côtés de Tom, en train d'échanger un regard – en train de se dévorer des yeux, plus exactement. Rebecca prit le journal des mains de son père et contempla la photo. Incroyable. Cette photo donnait vraiment l'impression qu'il y avait quelque chose entre eux.

— On peut faire dire n'importe quoi à une photo, s'écria-t-elle avec colère.

— Je me fiche pas mal de ce que les autres penseront de ce cliché, répondit son père en lui tapotant le genou. Et je me fiche pas mal que tu aies un copain, Rebecca. Tu es un être humain. Un des plus beaux spécimens féminins qui soient sur terre, suis-je fier d'ajouter. Tu peux faire mettre à genoux tous les hommes de la planète. Ce que j'en dis, moi, c'est qu'il vaudrait mieux éviter de commettre deux fois de suite la même erreur.

Rebecca le regarda droit dans les yeux.

— Tu crois vraiment que j'ai envie de refaire les mêmes erreurs ? Tu penses que je n'ai pas tiré les leçons de ce qu'a été ma vie jusqu'ici ?

— Je n'ai pas envie que tu cherches ton salut dans les bras du premier venu, sous prétexte qu'il veut te garder près de lui. De toi à moi, je n'ai jamais très bien compris ce que tu trouvais à Bud.

— S'il te plaît, papa ! Je n'en suis pas à chercher le salut dans les bras du premier venu ! Et si je me suis mariée avec Bud, c'est parce que je l'aimais. Voilà. C'est aussi bête que ça.

— Je crois en toi, Rebecca, répondit son père, parfaitement maître de lui-même. Mais je te connais bien.

Et je sais que tu as épousé Bud à cause d'une peur irrationnelle. Tout le Texas pouvait comprendre ce que lui voyait en toi, mais toi, tu n'as pas su, ou pas voulu, le voir. «On s'aime», c'était ta seule justification. La triste vérité, c'est que les hommes sont des porcs. Et il y en a des tas qui sont prêts à tout pour posséder une femme comme toi.

Il ne lui apprenait rien de nouveau. La seule nouveauté, c'était qu'elle en avait plus qu'assez de ses critiques et qu'elle se voyait très bien en train de lui enfoncer son poing dans la bouche pour le faire taire.

— C'est ce que tu penses? répliqua-t-elle. Qu'on ne voit jamais que mon apparence?

— Non. Je crois que c'est tout ce que tu permets aux autres de voir.

Cette réponse la surprit. Elle était sur le point de quitter le ranch comme une furie, ainsi que sa sœur Robin l'avait fait quand Aaron lui avait demandé de cesser de voir Jake, mais ce qu'il venait de dire sonnait tellement juste qu'elle en était sonnée. Elle se leva, enjamba les chiens et se dirigea vers la porte.

— J'essaie seulement de t'aider, ajouta son père.

— Tu t'y prends d'une drôle de façon, répondit-elle avec tristesse. Tu m'aiderais beaucoup plus en me demandant ce que je fais effectivement dans le cadre de cette campagne et en me donnant des conseils sur la manière d'utiliser cette expérience pour trouver un emploi par la suite. Ne peux-tu pas penser à ce que je ressens, au lieu de te focaliser sur ce que tu estimes que je devrais faire? Nos rapports seraient nettement plus sains si tu acceptais de me considérer comme une adulte, pas comme une gamine de vingt ans, et si tu t'intéressais vraiment à ce que je fais...

— Mais je m'y intéresse! répliqua-t-il.

— Non, tu ne t'y intéresses pas. Quand on a parlé du tournoi de bingo, tout à l'heure, j'ai bien vu que tu t'ennuyais.

— Pourquoi m'intéresserais-je à une stupide partie de bingo? s'exclama-t-il.

— C'était une levée de fonds et c'est moi qui l'ai organisée ! C'est moi qui ai tout géré de A à Z !

— La prochaine fois que tu voudras me faire savoir quelque chose, répondit son père entre ses dents serrées, passe-moi un coup de fil. Y as-tu seulement pensé ? Décrocher ton téléphone pour l'annoncer à ton vieux père ? Lui faire part de ce qui te rendait si fière ?

— Je le ferai, papa, tu peux en être certain...

— Qu'est-ce que c'est que ce bruit ? coupa-t-il. Je crois que c'est une voiture. C'est Robin !

Il se leva d'un bond et trébucha sur Bean.

— Fichu clébard ! pesta-t-il en se dirigeant vers les marches de la véranda.

Rebecca le regarda s'éloigner. Il n'avait pas écouté un mot de ce qu'elle lui avait dit.

Elle n'eut pas l'occasion de reprendre cette conversation avec son père au cours du week-end. Elle n'avait que faire de ses conseils, de toute façon, et il semblait nettement plus intéressé par d'autres sujets – ce que devenaient Robin et Jake ou Grayson et Cole, où était Bonnie et ce que Rachel était allée faire en Angleterre une fois de plus.

Bizarrement, ce week-end mettait en relief des éléments fondamentaux pour Rebecca. Sa relation avec son père n'avait jamais été et ne serait jamais positive. Il ne se souciait pas de ce qu'elle ressentait. Malgré tous ses beaux discours, c'étaient les apparences qui comptaient pour lui. Son physique, son mariage, son fils... Il avait menti quand il avait déclaré qu'il ne voulait pas qu'elle fasse deux fois de suite la même erreur. La vérité, c'était qu'il avait peur qu'elle le mette dans l'embarras. Et Rebecca en avait plus qu'assez des apparences !

Pendant que son père emmenait Jake, Grayson et Cole pêcher et que ses grands-parents buvaient tranquillement leur limonade sur la véranda, elle prit sa sœur à l'écart.

— Tu n'as jamais l'impression que papa se soucie bien plus de notre apparence que de ce qu'on est vraiment ? demanda-t-elle à Robin.

— Si j'en ai l'impression ? fit Robin en riant. Au cas où tu l'aurais oublié, il m'a obtenu un poste dans une de ses agences uniquement à cause de mon physique. Ne me dis pas que tu viens de t'en rendre compte ! Tu ne t'es jamais demandé pourquoi il tenait tant à ce que tu sois élue Miss Texas ?

— Si, répondit Rebecca d'un ton grave. Mais je crois que c'est seulement maintenant que je comprends.

Robin lui donna un coup de coude.

— Qu'est-ce qui t'arrive ? Un coup de blues ?

— Je ne sais pas. Mais… Tu te souviens quand papa était gravement malade et qu'il nous a lancé son ultimatum ?

— Il nous a fait le coup tellement souvent ! répondit Robin en levant les yeux au ciel.

— Je parle du jour où il nous a conseillé d'apprendre à tenir debout sans son aide, à trouver par nous-mêmes ce qui était important, sinon il…

— … nous couperait les vivres, acheva Robin à sa place.

— Oui. Eh bien, tu sais, j'essaie vraiment de m'en sortir toute seule, mais il a peur que je devienne une femme entretenue. Il se fiche pas mal de savoir qui je suis vraiment ou ce que je ressens. La seule chose qui l'intéresse, c'est la façon dont les autres me perçoivent. Il voudrait que je n'aie plus aucune vie sociale et que je me consacre uniquement à Grayson.

— Je ne vois pas ce que ça a de nouveau. Papa a toujours su mieux que nous-mêmes ce qui nous convenait, mais il ne s'est jamais donné la peine d'essayer de nous comprendre, répondit Robin d'un ton presque joyeux.

— Mais je veux qu'il s'intéresse vraiment à moi, Robin. Je veux qu'il me voie telle que je suis.

Robin secoua la tête.

— Mon conseil : ne t'en soucie pas. Papa ne te verra jamais comme tu voudrais qu'il te voie. Il ne verra jamais les gens et les choses qui l'entourent qu'à sa façon. Vis pour toi. Sois toi-même, Rebecca. Sois heureuse. La vie est trop courte pour faire autrement. Si tu t'obstines à vouloir lui montrer qui tu es vraiment, tu vas devenir fêlée. Je sais de quoi je parle.

Rebecca hocha la tête, mais elle ne pourrait pas suivre le conseil de Robin parce qu'elle était déjà fêlée.

— Tu en es où avec ce type dont tu m'as parlé l'autre fois ? lui demanda Robin à brûle-pourpoint.

Rebecca lui jeta un regard en coin.

— Quel type ?

— Celui qui est beau comme un dieu, lui rappela sa sœur avec un sourire jusqu'aux oreilles.

— Il ne s'est rien passé, répondit Rebecca en ramassant son carnet de croquis et ses crayons.

Elle s'apprêta à quitter la pièce.

— Trouillarde ! lança Robin dans son dos.

Rebecca ne se retourna pas. Elle sortit, descendit les marches de la véranda et traversa la pelouse. Frank, Bean et Patate interrompirent leur sieste sur la véranda pour la suivre. Ils descendirent jusqu'à la rivière, où Rebecca s'adossa à un saule pleureur. Elle bénéficiait d'une vue splendide sur les champs de fleurs sauvages et les grands peupliers de Virginie qui poussaient de part et d'autre de la rivière. C'était une vision apaisante qui éveillait en elle une foule de souvenirs d'enfance. Robin, Rachel et elle étaient souvent venues là pour parler de leurs petits amis et rêver à leur avenir en se mettant du vernis à ongles.

Elle ouvrit l'étui en velours, y prit un crayon et ramassa son carnet de croquis.

Elle contempla la première feuille vierge et essaya de retrouver la sensation magique qui se produit quand on laisse ce qu'on a à l'intérieur de soi s'échapper à travers la mine d'un crayon. Il y avait si longtemps qu'elle n'avait pas connu ce plaisir... Et maintenant, cela semblait impossible. Elle ne savait pas par où commencer.

Des larmes troublèrent sa vue, et elle fut submergée par l'idée désespérante qu'elle avait sacrifié toute sa vie à Bud. Elle avait cru aux promesses qu'il lui avait faites, à l'avenir de leur couple. Et il ne lui restait plus rien.

Elle observa la cime des peupliers, dont les branches ployaient sous l'effet d'une brise légère. « Retrouve ce plaisir, avait dit Matt. Sois toi-même. »

Lui, il pouvait se permettre d'être lui-même – étrangement tendre et directif à la fois, se dit-elle avec un petit sourire. Intelligent. Compétent. Follement séduisant. C'était facile, pour lui. Elle aurait bien aimé pouvoir en faire autant.

Un rayon de soleil attira son regard. Elle releva les yeux vers la cime des peupliers, et sa main se mit miraculeusement à bouger. Elle battit des paupières, baissa les yeux vers le carnet qu'elle tenait et discerna les premiers contours d'un arbre. Elle laissa tomber son crayon, s'essuya les yeux, reprit son crayon et regarda les feuilles qui se détachaient nettement contre le ciel.

Le reste du week-end se déroula sans événement notable – excepté une discussion houleuse entre Robin et Aaron à propos de l'équipe de base-ball de Houston, qui incita Rebecca à chercher refuge à l'extérieur. Lorsqu'elle rentra chez elle, un peu plus tard, elle se rendit compte que sa famille et l'introspection qu'elle venait de mener l'avaient épuisée.

Elle dit au revoir à ses grands-parents et prépara des hot dogs – le menu favori de Grayson – en guise de dîner. Ensuite, il s'installa devant une cassette de *Bob l'Éponge* en compagnie des chiens, et Rebecca regagna son bureau avec un pot de glace Ben & Jerry's pour consulter son répondeur.

Le premier message datait du vendredi matin. C'était Tom.

— Dis donc, tu as vu l'article qu'on a eu ? Beau boulot, Rebecca ! Est-ce qu'on pourrait se voir la semaine prochaine ? J'aimerais te parler d'un truc encore plus gros. Je pense à une collecte de fonds dans le courant de l'été, dans un esprit très festival. On pourrait essayer d'avoir Lyle Lovett en concert, par exemple...

Il poursuivit dans cette veine encore un bon moment, et Rebecca nota de le rappeler.

Bud avait lui aussi laissé un message le vendredi matin et faisait au passage une remarque à propos de l'article paru dans le journal d'Austin.

— J'espère que tu vas trouver un sens à ta vie, Becky, disait-il – ce qui faillit la faire hurler –, et que tu penseras à parler de Tom à ton père.

Typique.

Le dernier message datait du vendredi soir. C'était Matt. Elle sourit dès qu'elle entendit sa voix.

— Tu es là, Rebecca ? Euh... non ? Bon. C'est Monsieur M'as-tu-vu, au cas où tu ne m'aurais pas reconnu. Alors, voilà ce que je te propose. Je sais qu'il n'y a rien entre nous, mais j'ai des billets pour l'opéra et je me suis dit que ça te plairait peut-être. Je ne suis pas un garçon très lyrique, comme tu t'en es probablement déjà rendu compte, et j'aurais besoin d'une sorte d'interprète pour un spectacle de ce genre... Donc, si ça t'intéresse, c'est dimanche à 18 heures. Appelle-moi, d'accord ? À bientôt.

Rebecca regarda la pendule. Il était presque 20 heures. Elle hésita un instant, puis décida de ne pas le rappeler. Mieux valait se fier à son instinct, qui lui disait que cette histoire ne déboucherait sur rien. La curiosité que Matt suscitait en elle était bien naturelle après son divorce, mais ce n'était rien de plus. Elle avait lu assez de livres sur le sujet pour savoir qu'une aventure après un divorce était vouée à l'échec. Son histoire avec Matt n'était rien de plus qu'un flirt sans lendemain. Son cœur avait beau essayer de lui dire le contraire, elle écouterait la voix de son esprit, qui était celle de la raison.

Le lundi après-midi, en rentrant de son club de sport, Bonnie Lear trouva un mot sur la porte de sa maison. C'était la carte d'un livreur qui l'invitait à l'appeler. Bonnie prit son portable et composa le numéro qui figurait sur la carte. On lui demanda si elle était prête à recevoir une livraison.

— Ce sont des fleurs ? demanda-t-elle.

— On peut appeler ça comme ça, oui, répondit l'homme en riant.

Bonnie regarda sa montre.

— C'est que j'ai des courses à faire. Vous ne pouvez pas les déposer sur le perron ?

— Ça ne tiendra pas sur le perron, madame.

— Comment ça ?

— Ce n'est pas une petite livraison, madame. C'est des douzaines de livraisons en une seule.

Bonnie, qui essayait d'introduire sa clé dans la serrure, interrompit son geste.

— Des douzaines ? Des douzaines de quoi ?

— De roses. Écoutez, je ne suis pas loin de chez vous. Si vous pouvez patienter une demi-heure, j'arrive.

— Entendu, soupira-t-elle avant de couper la communication.

Un quart d'heure plus tard, elle entendit un véhicule se garer dans l'allée et alla ouvrir la porte d'entrée. Ce n'était pas une camionnette, mais un énorme camion de livraison. Le livreur descendit de sa cabine et se dirigea vers l'arrière du véhicule. Bonnie l'y rejoignit et regarda par-dessus l'épaule de l'homme tandis qu'il consultait son carnet de livraisons. Il déverrouilla les portes et les rabattit.

L'odeur douceâtre était tellement puissante qu'elle les saisit tous les deux. Le camion était entièrement rempli de roses. Jaunes, blanches, roses, rouges… Des douzaines et des douzaines de roses.

— Il y en a un qui doit être drôlement malheureux, pas vrai ? fit remarquer le livreur en souriant.

Bonnie ne doutait plus de l'identité de l'expéditeur.

— Y a-t-il une carte ? demanda-t-elle par acquit de conscience.

Le livreur lui en remit toute une pile. Elle ouvrit la première.

Pardonne-moi. Je t'aime. Aaron.

Elle la chiffonna et la jeta rageusement par terre.

19

Si on ne change pas de direction, on finit
par atteindre son objectif...

PROVERBE CHINOIS

Le lendemain du tournoi de bingo, tandis que Rebecca endurait le martyre dans le camping-car de ses grands-parents, Matt était à son bureau et contemplait le téléphone d'un air rêveur au lieu de réunir les dossiers qui lui seraient nécessaires pour l'audience de l'affaire Kiker.

Il avait déjà décroché et raccroché le téléphone à deux reprises. C'était complètement idiot. Il n'y avait rien de changé avec Rebecca. Elle l'avait juste embrassé pour le remercier et il avait essayé d'aller plus loin. Il n'y avait pas de quoi en faire un plat, et surtout, cela ne valait pas la peine de se ridiculiser.

Le mieux était d'oublier tout ça et de passer à autre chose. Appeler Debbie Seaforth, peut-être... Cette idée lui permit de décrocher le téléphone une troisième fois, et presque malgré lui, ses doigts composèrent le numéro de Rebecca.

Une sonnerie. Deux sonneries. Trois sonneries. Zut. Il était sur le point de raccrocher quand le répondeur se déclencha. La douce voix de Rebecca lui demanda de laisser un message. Zut et re-zut. Il n'avait pas prévu ça. Le signal sonore indiquant qu'il pouvait commencer à parler lui transperça le tympan.

— Tu es là, Rebecca? Euh… Non? bredouilla-t-il en faisant une grimace.

Il continua à grimacer jusqu'à ce qu'il ait fini de débiter des âneries.

Il donna ensuite un coup de poing sur son bureau. C'était n'importe quoi! Il était en train de se comporter comme un gamin. Depuis quand les femmes le mettaient-elles dans cet état-là? Ça ne lui était jamais arrivé. Il était temps qu'il se reprenne.

Il se leva et entreprit de chercher ses dossiers, mais la sonnerie de l'interphone l'interrompit.

— Votre mère est en ligne, monsieur Parrish, annonça la voix nasillarde de Harold.

Oh, non! Matt adorait sa mère, mais elle était épouvantablement bavarde.

— Dites-lui que je la rappellerai plus tard, répondit-il avant d'éteindre l'interphone.

Mais la sonnerie reprit quelques secondes plus tard.

— Oui? demanda Matt après avoir poussé un long soupir.

— Je suis désolé de vous déranger, monsieur, mais votre mère insiste.

— D'accord, je la prends, dit Matt, résigné, en décrochant le téléphone. Maman? Que se passe-t-il?

— Rien de spécial, Matthew. Mais je ne peux pas attendre plus longtemps, je suis morte de curiosité. Dis-moi tout. Qui est cette charmante jeune femme?

— Quelle femme? demanda Matt d'un ton absent, en feuilletant le dossier qu'il avait sous les yeux.

— Celle qui est à côté de toi dans le journal, répondit gaiement sa mère.

Cette fois, Matt lui accorda toute son attention.

— Quel journal?

— Le *Statesman*, gros malin, fit sa mère en gloussant. Quelle n'a pas été ma surprise quand je l'ai ouvert ce matin et que j'y ai découvert la photo de mon fils chéri! On te voit derrière ton ami qui se présente aux élections. Mais ce n'est pas lui que tu regardes, c'est elle. Et de quelle façon!

248

L'horreur. Pure et simple. Son premier réflexe fut de faire l'idiot.

— Du calme, maman. C'est juste une femme qui fait partie de l'équipe de campagne de Tom. Et puis, ce n'est pas la première fois que je me retrouve en photo dans le journal en compagnie d'une femme !

— Je sais bien, mon chéri, mais d'habitude, tu t'intéresses beaucoup plus à l'objectif du photographe qu'à ta compagne, ronronna sa mère. Par ailleurs, je crois que de nous deux, ce n'est pas à moi de me calmer.

La petite vague de panique qui avait saisi Matt en entendant sa mère parler d'une photo de lui et de Rebecca s'amplifia.

— Bon, ce n'est pas que cette conversation m'ennuie, mais il faut que j'y aille. J'ai une audience dans une heure et je n'arrive pas à remettre la main sur un dossier…

— Bien sûr, mon chéri, sauve-toi vite. Je vais garder l'article pour que tu le voies. Il y a trois photos en tout, si ça t'intéresse. À plus tard !

Sa mère raccrocha en gloussant, et Matt fronça les sourcils. Il se leva d'un bond, traversa son bureau et ouvrit la porte.

— Harold ! aboya-t-il. Apportez-moi le journal !

Il pivota et retourna s'asseoir d'un pas martial. Harold surgit presque instantanément, le journal à la main, et le déposa devant Matt, ouvert à la page de l'article sur Tom.

— Mlle Lear et vous formez un couple merveilleux, dit-il d'un ton admiratif.

— Matt et qui ça ? demanda Ben en passant la tête par l'entrebâillement de la porte.

— Mlle Lear.

— Miss Texas ?

— Écoutez, les enfants, dit Matt d'un ton pincé, j'ai une audience dans moins d'une heure…

— Attends, je veux voir ça ! dit Ben en s'approchant du bureau de Matt.

— Ce sont des photos de toute beauté, ajouta Harold. Vraiment très réussies. Comment s'est passé le tournoi de bingo, à propos ?

— Le quoi ? demanda Ben.

— C'est une longue histoire, marmonna Matt en contemplant ce que tout Austin avait eu sous les yeux ce matin-là.

Sa mère n'avait pas menti. Ils étaient là, tous les deux, en train de se faire les yeux doux. Quand donc cet échange de regards avait-il eu lieu ?

Il y avait une autre photo, au centre de laquelle figurait Tom, mais aussi Rebecca qui, à l'arrière-plan, adressait un sourire complice à Matt, lequel souriait aussi, comme si... Hou là là ! Il n'arrivait même plus à penser correctement. C'était tout juste s'il parvenait encore à respirer. D'autant que Ben et Harold s'étaient placés derrière lui pour regarder les photos pardessus son épaule. Il se força à examiner la troisième photo, celle qui le chavirait totalement. Elle avait été prise dans le hall. On y voyait Tom et cette affreuse mémère en scooter, mais au-dessus de l'énorme turban de celle-ci, on distinguait Matt et Rebecca en train de s'éclipser «discrètement». Rebecca avait l'air un peu tendue, mais Matt souriait et semblait très sûr de lui.

— Je croyais qu'elle ne te plaisait pas, dit Ben en scrutant cette dernière photo.

— C'est effectivement le cas, répliqua Matt un peu trop sèchement.

— Elle ne vous plaît pas ? s'exclama Harold, proprement horrifié. Mais... Et la foire d'artisanat, alors ?

— Tournoi de bingo et promenade romantique à la foire d'artisanat ? s'exclama Ben en lui donnant une tape sur l'épaule. Ça, c'est de l'amour, mon vieux !

Sur ce, il s'esclaffa et regagna la porte. L'ignoble fanfaron ! Harold lui emboîta le pas, plus efféminé que jamais.

— Au fait, c'est quoi, déjà, l'audience de l'après-midi ? demanda Ben avant de franchir la porte.

— Je ne suis plus là ! gazouilla Harold en contournant Ben pour quitter la pièce.

— Communication des pièces du dossier Kelly Kiker, grommela Matt.

Ben soupira et secoua la tête.

— Je croyais que tu devais confier l'affaire à un avocat commis d'office. Tu avais promis de le faire, même, si je ne m'abuse. Tu me préviendras le jour où tu décideras de t'occuper d'affaires rentables ?

Matt fit disparaître le journal dans un tiroir, se leva et retourna vers son placard de dossiers.

— Je fais ça bénévolement…

— C'est bien ce que je dis. On a besoin d'affaires rentables. Je comprends que tu veuilles aider cette nana, mais pendant ce temps-là, tu négliges des affaires qui nous permettraient de faire rentrer de l'argent.

— C'est bon, Townsend. Tu m'as déjà dit ça je ne sais combien de fois, et je n'ai pas le temps d'en discuter aujourd'hui. Il faut que j'aille au Palais.

— C'est ça, marmonna Ben en posant la main sur la poignée de la porte. Mais tu pourrais peut-être te souvenir qu'il y a des salaires à verser et nous dégoter quelque chose de rentable.

— Oui, oui, soupira Matt en continuant à chercher le dossier récalcitrant.

Si Ben avait su qu'il avait donné cinq cents dollars de sa poche à Kelly pour lui permettre d'acheter des vêtements décents, il lui aurait probablement arraché les yeux. Il finit par dénicher son dossier, ramassa sa serviette, coinça le dossier sous son bras et prit la direction du palais de justice. Alors qu'il s'apprêtait à traverser la rue pour atteindre le tribunal, il vit Debbie Seaforth qui attendait pour traverser sur le trottoir opposé.

Il lui sourit.

Debbie regarda ailleurs.

Le feu passa au rouge, et Matt s'engagea sur la chaussée. Debbie continua de faire comme si elle ne l'avait pas vu, mais Matt se planta carrément devant elle. Debbie poussa un soupir exaspéré et regarda Matt en plissant les yeux.

— Eh bien, Deb! Qu'est-ce qui t'arrive? demanda-t-il en écartant les bras.

— Rien, dit-elle en passant sous son bras.

Matt se retourna et la rattrapa sur la chaussée.

— Dis-moi ce qui ne va pas, Debbie. Aurais-je oublié un rendez-vous important? Tenu des propos déplacés? Quel crime ai-je commis qui justifie que tu ne fasses même pas semblant d'être contente de me voir?

— Oh, je t'en prie! cracha-t-elle en atteignant le trottoir intermédiaire. Je ne vois pas pourquoi je devrais être contente de te voir.

Elle appuya sur le bouton permettant d'obtenir le feu rouge. Rageusement. Quatre fois de suite.

Matt avait déjà essuyé les colères de Debbie, mais il aurait été bien incapable de dire ce qui avait motivé leur éruption. Cette fois, au lieu de biaiser ou de s'enfuir, il choisit délibérément de mettre les pieds dans le plat.

— Je pensais qu'après les bons moments que nous avons passés ensemble, tu serais heureuse de me voir.

Debbie tourna la tête avec une lenteur diabolique et le gratifia d'un regard dont elle s'était fait une spécialité à la cour. Un regard qui signifiait: « Je vais planter mes dents dans ta veine jugulaire et te l'arracher. »

— C'est bien là qu'est le problème, Matt, dit-elle en expirant bruyamment par le nez. J'ai passé de bons moments avec toi. Comme beaucoup d'autres femmes dans cette ville, apparemment. Tu as lu les journaux, dernièrement?

Matt n'eut pas l'occasion de lui répondre. Le feu était passé au rouge et Debbie traversait déjà la rue.

Ce soir-là, en attendant que Rebecca le rappelle, Matt regarda encore une fois le journal. Comme elle n'appela pas, il eut maintes fois l'occasion de rouvrir le journal au cours du week-end, qu'il passa cloîtré chez lui. Ça ne lui était pas arrivé depuis une éternité. La dernière fois devait remonter à 1998, quand il avait eu une grippe carabinée. Et encore, une fille était venue le voir et était restée près de lui. Comment s'appelait-elle déjà, cette fille ?

Bof, ça n'avait pas grande importance. Ce qui lui arrivait à présent n'avait strictement rien à voir avec cet épisode. Il n'était pas malade. Il se sentait juste un peu… Comment dire ? Mal à l'aise. Bizarre. Il n'avait envie de rien. Ni de draguer les filles, ni de traîner avec des copains. Bars, restaurants, clubs, rien ne l'inspirait. Golf, basket-ball, base-ball, même chose. *Nada. Nichts.*

Après avoir ingurgité deux vodka martini, Matt finit par admettre que ce qui le dérangeait, c'étaient ces fichues photos. Ces photos et le fait perturbant qu'il avait effectivement dévoré Rebecca des yeux. Il avait plongé son regard au fond de ses grands yeux bleus et s'était laissé happer tout entier par la lueur qui les animait. Sur ces photos, il la regardait avec dévotion. Et franchement, il n'avait jamais eu l'impression d'être du genre dévoué.

Ça, c'était un vrai problème, parce que Matt était un séducteur-né. Quelqu'un qui n'avait ni le temps ni l'envie de construire une relation durable. Il préférait, et de loin, sortir avec plusieurs femmes en même temps. Il n'y avait pas de place dans sa vie pour une épouse et des enfants – c'était un projet qu'il repoussait perpétuellement à plus tard, quand il serait plus vieux et qu'il se serait fait un nom.

Par ailleurs, il avait déjà trente-six ans. Et il s'était fait un nom. Pour tout dire, il remplissait tous les critères qu'il s'était imposés. Alors, qu'est-ce qui lui faisait peur ?

Inutile de se voiler la face. Il savait très bien ce qu'il redoutait. C'était quelque chose qu'il aurait été incapable d'expliquer, mais qui le terrifiait complètement. Et qui ressemblait furieusement à la lueur diabolique qui animait les beaux yeux bleus d'une certaine personne de sa connaissance.

Le lundi matin, il comprit qu'il fallait qu'il sorte de chez lui s'il ne voulait pas devenir fou. L'affaire Kiker lui donna fort heureusement beaucoup de fil à retordre, ce qui lui évita de réfléchir aux raisons pour lesquelles Rebecca ne l'avait pas rappelé.

Il accomplit même l'exploit de ne pas penser à la campagne électorale jusqu'au coup de fil de Doug et Jeff en milieu de semaine, à propos du vote de la communauté hispanique, sur lequel Matt avait promis de plancher.

— Leur vote sera déterminant, lui rappela Doug. Au fait, c'était du sacré bon boulot, cette rencontre avec les Silver Panthers. Excellente presse sur ce coup-là.

Cette réflexion surprit Matt.

— Ah, bon ? dit-il. Qu'est-ce qu'on raconte de beau ?

— Que c'était une tactique intelligente de la part de Tom, qui devance de la sorte l'action du gouverneur sortant. Ce qui me rappelle qu'on a un planning très chargé pour les levées de fonds. Je t'envoie les infos cette semaine.

— Entendu, répondit Matt.

Il venait tout juste de raccrocher quand Harold fit entrer deux nouveaux clients potentiels dans son bureau. Matt salua les Dennard, qui arboraient un grand sourire, les fit asseoir et leur demanda en quoi il pouvait leur être utile.

— J'ai inventé quelque chose, dit M. Dennard. C'est une invention qui rapportera des millions de dollars une fois que je l'aurai fait breveter et qu'elle sera exploitée. C'est un accessoire qui se glisse dans les chaussures, qui aide vraiment à marcher et qui évite l'affaissement de la voûte plantaire.

— Il est très doué de ses mains, dit fièrement Mme Dennard.

— Je vois, fit Matt d'un ton prudent. Et pourquoi pensez-vous avoir besoin d'un avocat, monsieur Dennard ?

— Pour le brevet, bien sûr ! Il faut que j'en dépose un au plus vite pour que personne ne puisse me voler mon idée ! J'ai un ami à qui c'est arrivé.

— Je ne m'occupe pas de droit commercial, monsieur Dennard. Quelqu'un vous aurait-il mal renseigné ?

— Ma foi, je ne sais pas. J'ai simplement dit que j'avais besoin d'un avocat.

— Puis-je vous demander le nom de la personne à qui vous vous êtes adressé ?

— Rebecca Lear, répondirent les Dennard en chœur.

— Ah, dit Matt.

Il hocha la tête et se demanda de combien de façons cette femme allait s'ingénier à perturber sa vie.

— Il faudra que je la remercie, dit-il.

Il leur expliqua ensuite la marche à suivre pour déposer un brevet et leur indiqua le nom d'un avocat susceptible de les aider. Ces explications lui prirent une heure, au terme de laquelle il ne leur présenta évidemment pas de note d'honoraires.

Le lendemain après-midi, Matt trouva enfin le temps de faire un saut à la permanence. Quand il arriva, Angie s'occupait du standard. Elle s'était teint les cheveux en vert, et Matt estima que cette couleur lui allait nettement mieux que le rose de la semaine précédente.

— Salut, Angie, dit-il en passant devant la porte.

— Matt ! s'exclama-t-elle en quittant sa chaise d'un bond. Dis donc, tu peux me rendre un service ? Tu veux bien le surveiller ? Il faut que j'aille à la poste avant la fermeture, et ils sont enfermés là-dedans depuis une éternité, ajouta-t-elle en désignant la porte de la salle de réunion.

— Surveiller qui ? demanda Matt, perdu.

Angie montra le dessous de son bureau. Matt se pencha et y découvrit Grayson.

— Salut, Matt, dit celui-ci d'un ton solennel.

— Salut, Grayson. Qu'est-ce que tu fais là-dessous ?

— Je lis, répondit-il en lui montrant son livre, *Le Chien : mon meilleur ami*.

— Tu aimes les chiens ?

— J'en ai trois. Frank, Bean et Patate.

— Alors? demanda Angie. Tu veux bien le surveiller? Il est très sage, mais si je ne vais pas tout de suite à la poste...

— Qu'est-ce que c'est, cette réunion?

Angie entassait ce qui se trouvait sur son bureau dans un grand sac en toile vert.

— Je ne sais pas trop. Une histoire de levée de fonds, je crois.

Elle s'accroupit et jeta un coup d'œil sous le bureau.

— Tu veux bien que Matt te surveille, mon petit chou à la crème? demanda-t-elle à Grayson.

— D'accord.

— Tu en as pour combien de temps? s'enquit Matt en suivant Angie tandis qu'elle glissait une boîte remplie d'enveloppes sous son bras.

Des enveloppes libellées à la main, remarqua Matt. Pourquoi les membres de cette équipe de campagne s'investissaient-ils autant?

— Je n'en sais rien, mais je vais faire au plus vite. Pat devrait bientôt arriver. Tu lui passeras le relais, dit-elle en poussant la porte.

Grayson sortit de sa cabane improvisée. Il portait un pantalon kaki trop court, de grosses baskets et un polo qui lui descendait jusqu'aux genoux. Quant à ses cheveux... Seigneur! C'était à croire qu'il n'avait pas vu de peigne depuis la semaine précédente.

— Tu veux jouer? demanda Grayson.

Matt soupira et s'engagea dans le couloir, Grayson sur ses talons.

— À quoi? demanda-t-il par-dessus son épaule.

— Je ne sais pas.

Ils pénétrèrent dans le grand bureau, où se trouvait le planning des tâches. Ceux qui avaient du temps libre cochaient les tâches dont ils voulaient bien se charger. La liste du jour comportait la collecte de citations concernant le parti démocrate dans les principaux médias du Texas. Une âme charitable avait déposé des annuaires téléphoniques et une liste des chaînes de télévision sur laquelle figuraient des flèches qui renvoyaient à une liste de citations chronométrées. La liste des stations de radio était totalement vierge.

— On dirait qu'il faut s'occuper de la radio, déclara Matt en posant ses affaires et en soupirant.

Grayson l'imita.

— Si le parti a embauché des spécialistes des médias, c'est pour que Gunter et ses collègues s'occupent de ce genre de choses, non?

— Il est peut-être malade, suggéra Grayson.

— Peut-être, répondit Matt en haussant les épaules. Mais on ne m'empêchera pas de penser que ce n'est pas à nous de faire ce genre de travail, vrai ou faux?

— Vrai, répondit Grayson d'un ton péremptoire.

— Vrai de vrai, ajouta Matt avec un clin d'œil. Mais il faut jouer avec les cartes qu'on reçoit. Tu veux bien aller t'installer là-bas pour lire ton livre pendant que je passe quelques coups de fil? demanda-t-il en s'asseyant et en sortant son carnet d'adresses.

— J'en ai marre de ce livre, dit Grayson.

Matt leva les yeux vers lui.

— Tu n'en as pas un autre?

Le garçon secoua la tête.

— Des jeux, alors?

— J'ai des petites voitures. Et des Sauveurs du Monde.

— Super! Pourquoi tu ne les sors pas?

— Ils sont avec les affaires de ma mère. Tu crois que je peux aller les chercher?

— Bien sûr, répondit Matt.

Grayson laissa tomber son livre et se précipita vers la porte.

Matt avait à peine eu le temps de composer le numéro de téléphone d'une station de radio locale que Grayson revint dans la pièce, tirant un énorme sac derrière lui. Matt lui tourna le dos et demanda à parler au service commercial. Après avoir noté quelques chiffres, il raccrocha. Quand il releva les yeux, il découvrit ce que Grayson avait déballé. Il y avait une rangée de petites voitures classées par couleur. Des Sauveurs du

Monde, sagement alignés sur le rebord du bureau, formaient une petite armée.

Et il y avait un aspirateur.

Matt ferma les yeux, se frotta les paupières et les rouvrit. Il n'avait pas rêvé, c'était bien un aspirateur jouet.

— Mon aspirateur! annonça fièrement Grayson.

— Non, non, non, mon garçon, dit Matt. Tu ne peux pas jouer avec un aspirateur. C'est un jouet de fille! Tu dois jouer à des jeux de garçon.

— Comme quoi? demanda-t-il.

— Comme... la chasse aux grenouilles ou creuser des trous. Tu ne fais pas des trucs de ce genre avec tes copains?

— Tu veux dire avec Jo Lynn?

— Non! Avec tes copains.

— Je n'ai pas de copains, là où j'habite, répondit Grayson d'un ton d'excuse.

Ça n'allait pas. Ça n'allait pas du tout. Rebecca allait faire de son fils une vraie femmelette. Matt observa Grayson.

— Et tes Sauveurs, là-bas? demanda-t-il en désignant les figurines disposées sur le bureau.

Grayson suivit son regard et contempla les Sauveurs du Monde sans comprendre.

— Ils ont horreur des aspirateurs, poursuivit Matt.

— Ah, bon?

— Mais oui! assura Matt en ôtant son manteau et en desserrant le nœud de sa cravate. Voilà ce qu'ils en pensent, ajouta-t-il en se dirigeant vers le bureau.

Il s'empara du pompier, qu'il laissa tomber sur l'aspirateur. Malheureusement, il n'avait pas dû mesurer sa force, car la figurine ébrécha la mince carrosserie de plastique de l'aspirateur en atterrissant dessus, ce qui plut beaucoup à Grayson.

— Tu vois ce que je veux dire? dit Matt en tendant vers lui le médecin des Sauveurs du Monde.

Grayson lâcha le personnage sur l'aspirateur. Matt s'amusait tellement qu'il n'entendit pas la porte de la salle de réunion s'ouvrir.

— Mais qu'est-ce que vous faites encore, tous les deux ?

Matt et Grayson sursautèrent, échangèrent un regard terrifié et se tournèrent vers Rebecca qui contemplait, les yeux écarquillés, les pauvres restes de l'aspirateur : deux gros morceaux de plastique. Derrière elle, Tom secoua la tête.

— C'est vraiment lamentable.

Rebecca toisa Matt du merveilleux regard bleu qui le hantait jour et nuit.

— Laisse-moi t'expliquer, dit-il en tendant les mains vers elle. On a peut-être exagéré, mais il faut bien que tu comprennes, Rebecca. Ce jouet représente un aspirateur !

— Tu as trouvé ça tout seul ? répliqua Rebecca, les sourcils froncés.

— Grayson n'a pas besoin de jouer avec un aspirateur, dit Matt d'un ton sincère, en passant son bras autour des épaules de l'enfant pour l'attirer contre lui.

— Je ne pense pas que ça plairait beaucoup à Bud, en effet, approuva Tom.

Rebecca les regarda tous les deux avec le plus profond mépris.

— Je vous remercie de vos commentaires, mais je vous rappelle que Grayson n'a que cinq ans et qu'il aime les jouets qui font du bruit. Il n'y a rien d'autre à voir dans ce jouet.

— Je n'aime pas les aspirateurs, maman, intervint Grayson d'une voix de petit mâle qui ravit Matt au plus haut degré.

— Première nouvelle ! Tout à l'heure, tu l'adorais !

Elle s'accroupit pour observer les morceaux de l'aspirateur. Matt fut sur le point de lui dire qu'il s'était cassé au premier choc et qu'il espérait qu'elle ne l'avait pas payé trop cher, mais son regard glacial l'arrêta.

— Je suis désolé, dit-il. On va nettoyer tout ça.

— Inutile, répondit-elle froidement en se relevant. Dis-moi simplement une chose : as-tu également convaincu Grayson que ses autres jouets ne lui convenaient pas ?

— Euh… non, répondit Matt, penaud. Les autres sont très bien.

— Je te remercie.

— Et de quoi avez-vous parlé, tous les deux ? demanda Matt pour changer de sujet.

Tom se frotta les mains.

— Ce bingo était vraiment génial ! déclara-t-il. J'ai demandé à Rebecca de mettre en place une levée de fonds extraordinaire pour moi cet été.

Matt quitta des yeux les débris de l'aspirateur.

— Une levée de fonds extraordinaire ?

— Oui. Je pense à une affiche qui comporterait les plus grands noms du Texas. Renée Zellweger, par exemple, dit-il en se tournant vers Rebecca. Tu crois que tu pourrais la faire venir ?

— Je ne l'ai jamais rencontrée…

— Peut-être que Bud la connaît ? Ou ton père ?

— Je ne crois pas, répondit Rebecca, désarçonnée.

Tom haussa les épaules.

— Tu verras ce que tu peux faire. Dis à ton père que j'aimerais l'inviter, il t'aidera peut-être.

— Mais mon père…

— Attendez, attendez, intervint Matt. Jeff m'a appelé pour me dire qu'il avait déjà mis au point le calendrier des événements pour cet été.

— Oui, mais l'idée que j'ai est beaucoup plus ambitieuse et serait uniquement tournée vers moi. J'ai déjà mes commanditaires et j'ai demandé à Rebecca d'organiser un festival en plein air exceptionnel. Une sorte de barbecue qui s'achèverait par un bal. Un truc à mille, mille cinq cents dollars par tête. Pour le premier cercle.

— Mais, Tom, le parti a déjà un calendrier très serré pour cet été, objecta Matt. Tu ne peux pas insérer un truc comme ça au milieu.

Tom éclata de rire.

— Dis-moi, Matt, qui est-ce qui se présente aux élections ? Toi ou moi ?

— Matt, tu m'emmèneras pêcher des grenouilles ? demanda Grayson, totalement indifférent à la conversation qui se déroulait autour de lui.

Pourquoi aller à la pêche aux grenouilles ? Un énorme crapaud et son joli nénuphar fleuri se tenaient déjà devant eux.

20

*Et ce sont précisément ces variations
de comportement et d'attitude qui déclenchent
en nous cette réaction classique : en voyant
que ceux qui nous entourent adoptent
un comportement différent du nôtre, nous
concluons que ces différences ne sont rien
d'autre que des manifestations temporaires
de folie, de méchanceté, de stupidité
ou de maladie...*

Essaie de me comprendre

Rebecca s'était longuement attardée sur la signification romantique des cadeaux de Matt, et quand elle le
retrouvait, il cassait l'aspirateur de Grayson et criti-
quait le gala que Tom l'avait chargée d'organiser.

Elle ramassa les morceaux de l'aspirateur – que
Grayson adorait jusqu'alors, soit dit en passant – et
ses Sauveurs du Monde et mit le tout dans le grand
sac qui les accompagnait partout. Monsieur M'as-tu-
vu s'accroupit pour l'aider, et ils tendirent la main en
même temps pour attraper le médecin des Sauveurs
du Monde. Rebecca écarta sèchement la main de
Matt.

— Ouille ! gémit-il.

— Où est le policier ? demanda-t-elle à Grayson.

Celui-ci haussa les épaules.

— Je crois qu'il est là-bas, dit Matt en se précipitant
derrière le bureau pour le récupérer.

— Au fait, Matt, j'aimerais parler du vote hispanique avec toi. Jeff m'a dit que tu avais des idées sur la question, intervint Tom.

— Euh... oui... Attends une minute...

Rebecca se leva, serrant contre elle le sac de jouets de Grayson.

— Rejoins-moi dans mon bureau, dit Tom. Rebecca, je compte sur toi ! Et n'oublie pas d'appeler ton père pour lui parler de moi !

Matt se passa la main dans les cheveux. L'expression glaciale de Rebecca le mettait très mal à l'aise.

— Tu veux bien attendre une seconde avant de partir ? demanda-t-il en suivant Tom dans son bureau.

Rebecca attendit très exactement une seconde, le temps de le regarder s'engager dans le couloir. L'attitude de Matt l'avait déçue – ce qui n'avait rien de surprenant – et le soudain intérêt de Tom pour son père la décevait encore plus. Au cours de leur entretien, il lui avait demandé à deux reprises si son père était au courant de la campagne, ce qu'il en pensait et s'il assisterait aux événements prévus. Elle avait essayé d'expliquer à Tom que son père ne s'intéressait absolument pas à la politique, mais n'avait tout de même pas osé lui avouer qu'il avait les démocrates en horreur et qu'il était très improbable qu'il participe de quelque façon que ce soit au travail de sa fille. Tom avait cependant insisté.

— Parle-lui de moi, avait-il dit carrément.

L'ancienne Rebecca avait alors sorti sa vilaine petite tête du placard.

— Bien sûr, avait-elle hypocritement répondu.

Mais la nouvelle Rebecca n'avait pas l'intention de la laisser continuer à parler à sa place. Elle allait s'employer activement à rabattre son caquet à cet affreux macho de Matt. Peut-être même lui appliquerait-elle un bon coup de pied aux fesses, se dit-elle en visualisant la scène au ralenti, façon *Matrix*.

Elle demanda à Grayson s'ils n'avaient rien oublié, et il désigna son livre. Elle le mit dans le fourre-tout, ramassa son sac à main et sa serviette et regagna sa voiture d'un pas décidé. Elle déposa ses affaires sur la banquette arrière. Grayson s'était assis sur le siège du passager et donnait des coups de pied dans le tableau de bord.

— Arrête de donner des coups de pied.

— Rebecca !

Tout en vérifiant que la ceinture de sécurité de Grayson était bien attachée, Rebecca regarda par-dessus son épaule. Matt arrivait en courant dans sa direction, la cravate rabattue sur l'épaule. Il s'arrêta à sa hauteur et lui adressa un sourire hésitant.

— Je voulais te dire que je suis désolé.

Comme elle ne répondait pas, son sourire s'élargit.

— Je n'avais pas le droit de faire ça. Je suis un imbécile.

— Rien à objecter jusqu'ici, grommela-t-elle.

— Je suis vraiment nul. Qu'y a-t-il à ajouter ? C'était bête et irréfléchi de ma part, irrespectueux et égoïste, et j'irai probablement en enfer à cause de ça. Et de tout un tas d'autres choses, sans doute.

— Toujours rien à objecter, dit-elle en plaçant sa main en visière afin de croiser son regard sans être gênée par le soleil.

— Grayson et moi, on te promet de ne jamais recommencer, n'est-ce pas, Grayson ?

— Promis, maman !

Rebecca sentit sa colère refluer légèrement.

— Ce n'était qu'un jouet, Matt. C'est surtout la remise en question des préférences de mon fils qui m'a dérangée. Ton commentaire était digne d'un homophobe et d'un macho.

— Le reproche est mérité, admit-il, même si je ne suis rien de tout ça.

— Je ne te comprends vraiment pas. Tu peux te montrer absolument charmant et tout démolir l'instant suivant par une remarque complètement déplacée. Dire que les poupées Barbie ne conviennent pas à un garçon de cinq ans, par exemple...

— Je maintiens mon point de vue sur les Barbie…

— Et voilà ! coupa-t-elle en fronçant les sourcils.

Il soupira, baissa les yeux et se frotta le menton.

— Tu as raison, dit-il en relevant les yeux. Je suis vraiment désolé. Je tiens à me faire pardonner.

— Tu n'as pas à…

— Tu veux une glace, Grayson ? demanda-t-il en se baissant.

— Oui ! glapit celui-ci. Une glace ! Une glace !

— C'est un procédé déloyal ! protesta Rebecca.

— Je sais, répondit Matt avec un clin d'œil. Mais c'est la seule façon de m'assurer la victoire. Il est essentiel que je gagne cette manche, parce que je me suis comporté comme un imbécile. Si je n'arrive pas à me faire pardonner immédiatement, je n'en aurai peut-être plus jamais l'occasion. Une glace tenterait-elle également la demoiselle ?

Une glace. Le nectar des dieux.

— Non, merci, je n'aime pas trop ça, mentit-elle. Un soda ne serait pas de refus, en revanche, ajouta-t-elle en redressant le menton. Mais tu vas devoir t'asseoir à l'arrière avec les Sauveurs du Monde.

— Avec plaisir, répondit Matt en montant dans la voiture.

Il lui indiqua le chemin jusqu'à *Amy's Ice Cream*, le glacier qui se trouvait, par le plus grand des hasards, juste en face de chez lui. Grayson commanda une glace au caramel et au chocolat. Matt préféra quant à lui s'en tenir à son parfum favori – noix de pécan – et incita Rebecca à s'octroyer une boule de chocolat, qu'elle finit par accepter après bien des réticences, dictées par la dépendance qui la liait aux glaces. Une dépendance telle qu'en cas de privation, le manque qu'elle ressentait était comparable à celui d'un toxicomane privé de drogue.

Matt demanda à Grayson s'il voulait visiter son appartement et proposa qu'ils montent chez lui pour manger leurs glaces à l'aise. Rebecca fut bien obligée de reconnaître qu'il était aussi rusé qu'un renard. Assis entre elle et Grayson autour d'une grande table en verre, Matt dévora sa glace en trois coups de cuillère, puis étendit le bras sur le dossier de la chaise voisine.

— Alors, vous avez passé un bon week-end ? demanda-t-il en regardant Rebecca picorer sa glace.

— Euh… c'était bien, oui, répondit-elle.

— Mais encore ? insista-t-il. Vous avez participé à d'autres tournois de bingo ? Écrit des adresses sur des enveloppes ?

— On est allés chez mon grand-père, répondit Grayson à la place de sa mère. Il a des chevaux, des vaches et des moutons. Mais pas de cochons. Il dit que ça pue.

— Excellent ! s'exclama Matt en riant, avant de reporter son attention sur Rebecca. Je peux donc en conclure que tu n'as rien contre l'opéra, mais que tu n'étais tout simplement pas en ville.

— Tu peux en tirer cette conclusion, en effet, répondit Rebecca en souriant.

— J'en suis extrêmement soulagé, déclara-t-il. Tu as profité de la présence de tous ces animaux pour dessiner un peu ?

— Maman a fait des tas de dessins, intervint Grayson. Et elle a lavé Bean au moins dix fois !

— Tu avais donc emporté ton carnet de croquis ?

Rebecca tripota sa glace du bout de sa cuillère en se demandant pourquoi le fait de répondre à cette question lui faisait l'effet de soulever sa jupe en public.

— Oui, dit-elle du bout des lèvres. Je l'avais emporté et j'ai un peu dessiné.

— Elle a dessiné des arbres et des vaches, ajouta Grayson.

— Ah, fit Matt en tapant du bout des doigts sur la table. Des arbres et des vaches… Et qu'est-ce que ça a donné ?

Rebecca haussa les épaules et laissa échapper un petit rire.

— Rien qui soit comparable à un Renoir, c'est certain ! Mon poignet était très rouillé, mais j'ai retrouvé le plaisir de la chose, dit-elle avec un regard timide à l'adresse de Matt. Merci. Tu ne peux pas savoir à quel point ce cadeau m'aura été précieux.

Matt eut un grand sourire.

— J'en suis ravi. Cela tend à prouver que je ne suis pas totalement idiot.

Rebecca secoua la tête. Son regard descendit vers la bouche de Matt, et le souvenir de leurs baisers lui revint.

— Maman, tu lui as raconté l'histoire de Patate ? demanda Grayson.

Rebecca reprit soudain pied dans le monde réel.

— Qui est Patate ? demanda Matt sans se départir de son sourire.

— C'est mon chien.

— J'ai l'impression que tu as beaucoup de chiens, dit Matt. Voyons voir. Il y a Frank, c'est bien ça ? Et puis Bean…

— Et Patate ! s'écria Grayson. Ce n'est pas de notre faute, ils sont venus vivre avec nous.

— Ce sont des chiens abandonnés, expliqua Rebecca devant l'expression perplexe de Matt. Il y a des gens qui abandonnent leurs chiens quand ils n'en veulent plus. Il nous est arrivé d'en avoir cinq à la fois.

— C'est ignoble, répondit Matt, dont le sourire avait soudain disparu. Comment peut-on se débarrasser d'un chien comme d'un vieux jouet ?

— Le premier, c'était Bean, dit Grayson. Il se cogne partout.

Rebecca rit et confirma que Bean était un chien à problèmes, qui se cognait aux murs et était incapable de trouver sa gamelle tout seul. Sans s'en rendre compte, elle se lança dans l'histoire épique des chiens qui s'étaient réfugiés chez elle. Matt ne l'interrompit pas – il semblait réellement intéressé par son récit, tour à tour horrifié par le comportement des humains et amusé par les anecdotes canines. Rebecca lui expliqua que les refuges pour animaux étaient pleins de chiens comme Bean et Frank – et même comme Patate – et que les gens hésitaient à adopter des chiens abandonnés.

— C'est encore pire quand il s'agit d'enfants, lui dit Matt.

Il lui apprit qu'il travaillait pour une association bénévole d'aide à l'enfance qui se chargeait de récolter vêtements et jouets pour les enfants placés dans des familles d'accueil. Rebecca fut à la fois surprise et émue de découvrir cette facette de Matt – elle n'aurait jamais imaginé que Monsieur M'as-tu-vu puisse s'investir dans des associations à but caritatif. Ils étaient tous les deux sensibles au sort des déshérités, et apparemment, Matt consacrait une bonne partie de sa vie professionnelle à venir en aide à ceux qui avaient touché le fond. Il lui avoua d'un air timide (qui toucha beaucoup Rebecca) que son associé lui reprochait de consacrer trop de temps à des affaires qui n'étaient pas rentables.

— Mais je n'arrive pas à tourner le dos à ces gens, ajouta-t-il en se passant la main dans les cheveux. Ils ont besoin que quelqu'un s'occupe d'eux. Tu comprends ce que je veux dire ?

Oui. Probablement mieux qu'il ne l'imaginait.

Quand Grayson en eut assez de leur conversation d'adultes, Matt l'installa dans la chambre d'amis, qui était dotée d'une télévision. Rebecca alla voir comment allait son fils quelques minutes plus tard et le trouva profondément endormi. Lorsqu'elle retourna dans le salon, Matt, assis sur le canapé, tapota le coussin à côté de lui.

— N'aie pas peur, je ne te mordrai pas.

— Ce n'est pas de toi que j'ai peur, répondit-elle.

Matt rit et la regarda s'asseoir délicatement sur le canapé. Il lui prit la main.

— Au fait, dit-il, puisqu'on en est à aborder des sujets sérieux, merci infiniment de m'avoir adressé les Dennard. J'ai toujours rêvé de déposer le brevet qui révolutionnerait l'industrie de la chaussure.

Rebecca éclata de rire.

— C'est bien fait pour toi ! Tu n'as qu'à être moins méchant.

— Moi ? Méchant ? protesta-t-il en souriant.

— Je ne te comprends pas, Matt, dit-elle en baissant les yeux vers leurs mains jointes. Tu es parfois charmant...

— Tu le penses vraiment ? demanda-t-il en lui attrapant le poignet.

— ... et parfois, tu es tellement...

— Tellement quoi ? demanda-t-il d'un ton absent, en se penchant vers elle pour respirer son odeur.

— ... tellement imbu de toi-même. Je m'attends toujours que cet aspect de ta personnalité reprenne le dessus.

Il rit, retourna la main de Rebecca, traça une ligne sur sa paume, remonta jusqu'à son poignet et posa doucement le bout de ses doigts au niveau de son pouls. Il haussa les sourcils.

— Ton pouls est rapide.

Oui. Et elle avait l'impression que son cœur cherchait à s'échapper de sa cage thoracique. Mais elle se contenta de hausser les épaules.

— Ça me fait toujours ça quand je mange une glace.

Matt eut l'air sceptique.

— En tout cas, si je me suis montré méchant envers toi, j'en suis profondément désolé, dit-il avec sincérité. J'espère aussi que tu auras la gentillesse de me dire en quoi et quand tu m'as trouvé charmant.

Sa main remonta jusqu'au creux du bras de Rebecca en une longue caresse nonchalante qui la bouleversa.

— Cependant, je mentirais si je refusais d'admettre qu'il y a quelque chose en toi qui...

— ... te pousse à me donner des ordres ? murmura-t-elle.

— Non, répondit-il en secouant pensivement la tête. Quelque chose qui me perturbe. Et qui me fait du bien.

Il leva les yeux vers elle. Il ne souriait plus. Elle comprit qu'il n'était pas en train de se moquer d'elle, qu'il essayait au contraire de lui parler du fond du cœur.

— En fait, tu me fais tellement de bien que tu réveilles mon instinct de mâle protecteur, lui avoua-t-il en posant la main sur son genou. Je serais incapable de dire à quand remonte la dernière fois que je me suis senti aussi bien, murmura-t-il.

— Je... je croyais qu'il n'était pas question de ça entre nous, balbutia-t-elle.

— C'est vrai, répondit-il avec un sourire en coin. Mais j'ai oublié pourquoi.

Bizarrement, elle non plus n'arrivait pas à se souvenir des raisons qui leur avaient fait prendre cette décision.

— Parce que ce n'est pas une bonne idée ? suggérat-elle d'un ton incertain.

— Mais pourquoi est-ce que ce n'est pas une bonne idée ? demanda-t-il en posant la main sur la tempe de Rebecca, qu'il caressa doucement tout en scrutant son visage.

— Euh... parce que j'aime bien commander, répondit-elle avec un petit sourire.

— Oui. Et aussi parce que tu es têtue, ajouta-t-il.

Le sourire de Rebecca s'élargit, et elle se mit à jouer avec le bas de la cravate de Matt.

— C'est tout ?

— Non. Tu es aussi incroyablement excitante, murmura-t-il.

— Tu vois ce que je te disais : d'abord tu es charmant, puis d'un seul coup, tu deviens désagréable, dit-elle en rougissant.

— Je vais essayer de m'amender, promit-il en écartant une mèche de cheveux du front de Rebecca. Si je t'avouais que je suis incapable de détacher mes yeux de toi quand tu es près de moi, ça me ferait gagner des points supplémentaires ? Parce que alors, il faudrait aussi que je t'avoue que je suis incapable de chasser ton image de mon esprit lorsque je me mets au lit.

Hou là là ! Rebecca avait soudain l'impression de retrouver ses seize ans. Matt la faisait se sentir vivante, digne d'occuper les rêves d'un homme. Mais elle n'avait plus seize ans.

— Ne dis pas de bêtises, Matt.

— Tu ne me crois pas ? demanda-t-il en la regardant droit dans les yeux. Alors, c'est que tu n'as pas vu nos photos dans le journal.

— Si, je les ai vues, avoua-t-elle en rougissant.

— Et la façon dont je te regardais ne t'a pas frappée ? Tu serais la seule habitante d'Austin à qui ce détail aurait échappé.

Elle avait également remarqué qu'elle le dévorait elle-même des yeux.

— En temps normal, arrivé à ce stade de la conversation, je m'arrange pour placer une plaisanterie. Mais pas avec toi, Rebecca. Je ne me lasse pas de te regarder.

Méfiance, méfiance… N'était-ce pas le bruit d'un train roulant à toute vitesse et fonçant droit sur elle qu'elle entendait ? Le gris des yeux de Matt s'assombrit ; elle eut l'impression qu'il pouvait lire sur son visage à livre ouvert, deviner son désir.

— Quand je te regarde, je ne peux pas m'empêcher de penser à la merveilleuse Rebecca qui se cache derrière cette superbe apparence, celle qui recueille des chiens errants, qui achète un aspirateur à son fils et qui se lie d'amitié avec les mamies un peu foldingues de son quartier.

Elle n'était plus rouge, à présent. Elle était carrément écarlate.

— Et je me dis : « Non, ce n'est pas possible. Ça voudrait dire que tu es amoureux d'elle, mec. » Mais c'est bel et bien le cas, Rebecca. J'ai envie de te découvrir, de passer du temps avec toi, et j'espère de toutes mes forces que tu en as envie, toi aussi.

Cet aveu la pétrifia. Elle n'arrivait plus à penser, encore moins à lui répondre. Instinctivement, elle porta la main à son visage pour sentir la fraîcheur de sa paume sur la peau brûlante de sa joue.

— Je… je ne sais pas quoi dire… commença-t-elle.

Mais Matt la fit taire en posant ses doigts sur ses lèvres.

Ce simple geste suffit à enflammer son corps tout entier. Matt l'embrassa alors avec une telle passion qu'elle eut l'impression qu'il cherchait à atteindre la Rebecca qu'il devinait derrière les apparences. Il prit son visage entre ses mains et, du doigt, caressa son front, ses tempes, son cou. Tremblante, elle lui attrapa le poignet et le serra si fort qu'elle sentit son pouls battre au même rythme fou que le sien.

Elle sentit qu'elle lâchait prise, qu'elle partait à la dérive. La main de Matt était sur son genou, sur sa cuisse, remontait lentement. Quand elle atteignit le bord de sa culotte, il introduisit sa langue dans sa bouche.

Une vague de désir la submergea. Elle prit Matt par le cou, ses lèvres se mirent à bouger sous les siennes, sa langue se glissa dans sa bouche pour en goûter et en caresser le velouté. Quand il passa un doigt sous la soie de sa culotte, elle gémit dans sa bouche et ses mains parcoururent ses épaules, ses bras musclés, sa taille... et son érection.

Son esprit ne se souciait plus que du corps de Matt, ferme et puissant. La main de Matt jouait avec ses cheveux sur sa nuque, l'autre caressait l'humidité brûlante de son entrejambe. Son instinct sexuel prit les commandes. Seul importait le besoin urgent de le sentir en elle. Elle n'était plus qu'à quelques secondes d'éprouver la sensation sublime qui dictait tous ses actes. À travers le flou de ses pensées, elle sentit que Matt faisait glisser sa culotte le long de ses jambes et qu'il pressait son sexe contre sa...

— Maman !

Rebecca sursauta et avala une grande goulée d'air.

— Euh... une minute, mon chéri ! répondit-elle en se dégageant précipitamment de l'étreinte de Matt.

Il s'écarta, se laissa tomber sur le canapé, remit de l'ordre dans sa tenue et s'essuya les lèvres d'un revers de main, tandis que Rebecca remontait sa culotte.

— J'y vais, chuchota-t-elle en rajustant son chemisier, avant de se diriger vers la chambre d'amis.

Elle avait l'esprit encore tellement confus qu'elle eut l'impression de traverser une nappe de brouillard. En matière de sentiments, elle ne se faisait absolument pas confiance. Par certains côtés, elle estimait être encore novice dans ce domaine, trop vulnérable aussi, peut-être.

Quand elle vit Grayson assis au bord du lit, elle se sentit affreusement coupable. Son fils avait déjà du mal à assumer son divorce – comment avait-elle pu oublier cela ? Mais cela faisait tellement longtemps que personne ne s'était soucié d'elle… Elle ressentait le besoin irraisonné de s'accrocher à Matt, de sentir le désir qu'il avait d'elle aussi longtemps que possible.

Son instinct maternel refit cependant surface, et elle se mit à réunir les affaires de son fils. Quand ils regagnèrent le salon, Matt s'était ressaisi. Il prit Grayson dans ses bras lorsqu'il se plaignit d'être trop fatigué pour marcher. Grayson passa ses bras autour du cou de Matt et laissa aller sa tête sur son épaule.

Ils descendirent au parking. Matt déposa Grayson sur la banquette arrière, puis alla s'asseoir sur le siège du passager. Quand Rebecca mit le contact, il posa la main sur son genou.

— On pourrait peut-être arrêter de dire qu'il n'y a rien de sérieux entre nous et tâcher de voir où on en est vraiment, tu ne crois pas ? Tu pourrais venir dîner chez moi avec Grayson un soir de la semaine prochaine ?

— Peut-être, répondit-elle avec un doux sourire.

— Je t'appellerai, d'accord ? demanda-t-il lorsqu'elle tourna pour prendre la direction de la permanence de Tom.

— D'accord, dit-elle.

Ils s'arrêtèrent à un feu rouge. Rebecca voulut dire à Matt qu'elle avait envie de donner une chance à leur relation, mais il ne lui en laissa pas le temps.

— Avant que tu me déposes, je voulais te dire que cette histoire de gala n'est vraiment pas une bonne idée. Laisse tomber.

Rebecca eut l'impression de recevoir une douche glacée.

— Que je laisse tomber ? répéta-t-elle.

— Oui. Le parti s'est déjà chargé de tout organiser pour l'été, lui expliqua-t-il.

Rebecca ne parvenait pas à comprendre comment il pouvait passer aussi soudainement d'une déclaration d'amour passionnée à un conseil de ce genre.

— Le feu est vert, dit-il.

Rebecca appuya brusquement sur l'accélérateur. Matt et Grayson se retrouvèrent plaqués contre le dossier de leurs sièges.

— Tom y tient, lui rappela-t-elle.

— Oui, répondit Matt en s'agrippant à la poignée située au-dessus de sa tête. Mais on ne pourra pas insérer cet événement dans le calendrier que les responsables du parti ont prévu. On a un planning très serré à partir de maintenant.

— J'ai déjà réservé le *Three Nine Ranch*…

— Je… euh… C'est là qu'il faut tourner, dit Matt en indiquant la rue de la permanence.

Rebecca prit le virage sur les chapeaux de roue.

— Écoute, tu as fait du très bon boulot avec les Silver Panthers, dit-il d'un ton que Rebecca trouva un peu trop condescendant. Et je suis certain que tu t'en sortirais aussi bien avec ce truc, mais ça ne cadre pas avec les projets qui ont été faits par ailleurs. Si tu veux, je peux m'arranger pour que tu aides à l'organisation d'un autre événement.

Pour qu'elle aide. Comme si elle était une assistante qui s'occupe du café pour donner un coup de main.

— Euh… tu ne t'arrêtes pas ? demanda Matt prudemment.

Rebecca se rendit compte qu'elle venait de dépasser la voiture de Matt et freina brusquement.

— Maman ! se plaignit Grayson depuis la banquette arrière.

— Désolée, mon chéri, marmonna-t-elle.

Elle passa la marche arrière, recula et s'arrêta derrière la voiture de Matt.

Il la regarda en écarquillant les yeux, complètement déboussolé par son comportement.

— Tout va bien ?

— Matt, j'aimerais que tu m'écoutes attentivement, pour une fois. Tom m'a demandé d'organiser un gala et j'en suis très heureuse. Si tu estimes que c'est inutile, je crois que tu ferais mieux d'en parler avec lui.

Matt hocha la tête.

— C'est juste. Je le ferai.

Il descendit de voiture, referma la portière et fit signe à Rebecca de baisser sa vitre.

— À plus tard, Grayson, dit-il en passant la tête à l'intérieur du véhicule.

— Salut, Matt, lui répondit celui-ci.

— À propos de ce dîner... commença Matt à l'intention de Rebecca.

— J'y réfléchirai, répondit-elle d'un ton machinal.

— Oh, répondit Matt en plissant le front. Je vois.

Non, songea Rebecca. Il ne voyait rien du tout, et c'était bien le problème.

— Une dernière question : ton comportement actuel doit-il m'inciter à conclure que tu me fais le coup du poisson ?

— Je ne comprends pas ce que tu veux dire, répondit-elle, les mains crispées sur le volant.

— Le coup du poisson consiste à poser la main sur la vitre de l'aquarium et à la retirer dès que le poisson s'approche de la paroi.

— C'est complètement absurde. Je ne comprends rien à ce que tu dis.

— Oh, si ! Tu comprends très bien.

— Pas vraiment, fit-elle en redémarrant. À plus tard, ajouta-t-elle en passant la première.

Elle vit Matt rapetisser dans son rétroviseur et se dit que cette analogie avec le poisson dans l'aquarium était bien la chose la plus stupide qu'elle ait entendue de sa vie. Son nouveau moi lui souffla même d'en faire aussitôt part à l'intéressé. Elle repassa en marche arrière, recula et s'arrêta à son niveau.

— Je ne te fais pas le coup du poisson.

— Parfait. Qu'est-ce que tu fais, alors ?

— Excellente question. Il se trouve que je n'en sais rien pour l'instant, mais si tu veux bien m'accorder un délai de réflexion, je te le dirai quand je le saurai.

Matt soupira et secoua la tête.

— Je suppose que je ne suis pas en position de refuser. Mais je préfère te prévenir, Rebecca : cette partie de yo-yo commence à me fatiguer. Je t'ai clairement fait savoir que j'aimerais beaucoup aller plus loin avec toi. Tu m'as clairement fait savoir que tu ne savais pas où tu en étais. Alors, c'est à toi de jouer.

— Parfait. Pour commencer, je te serais reconnaissante d'arrêter de me dire ce que je dois faire ou ne pas faire dans le cadre de la campagne de Tom.

— Tu parles sérieusement ? demanda-t-il en posant les bras sur le rebord de la vitre pour la regarder bien en face. Je t'en prie, Rebecca, c'est un problème complètement différent…

— Absolument pas.

— Mais si ! C'est mon rôle dans cette campagne. Ça n'a rien de personnel. C'est de la politique.

— N'importe quoi, répliqua-t-elle d'un ton égal. Tu sais quoi, Matt ? Je pense que c'est là qu'est le problème. Je crois que tu es jaloux de ma relation avec Tom.

— Pitié ! Redescends sur terre, Rebecca ! Je ne suis absolument pas jaloux ! riposta-t-il avec dédain.

— Si.

— Rebecca…

— Bonsoir, Matt, dit-elle en démarrant.

Tandis qu'elle s'éloignait, elle le vit dans le rétroviseur, immobile, les bras ballants, l'air complètement déboussolé.

Il ne pouvait cependant pas se sentir plus déboussolé qu'elle.

21

Ah ! Les femmes ! Elles sont invivables…

Emo Phillips

Dès l'instant où elle l'avait traité de sans-gêne dans les jardins du sénat, Rebecca Lear avait réussi à le bouleverser. Lui, Matt Parrish, l'avocat le plus imperturbable du Texas. Il ne savait plus où il en était. Mais si beaucoup de choses le laissaient perplexe, il y en avait une qui ne faisait aucun doute : il n'était pas jaloux de sa relation avec Tom. Il ne fallait tout de même pas exagérer !

Jalousie impliquait envie. Or, Matt n'enviait absolument pas Tom. Si celui-ci choisissait de passer son temps libre en compagnie d'une très belle femme pour affirmer son pouvoir, grand bien lui fasse. Matt se fichait pas mal de trouver Grayson en compagnie de Pat ou d'Angie chaque fois qu'il se rendait à la permanence, pendant que sa mère jouait les reines de beauté pour le seul bénéfice de Tom.

Bon, d'accord, il ne s'en fichait pas complètement – ça l'intéressait même un peu plus que ça n'aurait dû –, mais il commençait surtout à trouver que Grayson pâtissait de l'ego hypertrophié de sa mère.

— Tu es injuste, avait répondu Angie à une de ses remarques. Rebecca ne passe pas tout son temps avec Tom. Tu veux bien me relayer ? Il faut que je retourne à la poste…

À croire qu'Angie passait sa vie au bureau de poste !

Et Matt était resté planté là, avec Grayson, à regarder la voiture d'Angie quitter le parking.

— Tu as des bonbons ? lui avait demandé Grayson.

Ils s'entendaient bien, tous les deux. Assez pour que Matt sache qui était Bob l'Éponge et pour que Grayson ait entendu parler de Kelly Kiker. Matt était même allé jusqu'à faire un tour dans une librairie pour enfants, histoire de lui dénicher quelque chose d'un peu plus rigolo que *Le Chien : mon meilleur ami*. Son choix s'était porté sur *Mon popotin est devenu barjo*, un petit bouquin hilarant. Il savait quel était le pantalon préféré de Grayson (le cargo avec un trou au genou), son plat préféré (cheeseburger) et l'heure à laquelle il se couchait (20 heures pétantes). Il savait ce qu'il voulait faire quand il serait grand (pompier, ou policier, ou astronaute, ou alors nounou), il savait que sa nounou Lucy lui manquait énormément et il l'avait même aidé à écrire « j'aime Lucy » sur un dessin avec des dents de vampire, des chiens et un bonhomme qui ressemblait un peu à Matt. Bon, d'accord, qui lui ressemblait comme il aurait pu ressembler à mille autres types. Mais quand même.

Il savait aussi que Grayson aimait sa maman, même s'il la trouvait parfois un peu bizarre, ce qu'elle était, à n'en pas douter. Grayson était très observateur.

— Maman a des tas et des tas de paires de chaussures. Je ne sais pas, cinq ou six mille, peut-être ! avait-il un jour confié à Matt.

— Ouais, avait soupiré Matt. Et le pire, c'est qu'elle va s'en acheter au moins cinq mille autres paires et que ta femme fera pareil quand tu seras astronaute. Autant que tu le saches tout de suite, mon garçon. Les femmes sont accros aux chaussures.

Cette révélation avait horrifié Grayson.

— Mais où est-ce qu'on les rangera ? s'était-il inquiété.

— Je ne sais pas. Il faudra que tu construises une immense resserre ou une grange, j'imagine.

Grayson avait réfléchi un moment.

— Comment ça se fait que tu n'aies pas de grange pour les chaussures de ta femme?

— Bon! J'ai du travail. Lis ton livre, maintenant, avait répondu Matt.

Il savait aussi que Grayson avait un nouveau chien qui s'appelait Minus. Il avait estimé que c'était bien trouvé, jusqu'à ce que Grayson lui apprenne que c'était une idée de Rebecca. Mais de tous ses chiens, son préféré était Patate parce que c'était celui que son papa lui avait donné. Quand le petit garçon parlait de Bud, Matt ne pouvait pas s'empêcher de se demander quel genre de père il fallait être pour négliger un gamin aussi sympa que Grayson. Matt n'était pas du genre à formuler des jugements hâtifs, mais d'après les divers éléments dont il disposait, le père de Grayson était, pour parler poliment, un gros nul.

Quand il ne regardait pas un épisode de Bob l'Éponge avec Grayson, Matt s'efforçait d'organiser une rencontre avec les Hispaniques pour un Gouvernement Juste (les HGJ, comme ils aimaient à s'appeler eux-mêmes), un mouvement populaire qui avait pris suffisamment d'ampleur pour être considéré comme un véritable groupe de pression. Les sondages qu'avaient réalisés Doug et Jeff montraient que le vote hispanique n'était pas très favorable à Tom. Les HGJ n'avaient pas l'intention de se laisser manipuler, mais Doug et Jeff tenaient absolument à ce qu'ils rencontrent Tom. Le candidat républicain avait l'intention de le faire, et le parti démocrate craignait que les HGJ n'appellent à voter républicain.

L'attitude de Tom agaçait Matt au plus haut point. Il passait son temps dans d'obscures réunions de circonscriptions ou à travailler sur des problèmes dont personne n'était informé. On ne pouvait vraiment pas dire qu'il mettait la main à la pâte. La seule chose pour laquelle il manifestait de l'intérêt – beaucoup d'intérêt, même –, c'étaient les contributions financières. Persuadé que ce serait le candidat le plus riche qui gagnerait les élections, il harcelait quiconque était susceptible de lui verser de l'argent. Matt avait la désagréable impression qu'il utilisait Rebecca dans ce but, qu'il l'exhibait afin que ses charmes aient raison des éventuelles réticences des donateurs.

Rebecca.

Matt était complètement fou d'elle. Il n'avait jamais éprouvé cela pour une femme. Vu la façon dont elle le traitait – comme un chocolat fin un jour, comme un chou de Bruxelles le lendemain –, c'était bien dommage pour lui. À court ou à long terme, elle ne pouvait que bouleverser sa vie. Considérablement. Il n'y avait qu'à prendre ses incursions dans sa vie professionnelle pour le constater. Les semelles à voûte plantaire intégrée n'avaient constitué qu'un début (les internautes du troisième âge avaient un réseau de relations très étendu), et Ben était tout le temps sur son dos à cause de cette histoire. Il lui avait fait savoir avec emphase – en frappant du plat de la main plusieurs fois de suite sur son bureau – qu'il était hors de question pour leur cabinet de devenir le défenseur officiel de brevets d'une bande d'inventeurs gâteux.

Quant à la participation de Rebecca à la campagne électorale... Le grand gala estival excepté, les idées qu'elle proposait étaient charmantes, certes, mais totalement inappropriées. Matt en avait encore eu un exemple avec la newsletter que Gilbert avait élaborée. Rebecca avait trouvé le bla-bla politique par trop soporifique et insisté pour lui donner un tour plus personnel. Pat et elle avaient donc attaché des recettes de cuisine à la newsletter hebdomadaire en les présentant comme une contribution de Glenda, la femme de Tom (qui, pour autant que Matt le sache, n'était même pas fichue de faire bouillir de l'eau). Matt avait eu beau dire et répéter qu'un candidat au poste de gouverneur ne s'amusait pas à distribuer des recettes de cuisine, personne ne l'avait écouté.

Rebecca avait également décidé d'emmener Tom à l'anniversaire d'Eeyore. Le fait que cet événement serve d'alibi à de vieux hippies nostalgiques pour se pavaner dans des déguisements ridicules n'était un secret pour personne à Austin. Mais Rebecca, qui n'y vivait que depuis peu de temps, s'était imaginé que ce serait une bonne occasion de faire des photos de Tom en compagnie d'enfants qui gambaderaient joyeusement. Gunter avait effectivement pris des photos de Tom entouré d'enfants – à la seule exception que ceux-ci avaient au moins quarante ans. Et le journal local avait publié une photo de Tom affublé d'un gigantesque haut-de-forme. Matt avait bien évidemment tenté d'expliquer les choses à Rebecca.

— Ils vont sortir cette photo de son contexte et faire passer Tom pour un imbécile.

— Qui donc ? lui avait-elle ingénument demandé.

— Qui ? Mais l'opposition, bien sûr ! Les républicains ! Tu n'as jamais entendu parler d'eux ?

— Vaguement, si, lui avait-elle répondu tout en continuant à écrire des adresses sur des enveloppes. Mais tu fais tellement d'histoires à propos de rien que c'est difficile de savoir si tu dis vrai ou si c'est encore une de tes lubies.

— Une de mes lubies ? avait répété Matt, éberlué.

Rebecca l'avait totalement ignoré. Il avait donc posé la main sur la pile d'enveloppes et s'était penché vers elle pour l'obliger à le regarder – ce qu'elle avait fait, de cet immense regard bleu et magnétique qui le bouleversait.

— Il n'est pas question de lubie, Rebecca. Je fais preuve de sens pratique, et reconnais que dans ce domaine, j'ai un peu plus d'expérience que toi.

— Oh, vraiment ? avait-elle demandé en retirant la main de Matt de la pile d'enveloppes. À combien de campagnes électorales as-tu participé ?

— Il s'agit de méthode…

— Combien ? Je n'ai pas entendu ta réponse.

— Aucune, avait-il lâché à contrecœur.

— C'est bien ce qui me semblait, avait-elle conclu.

— J'évolue depuis longtemps dans le monde politique, Rebecca. Je côtoie quotidiennement des élus, et c'est un univers dont je connais les coulisses. Toi, en revanche, tu étais tellement occupée à aller et venir sur un podium et à envoyer des baisers à ton public que tu ne savais même pas que l'anniversaire d'Eeyore est le genre d'événement auquel un sénateur qui veut se faire élire gouverneur ne doit surtout pas participer !

— Toi, tu l'aurais fait poser au palais de justice au milieu de vieux croûtons sans intérêt, je suppose ?

— Permets-moi de les envisager comme des élus disposant de relations intéressantes à travers tout le Texas.

— Je vois, avait-elle répondu d'un ton pincé. Au fait, je ne sais pas si tu es au courant, avait-elle ajouté en se levant, mais nous avons reçu une contribution extrêmement généreuse du juge Gambofini à l'anniversaire d'Eeyore. Il nous a demandé de te passer le bonjour.

Et sur un petit sourire méprisant, elle avait quitté le bureau d'un pas victorieux.

Bon. À l'évidence, Rebecca profitait tout bonnement du fait qu'il avait commis l'impardonnable erreur de lui avouer qu'il était amoureux d'elle. Il avait cru – fou qu'il était ! – qu'elle répondrait à son aveu, mais elle se contentait de le faire tourner en bourrique. Les tourments qu'elle lui infligeait étaient si épouvantables qu'il en aurait pleuré.

Le plus drôle de l'histoire – mais cela, Matt l'ignorait –, c'était que de son côté, Rebecca pensait exactement la même chose à son sujet. Elle le trouvait parfois si charmant, vif d'esprit et séduisant qu'elle se laissait aller à croire qu'ils pouvaient bâtir une vraie relation ensemble. Mais à peine caressait-elle cette idée qu'il recommençait à lui chercher des poux dans la tête pour des broutilles. Il se comportait comme s'il incarnait à lui seul la Haute Autorité Absolue de la Campagne et lui reprochait des peccadilles, comme d'écrire les adresses à la main sur les enveloppes, par exemple (avait-il seulement proposé d'imprimer des étiquettes, lui ? Non, bien sûr). Il remettait en question tous les événements auxquels elle conseillait à Tom de participer. Il disait qu'elle ne pourrait pas organiser un gala plus important que celui qu'avait prévu le sacro-saint parti (mais était-il en mesure de fournir le moindre détail sur les festivités organisées par le parti, hein?), et il trouvait que Grayson était trop souvent présent à la permanence.

— Grayson s'ennuie à mourir, ici. Tu ne crois pas que ce serait mieux pour lui de rester goûter à l'école?

Rebecca lui avait poliment mais fermement répondu que Grayson ne s'ennuyait pas et s'était appliquée à ignorer la petite voix qui lui soufflait que Matt avait raison. Elle avait tout simplement horreur qu'il ait raison.

Ce qui l'agaçait le plus, c'était que quand il n'essayait pas de rallier tout le monde à ses vues, il était tout simplement adorable. Comme le jour où il l'avait aidée – sans sourire moqueur ni remarque sarcastique – à accrocher aux murs de la permanence les dessins de l'Amérique que les élèves de la classe de Grayson avaient faits. Ils avaient ri comme des amis de longue date, ce jour-là. Matt avait même fait remarquer que Grayson avait trouvé le moyen de dessiner un monstre, ce qui distinguait son œuvre de toutes les autres.

Autre point agréable: Matt s'intéressait vraiment à son fils. Contrairement à Bud, son père.

L'intérêt qu'il portait aux défavorisés allait bien au-delà de ce qu'il lui avait raconté. Gilbert lui avait dit qu'il était célèbre dans les milieux juridiques pour accepter bénévolement des affaires aussi douloureuses qu'épineuses, et le bruit courait qu'il avait fait don de plusieurs milliers de dollars à l'Association d'aide à l'enfance. Rebecca avait été très touchée de l'apprendre.

Elle devait également reconnaître qu'il était très chaleureux avec les personnes âgées qui téléphonaient régulièrement à la permanence depuis le tournoi de bingo. Un jour, alors qu'elle dressait la liste des personnalités qui avaient accepté de participer au gala auquel il s'opposait tellement, il s'était approché d'elle.

— Tu as réussi à avoir les Dixie Chicks? lui avait-il demandé.

— Non, avait-elle répondu en poussant un soupir exagéré. Je n'ai pu avoir que Lyle Lovett.

C'était un énorme mensonge. Matt avait gloussé, et une lueur amusée avait traversé son regard.

— Vraiment ? Comment as-tu fait ton compte ?

— L'ami d'un ami d'un ami, avait-elle répondu, évasive.

Son sourire s'était élargi, et il s'était encore rapproché d'elle.

— Et Renée Zellweger ? C'est aussi l'amie d'un ami ? lui avait-il susurré à l'oreille.

— Ah, non... Elle ne pourra pas venir.

— Tom doit être très déçu.

— Oh, non ! Il est très content d'avoir Sandra Bullock à la place.

Et cette fois, ce n'était pas un mensonge.

Matt avait ri doucement, et Rebecca s'était tournée vers lui. Son sourire avait fait naître de jolies rides d'expression au coin de ses yeux. Elle avait laissé son regard s'attarder sur ses lèvres et, l'espace d'un instant, avait envisagé de lui voler un baiser, comme ça, pour rire... mais elle n'avait pas osé. D'ailleurs, Matt s'était déjà retourné, le dos secoué par le rire.

— J'ai hâte d'assister à cette fiesta, avait-il déclaré en franchissant le seuil.

Il l'attirait, elle en était consciente. Mais elle ne savait plus très bien où elle en était vis-à-vis de lui. Matt lui avait dit que c'était à elle de jouer, que la balle était dans son camp. Depuis, il ne la pressait pas et sa présence ne la mettait pas mal à l'aise, mais elle le surprenait parfois en train de la contempler avec une infinie tendresse. Il lui adressait alors un petit sourire timide, puis détournait les yeux.

Heureusement, Rebecca était toujours convaincue (en grande partie grâce à *Protéger l'enfant qui est en soi en cherchant à révéler la femme que l'on est*) qu'elle n'avait pas besoin de s'investir dans une relation suivie avec un homme pour le moment. Après tout, elle sortait d'une très longue relation destructrice, et l'homme avec qui elle avait eu cette relation avait lui aussi été charmant, dans un premier temps. Et surtout – surtout –, elle craignait que son père n'ait vu juste : peut-être avait-elle tout simplement peur de vivre seule.

Le plus ridicule de tout, c'était que chaque fois qu'elle voyait Matt, elle avait l'impression que son cœur exécutait un étrange petit pas de danse. Il l'attirait tellement, elle éprouvait un tel besoin de le voir, de lui parler, qu'elle se sentait en désaccord avec l'univers tout entier. Mais elle n'était pas abrutie au point d'ignorer qu'elle était lentement et sûrement en train de sombrer dans un merveilleux abîme. Aussi barrait-elle mentalement le visage de Matt d'un trait rouge. Rebecca la pragmatique comprenait pourquoi ; la vraie Rebecca se demandait si elle n'était pas complètement folle.

Cette valse-hésitation finit par lasser Matt. Il avait essayé tous les trucs qu'il connaissait pour reconquérir Rebecca. À plusieurs reprises, elle lui avait donné l'impression d'être disposée à le rejoindre, mais chaque fois, au dernier moment, elle avait reculé. Il en arrivait à avoir pitié d'elle. Contrairement à lui, qui expérimentait pour la toute première fois de sa vie les terribles souffrances de l'amour, Rebecca était déjà passée par là.

Au lieu de se focaliser sur le rejet dont il était victime, il reporta son attention et son énergie sur les Hispaniques pour un Gouvernement Juste. Il était armé d'une telle détermination qu'après de nombreux coups de téléphone, il parvint à obtenir d'eux ce qu'il désirait. Ravi, il appela Tom au sénat pour lui annoncer qu'il avait décroché un rendez-vous avec les représentants des HGJ à 16 heures au *Four Seasons*.

— Aujourd'hui ? demanda Tom.

— Aujourd'hui. C'était le seul créneau qu'ils avaient. Cette entrevue peut déboucher sur une hausse massive du vote hispanique en ta faveur, lui rappela-t-il.

— Ouais. D'accord. Je vais décaler quelques rendez-vous. 16 heures au *Four Seasons*, ça marche. Passe me prendre à la permanence.

Matt était fier d'avoir réussi à harponner ce poisson réputé insaisissable. Mais il aurait dû pressentir, quand les choses commencèrent à mal tourner pour lui au palais de justice, que sa journée risquait de ne pas se dérouler comme il l'avait prévu.

L'audience préliminaire de Kelly Kiker se passa mal. D'autant plus mal que Matt n'avait rien vu venir. Il avait cru – se rendant en cela coupable d'arrogance – qu'on les autoriserait à accéder à la comptabilité de l'employeur de Kelly, qui comportait forcément de nombreuses irrégularités. Matt se répandit en excuses vis-à-vis de Kelly, mais il eut l'impression que les mots qu'il prononçait étaient vides de sens, qu'ils résonnaient comme un gros mensonge.

— Pas de problème, lui répondit-elle en rangeant ses papiers dans son sac, avant d'allumer une cigarette. On a fait ce qu'on a pu, c'est le plus important, non ?

Matt repensa à cette phrase en regagnant son bureau et parvint à la conclusion que non, ce n'était pas le plus important. Pas dans un cas comme celui de Kelly Kiker. Essayer ne suffisait pas. La vérité, c'était qu'il s'était trop soucié de Rebecca et de la campagne et qu'il avait négligé cette affaire. Matt laissait rarement tomber ses clients, mais il avait laissé tomber Kelly. Pour tout arranger, Ben le régala d'un nouveau sermon avant qu'il quitte le cabinet, si bien que Matt était d'une humeur de chien quand il partit chercher Tom.

Il entra dans la permanence au pas de charge. Angie n'était pas là. Il se dirigea vers le bureau du fond et y trouva Pat en compagnie de Grayson.

— Salut, Matt ! s'exclama celui-ci en l'apercevant.

— Enfin ! s'écria Pat. Je dois aller chercher ma fille à la sortie de sa répétition et je suis déjà en retard.

— Où est Rebecca ? demanda sèchement Matt sans répondre au salut de Grayson.

— Avec Tom, je ne sais où.

— Quoi ? Je lui ai décroché un entretien avec les HGJ et il a le toupet d'être en retard ?

Pat se leva et passa la bandoulière de son sac sur son épaule.

— Ah ! C'est là qu'il allait ?

— Comment ça, c'est là qu'il allait ? s'écria Matt.

— Doucement ! protesta Pat en fronçant les sourcils. Tout ce que je sais, c'est que Tom est parti il y a quelque temps en disant qu'il avait un rendez-vous au *Four Seasons*. Il a ajouté que tu pourrais le rejoindre là-bas. Si ça ne te plaît pas, tu t'expliqueras avec lui. Ce sont vos affaires, pas les miennes.

Cette nouvelle choqua Matt si profondément qu'il resta pétrifié sur place tandis que Pat passait à côté de lui.

— On lit un livre ? demanda Grayson.

Mais Matt l'ignora et fit brusquement volte-face.

— Attends ! s'exclama-t-il à l'intention de Pat. Ça veut dire que Tom est allé à ce rendez-vous sans moi ? Qu'il s'est pointé là-bas tout seul ?

— Pas tout seul, non. Rebecca était avec lui. Écoute, il faut vraiment que j'y aille, conclut-elle en quittant la pièce.

Matt ne parvenait tout simplement pas à y croire. Il s'était décarcassé pour obtenir cette entrevue, il avait fait des pieds et des mains, et c'était comme ça que Tom le remerciait ? La colère le saisit. Une colère qui ne l'avait submergé avec cette force-là qu'à deux reprises dans sa vie d'adulte, et uniquement dans le cadre d'un procès. Lentement, il se retourna, contempla Grayson et fronça les sourcils. Le petit garçon recula en écarquillant les yeux.

— Ça te dit d'aller faire un tour ? lui demanda Matt d'une voix traînante.

Grayson réfléchit un instant, puis hocha la tête.

22

*Fidèle à nos principes de libre entreprise et de saine
concurrence, je vous demanderai de lutter
jusqu'à ce que mort s'ensuive…*

Monty PYTHON

Rebecca regarda une deuxième fois sa montre. Tom
se laissait peut-être emporter par les événements. Elle
avait cru qu'ils en auraient tout au plus pour une demi-
heure. Grayson, qui était resté avec Pat à la permanence, devait trouver le temps long. Elle était en train
de se dire qu'elle allait s'excuser et partir quand Tom
leva les yeux et sourit de toutes ses dents.

— Matt Parrish! s'exclama-t-il très fort.

Rebecca sentit son estomac se nouer. Elle regarda en
souriant par-dessus son épaule, mais son cœur se serra
quand elle découvrit l'expression qu'arborait Matt,
Grayson à son côté.

Comme Matt arrivait à sa hauteur, Tom se tourna
vers les trois hommes qu'il était « entré saluer ».

— Permettez-moi de vous présenter Matt Parrish,
dit-il. Vous avez peut-être eu l'occasion de lui parler au
téléphone…

— Bien sûr! répondit M. Martinez. À de nombreuses
reprises.

— Monsieur Martinez? Ravi de vous rencontrer, dit
Matt en lui tendant la main sans sourire.

Rebecca se pencha vers Grayson, lui passa la main dans les cheveux et lui demanda si tout allait bien. Son fils baissa les yeux et haussa les épaules.

— Excusez mon retard, dit Matt à Tom et aux trois hommes. J'ai eu un léger contretemps.

— Mais tu n'es pas du tout en retard, répondit Tom en regardant sa montre. Rebecca et moi sommes arrivés en avance, c'est tout.

Rebecca fronça les sourcils, interloquée. Pour autant qu'elle le sache, Tom ne s'attendait pas à rencontrer ces gens au *Four Seasons*.

— Puisque nous sommes tous là, je propose que nous nous installions autour d'une table pour discuter confortablement de cette campagne, ajouta-t-il d'un ton bonhomme.

— Je vous rejoins tout de suite, monsieur le sénateur, dit Matt. Le temps de donner à Mlle Lear quelques affaires qui appartiennent à son fils.

Mlle Lear ? Jusqu'alors, il ne l'avait jamais appelée que Miss Chochotte.

— Prenez votre temps, intervint M. Martinez. Nous vous commanderons un martini mexicain en attendant.

— C'est très aimable à vous, répondit Matt en ébauchant ce qui ressemblait très vaguement à un sourire.

— Messieurs, que penseriez-vous d'une autoroute qui relierait Dallas à Brownsville ? demanda Tom en conduisant les trois hommes vers une table libre.

Matt se tourna vers Rebecca, et son sourire forcé se changea en un rictus méprisant. Sous son regard, elle sentit un frisson glacé la parcourir.

— Je suis désolée que tu aies été obligé d'amener Grayson, dit-elle pour le radoucir.

Matt lâcha la main de Grayson.

— Tu as l'air surprise de me voir, Rebecca. Tu croyais peut-être que j'allais jouer les baby-sitters toute la journée ?

— Je l'ai laissé avec Pat, répondit-elle. Je ne savais pas...

— Inutile de t'expliquer, répliqua-t-il sèchement en lui faisant signe de partir. Si ça ne te dérange pas trop, j'aimerais te donner tes affaires et m'occuper des miennes.

— Comme tu veux, Matt, répondit Rebecca en prenant Grayson par la main et en se dirigeant vers la sortie. Je suis désolée que tu te sois cru obligé de l'amener ici, mais j'allais...

— Épargne-moi tes prétextes, marmonna-t-il.

Rebecca retint son souffle. Elle s'était déjà querellée avec Matt, mais elle ne l'avait jamais vu si méchant, si cassant.

— Je ne cherche pas de prétextes, Matt, dit-elle d'un ton pincé. Je sais que tu n'approuves pas le fait que j'amène Grayson avec moi, mais je suis bénévole et ce n'est pas toujours...

Il lui coupa la parole sans ménagement.

— Je vais te dire ce que tu fais, Rebecca. Tu te laisses utiliser par Tom pour pouvoir prolonger ta carrière de Miss, déclara-t-il tandis qu'ils traversaient le hall du *Four Seasons* à une allure telle que Grayson avait du mal à les suivre.

Cette réflexion la blessa profondément. Quels que fussent les soucis de Matt, elle ne méritait vraiment pas cela.

— Tu veux bien m'expliquer ce qui t'arrive? demanda-t-elle avec colère. Tu dis n'importe quoi! Et de toute façon, ce que je fais de ma vie ne te regarde pas!

— Ça me regarde si ce que tu fais se met en travers de mes projets, riposta-t-il alors qu'ils atteignaient l'ascenseur.

— Je ne vois pas en quoi je me suis mise en travers de tes projets! répliqua-t-elle. Comment pourrais-je me mettre en travers de quelque chose dont j'ignore tout? De quelque chose dont je me fiche complètement, surtout!

— Maman? demanda Grayson d'un ton inquiet.

— Tout va bien, mon chéri. Matt est de mauvaise humeur, c'est tout, lui dit-elle d'un ton irrité.

— J'ai des raisons d'être de mauvaise humeur! Tom et toi perdez complètement de vue l'essentiel. Personnellement, je n'en ai pas grand-chose à cirer, mais il y a des gens qui se donnent un mal de chien pour qu'il soit élu, figure-toi. Et toi, tu arrives, la bouche en cœur, tu déposes ton gamin et tu pars en balade avec Tom, sans réaliser que vous êtes en train de saboter le travail de tous ces gens. Ça t'arrive de penser à autre chose qu'à toi, de temps en temps? C'est à croire qu'à tes yeux le monde tourne uniquement autour de toi! Il serait temps que toi et Tom, vous compreniez qu'on ne mène pas cette campagne pour satisfaire vos ego boursouflés!

— Tu veux bien m'expliquer de quoi tu parles, exactement? demanda Rebecca alors qu'ils arrivaient au niveau du parking.

Les portes de l'ascenseur s'ouvrirent, et Matt posa la main sur le dos de Rebecca pour l'inciter à sortir de la cabine.

— Je vais te le dire, répondit-il en prenant la direction de sa voiture. Je suis en train de t'expliquer qu'il est temps pour toi de grandir et d'arrêter de te reposer sur tes lauriers de Miss Texas...

— Cesse de m'accuser...

— Laisse-moi finir!

— Maman! gémit Grayson en s'accrochant à sa robe.

— Il est temps que tu te serves de ta tête au lieu de te servir de ton apparence! Que tu te serves de ta tête pour empêcher les autres d'utiliser ton apparence!

Le coup porta.

— C'est ridicule, Matt. Je ne sais pas ce que tu t'imagines, ni à quel petit jeu tu cherches à jouer avec moi, mais sache que je me promenais simplement avec Tom et...

— Je te parle de l'entretien qui a lieu au-dessus de nos têtes! rugit-il en désignant le plafond du parking. J'ai mis des semaines à obtenir ce rendez-vous, et tout ce que Tom trouve à faire, c'est t'exhiber! D'accord, tu es agréable à regarder, mais c'est bien tout! Tu ne connais pas les enjeux de ces élections, ni même les valeurs que défend Tom ! Tout ce que tu sais, c'est quelle recette de cuisine va avec quelle newsletter ! Tu passes ton temps à t'occuper de détails sans intérêt et tu ne sais même ce qu'a accompli Tom au cours de son mandat de sénateur ! Si tu t'intéressais réellement à cette campagne, tu chercherais à te renseigner sur le parcours du candidat que tu soutiens ! Mais non, tout ce qui intéresse madame, c'est de se pavaner en jouant les Miss. Tu cherches à prouver que tu appartiens à l'élite mondaine avec tes petites sauteries à la noix. Tout ce que tu veux, c'est attirer l'attention sur toi, et accessoirement sur Tom. Mais les enjeux politiques de la campagne, tu t'en balances !

— Il me semble que c'est toi qui as dit que l'image était ce qu'il y avait de plus important.

— Et je le maintiens, Rebecca ! Mais l'image se doit de refléter ce qu'il y a à l'intérieur du candidat, ce qu'il est, ses principes, ses valeurs. Une bonne image ne se crée pas à partir de réceptions ou de recettes de cuisine ! Mais tu sais ce que je pense ? Je pense que tu es trop bête pour comprendre ça !

Rebecca déglutit. L'eût-il frappée de toutes ses forces qu'il n'aurait pas réussi à lui faire plus mal. Incapable de prononcer un mot, elle attira Grayson contre elle, et l'enfant enfouit son visage dans les plis de sa robe.

Matt se tut, regarda Grayson, puis ouvrit rageusement la portière de sa voiture. Il se pencha à l'intérieur, attrapa un livre et le sac à dos de Grayson et les tendit à Rebecca. Elle les prit, toujours muette, comme si le feu qui lui dévorait le cœur s'était communiqué à sa gorge.

— Une dernière chose, Miss Texas, dit Matt à voix basse. Tu n'as plus de baby-sitter, c'est clair ? C'est ton gamin et c'est à toi de t'en occuper.

— Maman ! beugla Grayson contre ses jambes.

Abasourdie, Rebecca baissa les yeux vers son fils. Matt venait de détruire tous les sentiments qu'elle avait éprouvés pour lui, de les piétiner en même temps que sa fierté.

— Je t'emmerde, Matt, dit-elle lentement, avec le plus grand calme.

— Mamaaan! vagit Grayson. Tu as dit un gros mot!

Rebecca posa les mains sur les oreilles de son fils.

— Tu n'es qu'un sale petit merdeux arrogant! Tu t'imagines que tu peux me balayer d'un revers de main, mais rien ne t'en donne le droit! Figure-toi que Tom ne m'a jamais parlé de ce rendez-vous qui te tient tellement à cœur. Il m'a juste dit qu'on allait passer ici en coup de vent, au cas où ces gens se trouveraient là. En outre, si tu daignais descendre de temps à autre de ton piédestal et si tu cessais de vouloir dominer toute l'équipe, tu saurais un petit peu mieux ce qui s'y passe! Tu t'imagines qu'on peut lire dans tes pensées, peut-être? Comment peut-on deviner ce que tu fais? Tu n'arrêtes pas de critiquer ce que nous, nous faisons! Tu te pointes, tu aboies tes ordres et tu te casses! Mais jamais, jamais, tu ne nous demandes ce qu'on est en train de faire!

— Ce n'est pas...

— Laisse-moi finir, cracha-t-elle. J'en ai jusque-là de tes airs supérieurs, Matt! Pour qui te prends-tu? Tu sais ce que je vois quand je te regarde? Un avocaillon qui place son titre au-dessus de son travail! Et tu veux savoir le pire de tout? demanda-t-elle tandis qu'une larme lui brûlait la joue. Tu as réussi à me faire croire à ce que tu disais! Oui, Matt! J'ai eu la bêtise de te croire!

Le visage de Matt s'assombrit, et ses yeux se mirent à briller de colère.

— Tu ne m'as jamais cru! rétorqua-t-il. Tu m'as mené en bateau! Tu t'es amusée avec moi, tu as joué avec mes sentiments. Tu es vide, Rebecca! Parfaite à l'extérieur et désespérément vide à l'intérieur!

— Moi, je suis vide? fit Rebecca en se retenant d'éclater en sanglots. Regarde-toi avant de parler, Matt! Et puis, merde! Tu sais quoi? Tu peux penser et dire tout ce que tu veux, je m'en fiche! Tu as gagné! Tu peux tout garder pour toi! cria-t-elle en écartant ses mains des oreilles de Grayson. Viens, mon chéri, lui dit-elle. On s'en va.

— Je peux garder quoi ? demanda Matt tandis qu'elle s'éloignait.

— Tout ! La campagne ! Je laisse tomber ! Et surtout, je ne veux plus jamais te revoir de toute ma vie !

Elle prit Grayson par la main et partit le plus vite possible, son fils en larmes peinant à la suivre.

23

On ne se débarrasse pas d'une habitude en la jetant
par la fenêtre, mais en lui faisant descendre
l'escalier une marche après l'autre...

Mark Twain

Rebecca et Grayson pleurèrent durant tout le trajet de retour. Rebecca parce qu'elle avait l'impression de s'être fait larguer une fois de plus, ce qui n'était pas le cas puisqu'on ne peut pas se faire larguer quand on n'a même pas entamé de relation, mais bon, toujours est-il que c'était ce qu'elle ressentait ; Grayson parce qu'il avait assisté à une épouvantable dispute et qu'il n'avait presque jamais vu sa maman pleurer. Les tentatives entrecoupées de sanglots de Rebecca pour lui certifier que tout allait bien ne vinrent pas à bout de ses larmes. De plus, elle était très en colère – très, très en colère – contre Matt, contre Tom... mais surtout contre elle-même et la terre entière.

Au moment d'aborder la route qui conduisait à sa maison, Rebecca essuya les larmes qui avaient coulé sur ses joues, respira un grand coup et cessa de pleurer. En trois quarts d'heure, elle avait réussi à épuiser sa réserve de larmes. Elle allait pouvoir se consacrer exclusivement à sa colère.

Ce qui l'énervait le plus, c'était de se sentir aussi fragile. Après sa rupture avec Bud, elle s'était rendu compte qu'il ne lui restait plus grand-chose à quoi se raccrocher. Ce qui expliquait qu'elle ait consacré autant de temps et d'argent à trouver quelque chose à quoi se raccrocher. Mais force lui était de reconnaître que les stages de transformation, les cassettes de motivation subliminale, les piles de livres sur la philosophie orientale, les exercices de prise de conscience de soi et tout ce fatras psychologico-magique avaient rendu son identité aussi solide qu'un jeu de mikado. Et il avait suffi à Monsieur M'as-tu-vu de tirer sur un seul de ces bâtonnets pour que l'édifice s'écroule.

Merci, Matt Parrish.

Quel type abominable ! Elle était si furieuse qu'elle réussit à se convaincre, l'espace d'un instant, qu'elle était effectivement en mesure de le haïr. Comment quelqu'un d'aussi charmant, quelqu'un en compagnie de qui elle éprouvait une telle sensation d'harmonie, pouvait-il se comporter de façon aussi cruelle ? Comment s'y était-il pris pour lui faire aussi mal ? Mieux valait regarder les choses en face : il l'avait blessée parce qu'il avait énoncé quelque chose de vrai. Parce qu'il avait raison. À un détail près, cependant : elle n'était pas vide. Elle était en mille morceaux. Comment avait-il pu passer à côté de ça ?

Elle aurait été incapable d'énumérer les enjeux des élections parce qu'elle trouvait cela ennuyeux au possible. Elle ne savait pas ce que Tom avait accompli au cours de son mandat de sénateur, ni ce qu'il espérait faire en tant que gouverneur, parce que à chaque réunion avec Angie, Gilbert, Pat et l'affreux Monsieur M'as-tu-vu, pendant qu'ils parlaient de stratégie, de controverses, de nouvelle autoroute ou de pipeline, elle avait l'esprit ailleurs – soit elle pratiquait des exercices de visualisation, soit elle se demandait ce que faisait Grayson. Il ne lui était jamais venu à l'esprit d'interroger Tom sur ses choix politiques parce qu'elle avait tellement à cœur de prouver ses compétences qu'elle avait oublié le principal : « Pour qui est-ce que je travaille ? »

En résumé, en dépit de tous ses efforts pour s'améliorer, elle n'avait fait que retourner à son point de départ : offrir aux autres une apparence irréprochable et organiser des réceptions mémorables. Elle avait tellement cherché à se prouver quelque chose à elle-même qu'elle ne s'était même pas rendu compte qu'en réalité elle n'avait pas changé.

Elle réalisa soudain que Tom ressemblait énormément à Bud. Tous deux attachaient beaucoup d'importance aux apparences, et c'était pour cette raison que Tom avait voulu s'adjoindre ses services. Il n'avait vu en elle qu'un visage avenant qui inciterait les donateurs à se montrer généreux. Et elle était tellement aveugle qu'il avait fallu que Monsieur M'as-tu-vu lui mette les points sur les i.

Elle engagea sa Range Rover dans l'allée et coupa sèchement le contact. Grayson, toujours morose, sortit de la voiture en un éclair et fonça vers l'arrière de la maison pour retrouver ses chiens avant qu'elle ait eu le temps de dire quoi que ce soit. C'était aussi bien comme ça, pensa-t-elle. Elle n'avait vraiment pas l'énergie de discuter avec lui de ce qui venait de se passer. Elle aurait aimé que Lucy soit là. Sur ce point-là aussi, Matt avait raison. Elle faisait une très mauvaise mère.

Rebecca descendit de voiture, regagna la maison d'un pas lourd et déverrouilla la porte. Une fois à l'intérieur, elle jeta son sac sur un banc ancien qui se trouvait dans l'entrée, puis se rendit dans le salon. Là, elle s'arrêta, les mains sur les hanches, et jeta un coup d'œil autour d'elle. Un ordre impressionnant régnait dans cette pièce. Sur les étagères, les livres étaient rangés par ordre de taille et d'épaisseur. Sa collection de bougies était agencée de façon à ce que les petites soient devant, les grandes derrière. Un parfum d'ambiance à la senteur fruitée se répandait à un bout de la pièce, un autre distillait une note fleurie en contrepoint à l'autre extrémité.

Oui. Tout était absolument parfait.

Elle se dirigea vers la cuisine, où les pots à épices étaient rangés par ordre alphabétique, les torchons repassés et empilés par coloris et les verres disposés dans une vitrine prévue à cet effet – les verres à jus de fruits en bas, les verres à vin en haut et les verres à whisky au centre. Surtout, ne pas confondre ces derniers avec les verres pour le thé glacé, qui se trouvaient sur une autre étagère. Même les pommes dans le compotier étaient disposées de façon à ce que deux rouges ou deux vertes ne se retrouvent pas côte à côte.

Matt avait raison : elle était aussi parfaite à l'extérieur que misérablement vide à l'intérieur. Tout en essayant de se persuader qu'elle cherchait à donner libre cours à la vraie Rebecca, elle s'était farouchement appliquée à maintenir son petit univers parfait bien en place. Forte de cette apparente perfection, elle s'était arrangée pour garder Matt à portée de main, l'avait manipulé comme une marionnette et avait joué avec ses sentiments. Son cas était vraiment désespéré.

Y penser la rendait malade. Elle en avait par-dessus la tête de s'analyser, ras le bol de chercher une signification à tout !

Elle retourna au salon et s'affala sur un canapé sans prendre la peine de retirer ses chaussures.

Ce soir-là, après avoir mis Grayson au lit (« Non, mon chéri, ce n'est pas contre toi que Matt est en colère. C'est contre moi »), Rebecca avala son dîner (un pot de glace Ben & Jerry's) et fila se réfugier sous sa couette. Elle resta allongée et bien réveillée pendant ce qui lui parut durer une éternité, l'esprit complètement vide.

Le lendemain matin, elle se réveilla en ayant l'impression d'être déjà épuisée, mais se leva peu après l'aube. Une tasse de café fumant à la main, elle s'assit sur la véranda à l'arrière de la maison, armée de son journal et d'un stylo. Les premières lueurs de l'aube l'avaient amenée à un certain nombre de conclusions qui restaient encore fraîches dans son esprit.

Éléments positifs de ma vie :
1) Grayson est trop jeune pour être traumatisé. S'il y a encore de l'espoir pour sa mère – et Dieu fasse que ce soit le cas –, il y en a encore pour lui.

2) La prochaine fois que je laisserai les apparences gouverner ma vie, les poules auront des dents.

3) Je fais le serment de réciter tous les matins au réveil le seul commandement du demandeur d'emploi sans qualification qui mérite d'être retenu : croyez en vous-même.

À compter d'aujourd'hui, je crois en moi !

Puisqu'elle avait touché le fond, elle pouvait aussi bien s'avouer autre chose. Quand Rachel lui avait demandé si elle n'avait pas envie de tomber amoureuse, elle lui avait répondu de façon extrêmement malhonnête. La vérité, c'était qu'elle ne rêvait pas de tomber amoureuse, mais d'être amoureuse, d'éprouver un véritable amour encore une fois dans sa vie. Le genre d'amour qui vous réchauffe le cœur et qui vous fait dresser les cheveux sur la nuque. Et elle avait pensé que peut-être, peut-être, Matt serait celui qui lui permettrait d'atteindre cet état. Qu'il méritait qu'elle s'investisse avec lui. Qu'elle pourrait l'aimer. Que c'était peut-être même déjà le cas.

Mais plus rien n'était possible à présent. Il la trouvait vide. Vide. C'était sans doute le pire adjectif qu'on lui ait jamais appliqué. Cela lui faisait plus mal que tout ce que Bud avait pu lui dire. Bud mentait pour tirer son épingle du jeu. Matt, en revanche, lui avait révélé le fond de sa pensée. Il avait clairement vu ce qu'elle s'efforçait de cacher et il lui avait fait tellement mal qu'elle n'était pas certaine de s'en remettre.

Mais il était inutile de se lamenter sur ses illusions perdues. Elle avait des choses plus importantes que ça à faire.

Le téléphone se mit à sonner à l'intérieur. Grayson, qui regardait la télévision, ne réagit pas. Rebecca alla décrocher.

— Allô !

— Rebecca... Rebecca, écoute-moi...

La voix grave de Matt la transperça comme la lame d'un couteau. Elle raccrocha brusquement. Ils n'avaient

plus rien à se dire. Elle retourna au salon d'un pas hésitant. Grayson leva la tête.

— C'était qui, maman ?

— Un faux numéro, mentit-elle. Viens avec moi, on
a des choses à faire, tous les deux.

Grayson la suivit jusque dans sa chambre. Rebecca
regarda autour d'elle. Aucun jouet ne traînait par terre.
Ils étaient tous bien rangés dans des caisses, comme
elle avait appris à son fils à le faire. Elle se dirigea vers
l'armoire, ouvrit les portes et en contempla le contenu.
Les tee-shirts se trouvaient sur la tringle supérieure,
classés par couleur. Sur la tringle du dessous, les shorts
étaient à gauche, les pantalons à droite. Les chaussures
étaient accrochées sur un porte-chaussures, les chaussures de ville en haut, les baskets en bas.

Grayson, qui était resté sur le pas de la porte, regarda
Rebecca attraper une brassée de tee-shirts et les jeter
par terre. Quand il la vit faire la même chose avec ses
shorts et ses pantalons, sa mâchoire dégringola.

— Maman ! s'exclama-t-il. Mais qu'est-ce que tu fais ?

Bean entra dans la pièce, renifla le tas de vêtements,
en fit le tour trois fois de suite, grimpa dessus, puis
redescendit.

— Je voudrais te demander quelque chose, Gray, dit
Rebecca en se dirigeant vers la commode, où se trou-
vaient les slips repassés et soigneusement pliés. Quand
Lucy rangeait tes vêtements, comment s'y prenait-elle ?

— Elle les accrochait, répondit-il en haussant les
épaules.

— Par couleur ?

— Non, répondit-il sans hésiter. Elle s'en fichait, des
couleurs.

— Alors, tu sais quoi ? À partir de maintenant, on va
faire comme elle. Tu vas choisir tes vêtements toi-
même et je les accrocherai n'importe comment.

Grayson ne répondit pas tout de suite et se contenta
de la regarder attentivement. Finalement, il s'approcha
du tas de vêtements, s'accroupit et attrapa un tee-shirt
Yu-Gi-Oh! et un jean.

— Est-ce que je peux mettre ça, aujourd'hui ?

— Tu peux mettre ce que tu veux, répondit-elle en souriant.

Ils passèrent l'heure suivante à trier les vêtements de Grayson. Mais quand Rebecca évalua le résultat de ses efforts, elle constata avec épouvante qu'elle n'avait pas pu s'empêcher de suspendre les vêtements par couleur, même si les tee-shirts étaient mélangés avec les shorts et les pantalons – petite victoire.

Grayson s'était désintéressé du rangement et était retourné devant la télé. Bean, lui, était toujours là. La tête penchée sur le côté, il contemplait pensivement le contenu de l'armoire.

— Qu'est-ce que je fais, maintenant, Bean ? gémit-elle. Je recommence ?

Pour toute réponse, le chien s'approcha de l'armoire et se mit à renifler la manche d'un tee-shirt. Rebecca remarqua alors quelque chose qui lui avait échappé. Bean reniflait un tee-shirt violet. Un tee-shirt violet qui se trouvait entre des vêtements jaunes et kaki.

— Oh, Bean ! Merci ! s'exclama-t-elle en se mettant à genoux pour le gratter derrière les oreilles.

Elle releva la tête et regarda le tee-shirt violet avec un grand sourire. Enfin ! Son premier pas vers l'imperfection ! Un tout petit pas, certes, mais un premier pas.

Au moment où elle prenait Bean dans ses bras, le téléphone se remit à sonner.

24

> *Idiot : membre d'une vaste et puissante*
> *tribu dont l'influence sur les affaires*
> *humaines a toujours joué un*
> *rôle prépondérant. Son activité ne se résume*
> *pas à un champ de pensée ou d'action*
> *spécifique, mais « se répand et régit l'ensemble ».*
> *Il a toujours le dernier mot ; ses décisions*
> *sont sans appel. C'est lui qui établit la mode*
> *et le goût du jour, impose les limites*
> *du discours et circonscrit le comportement*
> *d'une limite infranchissable.*

Ambrose PIERCE, *Le Dictionnaire du diable*

Matt mit deux jours à s'avouer qu'il s'était montré inutilement méchant et insensible au *Four Seasons*. Il s'était comporté comme la dernière des pourritures avec la seule personne qu'il n'aurait jamais voulu traiter ainsi. Rebecca n'était pas vide, elle était au contraire pleine de vie. Aveuglé par la colère, il n'avait pas mesuré l'ampleur de sa cruauté.

Le résultat, c'était que maintenant, elle ne voulait même plus lui adresser la parole. Il avait essayé de lui téléphoner à trois reprises, et par trois fois, elle lui avait raccroché au nez. Les quatrième et cinquième fois, il était tombé sur le répondeur. En entendant la voix enregistrée de Rebecca, il s'était rappelé avec horreur son expression quand il l'avait accusée d'être vide. Mais ce qui le torturait plus que tout, c'était le souvenir de ce qu'elle lui avait dit à travers ses larmes – qu'il avait réussi à lui faire croire à ce qu'il disait. Cette phrase l'avait hanté trois nuits de suite et le poursuivait encore la journée. Il y avait cru, lui aussi.

Le succès qu'il avait obtenu du côté des représentants de la communauté hispanique lui semblait dérisoire en comparaison de ses tourments. C'était le seul point positif de toute cette histoire : les HGJ étaient d'accord pour appeler à voter Tom Masters.

L'absence de Rebecca au sein de l'équipe de campagne créait pour lui un vide immense. Il n'y avait pas si longtemps, il avait vivement souhaité son départ, estimant que Tom le traitait comme un second fusil ; il lui en avait voulu de l'éjecter de son piédestal pour placer Miss Texas à sa place. Il se rendait compte à présent que cette réaction ne lui avait été dictée que par la jalousie et l'arrogance. Rebecca avait raison : il s'était comporté en petit tyran. Pat avait de très bonnes idées sur l'éducation, mais il aurait été incapable de les citer, sa vie en eût-elle dépendu. En dépit de ses appréhensions, Angie avait accompli un travail remarquable au standard téléphonique. Lui en avait-il une seule fois fait compliment ? Non, bien sûr. Gilbert lui-même avait pondu d'excellents discours, et Matt continuait à le tenir pour un gamin irresponsable.

Puisqu'il en était à passer en revue ses défauts les plus criants, autant reconnaître qu'il n'avait jamais vraiment cru en Rebecca. Elle s'était donné du mal, beaucoup de mal. Même si elle n'avait pas procédé selon les règles, elle avait organisé un tournoi de bingo qui avait rapporté de l'argent et des intentions de vote. Et il n'avait rien trouvé de mieux à lui dire que Tom ne voyait en elle qu'un potentiel de charme à exploiter pour récolter des fonds ! C'était son ego hypertrophié – il n'en avait encore jamais pris aussi précisément la mesure – qui l'avait amené à dire ça. Et pour l'avoir laissé lui dicter ses actes, il se retrouvait à présent plongé dans un abîme de souffrances.

Rebecca lui manquait terriblement. Son sourire, ses enveloppes écrites à la main, ses recettes de cuisine, ses astuces de régime, ses projets de décoration pour la permanence lui manquaient. Il l'avait trouvée merveilleusement belle dès qu'il l'avait vue, mais à peine avait-il entraperçu la véritable beauté intérieure reflétée par cette apparence qu'il avait tout gâché.

Grayson aussi lui manquait. Ses bonbons verts et gluants, ses petites voitures et ses récits des épisodes de Bob l'Éponge lui manquaient.

Sans Grayson et Rebecca, la permanence semblait vide, et Matt s'en voulait à mort de s'être emporté. Il se retrouvait dans un pétrin dont il ne savait absolument pas comment sortir. Avant Rebecca, quand il lui arrivait de se disputer avec une femme, il ne cherchait jamais réellement à arranger les choses. Par ailleurs, il n'avait jamais rien dit d'aussi épouvantable à une femme – pas même à celles qui l'auraient mérité. C'était bien la première fois que Matt, le tombeur de ces dames, se retrouvait dans cette situation, et cela le mettait extrêmement mal à l'aise. Il ne savait plus où il en était.

Il lui fallut attendre jusqu'au vendredi suivant avant de réussir à joindre Rebecca. Dans un moment de désespoir, il composa son numéro sans y croire et, à sa grande surprise, elle décrocha.

— Euh… Rebecca ? Comment vas-tu ? demanda-t-il vivement, avant qu'elle puisse raccrocher.

Sa question ne recueillit qu'un silence glacial.

— Écoute, il faut absolument que je te parle de ce qui s'est passé la dernière fois…

— Matt ? coupa-t-elle d'une voix épouvantablement lointaine.

— Oui ?

— J'aimerais que tu cesses de m'appeler, dit-elle poliment, avant de raccrocher.

Le besoin de s'entourer de gens qui l'aimaient se fit impérieux, et le dimanche, il décida de se rendre au déjeuner rituel chez ses parents, auquel il n'avait pas eu le cœur d'assister la semaine précédente.

Dans l'allée qui menait à la maison, il trouva sa sœur Bella, sa petite fille calée sur la hanche.

— Où est Bill ? demanda-t-il en tendant les bras vers sa nièce.

— Au golf. Où voudrais-tu qu'il soit ? répondit Bella. Cameron, tu as envie d'aller avec tonton ? gazouilla-t-elle ensuite.

Matt sourit devant les bonnes joues de cet adorable poupon de neuf mois. Cameron lui rendit son sourire.

— Regarde-la, dit Bella. On voit que tu lui plais. Ça ne te donne pas envie d'en faire un ?

Si. Ô combien !

— Un jour, peut-être, répondit-il d'un ton évasif.

Et, sa petite nièce dans les bras, il se dirigea en compagnie de sa sœur vers la maison de ses parents.

Sherri Parrish, la mère de Matt, observait ses deux aînés depuis la fenêtre du salon. Elle surprit l'étincelle de bonheur dans le regard de son fils quand il posa les yeux sur Cameron et en fut très surprise. De tous ses enfants, Matt était celui que la vie de famille intéressait le moins. Il disait toujours qu'il n'avait pas encore trouvé la femme de sa vie.

Elle alla rejoindre son fils et sa fille sur le pas de la porte.

— Il y aurait une photo à faire ! s'exclama-t-elle.

— Ne l'écoute pas, ma puce, dit Matt à sa nièce. Ta grand-mère a fait une mauvaise chute de rocking-chair, il y a très longtemps. Tu veux dire bonjour à mamie ? demanda-t-il en tendant la menotte de Cameron à sa mère.

Sherri pinça affectueusement la joue de son fils, puis prit sa petite-fille dans ses bras. Quand Bella lui avait annoncé sa grossesse, elle s'était un peu alarmée – elle n'était pas encore assez vieille pour être grand-mère ! Mais lorsque Cameron était née, elle avait vu les choses sous un jour entièrement nouveau et désirait à présent que ses enfants lui donnent des tas de petits-enfants. Elle coula un œil vers son fils, le meilleur avocat d'Austin – peut-être même de tout le Texas – et le regard attendri dont il couvait sa petite nièce l'émut profondément.

— Je voulais justement t'appeler pour te proposer de venir avec ton amie, dit-elle sans réfléchir.

Matt resta figé de surprise.

— Qui ça ? Debbie ? Je ne la vois plus tellement.

— Non, répondit Sherri. La très belle fille qui était dans le journal.

— Ça, pour être belle, elle est belle, glissa Bella.

Était-ce l'effet d'une hallucination, ou Sherri vit-elle vraiment son fils devenir pâle comme un linge ?

— Je… euh… je ne vois pas de quoi vous parlez. Elle participe à la campagne de Tom, c'est tout, dit-il en regardant ailleurs. Où est papa ?

— Comment s'appelle-t-elle ? demanda Sherri.

— Mais, maman, je ne sors pas avec elle ! protesta Matt en s'éloignant vers la cuisine.

— Je n'ai pas dit ça ! Je t'ai simplement demandé comment elle s'appelait.

— Rebecca, marmonna-t-il.

— C'est joli, intervint Bella. J'ai failli appeler Cameron comme ça. J'adore ce prénom.

— Bon, tu ne m'as toujours pas dit où était papa, reprit Matt.

— Dans son bureau, dit Sherri.

Elle émit un petit gloussement en regardant son fils battre en retraite vers le bureau. Un peu perdue, Bella suivit le regard de sa mère, puis se tourna vers elle.

— Tu veux bien m'expliquer ce qui se passe ?

Sherri sourit de toutes ses dents avant de couvrir sa petite-fille de baisers.

— Rien n'est encore joué, répondit-elle en riant devant l'expression de Cameron, mais je crois que ton frère vient de croiser celle qu'il attend depuis si longtemps…

Bella contempla la porte du bureau qui venait de se refermer sur Matt.

— Ah, ben ça alors ! s'exclama-t-elle.

306

Matt émergea de ce dîner dominical pratiquement indemne et traversa le lundi suivant dans le brouillard qui était devenu son lot quotidien depuis sa dispute avec Rebecca. L'esprit hanté par la jeune femme, il se rendit au palais de justice et argumenta pour obtenir la révision d'un procès. Le lendemain, tandis qu'il assistait en compagnie de Ben à un déjeuner avec deux éventuels clients susceptibles de rapporter de l'argent à leur cabinet, il se mit à penser à Grayson. Avait-il toujours des problèmes avec Taylor, son pire ennemi de la cour de récré ? Et le mercredi, alors qu'il était plongé dans la comptabilité du cabinet, il se demanda où Rebecca pouvait bien se trouver. Était-elle en train de sourire à quelqu'un ? De le soumettre au bleu intense de son extraordinaire regard ?

Parvenu au terme d'une journée sans surprises, il se rendit en voiture à la permanence de Tom et fut accueilli sur le seuil par un Gilbert visiblement stressé. Gilbert, dont le calme confinait habituellement à l'apathie, n'était jamais stressé. Il tenait à la main un petit carnet et un stylo qu'il tripotait nerveusement.

— C'est la cata, mec ! C'est carrément la cata ! Tu n'aurais pas une astuce de régime à nous filer ?

— Une astuce de quoi ?

— Pour la newsletter ! On a reçu plus de trois cents e-mails de femmes qui demandent pourquoi la rubrique de Rebecca a disparu. Il nous faut une astuce de régime ! Tout de suite !

— Je ne sais pas, moi… On pourrait peut-être leur conseiller de rester à distance respectueuse de tout ce qui s'apparente à une table, par exemple, suggéra Matt.

Gilbert émit un grognement dédaigneux.

— Ce n'est pas ça qu'elles veulent ! Pat ! s'exclama-t-il comme celle-ci surgissait derrière Matt. Pat, tu as sûrement des astuces de régime, toi ?

— Tu trouves que c'est mon genre ? riposta celle-ci. De toute façon, c'est ton problème, pas le mien. Moi, il faut que je m'occupe de ce fichu déjeuner.

— Quel déjeuner ? s'enquit Matt.

Pat le toisa.

— Tu n'es pas au courant ? Il s'agit d'un déjeuner très important que Rebecca était en train de mettre sur pied avec la Ligue des femmes de Dallas. Et au sujet duquel elle n'a laissé aucun dossier ni aucune note, bien sûr !

— Pourquoi tu ne l'annules pas, tout simplement ? suggéra Matt.

Pat et Gilbert le regardèrent comme s'il venait subitement de perdre la raison.

— Annuler le déjeuner avec la Ligue des femmes ? Tu es malade ou quoi ? lui demanda Pat. Tu crois que le vote des Hispaniques est le seul dont on ait à se soucier ? Tu crois que celui des femmes nous est d'ores et déjà acquis ? Tu crois que les électrices du Texas votent pour le premier venu ? Tu débloques complètement, Matt.

— Euh...

— Matt !

Le ton autoritaire de Tom le surprit. Il se pencha et l'aperçut, devant la porte de son bureau, les mains sur les hanches.

— Salut, Tom ! Quoi de neuf ?

— Si tu veux bien entrer dans mon bureau, je vais te le dire, lâcha celui-ci avant de faire volte-face.

Matt regarda Pat et Gilbert.

— Qu'est-ce qui lui arrive ? demanda-t-il.

— Tu ne devines pas, Einstein ? Il lui arrive la même chose qu'à nous tous !

Tout en se disant qu'il ferait mieux d'éviter Pat jusqu'à ce que son équilibre hormonal soit rétabli, Matt enfouit les mains dans ses poches et se dirigea à pas lents vers le bureau de Tom. Quand il entra, celui-ci fit rouler sa chaise en arrière, referma la porte d'un coup de pied, puis fit rouler sa chaise vers l'avant pour regagner sa place.

— Tu sais que tu nous as foutus dans la merde ? lui demanda-t-il d'une voix glaciale.

— Pardon ? fit Matt, perdu.

— Tu pouvais attendre la fin des élections pour la sauter, non ? Qu'est-ce qui t'a pris de te ruer sur elle comme ça ?

Bon. Le tableau devenait un peu plus clair.

— Doucement, Tom. Quel est le problème, exactement ?

— Tu veux le savoir ? Alors, je vais te le dire ! Depuis que Rebecca n'est plus là, tout part à vau-l'eau.

— Tu n'as pas l'impression d'exagérer ? demanda Matt en s'efforçant de garder son calme. Tu as trois personnes qui te sont dévouées corps et âme et tu voudrais me faire croire qu'entre elles et les spécialistes des médias que tu as embauchés, personne n'est capable de faire ce qu'il y a à faire ? Que Rebecca constitue la clé de ton élection ?

Tom secoua la tête et émit un petit rire dédaigneux.

— Tu crois que les subventions tombent du ciel ou quoi ? Ce n'est pas de la campagne que je te parle ! Je te parle du gala de cet été ! Tu sais à côté de combien de fric je vais passer à cause de tes conneries ? Tu as une idée de ce que ça représente en dollars ? hurla-t-il en tapant du plat de la main sur son bureau. À lui tout seul, son père aurait pu nous en apporter cinquante mille. Elle pouvait attirer tout le gratin du Texas, et il a fallu que tu foutes ça en l'air pour une histoire de fesses ?

— Hé ! s'exclama Matt. Je ne te permets pas de parler de Rebecca de cette façon. Il ne s'est rien passé entre nous !

— C'est ça, c'est ça... À d'autres ! Laisse-moi quand même te dire une bonne chose : à mes yeux, Rebecca représente des subventions. Des subventions importantes. Les gens appellent ici pour lui parler, et on est obligés de leur répondre qu'elle n'est pas là. Le plus gros apport financier de toute ma campagne est en train de me passer sous le nez, et crois-moi, je n'ai pas l'intention de m'asseoir dessus !

— Tu ne parles pas sérieusement, répondit Matt, furieux. Pourquoi ne fais-tu pas confiance aux résultats que tu as obtenus en tant que sénateur ? Les intentions de vote te sont très largement favorables, et tu n'arrêtes pas de faire la retape avec cette autoroute qui n'intéresse personne !

— Redescends sur terre cinq minutes, Parrish ! Tu crois que les gens se soucient de ce que j'ai fait au sénat ? La seule chose qui les intéresse, c'est de savoir avec qui je couche, et c'est bien pour ça que je n'ai pas touché à Rebecca !

L'idée que Tom puisse toucher à Rebecca dégoûta tellement Matt qu'il fit un pas en arrière pour résister à la tentation de lui coller son poing dans la figure.

— Écoute-moi bien, Matt. Ce gala est vital pour moi. Il me faut Rebecca ! Une fois les élections passées, tu pourras faire ce que tu veux d'elle, mais d'ici là, j'ai besoin de Rebecca Lear !

Le dégoût de Matt s'accrut encore.

— Rebecca n'est pas un jouet, Tom.

— Jusqu'au 3 novembre, vous êtes tous mes jouets ici ! riposta-t-il avec un ample geste du bras visant à désigner les employés de la permanence. Et avant que tu ne montes sur tes grands chevaux, souviens-toi que tu penseras comme moi quand tu voudras devenir procureur. Tu crois que tu vaux mieux que les autres ? Essaie de te présenter sans argent et on en reparlera ! Si tu t'imagines que le parti va t'allonger le moindre centime, tu te fourres le doigt dans l'œil jusqu'au coude... Alors, je compte sur toi pour arranger ce merdier ?

— Je ne sais pas si j'en suis capable, répondit Matt le plus honnêtement du monde.

— Tu vas me faire le plaisir d'essayer, mon petit père !

— Va te faire voir, répondit Matt en quittant la pièce sans prendre la peine de refermer la porte.

— Où est-ce que tu vas comme ça ? aboya Tom.

— À ton avis ? lança Matt par-dessus son épaule. Je vais parler à Rebecca !

25

*Si j'ai fait quelque chose que je regrette ensuite,
je m'efforce de me faire pardonner...*

Edward N. WESTCOTT

Le jeudi matin, Matt appela son bureau pour annoncer à Harold qu'il avait un imprévu et lui demander de reporter ses rendez-vous de la journée.

— Mais, monsieur Parrish ! s'exclama son secrétaire. Vous avez une motion à soumettre au juge Gambofini dans le cadre de l'affaire Rosenberg. Si vous ne vous présentez pas...

— Harold, reportez tous mes rendez-vous, répéta calmement Matt.

Ses relations avec Gambofini étaient loin d'être au beau fixe. Le juge avait à maintes reprises menacé de veiller personnellement à le faire radier du barreau. Mais Gambofini proférait ce genre de menace chaque fois que Matt se présentait devant lui, aussi celui-ci ne se faisait-il pas trop de souci. Ce qu'il craignait le plus, c'était la réaction de Ben, qui tenait parole, lui, quand il menaçait de lui botter le train.

Il enfila un jean, une chemise blanche et des bottes en cuir d'autruche assorties à sa ceinture, déposa son téléphone portable et son bipeur sur la commode, puis quitta son appartement. Une fois dans le parking, il rabattit la capote de sa Jaguar et se passa de la crème solaire sur le visage. Il faisait un temps splendide, et tant qu'à aller débusquer Miss Chochotte à Ruby Falls, autant profiter de la balade avant de lui remettre sa tête sur un plateau d'argent.

Quand le téléphone sonna, Rebecca, en short et tee-shirt par-dessus son bikini, était en train de livrer bataille à un essaim d'abeilles qu'elle avait dérangées en inspectant la vieille grange qu'elle voulait convertir en atelier – si cela se révélait possible une fois qu'elle aurait sorti toutes les vieilleries qui s'y trouvaient.

— Allô ! haleta-t-elle en quittant la grange à reculons, avant de donner un coup de téléphone sans fil en direction d'une abeille.

— Becky ? Qu'est-ce qui t'arrive ?

— Rien, papa, grommela-t-elle en refermant vivement la porte. Je suis en train de vider la grange. Quoi de neuf ?

— Faut-il forcément qu'il y ait quelque chose de neuf pour que je téléphone à ma fille ?

— Non, bien sûr, mais ce n'est pas ton genre d'appeler pour parler de la pluie et du beau temps.

— Tu as des nouvelles de ta mère ? demanda-t-il.

Rebecca réprima un soupir.

— Pas depuis deux semaines, non. Elle envisageait d'aller à Chicago pour s'occuper d'une œuvre caritative. Peut-être qu'elle est là-bas.

Son père émit un grognement de désapprobation.

— Elle est très occupée, tu sais, ajouta Rebecca pour prendre la défense de sa mère.

— Ah, bon ? Elle ne doit pourtant pas l'être tant que ça, puisqu'elle a trouvé le temps de me renvoyer les roses que je lui avais offertes. Elles me sont revenues toutes fanées.

Rebecca haussa un sourcil incrédule.

— Elle a vraiment fait ça ? demanda-t-elle, tout en songeant : « Bien joué, maman ! »

Son père marmonna quelque chose d'incompréhensible.

— Où est Grayson ? s'enquit-il.

— Avec Jo Lynn.

— Évidemment... Dis donc, j'ai eu des nouvelles de ton ex, aujourd'hui.

Cette phrase retint son attention. Pourquoi Bud avait-il appelé son père ? Elle avait déjà entendu parler de lui trois jours auparavant, et cela lui avait amplement suffi. « Tu es faible, Rebecca, lui avait-il dit tout à trac. Tu laisses tomber Tom au beau milieu de sa campagne comme une sale gamine qui fait un caprice. Qu'est-ce qui te prend ? »

— Pourquoi t'a-t-il téléphoné ? demanda-t-elle.

— Pour me dire que tu avais lâché la campagne de ce sénateur – Masters, c'est ça ? Il paraît que tu t'es sauvée comme une voleuse et que tu les as laissés dans un beau pétrin. C'est vrai ?

— On peut dire ça comme ça, oui, répondit-elle d'une voix traînante. Qu'as-tu répondu à Bud ?

— De s'occuper de ses affaires. Qu'est-ce que tu voulais que je lui dise d'autre ? Je ne sais pas pour qui il se prend, mais je le trouve sacrément culotté de m'appeler pour me parler de toi !

Rebecca s'assit en souriant sur une souche d'arbre.

— Merci, papa.

— Inutile de me remercier. Je n'ai jamais pu l'encadrer, ce type. Mais dis-moi, pourquoi as-tu abandonné cette campagne ?

Rebecca soupira.

— Parce que je ne travaillais pas dans la direction souhaitée par le... euh... responsable de la campagne. On n'a pas réussi à trouver de terrain d'entente, et j'ai préféré partir pour passer à autre chose.

Son père observa un instant de silence.

— Et c'est vrai que tu les as laissés dans le pétrin ?

— Eh bien... un peu, j'imagine. J'étais en train d'organiser un gala pour cet été et...

— Bud a effectivement mentionné ça. Un événement avec des tas de personnalités, c'est ça ?

— Oui, répondit-elle, surprise que Bud ait pu transmettre autant d'informations à son père. Mais en quoi cela le regarde-t-il ?

— Je ne sais pas. Il m'a dit que ce sénateur était un de ses amis, et j'ai l'impression que ta défection le met dans une situation embarrassante. Bien fait pour lui, il n'a qu'à voter républicain. Enfin, bref, Rebecca, il me semblait t'avoir appris une chose à propos du respect de la parole donnée. Le fait de donner sa parole crée une obligation et si on ne respecte pas cette parole, qu'est-ce qui se passe ?

Son père commençait à la fatiguer. Sa promptitude à juger, à critiquer sans même connaître les éléments de l'affaire l'épuisait. Elle regarda la cime des arbres et se rendit compte qu'elle ne pouvait plus supporter de l'entendre rabâcher toujours la même chose. Et qu'elle s'estimait de taille à le lui faire savoir.

— Papa ? Est-ce qu'un jour tu m'appelleras pour prendre de mes nouvelles sans éprouver le besoin de me faire la morale ? J'ai respecté ma parole. J'ai fait ce que j'ai pu pour aider Tom, mais il se trouve que ce que je faisais ne correspondait pas à ce qu'il attendait de moi…

— D'après ton ex, son copain a surtout besoin de cette collecte de fonds. Si tu lui as proposé d'organiser ce gala, tu dois aller jusqu'au bout. Tu ne trouveras jamais de travail si tu baisses les bras à la première occasion. Par ailleurs, je t'avais demandé de m'appeler si tu préparais quelque chose d'important. J'espère que tu comptais me faire parvenir un carton d'invitation pour ce gala ?

Le cœur de Rebecca s'était mis à battre plus vite sous l'effet de la colère. Elle serra les dents et repensa à toutes les fois où sa sœur Robin avait répondu à leur père.

— Ça ne faisait pas partie de mes intentions, non, dit-elle calmement.

— Ah, bon ? s'exclama-t-il. Mais pourquoi ?

— Parce que tu critiques systématiquement tout ce que je fais.

— C'est faux !

— Si Bud Reynolds t'appelle pour te dire que je ne me comporte pas comme il le souhaiterait, tu me téléphones aussitôt pour me faire la morale, alors que tu ne sais même pas ce qui s'est vraiment passé. Merci beaucoup pour tes avis éclairés sur tous les petits détails de ma vie, mais tu peux te les garder ! Au revoir !

Elle coupa la communication et lança le téléphone sur l'herbe comme s'il avait été une patate brûlante. Elle en avait déjà plus qu'assez de cette histoire, et maintenant, il fallait que son père s'en mêle aussi ! Elle contempla le téléphone, s'attendant qu'il sonne ou que la tête de son père en émerge pour la brûler vive sur sa souche d'arbre.

Mais il ne sonna pas.

Lentement, Rebecca se pencha en avant, le prit entre le pouce et l'index, puis se dépêcha d'aller le déposer sur la véranda. Elle le contempla encore un moment, persuadée qu'il allait se mettre à sonner – son père voulait toujours avoir le dernier mot !

Mais il resta obstinément silencieux, et Rebecca finit par trouver la situation inquiétante... mais aussi libératrice, à bien y réfléchir.

Elle tourna les talons, attrapa un drap de plage sur une chaise en osier et alla rejoindre Grayson et Jo Lynn au bord du fleuve.

Ils étaient assis côte à côte sur le ponton et balançaient leurs jambes au-dessus de l'eau.

— Je peux m'incruster ? demanda Rebecca en s'asseyant à côté de Grayson.

— Alors, cette grange ? Qu'est-ce que ça donne ? s'enquit Jo Lynn.

— C'est rempli de vieilleries et d'abeilles. Je vais avoir du boulot !

— Vu que tu ne tiens pas en place, ça t'occupera ! On s'apprêtait à aller chercher des glaces. Tu en veux ? demanda Jo Lynn tandis que Grayson enfilait ses sandales.

— Non, merci. Je vais nager un peu. Au fait, Jo Lynn, si le téléphone sonne, ne réponds pas, d'accord ?

Celle-ci la dévisagea d'un air intrigué. Rebecca haussa évasivement les épaules.

— D'accord, dit Jo Lynn en tendant la main à Grayson.

Matt s'arrêta à l'épicerie de Ruby Falls pour acheter un paquet de chewing-gums et un énorme bouquet de roses. Il demanda à la caissière, une grosse fille en blouse rouge, si elle connaissait Rebecca Lear.

— Tout le monde connaît Rebecca Lear, par ici, mon chou, lui répondit-elle.

— Miss Texas 90, hein ? dit Matt en lui tendant un billet de cinq dollars.

— Pardon ? demanda la fille en fronçant les sourcils.

— Elle a été Miss Texas en 1990, expliqua Matt.

La caissière, dont le badge indiquait qu'elle se prénommait Dinah, ouvrit la bouche, mit précipitamment sa main devant et écarquilla les yeux.

— C'est vrai ? glapit-elle avant de quitter sa caisse pour aller rejoindre l'autre caissière du magasin.

— Tu as entendu ça, Karen ? La belle fille du ranch Peckinpaugh a été Miss Texas !

— Miss Texas ? s'exclama Karen. C'est pas vrai ?

Toutes deux se tournèrent vers Matt, l'air perplexe.

— Si, si, c'est vrai, assura-t-il.

— Pourquoi elle ne nous l'a jamais dit ? demanda Karen, méfiante.

— Je... euh... je ne sais pas. Quand vous avez dit que tout le monde la connaissait, j'ai cru que c'était ce qui lui valait sa notoriété.

— Oh, non ! dit gaiement Dinah en lui tendant son ticket et sa monnaie. C'est à cause des chiens.

— Tu sais qu'Abbot les pique sans se poser de question ? dit Karen en se curant les dents avec l'ongle de son petit doigt.

— Non ? s'exclama Dinah, indignée.

— Je te le jure, répondit Karen.

— Euh... pouvez-vous m'indiquer le chemin jusque chez elle ? intervint Matt.

Dinah le gratifia d'un rapide coup d'œil.

— Tout droit jusqu'au 1406. C'est le mur en pierre avec un portail en fer forgé juste après le cimetière, répondit-elle, avant de remettre en question la source d'informations de Karen concernant le dénommé Abbot.

Matt quitta l'épicerie et trouva le cimetière et le portail en fer forgé indiqués par Dinah assez facilement. Le portail était ouvert, et Matt engagea sa voiture sur l'allée de gravier bordée de prosopis et de cactus. Après le premier tournant, il découvrit un ranch traditionnel – pierre de taille, de plain-pied, beaucoup de fenêtres et une véranda qui faisait le tour de la maison. Quelques buissons d'azalées encore en fleur couraient autour de la balustrade. D'anciennes bouilloires en cuivre servaient de pots à deux rosiers, l'un blanc, l'autre rose. À une extrémité de la véranda se trouvait une balancelle en bois à la peinture blanche écaillée ; à l'autre bout, des meubles en osier.

La maison était à l'image de sa propriétaire : charmante.

Matt s'arrêta, coupa le moteur, ramassa le bouquet de roses et sortit de la voiture. Il s'aperçut alors que la tache marron et beige qu'il avait prise pour de la terre et de la paille au milieu des azalées était en fait un groupe de chiens allongés. Il y en avait trois en tout, qui se redressaient sur leurs pattes pour venir le saluer comme le font les chiens – en lui fonçant dessus. Un gros chien jaune au poil hérissé, borgne et d'allure féroce, fut le premier à l'atteindre. Matt songea un instant à réintégrer l'habitacle sécurisant de sa Jaguar, mais le chien se contenta de poser ses pattes avant sur son torse, de le renifler et de s'asseoir.

Les deux autres s'étaient mis à aboyer. Matt jeta un coup d'œil vers la porte de la maison.

— Hé ! Du calme, Frank ! Couché, Bean ! Ou Patate ! Je ne sais pas lequel est lequel. Tu es qui, toi ? demanda-t-il.

L'effet fut immédiat. Les chiens cessèrent d'aboyer, se mirent à remuer la queue, à lui renifler l'entrejambe et les talons et furent bientôt rejoints par un petit chien qui n'avait que trois pattes.

— Ravi de faire votre connaissance, leur dit Matt.

Il grimpa les marches de la véranda et frappa à la porte. Les chiens se tenaient derrière lui, remuant toujours la queue, comme s'ils avaient fait le chemin avec lui depuis Austin.

Matt entendit des pas et des bruits de voix étouffés, puis aperçut une silhouette à travers la vitre en verre dépoli. Il redressa le dos et tint le bouquet de roses bien droit dans sa main. La porte s'ouvrit. Ce n'était pas Rebecca. L'espace d'une seconde, Matt crut qu'il s'était trompé de maison. Puis il se souvint qu'il avait déjà vu la femme qui se trouvait devant lui au tournoi de bingo.

— Euh… bonjour. Nous nous sommes croisés à la collecte de fonds pour le sénateur Masters et…

— Je me souviens, oui. Matt, c'est ça ?

— Oui. Je… euh… Vous…

— Jo Lynn.

— Jo Lynn, bien sûr ! Ça me revient. Je suis venu voir Rebecca. Est-ce qu'elle…

— Matt ! hurla Grayson depuis le fond de la maison.

Matt entendit ses petits pieds courir sur le plancher.

— Matt ! s'exclama-t-il en apparaissant derrière Jo Lynn.

— Salut, toi, dit Matt en souriant.

Grayson bouscula Jo Lynn pour serrer la main de Matt et leva vers lui un visage rayonnant et barbouillé de glace au chocolat.

— Alors, tu es revenu ? demanda-t-il. Avec Jo Lynn, on a essayé d'attraper des grenouilles, mais on n'en a pas pris une seule. Tu veux essayer ? Tu vas rester ici ?

Matt adressa un sourire hésitant à Jo Lynn, qui le dévisageait avec une curiosité non dissimulée, et s'accroupit pour se mettre à la hauteur de Grayson.

— On ne peut pas trouver de grenouilles en plein après-midi, il faut les guetter en début de soirée. Elles attendent qu'il fasse frais pour sortir.

— D'accord. Alors, quand il fera frais, on ira en chercher.

— On verra.

Il faudrait pour cela que Rebecca ne l'ait pas noyé dans le fleuve ou pendu à un arbre.

— Tu veux de la glace ? poursuivit Grayson sans se démonter, en prenant Matt par la main pour l'attirer à l'intérieur de la maison.

— Euh... pas maintenant, merci, répondit-il en se redressant. Il faut d'abord que je discute avec ta maman.

— Elle est au bord du fleuve, dit Jo Lynn. Je peux envoyer Grayson la chercher, si vous voulez.

— En fait, je préférerais aller la rejoindre.

S'ils devaient recommencer à se disputer, il valait mieux que Grayson ne soit pas témoin de la scène. Jo Lynn regarda par-dessus son épaule en direction d'une rangée de fenêtres à travers lesquelles Matt aperçut le scintillement d'un cours d'eau.

— Entrez, dit-elle.

Il lui obéit et, les quatre chiens sur les talons, pénétra dans la fraîcheur de la maison. Il descendit les quelques marches qui menaient à une pièce immense où des canapés et des fauteuils recouverts de tissus de couleurs vives mettaient en valeur un splendide parquet de chêne et un somptueux tapis. Une énorme cheminée occupait un pan de mur. Une grande table rustique et le comptoir qui établissait une séparation entre le salon et la cuisine retinrent tout d'abord son attention.

Il se dégageait de cette pièce qui ne comportait pas la moindre faute de goût une atmosphère chaleureuse, et Matt eut l'impression de se trouver devant la version 3D d'un magazine de décoration intérieure. Il ne put cependant s'empêcher de remarquer que les livres placés sur les étagères à côté de la cheminée étaient classés par ordre de taille et par coloris.

Et ce n'était pas tout. Sur la table basse, des revues étaient disposées en un parfait éventail, à deux centimètres d'intervalle exactement les unes des autres. Dans la cuisine, les torchons étaient impeccablement empilés et classés par couleur. Les assiettes, les tasses, jusqu'à la salière et la poivrière, tout était rangé par ordre de grandeur et de couleur. La robinetterie étincelait comme si personne n'avait jamais posé les doigts dessus. Le parquet était immaculé.

— Rebecca est là-bas, dit Jo Lynn en tendant l'index vers une fenêtre. Voulez-vous que je vous débarrasse ? demanda-t-elle en désignant les roses.

— Euh… non. Non, merci.

— Je peux venir avec toi ? demanda Grayson, qui ne lui avait toujours pas lâché la main.

— Je vais d'abord parler un peu avec ta maman et après, je viendrai te retrouver, d'accord ?

— Et si tu ne reviens pas ? demanda-t-il en serrant sa main un peu plus fort.

— Tu plaisantes ? Je te promets de revenir ! Reste ici bien sagement et attends-moi.

Cette promesse ne sembla pas enthousiasmer particulièrement Grayson. Matt ne pouvait pas lui en tenir rigueur, étant donné la scène à laquelle il avait assisté la dernière fois qu'ils s'étaient vus. Jo Lynn comprit intuitivement l'enjeu de la situation. Elle posa la main sur l'épaule de Grayson et lui rappela qu'il n'avait pas fini de manger sa glace. À contrecœur, le petit garçon alla s'asseoir dans la cuisine.

Une véritable escorte canine sur ses talons, Matt franchit la double porte qui donnait sur l'arrière de la maison, descendit les marches pour atteindre la pelouse, passa à côté d'un barbecue en pierre et découvrit un ponton en bois. Le bout du ponton formait une plate-forme carrée où trois grands fauteuils en osier blanc faisaient face au fleuve. Des lanternes chinoises étaient disposées aux quatre coins, où poussaient des buissons de fougères géantes.

L'ensemble composait un décor paradisiaque, presque surréaliste. Un cadre parfait pour l'atterrissage d'une extraterrestre, songea Matt. Mais où se cachait-elle ?

Contrairement à ce qu'avait dit Jo Lynn, elle n'était pas sur le ponton. Matt s'arrêta. Les chiens s'étaient couchés à l'ombre d'un peuplier, la langue pendante, haletant comme s'ils venaient de faire un marathon. Matt observa la rive et ne vit personne. Il se retourna, remarqua une vieille grange et se dit que Rebecca s'y trouvait peut-être.

Mais la porte de la grange était fermée et les carreaux des fenêtres recouverts d'une telle couche de poussière qu'on ne pouvait pas voir au travers. Elle semblait inutilisée depuis des années. Matt décida d'en faire le tour pour s'assurer que Rebecca ne se trouvait pas derrière, occupée à planter des tomates ou à construire une niche en kit.

Une fois qu'il eut fait le tour complet du bâtiment, il la vit enfin.

Seigneur ! Avait-il jamais réalisé à quel point cette femme était belle ?

Elle venait de sortir de l'eau, ce qui expliquait qu'il ne l'ait pas vue auparavant. Debout sur le ponton, en appui sur sa jambe droite au galbe parfait, elle secouait la tête pour faire sortir l'eau de ses oreilles. Elle tenait un drap de plage d'une main, et ses longs cheveux bruns retombaient dans son dos en une rutilante cascade de boucles épaisses et soyeuses. Elle portait un bikini qui recouvrait ce qu'il y avait à cacher tout en stimulant activement l'imagination. Matt était tellement subjugué par cette vision qu'il ne se rendit compte qu'il avançait vers elle que lorsque les chiens se mirent à aboyer.

La vision sublime qui l'attirait irrépressiblement regarda alors par-dessus son épaule et poussa un long hurlement d'épouvante.

26

Un ami respecte vos limites.
Un amant essaie de se les approprier.

Ami ou amant ? Comment les distinguer

Croyant d'abord avoir affaire à un voyeur inconnu, Rebecca ne put réprimer un hurlement. Mais l'instant suivant, elle comprit que c'était Matt, un énorme bouquet de roses à la main, et sa frayeur laissa aussitôt la place à la colère.

Une colère telle qu'elle eut du mal à enfiler ses vêtements et qu'elle se retrouva en train de sauter à cloche-pied sur le ponton pour remettre son short le plus vite possible sans pour autant tomber à l'eau. Matt continuait d'avancer vers elle en agitant la main et son bouquet de fleurs. Il dit quelque chose qu'elle ne comprit pas, tout occupée qu'elle était à se rhabiller.

— N'approche pas ! hurla Rebecca quand il posa le pied sur le ponton.

— S'il te plaît, Rebecca, je te demande de m'accorder une minute, c'est tout, répondit-il tandis qu'elle s'évertuait à passer la tête dans l'encolure de son tee-shirt.

Un bras coincé dans une manche, elle brandit l'autre vers lui.

— Reste où tu es !

— Je suis désolé de t'avoir fait peur, dit-il en lui tendant les fleurs comme s'il s'agissait d'une offrande visant à l'apaiser. Vraiment. Je te cherchais et…

— Je m'en fiche ! cracha-t-elle.

Elle réussit à passer les bras dans les manches du tee-shirt, tira rageusement dessus et fit sortir ses cheveux de l'encolure.

— Tu peux retourner tout de suite d'où tu viens !

— D'accord. Mais laisse-moi simplement te dire quelque chose...

Il resta planté là, tenant son bouquet la tête en bas, à présent, l'air si penaud... Mais non, non, non... Il n'avait pas encore pris la mesure de sa fureur, et les mots jaillirent de la bouche de Rebecca avant qu'elle ait eu le temps de réfléchir.

— Tu veux me dire quelque chose ? lança-t-elle, les dents serrées. Parce que tu estimes peut-être que tu n'en as pas déjà assez dit ? Qu'est-ce que tu as bien pu oublier ? Je sais déjà que je suis une mauvaise mère et que j'ai essayé de te poignarder dans le dos. Quelle autre révélation as-tu à me faire ?

Le simple fait de prononcer ces mots attisa encore sa colère, et sans vraiment réaliser ce qu'elle faisait, Rebecca ramassa la canette de Coca que Jo Lynn et Grayson avaient laissée sur le ponton pour la lui jeter à la figure.

Matt se baissa à temps pour l'éviter, puis la regarda comme si elle avait perdu la raison.

— Hé ! commença-t-il.

Mais Rebecca lui lança un trognon de pomme abandonné par Grayson avant qu'il ait pu prononcer un mot de plus.

— Hé ! répéta Matt quand le trognon de pomme atterrit sur sa botte.

— Va-t'en ! hurla-t-elle en cherchant un autre projectile du regard. Je t'ai dit que je ne voulais plus jamais te revoir, espèce de... de...

— Vas-y, dis-le ! Je sais que je le mérite, de toute façon, alors tu peux y aller, déclara-t-il.

— Salopard !

— Aïe ! dit Matt en grimaçant. Ça, ça fait mal. Je pensais que tu te contenterais d'un « pauvre type » de bon aloi, mais bon, j'encaisse. Maintenant que tu as craché ce que tu avais sur le cœur, est-ce que tu veux bien m'autoriser à présenter mes excuses ? demanda-t-il en tendant les fleurs vers elle.

— Comment oses-tu croire que je vais te pardonner ?

— Ce n'est absolument pas le cas. J'essaie simplement de…

— Tu ne comprends vraiment rien, Matt ! Je ne veux pas de tes excuses ! Je ne veux rien qui vienne de toi ! Tes jugements, ta paranoïa et ton arrogance, tu te les gardes !

— D'accord, dit-il en se passant la main dans les cheveux. Tu as raison, Rebecca, j'ai été épouvantablement arrogant, mais je te jure que je ne m'en rendais pas compte. Maintenant que je le réalise, je me sens mille fois plus coupable, alors, je t'en prie, laisse-moi te parler.

— Non, non et non ! Pauvre con !

— Attends un peu, dit Matt en mettant la main sur sa hanche. « Salopard » et « pauvre con » ? Je veux bien reconnaître que j'ai eu tort, mais tu ne crois pas que tu pousses un peu ? Écoute…

— Non, je refuse de t'écouter, dit-elle en ramassant une de ses tongs dans l'intention de la lui lancer.

Matt tendit le bouquet de fleurs vers elle, tel un bouclier.

— Ah, non ! Cette fois, ça suffit ! Si tu lances cette tong, prépare-toi à en subir les conséquences !

Rebecca ne put réprimer un éclat de rire hystérique.

— Je t'en prie ! Quelles conséquences ? Qu'est-ce que tu feras ? Tu me jetteras à l'eau ?

— Bien sûr que non !

— Alors, quoi ? Tu vas me rappeler à quel point je suis vide ? hurla-t-elle.

Un sanglot soudain l'empêcha de poursuivre. Elle en fut si surprise qu'elle posa la main sur sa gorge pour se maîtriser et recula d'un pas. Lorsqu'elle regarda de nouveau Matt, elle lut clairement le remords dans son doux regard gris. Elle se dépêcha de fermer les yeux pour ne pas céder à l'apitoiement et pour se souvenir qu'elle ne voulait pas entendre ses excuses bidon.

— Ça, dit-il d'une voix rauque, c'était vraiment ignoble de ma part. Et le pire de tout, c'est que c'était un mensonge.

Oui, c'était un mensonge ! Rebecca rouvrit les yeux.

— Je n'ai pas d'autre excuse que l'état de colère dans lequel j'étais ce jour-là. Malheureusement, je m'en suis pris à toi.

— J'ai cru remarquer, oui, commenta-t-elle avec tristesse, en baissant les yeux vers la tong qu'elle tenait toujours à la main. C'est une habitude, chez toi, de passer tes nerfs sur la première personne qui te tombe sous la main ?

Il secoua la tête et garda un instant les yeux rivés sur son bouquet de fleurs.

— J'aurais pu passer ma colère sur quelqu'un qui m'est indifférent... Tom, par exemple. Mais non ! Il a fallu que je m'en prenne à quelqu'un qui compte vraiment pour moi. Tu n'es pas obligée de me croire, mais je te jure que c'est vrai, Rebecca. Je suis sincèrement désolé. J'ai très mal agi.

Le ton sur lequel il venait de prononcer ces mots prouvait qu'il était sincère, mais Rebecca n'avait pas l'intention de le laisser s'en tirer à si bon compte.

— Épargne-moi tes jérémiades, dit-elle d'un ton dédaigneux. Je sais pertinemment que tu te fiches pas mal de moi ! La seule chose qui t'intéresse, c'est ta carrière et ton image. Si tu peux séduire une femme au passage, tant mieux ! Une encoche de plus sur le montant de ton lit. Mais ce qui compte à tes yeux, c'est toi, Matt. Toi, toi, toi, toujours toi ! Tu ne vaux pas mieux que les autres !

— Hé ! protesta-t-il sèchement. J'ai eu tort de me comporter comme je l'ai fait et tu as parfaitement raison de m'en vouloir, mais ça ne t'autorise pas à me reléguer au niveau de tous les pauvres types qui ont croisé ton chemin !

— Ah, bon? Et pourquoi donc? Tu te comportes pourtant comme les plus pathétiques d'entre eux!

Il pinça les lèvres, puis poussa un long soupir.

— J'oubliais que tu es une vraie reine de beauté. Tu as tous les droits. Le droit de me faire des promesses et de me laisser ensuite tomber comme une vieille chaussette, par exemple. Je ne suis qu'un jouet, pour toi.

— Tu t'es peut-être raconté des histoires. J'ai toujours dit qu'entre nous, c'était juste pour s'amuser.

— Pour s'amuser? répéta-t-il en s'étranglant à moitié. J'ai ressenti quelque chose de fort en t'embrassant, Rebecca, et toi aussi! Tu mens!

— Absolument pas!

— Si! Tu mens! Tu sais que je t'aime, mais tu as la trouille de reconnaître que tu ressens la même chose! Tu as peur de te laisser aller à être toi-même...

Il avait fait mouche. Elle réagit sans réfléchir et lança sa tong vers lui. Matt baissa la tête et l'esquiva.

— Ah! C'est comme ça? dit-il en la menaçant de son bouquet de roses.

Rebecca recula et se cogna les jambes contre une chaise en osier.

— Reste où tu es! cria-t-elle avant de jeter un regard désespéré vers sa meute de chiens inutiles qui contemplaient placidement la scène, affalés à l'ombre.

— Essaie de m'empêcher d'avancer! riposta-t-il.

D'un bond, il fut sur elle et lui attrapa le poignet. En tentant de se dégager, elle lui fit lâcher son bouquet. Les roses se répandirent sur le ponton, certaines tombant dans le fleuve tandis qu'elle continuait à se débattre pour libérer son bras. Mais Matt était plus fort qu'elle. Il l'attira contre lui, l'emprisonna entre ses bras, écrasa ses lèvres contre les siennes et l'embrassa fougueusement. Elle sentit sa langue s'enfoncer dans sa bouche tandis qu'il attrapait une poignée de ses cheveux mouillés pour faire basculer sa tête en arrière et l'embrasser à pleine bouche, l'embrasser jusqu'à ce qu'elle ne puisse plus respirer, l'embrasser jusqu'à ce qu'elle ne sente plus rien d'autre que lui, son corps contre le sien, ses bras qui la serraient contre lui, ses lèvres douces et fermes à la fois et l'écho des mots qu'il avait prononcés qui s'entortillait autour de son cœur et la maintenait captive.

Jamais personne ne l'avait embrassée aussi passion-nément, et Rebecca se serra contre lui. Si elle avait pu pénétrer à l'intérieur de son corps, elle l'aurait fait. Ses mains se posèrent sur ses épaules, descendirent le long de ses bras et caressèrent son torse. La pression de son corps contre le sien éveilla en elle le souvenir de la nuit où la bouche et les mains de Matt l'avaient savamment délivrée du sort qui pesait sur elle depuis quatre ans, et elle sentit une vague de désir la submerger.

Matt lui releva la tête. Ses yeux gris brillaient d'une émotion qu'elle n'aurait pas su nommer. Il caressa sa lèvre inférieure du pouce avant d'y déposer un tendre baiser.

— Tu vas aller t'habiller, et pendant ce temps-là, je vais m'occuper de Grayson. Quand tu seras prête, je vous emmènerai, toi, Grayson, Jo Lynn et tout Ruby Falls si tu le désires, manger un hamburger. Ensuite, j'apprendrai à Grayson à attraper les grenouilles. Mais après ça, on aura une conversation, toi et moi. On ne criera pas, on ne se lancera pas d'objets à la figure, on ne cherchera pas à savoir qui est le meilleur, on par-lera. Toi et moi. Tu sais que c'est nécessaire.

Encore bouleversée par la violence de son baiser, Rebecca posa un doigt sur la bouche de Matt.

— Toujours à donner des ordres, hein ? lui fit-elle remarquer avec un petit sourire. Imagine que je dise non ?

— Alors, tu seras obligée de me tirer dessus, parce que je n'ai pas l'intention d'accepter un refus.

— Ça marche, répondit-elle d'une petite voix. Ton revolver ou le mien ?

Matt gloussa, passa ses bras autour d'elle, la serra très fort contre lui, et Rebecca sentit une onde de cha-leur envahir sa nuque.

Matt et Rebecca regagnèrent la maison en se tenant par la taille, escortés par les chiens. Jo Lynn se mit au volant de sa voiturette de golf et prit congé d'eux avec un petit sourire entendu, probablement inspiré par l'expression radieuse de Matt. Quand la voiturette s'engagea sous le couvert des arbres, Matt suivit Rebecca et Grayson à l'intérieur de la maison avec un sourire idiot qui ne le quitta pas tandis que Rebecca aidait son fils à se laver les mains et le visage.

— Pourquoi tu rigoles, maman ? demanda Grayson en tendant la main pour toucher la pointe de ses cheveux mouillés.

Des cheveux que Matt mourait d'envie de caresser, lui aussi.

— Je ne sais pas, mon chéri, répondit-elle avec un grand sourire. Bon, tu es tout propre, maintenant, à mon tour ! Tu vas rester avec Matt, d'accord ?

— Oui ! s'écria-t-il.

Elle rit, lui ébouriffa les cheveux, puis leva un regard timide vers Matt.

— Ça va aller ?

— Bien sûr, répondit-il en adressant un clin d'œil complice à Grayson. Viens, Gray. On va aller surveiller ces affreux toutous.

— Ouais ! s'exclama celui-ci en entraînant Matt à l'extérieur.

Rebecca les regarda sortir en souriant béatement. Quand ils virent Matt et Grayson surgir sur la véranda, les quatre chiens se précipitèrent vers eux. Grayson lâcha alors la main de Matt afin de lui présenter ses chiens : Patate (son préféré), Minus (le beagle à trois pattes), Frank (le gros chien marron qui avait la démarche de John Wayne), et le premier adopté, Bean.

— Maman dit qu'il n'est pas très malin, expliqua Grayson. En plus, il est borgne. Il est peut-être sourd aussi, mais le vétérinaire n'est pas sûr parce qu'il est vraiment très bête.

Le pauvre Bean avait effectivement l'air complètement à l'ouest.

— Je comprends ce qu'il ressent, dit Matt. Il m'arrive de me sentir très bête, moi aussi.

— Tu es borgne ? lui demanda Grayson.

— Oui, à ma manière, répondit Matt.

Le visage de Grayson se tordit de perplexité.

— En fait, poursuivit Matt en lui faisant signe de le suivre, parfois je perds un peu la boule et je dis des choses que je ne devrais pas dire. Comme l'autre jour, par exemple, dans le parking du *Four Seasons*, quand j'ai crié sur ta maman.

Grayson le suivit, et ils s'assirent sur les fauteuils en osier. Matt se pencha en avant et posa les coudes sur ses genoux.

— Est-ce que ça t'est déjà arrivé de dire des choses que tu as regrettées ensuite ?

— Chais pas.

— Moi, ça ne m'arrive pas souvent. Mais quand ça m'arrive, je dépasse toutes les bornes. C'est ce qui s'est passé avec ta maman, la dernière fois. Maintenant, j'essaie de me faire pardonner et de lui dire que je suis vraiment désolé.

Grayson hocha la tête.

— Je voudrais aussi m'excuser vis-à-vis de toi, fiston. Je n'aurais pas dû crier comme ça.

— Maman a beaucoup pleuré après, lui dit Grayson.

Matt eut l'impression de recevoir un coup de poignard dans le ventre.

— Je n'aurais pas dû m'emporter comme ça, dit-il en secouant la tête. Je suis vraiment inexcusable.

— Ouais, répondit Grayson, l'air sombre.

— Mais tu sais comment ça se passe : tu te mets une idée dans la tête, et à partir de là, tu t'imagines des tas de trucs qui n'ont rien à voir avec la réalité. Il se trouve que j'aime vraiment beaucoup ta maman, ce qui rend mon comportement d'autant plus stupide. Tu vois ce que je veux dire ?

— Hin, hin, affirma Grayson.

— Je suis vraiment désolé, Gray, soupira Matt.

— C'est pas grave, assura celui-ci d'un ton guilleret.

— Merci, répondit Matt. Tu sais quoi? Quand ta maman sortira de la douche, on ira manger un hamburger tous les trois. Après, on ira attraper des grenouilles, rien que nous deux. Et quand on en aura pris au moins deux...

— Ouais?

— ... on les mettra dans une boîte, et tu iras te coucher pour que je puisse dire à ta maman à quel point je suis désolé. Qu'est-ce que tu en penses?

— Tu pourrais lui offrir une glace, suggéra Grayson. Maman sourit toujours quand elle mange une glace.

— Une glace? répéta Matt, interloqué.

Les femmes avec qui il sortait fuyaient les glaces comme la peste. Rebecca elle-même lui avait dit qu'elle n'en mangeait jamais et avait à peine touché à celle qu'il lui avait offerte chez *Amy's*.

— Maman adore les glaces. Elle en mange tous les jours. Elle en a des tonnes de pots au congélateur, mais il faut lui demander la permission avant d'en prendre.

— Attends un peu, dit Matt, complètement perdu. Ta mère a des tonnes de pots de glace?

— Viens, je vais te montrer, dit Grayson en descendant de son siège et en courant vers la porte.

Curieux, Matt se leva et le suivit dans la cuisine, où un congélateur de taille industrielle trônait contre le mur. Grayson fut obligé d'utiliser ses deux mains pour l'ouvrir.

Matt inspira à pleins poumons et retint son souffle.

L'intérieur du congélateur était entièrement rempli de pots de glace. Des pots d'un quart de litre, d'un demi-litre, d'un litre, des barres chocolatées glacées et des petits pots individuels. Il n'y avait strictement rien d'autre. Pas un seul plat cuisiné, pas de viande, pas de légumes. Uniquement de la glace.

— Attends une minute, dit Matt après avoir relâché son souffle. Où est la viande?

— Dans celui-là, dit Grayson en désignant un petit congélateur domestique à côté de l'évier.

Éberlué, Matt tourna de nouveau la tête vers le gros congélateur.

— Je crois que tu viens de me filer un supertuyau, mon garçon, dit-il en se grattant la tête.

Comment une femme aussi parfaite que Rebecca Lear pouvait-elle engranger une telle quantité de crème glacée ? Tant dans sa maison que dans son corps ?

Quand elle apparut sur la véranda, il la scruta attentivement, en grande partie pour tenter de trouver une réponse à cette question. Mais pas uniquement. Elle avait enfilé une robe bleu-vert moulante qui ne laissait pratiquement rien ignorer de son anatomie. Elle avait passé des sandales assorties à sa robe, coiffé ses cheveux en queue de cheval et ne portait qu'un petit collier de turquoises qui faisait merveilleusement ressortir le bleu de ses yeux. Comme toujours, elle était d'une beauté éblouissante.

Mais comment faisait-elle pour manger autant de glace ?

À la voir picorer à peine trois bouchées de son hamburger au *Sam's Corner Hamburger Hut*, Matt en conclut qu'elle devait se nourrir exclusivement de glace. Ils s'étaient assis face à face et écoutaient avec amusement Grayson leur faire le récit emberlificoté des échanges successifs d'une carte Yu-Gi-Oh ! entre lui et Taylor, échanges qui s'étaient soldés par une carte tout abîmée à force d'être passée de main en main et par un entretien dans le bureau du directeur de l'école maternelle.

Une fois qu'il eut raconté cette histoire avec beaucoup de conviction, Rebecca adressa un petit sourire gêné à Matt.

— Il ne gère pas toujours très bien ses pulsions, lui confia-t-elle.

— Gérer ses pulsions ? répéta Matt d'un ton goguenard. Il se défend quand on l'attaque, c'est tout... Pas vrai, Gray ?

— Je vais le démolir ! déclara celui-ci. Je vais monter sur le toit de l'école et je vais lui sauter dessus pour l'écrabouiller, je vais lui donner des coups de pied et après, je vais lui étaler du caca de chien sur la figure et...

— Grayson, ça suffit, intervint calmement Rebecca. Rappelle-toi ce que je t'ai dit. Personne ne mérite qu'on lui mette du caca de chien sur la figure.

Bon, le gamin n'avait peut-être pas besoin qu'on l'incite à la violence, mais c'était un garçon, et les garçons réglaient leurs problèmes avec leurs poings. Grayson changerait en grandissant, comme tous les autres petits garçons avant lui.

Le soleil se couchait quand ils prirent le chemin du retour. Comme promis, Matt emmena Grayson pêcher les grenouilles, muni d'un seau, d'une torche électrique et d'une fourchette de barbecue fournis par Rebecca.

Celle-ci les regarda s'éloigner depuis la véranda, suivis à distance respectueuse par la meute des chiens. Grayson serrait le seau bien fort contre son ventre et levait vers Matt un regard d'adoration pure.

Elle n'avait jamais réalisé – pas aussi clairement, en tout cas – qu'un homme comme Matt était exactement le genre de père dont son fils avait besoin. Elle avait cru que son père lui manquait, mais en fait, il avait surtout besoin d'un homme qui lui serve de modèle. C'était ce besoin frustré qui le mettait dans une telle rage quand il revenait d'un séjour chez Bud. Il voulait un père. Un père comme Matt. Et il était trop jeune pour comprendre pourquoi il ne pouvait pas avoir à la fois sa maman et le père qu'il méritait.

Matt lui permettait de combler l'absence de son père. Le fait que Matt n'ait pas l'air de s'en rendre compte et qu'il apprécie réellement la compagnie de Grayson émut tellement Rebecca qu'elle sentit des larmes lui picoter les yeux.

Hou là là... Elle était en train de se fourrer dans un beau pétrin. L'adoration que Grayson vouait à Matt n'était pas forcément une bonne chose. Il s'exposait à une grosse déconvenue si...

Si quoi ? Pourquoi Matt et elle ne pourraient-ils pas continuer à se voir ? À cause de ce qu'ils s'étaient dit au *Four Seasons* ? S'ils n'étaient pas capables de surmonter cela, à quoi rimait le baiser qu'ils avaient échangé sur le ponton ? Une sorte de courant passait entre eux, c'était indéniable. Oui, mais Matt, le tombeur de ces dames, ne faisait-il pas cet effet-là à toutes les femmes ? Rebecca était-elle la seule à avoir ressenti ce courant magique ? Était-il possible de tomber amoureux aussi rapidement ? Se comportait-elle comme la dernière des imbéciles ? Ou bien était-elle en droit d'écouter son cœur ? Pouvait-elle s'autoriser, pour une fois dans sa vie, à laisser son instinct dicter ses actes ?

Ses pensées l'avaient amenée sur un territoire extrêmement dangereux, rempli de gouffres, d'aspérités et de précipices. Elle avait passé la majeure partie de sa vie adulte en compagnie du même homme. Un homme qu'elle avait fini par détester et à qui elle souhaitait les pires choses. Ses jours avaient été remplis de regrets et non d'espoir. Était-elle en train de se mettre à espérer ?

Elle prit un livre et s'assit sur une chaise de la véranda, mais elle était trop agitée pour lire. Quelques jours auparavant, elle avait décidé de mettre un frein à sa lecture d'ouvrages de développement personnel. Elle ferait face à la vie toute seule, quoi qu'il advienne. À ce moment-là, elle avait également décidé de se tenir le plus loin possible de Monsieur M'as-tu-vu. À présent, elle ne savait plus où elle en était.

« Bienvenue dans le monde réel, Rebecca, songea-t-elle. À partir de maintenant, il n'y a plus aucune certitude. »

La seule chose dont elle était certaine, c'était que cet homme la faisait vibrer comme aucun autre avant lui. Et qu'elle ne savait absolument pas comment empêcher cela. Ni si elle le devait. Ni même si elle le pouvait.

27

*Je ne connais rien à la sexualité
parce que j'ai toujours été mariée...*

Zsa Zsa GABOR

Quand Matt et Grayson revinrent, une heure plus tard, Rebecca était toujours assise sur la véranda. Elle n'avait pas lu une seule ligne de son livre et n'avait trouvé aucune réponse aux questions qui la torturaient. Elle ne remarqua donc pas immédiatement que Matt avait remonté son pantalon jusqu'aux genoux et qu'il tenait ses bottes à la main. Sa chemise blanche était pleine de boue, Grayson et les chiens étaient trempés comme des soupes.

— Vous avez réussi à en attraper? demanda-t-elle en souhaitant vivement qu'ils ne lui montrent pas de grenouille vivante.

— Non, marmonna Grayson, visiblement déçu. Elles n'ont pas voulu sortir!

— La présence de Bean ne nous a pas vraiment aidés, dit Matt en s'appuyant à la balustrade. Ce chien est vraiment dérangé!

Il sourit en entendant le rire de Rebecca.

— Et toi, qu'est-ce que tu as fait de beau pendant ce temps-là? lui demanda-t-il.

— J'ai lu.

Matt jeta un coup d'œil à la couverture de son livre.

— Ça doit être palpitant...

Elle baissa les yeux, s'aperçut qu'elle tenait son livre à l'envers et le posa vivement sur la table.

— Bon ! dit-elle en se levant et en essuyant ses paumes moites sur sa robe. Je connais un petit garçon qui va aller prendre son bain.

— Et je connais un autre garçon un peu plus grand qui aurait intérêt à en faire autant, renchérit Matt. Si tu veux bien m'autoriser à prendre une douche, j'ai une chemise propre dans ma voiture.

C'était complètement puéril, mais le simple fait d'imaginer Matt nu dans sa salle de bains fit voluptueusement frissonner Rebecca.

— Bien sûr, répondit-elle. Ça ne sera pas du luxe. La maison est remplie de salles de bains. Pas vrai, Gray ?

— On n'en a que deux, maman, répondit son fils. La mienne et la tienne.

Rebecca rit – « émit une sorte de hennissement » serait plus juste – et prit Grayson par les épaules.

— C'est vrai. Seulement deux. Viens, je vais te montrer où ça se trouve, ajouta-t-elle en levant la tête vers Matt.

Ils remontèrent le long couloir tous les trois, mais alors qu'ils franchissaient le seuil de la chambre de Rebecca, Grayson lâcha la main de sa mère et courut vers les toilettes.

— C'est joli, dit Matt en posant les yeux sur les murs bleu pâle, le couvre-lit en patchwork et les meubles blancs. C'est une pièce qui donne envie d'y passer plusieurs jours.

Que devait-elle comprendre ? Était-il en train de suggérer ce qu'elle pensait, ou bien était-ce une idée d'adolescente attardée ? Rebecca le regarda du coin de l'œil ; il souriait gentiment. Elle alla ouvrir la porte de la salle de bains.

— Merci, dit-il en observant l'immense cabine de douche – qui avait été conçue pour deux, se rappela Rebecca en se sentant rougir.

— Les serviettes sont là. Tu trouveras du savon et du shampooing dans la douche.

— Super.

En quittant la salle de bains, elle sentit le regard de Matt dans son dos et jeta un coup d'œil par-dessus son épaule pour s'assurer que son instinct ne la trompait pas. Son beau regard gris était effectivement braqué sur elle.

— Il te manque quelque chose ? demanda-t-elle.

Un étrange sourire se forma sur les lèvres de Matt.

— Non, je crois que tout ce que je désire se trouve dans cette pièce.

Bon. Il fallait vraiment qu'elle arrête d'interpréter tout ce qu'il disait. Incapable de réprimer un frisson, elle hocha la tête et se dépêcha d'aller retrouver Grayson.

Mais l'image de Matt en train de la regarder avait pris possession de son esprit, et elle écouta à peine ce que lui racontait son fils – quelque chose à propos des us et coutumes des grenouilles – pendant qu'elle l'aidait à se laver.

Lorsqu'il eut enfilé son pyjama Bob l'Éponge fraîchement repassé (certaines habitudes sont longues à disparaître), elle le borda et s'apprêta à lui lire une histoire. Mais Grayson lui dit que ce n'était pas la peine.

— Tu ne veux pas que je te lise une histoire ? demanda-t-elle, surprise.

— Non, c'est bon. Je suis allé chasser les grenouilles, maintenant, c'est ton tour.

— C'est mon tour de quoi ?

— Chais pas, dit-il en s'adossant à ses oreillers. De manger de la glace, peut-être, vu que tu adores ça.

— C'est vrai que j'adore ça, répondit-elle en riant, avant de déposer un baiser sur son front.

Elle le laissa rêver de grenouilles en compagnie de Patate, qui montait la garde à côté de son lit. Quand elle s'engagea dans le couloir, elle entendit Matt s'affairer dans la cuisine. Il avait mis une chemise propre, réussi à enlever le plus gros de la boue de son pantalon et marchait pieds nus. Frank, Bean et Minus étaient avec lui, affalés par terre, le museau en appui sur les pattes, à couver d'un œil attentif leurs gamelles vides. Quand Rebecca entra dans la pièce, Matt leva les yeux et lui sourit.

— Tes chiens ont faim.

— Ce sont des comédiens, répondit-elle en s'asseyant sur un tabouret de bar. Ils ont déjà mangé.

En guise d'approbation, la queue de Frank vint frapper le plancher.

— C'est vrai ? demanda Matt en fronçant les sourcils à l'intention des chiens. Ils sont vraiment doués ! Ils ont réussi à m'extorquer des biscuits. J'espère que tu ne m'en voudras pas, je me suis permis d'explorer ton garde-manger...

Il désigna une bouteille de vin, posée sur le comptoir.

— Tu as bien fait, répondit-elle en se disant qu'il avait même très bien fait.

Il ne s'en était pas tenu là. Il avait garni un plateau de fromages variés et s'apprêtait à disposer tout autour du raisin qu'il venait de laver.

— Je ne savais pas que tu étais un fin gourmet.

— Je crois, Miss Texas, que vous ignorez beaucoup de choses à mon sujet, répondit-il d'un ton faussement pédant. Je n'ai rien d'un gourmet, mais j'ai déjà vu ma maman faire ça. À vrai dire, je n'ai aucun talent pour la cuisine, je suis juste doué pour imiter les autres. Il me semble cependant que j'oublie quelque chose...

— Voyons voir... Des crackers, peut-être ? suggéra Rebecca.

— Oui ! s'exclama-t-il en claquant des doigts. Toi, tu es un vrai gourmet !

— Vous ignorez encore beaucoup de choses à mon sujet, monsieur M'as-tu-vu, le singea-t-elle. Il se trouve que j'ai un peu tâté des arts culinaires. Assez en tout cas pour savoir que le fromage se sert avec des crackers. Je vais les chercher.

— Super. Tu veux bien emporter la bouteille dehors ? demanda-t-il en prenant le plateau de fromages.

Rebecca attrapa un paquet de crackers, la bouteille et le suivit sur la véranda. Il avait allumé trois bougies à la citronnelle et disposé des verres et un tire-bouchon sur la table. Il posa le plateau, lui prit les crackers et en plaça quelques-uns sur le plateau. Il recula d'un pas, contempla le résultat de ses efforts d'un œil critique, puis haussa les épaules.

— Je ne sais pas pourquoi, mais c'est plus joli quand c'est ma mère qui le fait.

— Tu la vois souvent ? demanda Rebecca.

— Trop souvent, répondit-il en levant les yeux au ciel. Mes parents vivent à Dripping Springs. Avec mes frères et ma sœur, on va déjeuner chez eux presque chaque dimanche. Ils considèrent ça comme un dû. L'âge, sans doute... Et toi ? Tu vois souvent tes parents ?

« Laisse-moi réfléchir... songea Rebecca. Mon père est un vieux ronchon et ma mère le fuit comme la peste, donc, non, on ne se réunit pas très souvent. »

— Pas vraiment, non, répondit-elle. La plupart du temps, mon père vit à New York, et ma mère est en Californie.

— Ah. Chacun à un bout du pays... J'ai entendu parler de divorces qui finissent comme ça, commenta-t-il en débouchant la bouteille. Et pour te dire les choses franchement, j'ai cru un moment que c'était ce qui allait nous arriver à nous aussi. Enfin, dans notre cas, on se serait plutôt retrouvés chacun à un bout de l'univers.

Il remplit un verre de vin et le lui tendit.

— Tu as vraiment pensé ça ? demanda Rebecca.

— Ma foi, oui, répondit Matt. Pas toi ? Tu m'en auras fait voir de toutes les couleurs.

Le cœur de Rebecca fit un étrange petit bond. Elle n'aimait pas du tout cette sensation de redevenir une adolescente et s'en voulait de chercher perpétuellement un double sens derrière tous ses propos.

— Qu'est-ce que tu entends par « de toutes les couleurs » ? demanda-t-elle avant de se forcer à prendre une gorgée de vin.

Matt s'assit sur la chaise voisine de la sienne, se pencha vers elle et posa sa main sur son bras. Elle sursauta.

— Tu es toute raide, Rebecca, dit-il d'une voix douce. Tu as peur de quelque chose ?

« Peur ? songea-t-elle. Non, pas du tout ! Comme s'il y avait de quoi avoir peur ! J'ai simplement... simplement l'impression que tu risques de me redire que tu m'aimes. »

— Tu veux du fromage ? demanda-t-elle abruptement en se penchant vers la table, libérant du même coup son bras pour mettre du fromage sur un cracker.

« Mmm, du gouda ! s'exclama-t-elle pour empêcher le silence de s'établir entre eux. J'adore ça. Pas toi ? Une fois, en France, j'ai voulu en acheter deux livres, chez un fromager. Mais je ne parle pas très bien français – en fait, je ne parle absolument pas français, juste quelques mots et formules toutes faites... Bref, toujours est-il que le marchand de fromage m'a dit qu'il ne disposait pas d'une telle quantité, mais qu'il pouvait me le faire livrer si je voulais. J'aurais dû me méfier, tu me diras... On m'a livré l'équivalent de deux wagons de fromage, conclut-elle en lui tendant un cracker.

Le regard de Matt resta braqué sur elle tandis qu'il lui prenait le cracker des mains et qu'il le posait sur la table.

— Rebecca...

— Ça tombait drôlement bien que tu aies une chemise de rechange dans ta voiture, dit-elle.

Matt baissa les yeux vers sa chemise.

— J'en ai toujours une de rechange. On ne sait jamais ce qui peut arriver, n'est-ce pas ?

— Si, répondit-elle sans réfléchir.

Matt releva les yeux.

— Pardon ?

— Si. On sait toujours ce qui peut arriver, insista-t-elle.

Elle posa les yeux sur son torse et se rendit compte que ce qui la perturbait, c'était cette chemise, justement.

— Pardon? demanda-t-il, désarçonné par son brusque changement de comportement.

— Moi, je sais toujours où je vais, dit-elle sans quitter sa chemise du regard. Le fait que tu ne saches pas ce qui peut t'arriver est un peu… un peu…

— Déconcertant?

— Oui! Déconcertant.

— Pourquoi est-ce que ça te déconcerte? demanda-t-il.

— Parce que! s'écria-t-elle en reposant son verre. Parce que moi, je sais toujours ce que je vais faire! Mais c'est vrai qu'en ce qui te concerne, je ne sais plus trop où j'en suis.

— Moi, je sais, dit-il très calmement.

— Seigneur, soupira-t-elle. J'ai l'impression d'avoir quinze ans et je me demande pourquoi l'homme qui me met dans tous mes états a des chemises de rechange dans sa voiture!

— Parce que je te mets dans tous tes états?

— Et voilà! gémit Rebecca en se laissant aller contre le dossier de sa chaise. Je ne sais plus ce que je dis, j'ai complètement perdu la raison!

Matt rit et lui tapota gentiment le genou.

— Tu n'es pas la seule, Rebecca. Toi aussi, tu me mets dans tous mes états.

— Vraiment? s'enquit-elle d'un ton suspicieux.

— Vraiment, répondit-il avec sérieux.

Ce seul mot enflamma son corps. Elle sourit. Et se ressaisit aussitôt.

— Comment sais-tu que ce n'est pas juste un coup de folie momentané?

— Écoute, je ne te connais pas assez pour répondre à ta place. Mais je sais ce qui se passe ici, dit-il en se frappant le torse. Et je peux te garantir que ça n'a rien à voir avec un coup de folie momentané.

— Et si c'est le cas pour moi? demanda-t-elle avec calme.

Matt haussa les épaules.

— Pourquoi ne pas y céder ? Qui vivra verra...

— Je ne suis pas sûre de pouvoir...

Il poussa un long soupir.

— Tu es vraiment compliquée, tu sais. Ce qui se passe entre nous est rare. Crois-moi. Je comprends que tu aies du mal à me faire confiance parce que tu dois recevoir des tas de compliments. Tu es tellement belle et...

— Oh !

Rebecca renversa la tête en arrière et contempla le ventilateur d'un air désespéré.

— Tu sais, Matt, j'ai parfois l'impression que tu es la personne la plus intelligente que je connaisse, et puis, tout à coup, tu lâches un commentaire complètement stupide !

— Comment ça ? demanda-t-il.

— Tu ramènes tout à ma beauté, par exemple. Bon, d'accord, il y a très longtemps, j'ai remporté le titre de Miss Texas. Mais j'ai beaucoup changé depuis ! Et je ne reçois pas autant de compliments que tu le crois. En fait, je n'en reçois même jamais. Au cas où tu ne l'aurais pas remarqué, Grayson et moi n'avons pas une vie sociale tellement remplie !

— Excuse-moi, mais je suis un peu perdu. Qu'essaies-tu de me dire ?

— J'essaie simplement de dire que je ne peux pas... que je ne peux pas... Tu sais très bien ce que je veux dire ! Il y a Grayson et j'ai... Ça va sûrement te paraître stupide, mais j'ai des principes...

— Parce que tu t'imagines peut-être que moi, je n'en ai pas ?

— C'est toi qui as des chemises de rechange dans ta voiture.

— Je t'ai dit que je t'aimais, répondit-il sèchement. Et il faut vraiment que j'aie perdu la tête pour me laisser aller à te le dire. Maintenant, je me retrouve assis à côté de toi à avoir cette conversation ridicule qui ne nous mène nulle part. Chaque fois que j'essaie de t'approcher, tu deviens froide comme un glaçon. Ça ne sert à rien que je me fatigue. Tu me donnes l'impression de très bien garder le contrôle de tes émotions, pour quelqu'un qui prétend être dans tous ses états.

Rebecca déglutit, se leva, pensa à mille reparties possibles, si bien qu'elle fut incapable d'en choisir une seule. Elle tourna les talons, s'éloigna de la table et descendit les marches de la véranda pour aller elle ne savait où.

Matt la suivit aussitôt.

— Alors ça, pas question. Je ne te laisserai pas t'en tirer comme ça. Dis ce que tu as à dire, qu'on en finisse !

— Très bien. Que penses-tu de ça : j'en ai plus qu'assez de passer pour l'attardée mentale dans cette histoire !

— Au moins, c'est toi la plus belle...

Elle pila sur place et se tourna vers lui.

— Tu crois que parce que je ne me suis pas précipitée pour coucher avec toi, je suis frigide ? C'est ça que tu essaies de dire ?

— Non ! répondit-il aussitôt en lui attrapant la main. Je veux dire que tu as peur. Que tu es morte de trouille. Voilà ce que je veux dire !

Rebecca se retint juste à temps de répliquer que c'était faux. Ils restèrent là, face à face, au clair de lune, à se regarder dans les yeux.

— Tu aurais la trouille, toi aussi, si tu étais à ma place, finit-elle par avouer en posant le front contre la poitrine de Matt.

Il passa ses bras autour d'elle.

— Pourquoi ? Tu ne te rends pas compte que je t'aime vraiment ? demanda-t-il. Devine quel âge j'avais la dernière fois que j'ai dit à une femme que je l'aimais.

— Je ne sais pas...

— Sept ans.

Rebecca rit contre le torse de Matt.

— Je suis venu jusqu'ici pour te demander à genoux de me pardonner. Je t'ai laissée me jeter des trucs à la figure et je t'ai avoué les sentiments que tu m'inspires. J'espérais t'en inspirer aussi.

Rebecca rit encore et leva les yeux vers Matt.

— C'est le cas. En quelque sorte. Je veux dire, vraiment. Je veux dire... Oh ! C'est tellement difficile à expliquer !

Matt lui souleva le menton.

— Essaie de me le dire. Je suis prêt à tout entendre.

— D'accord. Alors, pour commencer, je n'ai jamais eu... Je n'ai eu qu'un seul...

— Oh, je comprends, dit Matt en hochant la tête. Tu l'aimes encore, c'est ça ?

Il était tellement à côté de la plaque que Rebecca ne put retenir un éclat de rire.

— Non, Matt, dit-elle en levant les yeux vers les étoiles. Ça fait des années que je ne l'aime plus et je n'ai pas été triste quand il m'a quittée. Je me suis retrouvée complètement dépourvue d'émotions après son départ. Un beau jour, il m'a annoncé qu'il partait comme on annonce à quelqu'un qu'on va faire les courses, comme si mettre un terme à dix ans de mariage avait à ses yeux autant d'importance que l'achat d'un pack de bières. Et même si cela faisait déjà très longtemps que je ne l'aimais plus, j'avais du mal à comprendre que deux personnes qui avaient passé tant de temps ensemble puissent en arriver à un tel degré d'indifférence. À un tel néant. À moins que...

À moins qu'elle ne puisse susciter aucun sentiment.

Matt ne dit rien.

Le regard de Rebecca se voila, et elle battit des paupières.

— Maintenant que je t'ai rencontré, poursuivit-elle avec un petit sourire tendu, je me dis que tu es quelqu'un de merveilleux, même si bien des choses me prouvent le contraire...

— Attention...

— Et je crois que j'ai peur, oui. Beaucoup plus que je ne le pensais.

— Pas de moi, j'espère.

— Non. J'ai peur de... de ne pas mériter tes sentiments.

Elle eut soudain honte d'avoir dit cela à voix haute et enfouit son visage contre le torse de Matt. Il resserra ses bras autour d'elle, posa le menton sur sa tête, et ils restèrent un long moment ainsi, l'un contre l'autre, sans prononcer un mot.

— Tu n'as pas de souci à te faire, dit-il d'un ton posé. Je crois que notre relation déborde d'émotions depuis le tout début, non ?

Rebecca rit contre lui.

— Si !

— Tu as le droit d'éprouver tous les sentiments que tu veux, Rebecca, mais il faut que tu les manifestes, sinon tu ne pourras jamais rien partager. La seule fois où je t'ai vue telle que tu es vraiment, c'est le jour où tu as trop bu. Et il suffit de jeter un coup d'œil dans ta maison pour comprendre que tu passes ton temps à te cacher.

— Moi, je me cache ?

— Ne fais pas l'innocente. Je parle de tes livres de psychologie au rabais, dit-il en gloussant. Ou du fait que tu ranges tes boîtes de conserve par ordre alphabétique ! Je n'ai jamais vu personne faire ça !

— Oh, ça… soupira-t-elle. Tu as remarqué que je les classe aussi par couleur ?

Matt rit.

— Je crois qu'à l'intérieur de cette maison parfaite et à l'intérieur de ce corps parfait, il y a la vraie Rebecca. Probablement moins parfaite que les apparences, mais qui meurt d'envie de s'exprimer.

— C'est tellement vrai ! s'exclama-t-elle en levant les yeux vers lui. Mais je ne sais pas comment la laisser sortir ! J'ai tout essayé !

— Pas tout, dit-il en la regardant droit dans les yeux. Laisse-moi t'aider, Rebecca. Autorise-moi à voir celle qui se cache en toi.

Il se pencha vers elle pour chuchoter à son oreille :

— Je t'ai vue jouir, Rebecca, et je suis sûr que tu peux faire mieux que ça.

Elle était elle aussi intimement persuadée qu'elle pouvait faire mieux, et s'il continuait à lui parler comme ça, elle n'allait pas tarder à le lui prouver. La main de Matt caressa son bras nu et se posa sur sa poitrine.

— Tu sais que tu peux faire mieux, murmura-t-il. Dis-le. Dis : « Je veux que tu me fasses jouir. »

Elle eut l'impression que le sol se dérobait sous ses pieds, qu'un brouillard envahissait son esprit, qu'elle n'avait plus aucune volonté entre les mains de Matt.

— Je veux que tu me fasses jouir, Matt, chuchota-t-elle.

Un son sourd s'échappa de la gorge de Matt, et elle sentit qu'il lui prenait la main pour l'emmener vers la maison. Son cœur battait si fort qu'elle avait du mal à respirer, mais Matt ne semblait pas s'en soucier. Il escalada les marches de la véranda deux par deux, traversa la cuisine et s'engagea dans le couloir qui menait à sa chambre. Une fois là, il l'abandonna au milieu de la pièce et alla refermer la porte, à laquelle il s'adossa pour la contempler. La lumière de la salle de bains était toujours allumée, permettant à Rebecca de lire dans son regard le désir qu'elle lui inspirait.

— Je vais t'aider à te laisser aller, Rebecca... si tu penses être capable de le supporter.

En était-elle capable ? La tête lui tournait, elle avait l'impression qu'elle n'allait pas tarder à s'évanouir. Elle hocha faiblement la tête.

Matt sourit.

— Bien. Enlève tes chaussures.

Ce n'était pas exactement ce à quoi elle s'était attendue. Elle baissa les yeux vers ses sandales et les envoya promener en gloussant à travers la pièce.

— Défais tes cheveux, maintenant.

Elle eut envie de faire un trait d'esprit, mais se contenta de dénouer ses cheveux, qui retombèrent en boucles soyeuses sur ses épaules.

Le sourire de Matt s'évanouit, mais il continua à la contempler fixement, comme s'il voulait s'imprégner de son image.

— Tu vas allumer des bougies et les placer sur les tables de chevet, dit-il. Et tu vas éteindre la lumière.

— Bien, monsieur, répondit-elle avec un salut militaire.

Elle se dirigea vers la commode, alluma des bougies et les disposa de part et d'autre du lit, sur les tables de chevet. Elle alla ensuite éteindre la lumière de la salle de bains, puis revint dans la chambre.

— Ne dis rien, ordonna Matt en posant un doigt sur ses lèvres.

Rebecca sourit, fit le geste de verrouiller ses lèvres à l'aide d'une fermeture Éclair imaginaire doublée d'un cadenas dont elle jeta la clé. Les bras croisés sur sa poitrine, Matt s'écarta de la porte et avança vers elle.

— Tu as une culotte ?

— Évidemment !

Il posa l'index sur ses lèvres et secoua la tête.

— Enlève-la.

Elle haussa les sourcils, mais Matt se contenta de hocher la tête. Avec un petit rire, Rebecca passa les mains sous sa robe et retira sa culotte. Elle s'apprêtait à la lancer quand Matt lui saisit le poignet et s'en empara.

— Ton soutien-gorge.

— Euh…

— Sans parler. Tu as dit que tu étais capable de le faire, non ?

Elle hocha la tête, et il sourit.

— Enlève ton soutien-gorge.

Rebecca plaça ses mains derrière son dos, tâtonna quelques secondes pour défaire l'agrafe à travers le tissu de sa robe, fit descendre la première bretelle le long de son bras, puis l'autre et laissa son soutien-gorge glisser par terre sous sa robe.

— Quelle impression ça fait ? demanda Matt.

— Mmm… c'est agréable, dit-elle. Libérateur, d'une certaine façon.

Sa réponse parut le satisfaire. Il plongea ses yeux dans les siens et tendit la main vers elle. Ses doigts effleurèrent les pointes de ses seins à travers le fin tissu de sa robe. Rebecca retint son souffle.

— Vas-y, dit-il à voix basse, le regard chargé de désir. Enlève ta robe.

— Ma robe ? demanda-t-elle. Non, je ne peux pas…

— Pourquoi ?

Elle n'avait aucune réponse cohérente à fournir.

— Tu as peur de t'exposer ? De me laisser regarder ton corps ? demanda-t-il en traçant une ligne, du bout de l'index, le long de sa mâchoire, depuis le lobe d'une oreille jusqu'à l'autre. Si tu veux arrêter, on peut. Mais tu n'es pas curieuse de savoir à quoi elle ressemble ?

— Qui ça ?

— La vraie Rebecca. Tu n'as pas envie de savoir qui je vais découvrir ? Sous quelle forme elle va m'apparaître ?

Rebecca inspira brièvement pour contenir son envie de le frapper. Comment pouvait-il savoir tant de choses sur elle qu'elle-même ignorait totalement ? Oui, elle voulait savoir comment il la voyait, s'il la trouvait belle et sexy, si elle lui faisait autant d'effet qu'il lui en faisait. Elle avait envie qu'il la voie dans toute sa nudité, elle voulait le sentir sur elle, en elle, tout autour d'elle. Le simple fait d'y penser faisait jaillir dans son corps l'irrépressible désir de lui appartenir, de se livrer entièrement à lui.

— Tu vas laisser ta peur avoir le dessus ? Sûrement pas !

— Je suis prête, dit-elle.

Elle saisit l'ourlet de sa robe, la fit passer par-dessus sa tête, l'envoya voltiger et resta là, nue comme au premier jour. Matt ne dit rien, mais elle constata que sa respiration s'était accélérée. Cela lui redonna confiance en elle et l'incita à se redresser fièrement.

Matt laissa échapper un soupir rauque.

— Tourne-toi.

Rebecca tourna lentement sur elle-même, jusqu'à ce qu'elle se retrouve de nouveau face à lui. Son regard était dur.

— Touche-toi, lui ordonna-t-il.

Rebecca hésita.

— Si tu ne te touches pas toi-même, comment veux-tu que je te fasse du bien en te touchant ?

Rebecca se sentit mal à l'aise, mais l'envie de lui obéir l'emporta, et le désir qui illuminait le regard de Matt dissipa entièrement son embarras. Elle posa les mains sur sa poitrine et serra les pointes durcies de ses seins entre ses doigts. Matt gémit.

— Et maintenant, comment te sens-tu ? À quoi penses-tu ?

— J'aime sentir ton regard sur moi.

— Et moi, j'aime ce que je vois, dit-il avant d'ôter sa chemise.

Il resta face à elle, à l'admirer. Curieusement, Rebecca n'éprouvait pas la moindre sensation de gêne sous son regard. Elle se sentait vivante. Sans réfléchir, elle tendit la main vers le torse de Matt, savoura la chaleur de sa peau sous ses doigts et l'entendit pousser un grognement rauque.

Il avança d'un pas vers elle, mais ne la toucha pas. Il se contenta d'approcher les lèvres tout près de son oreille.

— Allonge-toi, chuchota-t-il.

— Comment ?

— Allonge-toi sur le lit.

— Maintenant ?

— Tout de suite.

Rebecca s'éloigna de lui à reculons, jusqu'à ce qu'elle bute contre le montant du lit. Ce qu'elle vivait était si différent de tout ce qu'elle avait expérimenté jusqu'alors, si excitant, qu'elle en vibrait de désir.

Elle s'assit au bord du lit. Il la contempla un instant, puis secoua la tête.

— Pas comme ça, lui dit-il avec douceur, en posant la main sur son genou. Allonge-toi sur le dos comme une femme qui veut qu'on lui fasse l'amour.

Elle recula jusqu'à ce que sa tête atteigne les oreillers. Elle releva un bras au-dessus de sa tête, allongea l'autre le long de son corps et croisa les jambes au niveau des genoux.

— C'est bien, souffla-t-il. Maintenant, ferme les yeux.

Elle obéit et entendit Matt se déplacer. Il ouvrait un tiroir de sa commode. Elle entendit le tiroir se refermer, puis sentit le poids du corps de Matt sur le lit. Quelque chose de soyeux frôla ses paupières closes tandis qu'il lui soulevait la tête.

— Un foulard, expliqua-t-il en le nouant derrière sa tête. Ne l'enlève pas. Ne bouge pas. Je reviens tout de suite.

Il partait ? La frayeur s'empara brusquement d'elle.

— Attends ! s'écria-t-elle d'un ton anxieux.

— Rebecca, chuchota-t-il en lui caressant la joue. Je t'aime, tu te souviens ? Je te jure que tu ne risques rien. Fais-moi confiance. En attendant que je revienne, pense à ce que tu veux que je te fasse.

Rebecca resta étendue, les yeux fermés, à écouter le bruit du vent dans les arbres et à songer, comme Matt le lui avait ordonné, à ce qu'elle avait envie qu'il lui fasse – des choses délicieuses, auxquelles il lui était arrivé de penser de temps à autre, mais dont elle n'avait jamais cru qu'elles deviendraient réelles un jour.

Matt ne tarda pas à revenir. Elle l'entendit entrer dans la pièce et refermer doucement la porte.

— Qu'est-ce que tu fais ? demanda-t-elle en se redressant.

Elle déglutit en sentant sa main se poser sur son visage.

— Chut, dit-il. Allonge-toi et laisse-toi faire.

Comment désobéir ? Elle était entièrement nue et avait les yeux bandés. Elle n'avait plus rien à cacher, plus rien d'autre à faire que de le laisser utiliser son corps à sa guise... une idée qui fit palpiter son corps de plaisir anticipé.

Elle n'eut pas longtemps à attendre. La première sensation glacée sur ses lèvres la fit sursauter si vivement qu'elle faillit s'étrangler. Le contact glacial s'étendit jusqu'à la commissure de ses lèvres, puis glissa le long de son cou. Rebecca ouvrit la bouche pour avaler et sourit.

— Rocky road, dit-elle en écartant les bras sur le lit. Mon parfum préféré.

Elle entendit Matt rire doucement, sentit ses lèvres sur les siennes, puis sa langue, qui léchait la glace qui avait coulé. Une rivière glacée s'écoula ensuite sur sa poitrine, suivie du souffle et de la langue de Matt. Quand il emprisonna la pointe de son sein entre ses lèvres, une décharge électrique traversa le corps de Rebecca, qui se cambra instinctivement.

Elle sentit ensuite une nouvelle coulée glacée dévaler depuis son sternum jusqu'au nombril. La langue de Matt suivit le même chemin. Haletante, Rebecca tendit les mains pour le toucher. Elle caressa son torse, ses épaules, son ventre et posa les mains sur ses hanches.

— Ne t'arrête pas, continue, lui chuchota-t-il.

Rebecca referma les doigts sur son sexe en érection. Matt continua de lui lécher le ventre, et un filet glacé s'immisça entre ses cuisses brûlantes. Elle poussa un petit cri de surprise et serra les doigts plus fort autour de son sexe. La langue de Matt se glissa alors entre ses cuisses pour lécher la glace.

— Laisse-moi essayer, dit-elle en tâtonnant pour trouver son visage. Donne-moi de la glace.

Matt émit un son à mi-chemin entre le rire et le grognement, lui prit la main et la plongea dans le pot de crème glacée.

Les yeux toujours bandés, elle se mit à genoux et tendit la main jusqu'à ce qu'elle entre en contact avec son corps. Puis, sans vraiment savoir quel endroit elle venait d'atteindre, elle se pencha en avant et fit courir sa langue sur sa peau recouverte de glace, ravie par l'aspect décadent de la situation. Elle rit, sa main retrouva le chemin du pot, plongea dedans pour reprendre de la glace qu'elle étala lentement sur le corps de Matt, et un grand sourire étira ses lèvres quand elle entendit Matt gémir et qu'elle le sentit se renverser sur le dos.

Elle réalisa soudain quelque chose : ses mains étaient gluantes de glace fondue, mais il était fort possible que ses propres sécrétions y soient mêlées. Elle tâtonna jusqu'à ce qu'elle trouve le pot, plongea de nouveau la main dedans et porta une pleine poignée de glace ramollie à sa bouche. Ensuite, elle recommença à en étaler sur Matt, sur son dos, ses hanches, son sexe. Elle se pencha en avant, chercha à l'atteindre du bout de la langue, rencontra son sexe, plaça ses lèvres autour de son gland, le suça, puis le lécha sur toute sa longueur.

Il se mit à remuer doucement sous elle. Elle sentait son sexe grossir dans sa bouche, sentait ses testicules s'épanouir dans sa main, sentait le goût de la glace se mélanger au goût de sa peau.

Soudain, il la souleva, et Rebecca eut l'impression de voler. Elle arracha son foulard et vit Matt au-dessus d'elle, la sueur perlant au-dessus de ses sourcils, le regard brûlant de désir.

— Prête à savoir ce que ça fait d'être complètement libre ? lui demanda-t-il.

Elle rit et se lécha les lèvres.

— Prête.

Il l'embrassa fougueusement, puis écarta soudain ses lèvres des siennes, attrapa le pot de glace, trempa la main dedans et en tartina Rebecca, qui se mit à rire. Il la surprit alors en la retournant avec dextérité sur le ventre, avant d'étaler la glace sur ses hanches et sur ses fesses, l'une après l'autre. Étourdie de désir, Rebecca tendit la main entre ses jambes pour sentir le contact à la fois doux, humide et gluant de la glace sur sa main. Matt lui souleva les hanches et se plaça entre ses cuisses écartées.

Quand il la pénétra, le choc brutal du plaisir la submergea. Elle retint son souffle et resta immobile tandis qu'il s'insérait lentement et aisément en elle. Leurs corps s'ajustèrent à la perfection, et elle ressentit une sensation bouleversante, si enivrante qu'elle poussa un long soupir de satisfaction. Instinctivement, elle redressa les hanches pour qu'il s'enfonce plus profondément en elle et fut envahie par une telle vague de plaisir qu'elle renversa la tête en arrière en gémissant.

Les mains de Matt glissèrent jusqu'à son sexe, son index trouva son clitoris et le caressa doucement tandis qu'il amorçait en elle un lent mouvement de va-et-vient, l'amenant au bord du plaisir qu'il lui avait promis. L'extase submergea Rebecca, l'obligea à respirer par à-coups, à ouvrir la bouche pour aspirer l'air.

Il se mit à aller et venir en elle plus rapidement, s'enfonça en elle encore plus profondément, et elle eut l'impression qu'il prenait totalement possession de son corps. Bientôt, elle sentit qu'elle atteignait un point de non-retour.

— Laisse-toi aller, Rebecca, laisse-toi aller, lui dit-il d'une voix rauque.

Le corps ébranlé par la force de son propre orgasme, elle poussa un long cri animal et se noya dans l'extase la plus intense qu'elle eût jamais connue. Tandis que les derniers reflux du plaisir parcouraient son corps, elle entendit Matt pousser un long cri de soulagement et se dit confusément qu'il criait plus fort qu'elle.

Il sembla s'écouler longtemps avant que l'un ou l'autre recommence à respirer, et plus longtemps encore avant que leurs corps se détachent. Ils rirent ensuite ; ils rirent de la crème glacée étalée un peu partout et du bandeau auquel Matt avoua n'avoir songé qu'à la dernière minute. Ils restèrent allongés sur les draps tachés, jambes et bras emmêlés, et Rebecca se sentit si vibrante de vie qu'elle eut envie de tout explorer, de savoir tout ce qu'il y avait à savoir. Matt satisfit volontiers sa curiosité, et quand ils furent tous deux parvenus au bout de leurs forces physiques, ils parlèrent à voix basse de petites choses sans importance et passèrent la fin de la nuit sur un nuage de bonheur ponctué de rires et de caresses, comme s'ils traversaient ensemble le même rêve.

Un rêve qui prit brutalement fin quand la chanson du générique de Bob l'Éponge s'insinua dans l'esprit embrumé de Rebecca.

28

*Être amoureux, c'est vivre les deux
plus belles journées de sa vie.*

Richard Lewis

En entendant ce refrain familier, Rebecca ouvrit les yeux. À côté d'elle, Matt remua et gémit dans son sommeil. Elle souleva doucement son bras, qui reposait sur sa poitrine, sortit du lit et se rua dans la salle de bains pour prendre une douche rapide, attacher ses cheveux et enfiler un peignoir.

Quand elle ressortit, Matt dormait toujours, allongé à plat ventre, le drap remonté jusqu'à la taille. Il avait vraiment un corps magnifique, se dit-elle en le contemplant un instant. Elle aimerait le peindre, un jour. N'ayant malheureusement pas le temps de l'admirer plus longtemps, elle quitta la pièce sur la pointe des pieds.

Grayson était dans le salon, assis en tailleur devant la télévision, entouré de tous les chiens, qui se levèrent et remuèrent la queue en voyant entrer Rebecca.

— Bonjour, mon trésor, dit-elle.

— Salut, marmonna Grayson.

— Tu as bien dormi ? demanda-t-elle en repoussant Bean.

— Chais pas, répondit-il en se rapprochant de la télévision pour signifier à sa mère qu'elle le dérangeait.

Elle sortit sur la véranda pour nourrir les chiens et versa la nourriture dans leurs gamelles. Patate l'observa comme si elle était un ange tombé du ciel. Rebecca rit et lui gratta l'arrière des oreilles.

— Eh oui, mon gros, c'est un nouveau jour, dit-elle avant de rentrer dans la maison.

Elle s'assit derrière Grayson et réfléchit à la meilleure façon de lui annoncer qu'un monsieur avait dormi dans le lit de sa maman. Elle n'avait pas prévu une telle éventualité, mais elle avait intérêt à se dépêcher de trouver quelque chose, car sur l'écran, Patrick et Bob attrapaient des ballons et s'envolaient dans le ciel sur l'air du générique de fin.

— Au revoir, les enfants ! À bientôt !

Grayson se leva et se dirigea vers la cuisine.

— Euh... Gray, viens me voir une minute, s'il te plaît.

— Pourquoi ? demanda-t-il d'un ton suspicieux.

— Parce que je veux te prendre dans mes bras.

— Oh, maman ! se plaignit-il.

Il s'avança cependant vers elle en traînant les pieds, et Rebecca le serra contre elle.

— Beurk ! Tu pues la glace ! s'exclama-t-il en la repoussant.

Rebecca l'attrapa par la main avant qu'il ait eu le temps de s'éloigner.

— Grayson, mon chéri, écoute-moi... Tu sais que Matt et moi sommes amis, n'est-ce pas ?

Son fils haussa les épaules d'un air de totale indifférence.

— Bon, voilà... Des fois, les hommes et les femmes s'aiment bien. Tu sais... comme les papas et les mamans, quoi.

— D'accord, répondit-il comme si le sujet était clos.

Mais Rebecca n'avait pas terminé. Elle aurait voulu qu'il s'assoie et qu'il lui pose des questions.

— Alors, voilà, reprit-elle. Matt et moi, on s'aime bien.

— Il a dormi ici ? demanda Grayson.

Rebecca resta un instant stupéfaite.

— Eh bien... euh... oui, il a dormi ici. Quand les adultes s'aiment bien, ils aiment dormir ensemble.

C'est normal. Tout le monde fait ça. Un jour, toi aussi, tu voudras dormir avec quelqu'un.

— Je voudrais dormir avec Taylor.

— Taylor ? s'exclama Rebecca. Je croyais que tu ne l'aimais pas !

— Peut-être que je l'aimerais, si je dormais avec lui. Tu as bien dormi avec Matt alors que tu ne l'aimais pas.

— Ce n'est pas tout à fait la même chose, répondit-elle. Mais dis-moi, comment sais-tu que Matt a dormi ici ?

— Sa voiture est dehors, dit Grayson. Il va rester avec nous, aujourd'hui ?

Le moment crucial était arrivé. Si elle ne choisissait pas ses mots avec soin, elle risquait de traumatiser son fils à tout jamais. Elle se mordit la lèvre et l'observa. Quelle réponse souhaitait-il entendre ? Voulait-il que Matt reste ou qu'il s'en aille ? Fallait-il qu'elle lui explique ce que signifiait le fait de dormir ensemble ? Grayson n'avait que cinq ans ! Et puis, savait-elle vraiment elle-même ce que signifiait la nuit qu'elle venait de passer avec Matt ?

— Bon, écoute, Grayson. Matt est... Enfin, il est peut-être...

— Tu veux bien demander à ta maman si elle a du café, le temps qu'elle arrive à trouver ce que je suis ? s'enquit Matt en apparaissant sur le seuil de la cuisine et en étouffant un long bâillement.

— Matt !

Grayson se libéra de l'étreinte de sa mère.

— Tu veux bien m'emmener faire du bateau, aujourd'hui ? s'écria-t-il en se précipitant vers Matt.

— Si tu me dis où se trouve le café et si ta maman est d'accord, je t'emmènerai faire du bateau.

— Maman, maman ! Est-ce que Matt peut m'emmener faire du bateau ? s'écria Grayson en se tournant vers Rebecca.

Alors, c'était comme ça que les choses se passaient ? Pas de conversation sérieuse sur les choses que font les adultes quand ils dorment dans le même lit ? Ouf !

Soulagée, Rebecca se laissa aller contre le dossier du canapé.

— Si ça lui chante, il peut même te faire traverser l'océan !

— Ouais ! s'exclama Grayson en bondissant sur place et en battant des mains.

— Attends, intervint Matt. On a un marché : avant de monter chercher ton maillot de bain et tes bouées, je veux du café !

Il attrapa Grayson par les chevilles et le souleva en l'air, la tête en bas, jusqu'à ce que l'enfant se mette à rire comme un bienheureux.

Il lui avait fait exactement le même effet, se dit Rebecca. Il l'avait complètement retournée et l'avait fait rire comme une bienheureuse.

Quand Matt était venu trouver Rebecca chez elle, la veille, il l'avait fait dans l'intention de lui parler. Mais quand il retourna à sa voiture le vendredi matin, l'axe central de son univers avait changé de position. Il resta un moment immobile, son téléphone à la main, tandis qu'il prenait conscience que le monde ne redeviendrait plus jamais comme avant. Lui-même ne redeviendrait plus jamais celui qu'il avait été. Sa transformation avait commencé le jour où il avait croisé le regard de Rebecca dans les jardins du sénat.

Il prit également conscience, tout au fond de lui-même, qu'il avait enfin trouvé la femme de sa vie. Il aurait été incapable de dire comment il le savait, mais une nuit de folle passion ne l'avait jamais rendu aussi serein, ni plein de projets d'avenir. C'était la première fois de sa vie que ça lui arrivait.

Toujours pieds nus, il traversa à cloche-pied l'allée de gravier pour téléphoner à son bureau. Harold décrocha dès la première sonnerie.

— Bonjour, Harold. Comment ça va ? demanda-t-il.

— Comment ça va ? répéta Harold, surpris. Eh bien, ça va comme il faut, je suppose, monsieur Parrish.

— Bien, bien... Bon, écoutez, je ne vais pas pouvoir venir, aujourd'hui. Je ne me sens pas dans mon assiette.

Il y eut un long silence, puis Harold toussota.

— Excusez-moi, monsieur Parrish, mais si je puis me permettre... Vous appelez pour prévenir que vous êtes malade ? C'est bien cela ? demanda Harold d'un ton incrédule.

— Je ne vois pas ce que ça a d'extraordinaire. J'ai le droit d'être malade, me semble-t-il. Je suis un être humain, vous savez !

— Certainement, monsieur Parrish. J'étais simplement étonné parce que c'est la première fois que ça vous arrive depuis huit ans que je suis à votre service.

— Il faut une première fois à tout, Harold, répondit Matt en souriant. Et croyez-moi, je sais de quoi je parle. Demandez à Townsend de s'occuper du registre des jugements rendus, vous voulez bien ? Il sait faire ça les yeux fermés.

— Euh... je vous demande pardon, monsieur, mais M. Townsend m'a dit que si vous appeliez, il faudrait que je vous rappelle qu'il compte sur vous...

— ... lundi, je sais. Bon week-end, Harold, dit-il en coupant la communication avant que son secrétaire ait le temps de poursuivre.

Ben serait d'une humeur de chien le lundi suivant, mais pour l'instant, Matt s'en souciait comme de sa première chemise. Il était amoureux, et c'était la seule chose qui comptait à ses yeux.

Les vêtements constituaient sa seconde priorité. Il avait toujours une chemise de rechange dans sa voiture, mais cette précaution ne s'étendait pas aux slips. Il prit sa voiture et roula jusqu'à Ruby Falls pour aller faire ses emplettes au bazar. Au milieu des bibelots, des poupées et des coussins à pompons dont les mamies du coin devaient raffoler, il dénicha un rayon de vêtements de golf pour homme. Il s'acheta un pantalon, un short, des tee-shirts et même une paire de sandales. Malheureusement, le bazar ne vendait pas de sous-vêtements. Le caissier lui dit qu'il trouverait son bonheur à l'épicerie. Étrangement, Matt n'en fut absolument pas surpris.

L'épicerie vendait effectivement des sous-vêtements. Quand il s'avança vers la caisse, les bras chargés d'un nouveau bouquet de roses et d'une boîte de trois slips assortis, il trouva Dinah à la même place que la veille. Elle l'observa du coin de l'œil tout en tapant le montant des articles sur sa caisse.

— Vous avez trouvé facilement la maison de Mlle Lear ? lui demanda-t-elle d'un ton narquois.

Ses fleurs et ses slips posés sur le siège du passager, Matt retourna chez Rebecca. Lorsqu'il arriva en vue de la maison, il songea qu'elle ferait un foyer agréable.

Rebecca ne lui avait pas demandé s'il comptait rester, mais il se dit que si elle avait souhaité qu'il s'en aille, elle le lui aurait fait savoir. Il avait la nette impression qu'elle était aussi séduite que lui par le monde merveilleux dans lequel ils venaient de pénétrer.

À vrai dire, elle semblait même être devenue quelqu'un de complètement différent. En préparant le petit déjeuner, elle avait fait tomber un torchon de l'étagère, l'avait ramassé et reposé sans se soucier de la pile sur laquelle elle le mettait. À mesure que le week-end avançait, plusieurs facettes de son apparente perfection s'éparpillèrent ainsi, comme des feuilles mortes emportées par le vent.

Matt tint parole et emmena Grayson faire du bateau. Rebecca et les chiens les accompagnèrent. Elle prépara un pique-nique et déclara qu'elle connaissait un coin charmant en amont du fleuve, coin qui se révéla être une petite île où quelqu'un s'était donné beaucoup de mal pour fabriquer une aire de pique-nique à l'ombre des pacaniers. L'endroit idéal pour paresser en famille.

Pendant que Grayson lançait des bâtons aux chiens, Matt et Rebecca bavardèrent, allongés sur une couverture. Ils parlèrent de tout et de rien, de choses auxquelles il n'avait pas accordé une seule pensée depuis des années.

Rebecca parla librement et facilement. Elle évoqua Bud, le capitaine de l'équipe de football du lycée dont elle était tombée amoureuse, qu'elle avait suivi à l'université, pour qui elle avait abandonné ses études parce qu'il voulait l'épouser et qu'elle devienne Miss Texas. Elle lui raconta la déception de Bud quand elle était tombée enceinte, une déception qui était allée jusqu'à la répulsion. Il s'était mis à avoir des aventures. De soidisant amies de Rebecca étaient allées jusqu'à coucher avec son mari dans le garage alors qu'elle se trouvait à l'étage au-dessus, en train d'allaiter Grayson. Elle lui raconta cela d'un ton neutre qui lui fit froid dans le dos, mais son récit lui permit de mieux comprendre ses peurs vis-à-vis du monde et de l'amour.

Ce fut d'un ton beaucoup plus animé, en revanche, qu'elle lui parla de ses sœurs. Elle lui décrivit Robin, ambitieuse et têtue, qui avait réussi à échapper au joug de leur père. Puis elle dressa le portrait de la petite dernière, Rachel, étudiante en littérature anglaise médiévale, et dont les problèmes de poids s'étaient trouvés aggravés par les critiques réitérées de leur père. Matt eut tôt fait de comprendre que ce dernier était le pivot de la vie des trois sœurs Lear.

— D'après ce que tu dis de lui, ton père n'est pas commode, commenta-t-il après qu'elle lui eut fait le récit de la querelle qui avait opposé Aaron à Robin, l'année précédente.

Elle secoua la tête.

— Tu es loin du compte. Mon père est un chieur intégral, dit-elle d'un ton dépourvu de rancœur. Quand il a appris qu'il avait un cancer, il a appelé ma mère à la rescousse, alors qu'ils étaient séparés depuis plusieurs années. Elle a tout laissé en plan pour aller le soutenir. Au début, tout s'est bien passé. Je me suis dit qu'il avait peut-être fini par grandir et que la perspective de la mort lui avait permis de voir les choses autrement.

Elle poussa un long soupir.

— Mais une fois que le traitement a commencé à faire effet et que son cancer est entré en phase de rémission, il est redevenu exactement comme avant. Il s'est remis à nous donner des ordres et à vouloir régenter la vie de tout le monde.

— Tu ne t'entends pas très bien avec lui, d'après ce que je comprends.

— Si, si, on s'entend bien, dit-elle. Cet aspect de sa personnalité mis à part, il peut être charmant. Il adore Grayson et je pense qu'il souhaite sincèrement mon bonheur... Le problème, c'est qu'il cherche à définir mon bonheur selon ses propres critères. J'aime mon père, mais je ne suis pas certaine de l'apprécier en tant qu'être humain.

Matt préféra changer de sujet et lui demanda d'évoquer son règne de Miss Texas. Rebecca éclata de rire et leva les yeux au ciel.

— Un chapitre essentiel de ma vie !

— Tu ne plaisantais pas, le jour où tu m'as dit que tu n'avais jamais eu envie d'être élue Miss Texas.

— Ah, ça non, alors ! s'exclama-t-elle avec conviction. C'était une idée de Bud, pas de moi !

Elle lui expliqua quelle oie blanche elle avait été, plus soucieuse de faire plaisir aux autres que de satisfaire ses propres envies. Matt en conclut que Bud devait plus se soucier des apparences que de la personnalité des gens qui l'entouraient. Il avait déjà rencontré des hommes dans ce genre-là – des hommes qui manquaient tellement de confiance en eux qu'ils cherchaient à se créer un univers parfait, qu'ils peuplaient ensuite d'êtres parfaits, à seule fin de satisfaire leur ego.

Il était néanmoins stupéfait de découvrir que Rebecca était non seulement belle, mais généreuse et déterminée. L'entêtement déconcertant qu'elle manifestait parfois était lui-même séduisant. Son merveilleux physique n'était que le glaçage d'un gâteau délicieux. Il fallait vraiment être le roi des imbéciles pour ne pas s'en apercevoir.

Matt ne savait pas exactement ce qu'elle pensait de son ex, mais il était clair qu'elle n'éprouvait plus aucune attirance pour lui et qu'elle était heureuse d'être sortie de cette relation destructrice.

— Qu'est-ce qu'on fait ? lui demanda-t-elle un peu plus tard, pendant que Grayson et les chiens faisaient la sieste.

— Un petit bingo ?

— Non ! dit-elle en riant.

— On peut parler de la campagne de Tom, si tu veux, reprit Matt plus sérieusement. Il est dans une mauvaise passe. La permanence est submergée d'appels à propos du gala que tu devais organiser, et les gens qui téléphonent ne veulent parler qu'à toi. Tom m'a pratiquement lynché, avant-hier. Il m'a demandé de venir te trouver pour arranger les choses, mais c'était trop tard.

— Trop tard ? Pourquoi ?

— Parce que tu me manquais dix fois plus qu'aux autres et que j'avais déjà décidé de venir me prosterner à tes pieds pour te présenter mes excuses.

— J'étais au courant, tu sais. Tom n'a pas arrêté de laisser des messages sur mon répondeur.

— Et alors ? Qu'est-ce que tu comptes faire ? demanda Matt.

Rebecca sourit pensivement, cueillit des pâquerettes et en fit un petit tas.

— Je ne sais pas, dit-elle enfin. Il faut que je réfléchisse. Le fait est que tu avais raison, au *Four Seasons*…

— Non, Rebecca ! Non, j'avais tort ! Je ne saurais pas exprimer à quel point j'avais tort…

— Matt, dit-elle en posant la main sur son bras pour le faire taire. Tu avais raison. Je ne me suis jamais donné la peine de chercher des informations sur la politique de Tom. Je trouvais ça ennuyeux. Quand il m'a proposé de participer à sa campagne, j'y ai vu l'occasion de faire quelque chose, de trouver du travail, de rencontrer des gens. Je n'aurais jamais dû considérer les choses comme ça. Je n'aurais jamais dû accepter sans chercher à me renseigner un minimum, sans être certaine d'approuver ce qu'il faisait.

— Tu n'es pas la seule dans ce cas-là, marmonna Matt.

Il lui expliqua alors qu'il avait accepté de participer à la campagne dans l'espoir de devenir procureur.

— Je n'y avais jamais pensé avant ce soir-là, poursuivit-il, mais quand Tom et ses amis m'ont fait miroiter cette éventualité, je me suis vu en haut de l'affiche et je n'ai plus pensé à rien d'autre.

Un peu plus tard ce soir-là, une fois qu'ils eurent regagné la maison, Matt s'émerveilla de la facilité avec laquelle il avait raconté sa vie à Rebecca sur cette petite île. En lui parlant, il s'était entendu lui révéler des choses dont il n'avait jamais eu conscience auparavant. Qu'il avait toujours souhaité venir en aide aux plus démunis, par exemple, et à quel point ça le gênait que son associé soit exclusivement intéressé par l'argent.

— Des tas de gens se font avoir, et ils n'ont ni l'instruction ni les relations nécessaires pour se défendre.

— C'est une bonne raison pour chercher à devenir procureur, tu ne crois pas ? lui avait fait remarquer Rebecca.

Matt avait immédiatement compris qu'elle disait vrai. S'il voulait devenir procureur, ce n'était pas par pure ambition. C'était ce qu'il désirait parce qu'il avait toujours eu envie d'aider ceux qui en avaient le plus cruellement besoin.

— Tu as raison, avait-il dit d'un ton admiratif.

— Je ne vois pas pourquoi tu as l'air tellement surpris, avait répondu Rebecca en riant.

Il lui avait aussi parlé de sa famille, d'un ton vibrant de fierté. De son père, juge à la retraite qui lui avait insufflé sa passion pour la justice. De sa mère, qui avait franchi le cap de la soixantaine et qui était enfin libre de faire ce qui lui plaisait – c'est-à-dire, pour l'essentiel, harceler ses enfants pour qu'ils lui fassent des petits-enfants. De sa sœur, Bella, de ses frères, Mark et Danny, et des vacances qu'ils avaient passées ensemble, à nager dans les rivières de la région, à regarder les chauves-souris sortir de leurs cachettes à la tombée du jour et à explorer des grottes.

Ils apprécièrent dans une ambiance détendue le saumon aux asperges cuisiné par Rebecca, puis Matt insista pour passer un moment en tête à tête avec Grayson. Rebecca lui avait expliqué qu'il avait mal vécu son divorce et qu'il était toujours très en colère quand il revenait d'un week-end avec son père. Matt avait remarqué que Grayson aimait bénéficier de son attention exclusive. Il était évident que malgré l'amour de sa maman, il avait désespérément besoin qu'un homme s'occupe de lui.

Matt devinait également en lui un petit bonhomme doué d'une grande imagination, d'un sens de l'humour exceptionnel et d'une grande adresse physique. Ce gamin lui plaisait. La seule chose qui l'inquiétait, c'était l'ordre impeccable de sa chambre.

Lorsque Grayson ouvrit le tiroir de sa commode, où ses chaussettes étaient classées par couleur, Matt s'exclama en secouant la tête d'un air dégoûté :

— Gray, ce n'est pas possible !

— Qu'est-ce qui ne va pas ? demanda Grayson en contemplant ses chaussettes avec perplexité.

— Un garçon ne range pas ses chaussettes ! Il les jette n'importe où, et quand sa mère pique une crise, il lui dit : « Pardon, maman » mais continue à les jeter n'importe où.

— Oh, dit Grayson en fronçant les sourcils avec sérieux.

— On va arranger ça, déclara Matt en plongeant la main dans le tiroir pour mélanger toutes les paires de chaussettes.

Grayson rit aux éclats et s'empressa de l'imiter

— Et les slips ? demanda-t-il, l'œil brillant de malice.

— Je savais que tu pigerais tout de suite, répondit Matt avec un grand sourire.

— Tu vas encore rester dormir ici, cette nuit ? lui demanda Grayson, une fois qu'ils eurent terminé.

— Qu'est-ce que tu en penses ? fit Matt en se passant la main dans les cheveux.

Grayson tripota le bas de son tee-shirt.

— Je voudrais que tu restes ici toute la vie, marmonna-t-il enfin.

Ce souhait fut une des raisons qui incitèrent Matt à inviter Rebecca et son fils à l'accompagner chez ses parents pour le rituel déjeuner du dimanche.

— Il faut bien que je reprenne contact avec la réalité, un jour ou l'autre, annonça-t-il le samedi soir.

Rebecca écarquilla les yeux.

— Tu veux me présenter à tes parents ? répéta-t-elle.

Sa question le paniqua.

— Euh... oui. Je crois que ce qui se passe entre nous est sérieux, non ? Je l'espère, en tout cas, parce que c'est la première fois que je fais ça, avoua-t-il. Je n'ai eu qu'une seule histoire un peu sérieuse dans ma vie, et ça remonte à plus de dix ans. Ce week-end représente pour moi quelque chose d'énorme.

Elle rit et plaqua son corps contre le sien.

— Tu t'imagines peut-être que je fais ça tous les week-ends ? Si tu savais le nombre de choses que j'ai faites pour la première fois de ma vie depuis jeudi ! Mais enfin, quand même... Me présenter à tes parents... C'est très sérieux, comme proposition.

— Je sais. J'ai l'impression que le monde ne tourne plus dans le même sens depuis que je suis arrivé ici. Tu vas peut-être trouver ça bizarre, Rebecca, mais je crois que ce vendeur de *quesadillas* était là pour une bonne raison, la première fois qu'on s'est rencontrés.

— Tu t'apprêtes à développer la théorie de la *quesadilla* cosmique ? demanda-t-elle d'un ton gentiment moqueur. Si c'est le cas, dis-le-moi, je jetterai un coup d'œil dans mes bouquins pour voir s'il n'y a pas une implication psychologique là-dessous. Mais je dois dire que même pour quelqu'un d'aussi crédule que moi, ça semble un petit peu tiré par les cheveux.

— Peut-être, grommela-t-il. Il n'empêche que ça me plaît d'y croire. Et que je t'aime quand même.

— Dans ce cas... dit-elle avec un grand sourire. Il est effectivement impératif que nous allions manger chez tes parents.

Pour s'assurer qu'il n'allait pas lui faire part d'une nouvelle théorie philosophico-délirante, elle l'embrassa en pressant son corps contre le sien. Elle n'avait peut-être pas fait l'amour depuis quatre ans, mais elle était farouchement déterminée à rattraper le temps perdu.

Sherri Parrish arrosait ses géraniums quand elle vit la voiture de Matt s'engager dans l'allée. Intriguée par la présence d'une Range Rover juste derrière lui, elle crut tout d'abord que Bella s'était enfin décidée à changer de voiture. Mais comme la Jaguar approchait, elle aperçut un enfant à côté de Matt.

Elle posa aussitôt son arrosoir, retira son chapeau de paille, remit de l'ordre dans sa coiffure et s'avança d'un pas conquérant.

Tout sourires, Matt descendit de voiture en même temps que l'enfant. La Range Rover s'arrêta derrière la Jaguar, mais l'ombre du chêne qui se trouvait au-dessus empêcha Sherri de distinguer les traits du conducteur.

— Maman, lui annonça Matt d'un ton triomphant, je te présente mon copain, Grayson Reynolds.

Sherri observa l'enfant et sourit.

— Bonjour, Grayson Reynolds. D'où viens-tu ?

— De Ruby Falls, Texas, répondit-il en mettant les mains dans ses poches.

Matt éclata de rire, et la portière de la Range Rover s'ouvrit.

— Excuse-moi, dit Matt à sa mère en se dirigeant vers la voiture.

— Je croyais que tu étais la maman de Matt, dit Grayson à Sherri après l'avoir dévisagée.

— Je suis bien sa maman, en effet.

— Tu n'as pas l'air trop vieille, répondit-il.

Sans en avoir conscience, il venait de lui faire un merveilleux compliment. Sherri lui adressa un sourire radieux.

— Merci, c'est ce que je me dis aussi. Quel âge as-tu, Grayson ?

Il leva la main et écarta les doigts.

— Comme ça. Devine combien ça fait.

— Oh, je ne sais pas... Cinq, peut-être ?

— Gagné ! s'exclama-t-il tandis que Matt et la personne qui le suivait s'avançaient vers eux.

Sherri sentit son cœur bondir de joie. C'était elle.

Ravie d'avoir deviné juste, elle se précipita vers la jeune femme, qui, elle n'en doutait pas, allait faire le bonheur de son fils.

29

*Mais l'amour est aveugle, et les amoureux ne peuvent
voir les folies qu'ils commettent...*

William SHAKESPEARE

Éléments positifs de ma vie :

*1) Je peux à présent me compter parmi les femmes
sexuellement libérées ! Comment ai-je fait pour supporter l'incompétence de Bud pendant tant d'années ? J'en
viens à me demander si ce n'était pas le reflet d'un problème plus vaste – une homosexualité refoulée, peut-
être ? –, ce qui expliquerait bien des choses !*

*2) Grayson est plus heureux que jamais. Il adore Matt
et n'a eu aucune réaction quand son père a annulé le
week-end qu'ils devaient passer ensemble.*

*3) J'ai gardé le meilleur pour la fin : je suis heureuse,
moi aussi. Plus heureuse que jamais. Tellement heureuse
que je crois que je n'aurai plus jamais besoin de consi-
gner quoi que ce soit dans ce carnet. Adieu, stupide journal d'affirmations personnelles ! Je suis libre !*

C'était vrai. Rebecca se sentait devenue une nouvelle
femme. Après des années d'abrutissement, elle avait
l'impression de se réveiller au pays des merveilles, où
tout s'agençait à la perfection sans qu'elle ait besoin
d'intervenir et où elle pouvait enfin donner libre cours
à ses défauts.

Elle avait accepté de reprendre l'organisation du gala
estival de Tom. Elle avait longuement hésité – elle trou-

vait un peu léger d'organiser une levée de fonds de cette ampleur pour un candidat dont elle ne savait rien, mais ne pas tenir ses engagements eût sans doute été encore pire. Et puis, Tom l'avait suppliée avec tant de conviction au téléphone qu'elle avait vraiment eu l'impression qu'il s'agissait pour lui d'une question de vie ou de mort – «Je t'en supplie, Rebecca. Je suis foutu si tu ne réalises pas ce projet!».

Quel comédien! Mais elle n'avait décidé de reprendre l'affaire en main qu'à trois conditions.

— Je veux travailler chez moi.

— Je me fiche pas mal de l'endroit où tu travailles, du moment que tu t'en occupes, avait dit Tom.

— Et j'aurai besoin d'un assistant.

Tom avait été un peu plus réticent sur ce point, mais finalement, Matt avait suggéré Harold, qui l'avait pratiquement supplié à genoux de le recommander en l'entendant mentionner par hasard que Rebecca cherchait un assistant. Elle n'avait d'ailleurs pas tardé à découvrir que Harold était effectivement l'homme de la situation.

La troisième condition, elle n'en avait parlé à personne. Elle s'était promis de faire des recherches sur les enjeux de la campagne. Pour ce faire, elle avait noté les dates auxquelles les candidats participeraient à des forums publics le mois suivant. Quand le gala aurait lieu, elle serait la mieux informée de toute l'équipe de campagne.

Cela excepté, Rebecca mettait toute son énergie au service de la seule chose qui importait à ses yeux: se laisser aller à l'indescriptible bonheur de tomber amoureuse.

Tomber, oui, comme on tombe la tête la première du haut d'une falaise sans savoir à quelle distance se trouve le sol. Vis-à-vis de Matt, elle était passée en un éclair du mépris à mi-temps à l'adoration à plein temps. Elle aimait la façon dont il s'occupait de Grayson et l'affection sincère qu'il avait pour lui. C'était un homme intègre, fidèle à ses principes et aux causes qu'il défendait. Mais ce qu'elle aimait le plus chez lui, c'était le regard chargé de désir qu'il posait sur elle.

— Tu veux bien m'expliquer ce qui t'arrive ? lui demanda Robin quand elle lui téléphona pour l'inviter au gala de Tom.

— Comment ça ?

— Tu es toute gaie, insouciante. Ça ne te ressemble pas du tout… Ne me dis pas que… C'est ça, n'est-ce pas ? C'est ce type dont tu m'as parlé ? L'avocat que tu ne pouvais pas voir en peinture ?

— Peut-être, répondit Rebecca en souriant.

— Peut-être ? Tu crois que tu vas t'en tirer comme ça ? Je veux que tu me racontes tout, et en détail ! Sinon, je te jure que je prends ma voiture et que je débarque chez toi !

La subtilité n'ayant jamais été le point fort de Robin, Rebecca passa aux aveux.

Des aveux partiels. Elle garda pour elle le fait que Matt l'avait libérée, qu'il lui avait permis de découvrir son corps et le plaisir qu'elle pouvait en tirer. Chaque fois qu'ils se retrouvaient (ce qui était fréquent, étant donné qu'elle le désirait ardemment – et cette seule notion de désir était une nouveauté en soi), elle avait l'impression qu'il l'emmenait de plus en plus loin sur le chemin du plaisir.

Dans ce voyage à la découverte d'elle-même, Matt se révélait un merveilleux compagnon. Un soir, elle avait sorti, parmi la kyrielle de livres sur la philosophie orientale que Rachel lui avait passés, un exemplaire du *Kama-sutra*. Matt avait ri, lui avait plaqué une main sur les yeux et lui avait demandé d'ouvrir le livre au hasard. Cette nuit-là avait été tout simplement magique. Plus tard, dans la chambre, il avait chuchoté des mots qui lui avaient fait délicieusement chaud au cœur, des mots qu'elle ignorait pouvoir faire naître sur les lèvres d'un homme :

— Tu vas me tuer !

Et elle était prête à mourir elle-même en essayant d'y parvenir.

Parfois – lorsqu'ils s'asseyaient sur la véranda pour regarder Grayson jouer avec son nouveau copain Taylor, par exemple –, elle se demandait s'il était vraiment possible d'éprouver les sentiments qu'il faisait naître en elle, d'être aussi parfaitement en harmonie avec un autre être humain, d'être si proche de lui qu'elle pouvait pratiquement le sentir quand il n'était pas là. Mais elle ne ressentait pas le besoin d'analyser cette sensation. La seule chose qui comptait, c'était de l'expérimenter. Elle avait pleinement conscience de vivre les meilleurs moments de sa vie.

Matt découvrait lui aussi le tendre et doux état amoureux et appréciait cela autant que Rebecca. Il trouvait merveilleux de partager la vie de quelqu'un d'autre et frémissait à l'idée qu'il avait failli laisser passer sa chance. Il n'avait jamais imaginé pouvoir se sentir aussi… comblé. Il avait pitié de lui-même quand il repensait aux aventures dépourvues de saveur qu'il avait connues jusqu'alors. Il s'était vraiment comporté comme un imbécile.

Vivre avec Rebecca le rendait si heureux qu'il n'en voulait pas à Ben de se moquer de lui, ni à Harold de lui coller aux basques chaque fois que Rebecca passait le voir à son bureau.

Peu lui importait que sa mère laisse délibérément traîner des exemplaires de *Mariages de rêve* un peu partout chez elle. Il avait également remarqué que la conversation s'arrêtait subitement quand il entrait dans une pièce où se trouvaient Sherri et Bella, et cela lui était parfaitement égal. L'idée du mariage avait fini par se frayer un chemin dans son esprit de célibataire. Comment aurait-il pu en être autrement ? Comment ne pas y penser quand il s'agissait de Rebecca ? Sa présence était lumineuse et apaisante, et il comprenait pourquoi ses sœurs lui faisaient aveuglément confiance.

La découverte de son talent artistique ne l'avait pas surpris. Rebecca peignait merveilleusement bien. Elle lui avait fait visiter la vieille grange qu'elle envisageait de transformer en atelier, et en découvrant les toiles qu'elle y entreposait, il avait été bouleversé.

— Oh! Ces vieux trucs... avait-elle dit en rosissant divinement. J'ai fait ça avant la naissance de Grayson.

— Rebecca, il faut absolument que tu recommences à peindre! s'était-il exclamé avec passion.

Elle avait eu un délicieux petit rire perlé, déposé un baiser sur sa joue et quitté la grange. Il avait alors su avec certitude – car les choses avaient atteint ce stade entre eux : ils parvenaient à communiquer sans avoir recours au langage articulé – qu'elle recommencerait à peindre... quand elle se sentirait prête.

Oui, Matt Parrish, l'ex-tombeur de ces dames, se plaisait énormément en compagnie de Rebecca. Il découvrait tout un tas de choses nouvelles sur lui-même. Malheureusement, la paix et le bonheur qu'il connaissait avec elle ne s'étendaient pas au monde du travail, ni à la campagne électorale de Tom.

Les choses ne se passaient pas mal à proprement parler, mais il manquait cette petite touche de magie que Rebecca savait distiller autour d'elle. Il portait un regard neuf sur l'association qui le liait à Ben, par exemple. Depuis la conversation qu'il avait eue avec Rebecca, il ne pouvait plus ignorer que Ben et lui avaient une conception diamétralement opposée de leur profession. Ben était son meilleur ami, et cette prise de conscience était douloureuse. Ils avaient traversé de nombreuses épreuves ensemble, tant sur le plan personnel que professionnel. Mais Matt se rendait bien compte que la quête du profit ne suffirait pas à le combler.

Quant à l'ambiance qui régnait au sein de l'équipe de campagne, elle s'était nettement apaisée depuis le retour de Rebecca. Mais maintenant qu'ils abordaient la dernière ligne droite de la campagne, Tom envisageait de recourir à des moyens douteux pour s'assurer d'être élu. Un jour, il téléphona à Matt pour lui demander de dénicher des secrets honteux sur le candidat indépendant, Russ Erwin.

— Pourquoi ? lui répondit Matt. Il ne représente aucune menace pour toi.

— On perd du terrain, Parrish, répliqua Tom. Je suis sûr qu'on peut trouver quelque chose à exploiter dans le passé de ce zozo.

Matt faillit lui dire vertement ce qu'il pensait de ce genre de procédé, mais se retint à temps.

— Je voudrais être sûr, quant à moi, que je t'ai bien compris, répondit-il très calmement. Tu viens bien de me demander de trouver quelque chose qu'on puisse exploiter ?

— Oui, pourquoi ?

— Pourquoi ? Mais tu sais parfaitement ce que je pense de ce genre de méthode, Tom. Je consacre ma vie à défendre des gens qui se sont fait exploiter, justement. Cette campagne est axée sur les objectifs politiques du parti, pas sur les éléments que tu peux exploiter. Le simple fait de prononcer ce mot me laisse un goût désagréable dans la bouche.

— Tu veux bien mettre tes grands principes en sourdine et me laisser mener ma campagne comme je l'entends ? riposta Tom. Je ne te demande pas d'inventer quelque chose, poursuivit-il d'un ton irrité. Je te demande simplement de chercher.

Matt se demanda alors pourquoi il soutenait la candidature de Tom Masters et s'il ne s'était pas lui-même fait exploiter par le truchement du mot « procureur », qu'on avait agité devant lui comme la carotte qui fait avancer l'âne.

Quand il raccrocha, Harold se tenait sur le pas de la porte, un grand sourire aux lèvres.

— Oui ? lui demanda Matt d'un ton absent.

— Mlle Lear est là, monsieur Parrish, répondit Harold d'un ton suave, avant de jeter un coup d'œil pardessus son épaule.

— Qu'attendez-vous pour lui dire d'entrer ? s'écria Matt en se levant et en faisant le tour de son bureau pour accueillir sa plus jolie surprise de la journée.

— Elle est tout simplement divine, ne put s'empêcher de remarquer Harold. Je serais prêt à tuer pour avoir un sac à main comme le sien !

Matt s'esclaffa.

— N'en faites rien, surtout ! dit-il en faisant signe à son secrétaire de sortir.

Rebecca, qui se trouvait dans la salle d'attente, bavardait avec Ben. Elle portait une jupe en soie jaune moulante et des escarpins de huit centimètres de haut qui mettaient merveilleusement ses jambes en valeur. Elle avait noué ses cheveux en queue de cheval, et ses lunettes de soleil relevées sur le front lui donnaient un petit côté Jackie Onassis.

Quand Matt s'éclaircit la gorge, elle tourna la tête vers lui et lui décocha un merveilleux sourire qui le fit se pâmer, ainsi que Ben et Harold.

— Matt ! s'exclama-t-elle. Je suis désolée de te déranger, mais Harold et moi venons de terminer notre petite réunion, et comme c'est l'heure du déjeuner, je me suis dit que tu pourrais peut-être te libérer.

— J'ai toujours le temps pour toi, ma belle, répondit-il. Viens dans mon bureau avant que ces deux-là ne se mettent à baver.

Une fois qu'il eut refermé la porte, Rebecca se glissa dans ses bras et l'embrassa avec passion.

— Pour une surprise, c'est une bonne surprise, dit Matt. Je ne savais pas que tu devais passer voir Harold.

— Je suis allée à un forum ce matin, et ça m'a donné des idées, alors je suis passée. J'espère que tu n'avais rien de prévu pour le déjeuner.

— Si j'avais prévu quoi que ce soit, j'annulerais, répondit-il, ravi à l'idée d'aller déjeuner avec elle.

— Je suis affamée, déclara-t-elle en se dirigeant vers la fenêtre.

— Où as-tu envie d'aller ?

— Ici, répondit-elle en désignant son bureau.

Matt regarda son bureau, puis reporta les yeux sur elle, perplexe. Rebecca haussa les sourcils et posa son sac sur une chaise.

— Tu te souviens que tu m'as dit que tu voulais que nous explorions tous mes fantasmes?

Matt hocha la tête et ferma le verrou de sa porte.

— Si tu veux bien t'asseoir à ton bureau, dit-elle en rougissant, j'aimerais beaucoup concrétiser un de mes fantasmes ici même…

— Et si on se fait surprendre? demanda-t-il en se dirigeant cependant vers son fauteuil.

Rebecca le rejoignit et s'agenouilla gracieusement entre ses jambes.

— À vrai dire, murmura-t-elle en descendant lentement la fermeture Éclair de son pantalon, ça fait justement partie de mon fantasme.

Elle posa l'index sur ses lèvres et lui fit un clin d'œil. Quand il sentit la bouche de Rebecca se refermer sur son sexe, Matt agrippa les bras de son fauteuil et se dit qu'il devait être en train de rêver. Une chose pareille ne pouvait pas réellement se passer dans son bureau. Mais lorsque la bouche de Rebecca descendit jusqu'à la base de son sexe, il se sentit fondre et songea: «Oh! Et puis, après tout, qu'est-ce que ça peut faire?» Il laissa aller sa tête contre le dossier de son fauteuil et plongea dans un abîme de purs délices tandis que Rebecca mettait toute son ardeur au service de son plaisir.

Un plaisir qui ne tarda guère. Le sexe illicite avait toujours cet effet sur lui.

— Attends, dit-il d'une voix rauque. Et toi, alors?

Rebecca se leva et déposa un baiser sur ses lèvres.

— À tout à l'heure! répondit-elle en allant chercher son sac.

Elle s'arrêta devant la porte pour remettre de l'ordre dans sa tenue, puis quitta son bureau d'un pas conquérant.

Il n'y avait plus aucun doute: Matt était définitivement amoureux. Avec un sourire idiot, il remonta sa braguette, fit pivoter son fauteuil, s'accouda à son bureau et se passa la main dans les cheveux pour tâcher de reprendre contenance. Il remarqua alors la brochure que Rebecca avait posée et oubliée sur son bureau et la ramassa. « Russ Erwin, l'homme lucide, lut-il. Nous sommes les seuls à nous soucier de vous. »

Il haussa les épaules et la jeta dans la corbeille à papier.

30

*Je suis parvenu à la conclusion que la politique
est une affaire bien trop sérieuse pour qu'on
la confie à des politiciens...*

Charles DE GAULLE

Rebecca travailla dur pour se débarrasser de l'ancienne Rebecca. Elle changea ses meubles de place,
laissa Jo Lynn disposer les ustensiles de cuisine autrement (même si elle dut pour cela sortir sur la véranda :
elle n'aurait pas supporté de la regarder faire) et
emballa tous ses livres de vulgarisation psychologique
pour les expédier à Rachel. Un matin, elle accomplit
même l'exploit d'aller faire des courses à Ruby Falls en
short et en tee-shirt, sans maquillage.

Un autre jour, en entendant le spot publicitaire de
Bud à la radio (« Reynolds Chevrolet vous propose les
meilleures affaires »), elle sortit de chez elle, non pas
pour se rendre dans une succursale de Bud, mais chez
son rival, Ford. Elle trouvait sa Range Rover trop prétentieuse. Ce qu'il lui fallait, c'était un pick-up qui lui
permette de transbahuter sa meute de chiens (qui comportait à présent un nouveau membre baptisé Cookie).

Le vendeur de voitures s'adressa à Rebecca en regardant ses seins. Il lui conseilla de choisir un pick-up
rouge avec des sièges en cuir et un autoradio stéréo
intégré. Elle finit par se laisser convaincre, et il lui fit
signe de passer dans son bureau pour conclure la vente.
Mais Rebecca avait été mariée à un vendeur de voitures

et savait ce que recouvrait ce genre de proposition. Elle se visualisa en train de lui faire une démonstration de kick-boxing, mais se contenta de lui dire poliment que la vente pouvait aussi bien se conclure dans la salle d'exposition.

Quelques minutes plus tard, elle quitta le garage au volant de son pick-up rouge cerise flambant neuf, certaine qu'elle aurait payé plus cher ce genre de véhicule si elle l'avait acheté chez Bud. L'autoradio déversait à pleins tubes de la musique country qui convenait parfaitement à son humeur tandis qu'elle se dirigeait vers le nord pour assister à un nouveau forum politique.

Quand elle vit la disposition des lieux, Rebecca poussa un gémissement. Malgré la chaleur étouffante, quelqu'un avait choisi d'organiser le forum en plein air. C'était complètement absurde, mais une estrade dotée d'une tribune avait cependant été dressée sur la place principale. Assis sur l'estrade à l'ombre d'un auvent de toile, les candidats s'éventaient, tandis que le public devait rester debout, armé d'ombrelles et de panamas pour se protéger des rayons du soleil. Rebecca parvint à se faufiler parmi un petit groupe de personnes massées à l'ombre d'un arbre. De là, elle aperçut Gilbert, à un bout de l'estrade, en train de griffonner quelque chose sur un bout de papier.

Les candidats au corps législatif s'exprimèrent en premier et promirent d'accomplir de grandes choses pour l'avenir de l'État et de leur district. Tous, à une seule exception, promirent même des réductions d'impôts. Des réductions qui n'auraient rien à voir avec le nombre d'enfants ou de personnes âgées à charge. Qui ne concerneraient pas les enseignants. Ni la police. Ni les défavorisés. Rebecca se demanda qui cela concernerait…

Quand ce fut au tour des candidats au siège de gouverneur de s'exprimer, Tom prit la parole le premier.

— Mes états de service en tant que sénateur parlent en ma faveur, dit-il en martelant la tribune de l'index pour appuyer ses dires. Mon adversaire a consacré le budget qui lui a été confié à des intérêts particuliers et il cherche à présent à vous soutirer de l'argent pour rééquilibrer ce budget ! Je vous fais la promesse solennelle que lorsque je serai gouverneur, rien de tel ne se produira !

Des applaudissements chaleureux retentirent.

— Le commerce sera ma priorité absolue ! Plus de commerce signifie plus de revenus pour les caisses de l'État.

Nouvelle salve d'applaudissements.

Le candidat républicain, Phil Harbaugh, lui succéda à la tribune. Il remercia le public de s'être déplacé, puis s'efforça de démontrer que son bilan n'était pas aussi négatif que le prétendait Tom et promit de mettre tout en œuvre, s'il était réélu, pour améliorer le budget de l'éducation et garantir des taux d'assurances compétitifs. Il retourna s'asseoir sous de timides applaudissements.

Russ Erwin, le candidat indépendant, fut le dernier à s'exprimer. Il déplia sa longue carcasse et se dirigea vers la tribune d'un pas chaloupé. Il ne portait pas de costume, contrairement aux autres candidats, mais un jean, une chemise de cow-boy, des bottes et une ceinture de rodéo. Il ôta respectueusement son chapeau quand il prit la parole.

— Je m'appelle Russ Erwin, déclara-t-il au public. Je suis propriétaire de ranch. Mes terres se trouvent du côté de Lampasas. Je suis principalement éleveur de bétail, mais je cultive aussi un peu de sorgho.

Il s'interrompit, fit passer son chapeau dans son autre main, puis se pencha de nouveau vers le micro.

— Je n'avais jamais pensé que je ferais un jour de la politique, ça, c'est sûr, et jusqu'à l'année dernière, je n'aurais pas misé un sou sur un seul politicien. Mais voilà qu'un jour, j'ai trouvé un tract dans ma boîte aux lettres, qui m'a appris qu'on allait construire une super-autoroute et un pipeline depuis Fort Worth jusqu'à Old Mexico, ce qui allait donner plein de travail à la région et allait permettre à Lampasas County de prospérer comme jamais.

Il s'interrompit de nouveau pour se passer la main sur le front.

— Franchement, si j'avais su qu'il suffisait d'une autoroute pour faire prospérer la région, il y a long-temps que j'aurais dit oui.

Le public éclata de rire, et beaucoup des auditeurs hochèrent la tête. Rebecca avait entendu Tom mentionner ce projet plus d'une fois et prétendre que c'était l'idée la plus géniale depuis l'invention du pain en tranches.

— Enfin, bref, je me retrouvais devant ce bout de papier et je ne pouvais pas m'empêcher de voir les choses autrement. Je voyais qu'ils avaient décidé de déplacer des ranchs qui appartiennent à des familles qui étaient là avant même que le Texas soit un État. Je voyais que leur autoroute allait complètement boule-verser le paysage. Évidemment, leur tract passait tota-lement sous silence cet aspect des choses. Alors, j'ai appelé les élus de ma localité. Je les ai tous appelés un par un, et pas un seul n'a été capable de m'aider. Le premier que j'ai eu m'a dit : « Vous comprenez, mon-sieur Erwin, je ne fais pas partie du comité chargé de cette affaire. Il faudrait que vous parliez de ça avec M. Untel. » Le deuxième m'a fait la même réponse, et ainsi de suite jusqu'à ce qu'ils se soient tous repassé la balle. Ça m'a mis la puce à l'oreille. Je me suis renseigné sur ce fameux comité, et ce que j'ai découvert ne m'a pas plu.

« M. Masters, ici présent, poursuivit-il en désignant Tom de son chapeau, vient de nous demander de consi-dérer les résultats de son mandat. Moi, je l'ai fait. Eh bien, à part élever les chips à la sauce pimentée au rang d'amuse-gueule officiel du Texas, il n'a strictement rien fait. Je ne crache pas sur les chips, remarquez, mais je ne vois pas quel rapport ça a avec la protection de l'État, le salaire des enseignants chargés de l'éducation de nos enfants, et ça ne garantit certainement pas que les gens qui ont eu la gentillesse de venir nous écouter aujourd'hui sous un soleil de plomb ne vont pas devoir payer plus d'impôts pour la construction de cette auto-route.

Tom joignit son rire à celui du public, mais s'agita nerveusement sur sa chaise.

— Il y aurait beaucoup à dire aussi en ce qui concerne M. Harbaugh, mais je ne veux pas abuser de votre temps. Il fait bien trop chaud pour écouter les fadaises des politiciens. Comprenez-moi bien : je ne cherche pas à vilipender ces deux messieurs. Je suppose qu'ils ont fait de leur mieux. Mais comme disait mon vieux papa : « Si tu veux être certain qu'un travail soit bien fait, fais-le toi-même. » Je me présente donc comme candidat au siège de gouverneur de l'État du Texas parce que je veux que les choses soient bien faites. Et je vous remercie de m'avoir écouté.

Un tonnerre d'applaudissements retentit. Russ Erwin recula, remit son chapeau et retourna s'asseoir sagement sur sa chaise.

Tom et Phil Harbaugh semblaient au bord de l'apoplexie.

C'était le quatrième forum auquel assistait Rebecca, et le style franc, simple et direct de Russ Erwin lui plaisait de plus en plus. Elle se fraya un passage à travers la foule pour atteindre l'estrade et se retrouva derrière deux hommes qui la dissimulèrent aux yeux de Tom. Il ne pensait visiblement qu'à une chose : quitter cette estrade pour regagner une zone climatisée. Beaucoup de personnes entouraient M. Erwin, qui prenait le temps de répondre à chacune. Quand il se tourna enfin vers elle, elle lui tendit la main.

— Monsieur Erwin, j'ai écouté ce que vous avez dit et j'aimerais beaucoup vous apporter mon aide.

— Ce n'est pas de refus, répondit M. Erwin en lui serrant la main.

Ce week-end-là, Matt invita Rebecca et Grayson chez lui. Rebecca gara son pick-up sur le second emplacement dont disposait Matt, mais son véhicule était tellement volumineux qu'il restait tout juste l'espace nécessaire pour la Jaguar.

Matt arriva dans son appartement peu de temps après eux.

— Désolé, dit-il après avoir tapé dans la main de Grayson et avoir embrassé Rebecca. Il faut que j'appelle le concierge pour lui demander à qui appartient ce gros machin monstrueux, au parking. Je ne l'ai jamais vu, ça doit être à un nouveau locataire.

— Il ne te plaît pas? demanda Rebecca en glissant les mains dans les poches de sa nouvelle salopette.

— Quoi donc?

— Mon nouveau pick-up rouge.

— Ton nouveau quoi?

— Maman a acheté un pick-up pour qu'on puisse emmener les chiens partout! lui apprit Grayson.

Matt eut soudain l'air paniqué et se mit à regarder autour de lui.

Rebecca éclata de rire.

— Ils ne sont pas ici, gros bêta! Jo Lynn s'en occupe.

— Attends... C'est à toi, ce bahut? demanda Matt en la détaillant de la tête aux pieds. Et qu'est-ce que c'est que cette tenue?

Elle baissa les yeux vers sa salopette.

— Tu n'aimes pas?

Matt secoua la tête.

— Tu me surprendras toujours. J'adore cette salopette. Tu es la plus jolie fermière que j'aie jamais vue, ajouta-t-il en la serrant dans ses bras.

Ce soir-là (après que Rebecca eut enfilé une tenue plus appropriée à une sortie en ville), Matt les emmena manger au *Guero's Taco Bar*. Tandis qu'ils garnissaient leurs *fajitas* de fromage et de *guacamole*, Rebecca mentionna le forum auquel elle avait assisté.

— Tu y es allée? demanda Matt. Je voulais y faire un saut, moi aussi, mais j'avais une audience et je n'ai pas eu le temps.

— C'était très intéressant, dit Rebecca. Tom s'est déclaré en faveur du développement commercial.

— Quand on se souvient que le point essentiel de sa campagne est l'éducation, c'est quand même un peu étrange.

Elle haussa les épaules.

— Russ Erwin, le candidat indépendant, a fait un excellent discours.

— Vraiment ? demanda Matt. Je crois que c'est surtout un fermier en quête d'un public disposé à écouter ses récriminations.

— Ce n'est pas l'impression que j'ai eue, répondit Rebecca. C'est un fermier, d'accord, mais il voit clair dans le jeu des politiciens.

— J'espère que tu plaisantes ? fit Matt.

— Absolument pas. Je suis même extrêmement sérieuse. Russ Erwin les a bien remis à leur place et il m'a fait très bonne impression. Il a toutes les qualités requises.

— Toutes les qualités requises pour quoi ?

— Pour se faire élire gouverneur, répondit Rebecca.

— Dis, maman, est-ce que tu vas manger ça ? demanda Grayson en désignant le morceau de poulet qui se trouvait dans l'assiette de Rebecca.

Matt soupira, posa les coudes sur la table et se pencha en avant.

— Rebecca, je t'admire de chercher à t'informer comme tu le fais, mais je t'assure que ce fermier n'est pas de taille à assumer une telle fonction.

Rebecca se contenta de le fusiller du regard.

— Quoi ? demanda-t-il. Tu ne comprends pas mon point de vue ?

— Oh, si ! Je le comprends parfaitement, répondit-elle, la gorge nouée. Je comprends que lorsque tu m'as dit que je devrais m'impliquer davantage, tu voulais dire en fait : « Rebecca, tu es une ex-Miss Texas, donc une idiote, laisse-moi te faire bénéficier de mes lumières, alors tu seras peut-être en mesure de commencer à comprendre... »

— Rebecca! fit Matt en riant et en tendant la main pour lui saisir le poignet.

Mais elle la retira avant qu'il ait eu le temps de l'attraper. Matt plissa les yeux, puis coula un regard du côté de Grayson, qui était en train de construire un volcan de viande sur son assiette et ne s'occupait absolument pas d'eux.

— Je ne te dis pas ce qu'il faut que tu penses. J'essaie simplement de t'expliquer que ce type est un hippie sur le retour qui cherche à faire gober n'importe quoi à des demeurés!

Rebecca renifla, se redressa sur sa chaise et détourna le regard.

— Qu'est-ce qui t'arrive? Tu ne veux plus me parler?

— Si, si, répondit-elle d'un ton faussement patient. Simplement, je crois qu'en tant que citoyenne américaine, j'ai le droit d'écouter qui je veux et que tu n'as rien à dire là-dessus. Si ça ne te dérange pas qu'un pipeline traverse le champ qui se trouve derrière chez toi, tu peux préférer écouter les promesses de Tom. Moi, pendant ce temps-là, je suivrai mon petit bonhomme de chemin parce que je crois en la démocratie, que je suis libre de penser ce que je veux et de voter pour le candidat de mon choix.

Elle croisa les bras et défia posément Matt du regard.

Il garda le silence un instant, comme s'il débattait intérieurement de l'utilité de cette conversation, et tapota le bord de son assiette avec sa fourchette en soutenant son regard. Soudain, un grand sourire illumina son visage, et il se resservit un morceau de poulet.

— Tu as gagné, déclara-t-il. Je n'ai rien à objecter à la liberté du droit de vote. Changeons de sujet, tu veux bien? Tom m'a dit qu'il avait déjà reçu trois cents réponses positives pour le gala.

Rebecca voulait bien changer de sujet – pour l'instant. Mais si Matt s'imaginait qu'il suffisait d'écarter le débat pour la désarmer, il se trompait lourdement.

— Trois cent vingt-cinq, précisa-t-elle. Et cinquante appels de personnes qui souhaitent venir avec des amis.

Je n'arrive pas encore à y croire, mais j'ai l'impression que ce gala promet d'être mémorable.

— Et ton père ? demanda Matt.

— Je préfère ne pas parler de lui, répondit-elle sèchement.

Depuis qu'elle lui avait raccroché au nez, Rebecca n'avait pas reparlé à son père. Elle savait qu'elle aurait dû l'appeler pour s'excuser, mais elle n'en avait pas envie. Elle voulait oublier tout ce qui concernait son père, Russ Erwin et la campagne électorale. Le samedi, elle emmena Grayson visiter le tout nouveau Musée de l'histoire du Texas en compagnie de Matt, puis ils se rendirent à Barton Springs pour nager et prendre le frais. Le samedi soir, Bella s'occupa de Grayson pour permettre à Matt et Rebecca de passer une soirée en tête à tête.

Matt était tout content du programme qu'il avait prévu pour cette soirée : un dîner dans un club de jazz. La soirée se déroula merveilleusement bien, et ils ne regagnèrent l'appartement de Matt qu'aux premières lueurs de l'aube, épuisés, aussi impatients l'un que l'autre de faire l'amour.

Le dimanche matin, pendant que Matt regardait d'un œil distrait un match de base-ball à la télévision, Rebecca s'enferma dans le bureau et composa le numéro de téléphone de son père à New York.

— Ouais ? répondit-il en décrochant.

— Papa ?

— Rebecca, dit-il d'un ton posé. Alors ? Tu t'es enfin décidée à parler à ton vieux père ?

Elle ferma les yeux pour se préparer à ce que laissait augurer un tel préambule.

— Les grands esprits se rencontrent, comme on dit. J'en ai eu assez d'attendre que tu fasses le premier pas et j'ai essayé de t'appeler à plusieurs reprises hier soir, mais tu n'étais pas chez toi.

— J'étais en ville avec Grayson, répondit-elle prudemment.

— En ville ?

— Oui, à Austin. Avec un ami.

Un silence de mort plana un instant sur la ligne.

— Je vois, finit par lâcher Aaron Lear.

Rebecca soupira, et ses yeux se posèrent sur une photo de Matt.

— Tu te souviens du gala dont je t'avais parlé ? demanda-t-elle. J'ai réfléchi à ce que tu m'as dit et j'ai décidé de l'organiser, finalement. Je te téléphone pour t'inviter. J'aimerais que tu viennes voir ce que j'ai fait et que tu rencontres Matt.

Son père ne répondit pas tout de suite.

— Alors, c'est comme ça qu'il s'appelle ? Matt ?

— Matt Parrish. Il est avocat.

— Manquait plus que ça, grommela-t-il avant de pousser un long soupir. Et tu es heureuse ?

Sa question surprit Rebecca.

— Je... Oui, papa. Je suis très heureuse. Pourquoi ne viendrais-tu pas en juger par toi-même ?

— Tu voudrais que je vienne à Austin ? demanda-t-il d'un ton où perçait une note d'espoir.

— Oui. Je crois que ce gala va être très réussi. J'ai pratiquement tout organisé moi-même et j'aimerais beaucoup...

Elle s'interrompit. Elle était capable de formuler la phrase dans sa tête, mais la prononcer à voix haute était beaucoup plus difficile.

— Tu aimerais... ? répéta-t-il pour l'encourager à poursuivre.

— J'aimerais beaucoup savoir ce que tu en penses, parvint-elle à articuler.

— Ça me touche, Becky, répondit-il avec douceur. En dépit de ce que tu penses, je sais que c'est important pour toi.

— Merci, papa, répondit-elle en souriant.

Elle lui donna ensuite des nouvelles de Grayson, puis mit fin à la communication. Quand Matt entra dans la pièce, un peu plus tard, il la trouva assise dans le fauteuil, les pieds sur le bureau et les yeux dans le vague.

— Coucou, fit-il.

— J'ai des nouvelles, lui dit-elle avec un sourire anxieux.

— Je t'écoute.

— Tu vas bientôt rencontrer mon père.

— Tu pourrais me prévenir avant de m'annoncer un truc pareil ! s'exclama-t-il en blêmissant.

31

Hommes et femmes, femmes et hommes,
ça ne marchera jamais...

Erica JONG

Matt avait parfois l'impression de se trouver sur des montagnes russes. Tout semblait aller parfaitement bien, et puis, brusquement, quelqu'un l'accusait d'être tyrannique, entêté, voire de souffrir d'un complexe de supériorité. Ces derniers temps, les coups semblaient pleuvoir sur lui de tous les côtés. C'était arrivé à un tel stade qu'il avait décidé d'entreprendre une sérieuse remise en question.

Ben avait été le premier à ouvrir le feu. En découvrant que Matt avait accepté de se charger du cas de Charlie, un SDF qui s'était fait renverser par un autobus, il était devenu fou de rage.

— Tu peux m'expliquer ce que tu fais, Parrish ? Tu veux la ruine du cabinet ou quoi ? avait-il hurlé en pénétrant en trombe dans le bureau de Matt, un après-midi.

— Bien sûr que non, Ben, avait répliqué Matt. Et ton couplet sur la faillite commence à me fatiguer sérieusement. C'est quand même moi qui ai dégoté les affaires Rosenberg et Wheeler White, et ce sont celles qui nous ont rapporté le plus d'argent. Je te trouve un peu trop âpre au gain.

— Oh, épargne-moi tes sermons, je t'en prie ! À t'entendre, la cause à laquelle tu te consacres est tellement sublime qu'un pauvre petit avocaillon sans envergure comme moi est incapable d'en appréhender la beauté! avait riposté Ben avec colère.

Il avait crié si fort que Harold s'était dépêché de venir refermer la porte du bureau.

— J'en ai par-dessus la tête de ton petit numéro de sauveur du monde. Tu crois peut-être que tu fais gagner de l'argent au cabinet, mais si tu prenais la peine de consulter les registres de comptabilité, tu te rendrais compte qu'il n'y a que moi qui rapporte des affaires rentables pendant que monsieur s'amuse à défendre des SDF!

Matt bouillait, mais il était parvenu à se maîtriser.

— Charlie a autant le droit que n'importe quel autre citoyen de bénéficier d'une défense digne de ce nom. Il s'est fait renverser par un autobus, Ben. Il ne faisait rien de mal, il ne demandait rien à personne quand un autobus a tourné le coin de la rue en grillant un feu rouge. Ne peux-tu pas essayer de considérer cette affaire avec un minimum de compassion? S'il restait à ce type la moindre chance de s'en sortir un jour, elle s'est définitivement envolée dans cet accident. Il ne peut plus marcher et il ne pourra plus jamais travailler! La compagnie d'autobus sait que le chauffeur était en tort, et c'est tout juste si elle ne lui a pas dit d'aller se faire voir!

— Ton client avait bu au moment de l'accident! La compagnie d'autobus n'aura aucune difficulté à démontrer au jury que ton loustic était tellement bourré qu'il est descendu du trottoir quand le bus arrivait. Tu le sais aussi bien que moi, et pourtant, tu t'obstines à t'occuper de cette affaire!

— Ce n'est pas moi qui suis allé chercher Charlie! avait riposté Matt. C'est Kate Leslie, de l'aide sociale, qui m'a appelé. Qu'est-ce que ça peut faire si j'échoue? Tu estimes qu'un SDF ne mérite pas d'être représenté par un avocat, c'est ça?

— Je ne peux jamais rien te dire! On ne vit vraiment pas sur la même planète!

La vérité venait enfin d'être énoncée clairement et s'était dressée, tel un cadavre embarrassant, entre les deux amis. Ils avaient gardé le silence, le temps de prendre conscience de ce qui était en train de se passer.

— Oui, avait fini par lâcher Matt, l'air sombre. Je crois que nous ne vivons effectivement pas sur la même planète.

Ben avait tourné les talons et quitté son bureau.

Les choses n'avaient pas évolué entre eux depuis cette altercation, et l'ambiance tendue qui régnait au cabinet les affectait tous. Harold, pourtant si fiable, s'était mis à commettre de menues erreurs. Des erreurs qui l'auraient auparavant amené à présenter sa démission. Ce fait à lui seul justifiait une action de la part de Matt. Le problème, c'était qu'il ne savait pas quoi faire.

Il continuait donc à travailler en espérant que le problème disparaîtrait ou qu'une solution miraculeuse se présenterait.

Heureusement, Rebecca lui remontait le moral. Sa métamorphose lui faisait plaisir, et il était ravi de voir sa beauté intérieure transparaître de plus en plus à mesure qu'elle s'extirpait de son cocon de perfection. Sa maison ressemblait de moins en moins à celle dans laquelle il était entré la première fois. Des livres traînaient un peu partout dans le salon, rangés au petit bonheur la chance sans que leur format ou leur couleur y soient pour quoi que ce soit. Il lui arrivait parfois de ne pas mettre la plus petite touche de maquillage – ce qui ne faisait aucune différence aux yeux de Matt, tant sa beauté naturelle le séduisait. Mais le plus grand signe de changement s'était manifesté le soir où Grayson avait renversé un pot de glace au chocolat sur un tapis extrêmement coûteux. Rebecca n'avait pas paniqué, n'avait pas poussé de hurlement d'horreur, n'avait même pas pleuré. Elle avait ri et déclaré que son fils lui ressemblait vraiment : il mangeait ses glaces comme un petit cochon !

Plus Matt la découvrait, plus il la trouvait belle, et il avait pleinement conscience d'être fou d'elle. Elle l'envoûtait, l'hypnotisait, l'ensorcelait totalement. Quant à son récent engouement pour Russ Erwin, il avait décidé de le classer dans la catégorie de ses menus défauts, au même titre que le fait d'accaparer les couvertures – fait qu'elle s'entêtait d'ailleurs à nier farouchement.

Il était cependant légèrement inquiet qu'elle puisse s'enticher aussi facilement d'un groupuscule de grimpeurs d'arbres végétariens. Elle avait exactement le profil dont raffolaient les soi-disant défenseurs de l'environnement : elle avait bon cœur, elle recueillait des chiens errants, elle s'occupait des ordures que les gens déversaient n'importe où. Matt était dans la course depuis trop longtemps pour se laisser berner par ce genre d'individus. Russ Erwin avait déniché un excellent argument, et en temps normal, Matt ne s'en serait guère soucié. Mais en temps normal, il n'était pas impliqué dans une campagne électorale. Et Rebecca non plus.

Aussi accepta-t-il volontiers d'accompagner Rebecca à un des derniers forums de candidats de la saison. Elle arriva chez lui à 18 heures pile, un dossier sous le bras. Ils passèrent prendre Angie et Pat à bord de son nouveau pick-up, et les deux femmes regardèrent Rebecca avec ahurissement.

— Qu'est-ce qui t'a pris d'acheter ce truc-là ? s'exclama Pat en se hissant péniblement sur la banquette arrière.

— C'est pour transporter les chiens. Ça te plaît ?

— Ça ne te ressemble pas du tout, répondit Pat platement. Ce serait plutôt le genre de... Je ne sais même pas à qui ça pourrait convenir, en fait.

— Je le trouve fabuleux, dit Angie, qui avait les cheveux bleu électrique ce jour-là.

— Merci, répondit Rebecca avec un sourire. Où est Gilbert ?

— Avec Tom. Il fallait qu'ils revoient l'introduction de son discours, répondit Angie.

— Autant dire que c'est Gilbert qui se tape tout le boulot. Franchement, il y a des jours où je me demande qui tient vraiment les rênes de cette campagne, soupira Pat.

— Pourquoi milites-tu en faveur de Tom ? demanda Rebecca en la regardant dans le rétroviseur intérieur.

— Bof ! répondit Pat en haussant les épaules. Il n'est pas si mauvais que ça, au fond. Et puis, c'est surtout un moindre mal.

— Par rapport à qui ? demanda Rebecca.

— Par rapport au candidat républicain, bien sûr. Le candidat indépendant n'a pas l'ombre d'une chance d'être élu.

Au grand soulagement de Matt, Rebecca n'essaya pas d'argumenter en faveur de son chouchou, comme elle le faisait avec lui ces derniers temps.

Ils atteignirent l'auditorium où le forum devait se tenir, mais la salle était pleine à craquer, et ils durent se séparer pour occuper les derniers sièges libres. Matt et Rebecca réussirent à trouver deux places en bout de rangée, l'une derrière l'autre. Rebecca s'asseyait derrière Matt quand le présentateur apparut sur l'estrade. Matt entendit la jeune femme sortir les papiers qu'elle avait préparés et ne put s'empêcher de lever les yeux au ciel.

Après une série de discours assommants des élus locaux (pourquoi les politiciens promettaient-ils toujours d'être brefs alors qu'ils ne pouvaient pas s'empêcher de parler jusqu'à ce que leurs visages deviennent bleus ?), les candidats firent leur apparition.

Phil Harbaugh fit quelques plaisanteries tellement absurdes que Matt ne les comprit pas, puis se lança dans un discours sur le cruel manque de revenus dont souffrait l'actuel gouvernement et parla de son projet de les augmenter... sans pour autant augmenter les impôts des Texans. Comment comptait-il y parvenir ? En augmentant la TVA sur l'essence ou sur les produits d'épicerie, ce qui, songea Matt, revenait à augmenter les impôts indirects des Texans.

Ce fut ensuite au tour de Tom. Matt fit la grimace en l'entendant plaisanter sur la similitude qu'il y avait entre ce genre de débats et les femmes – « si logique soit-on, on ne gagne jamais complètement la partie » –, puis Tom se mit à expliquer au public qu'il n'allait pas parler d'impôts ni de subventions, mais de la façon dont il comptait renforcer l'économie. À la surprise de Matt, Tom avança des arguments réalistes et présenta un projet de croissance économique nettement plus cohérent : l'autoroute reliant Dallas à Old Mexico sur sept cents kilomètres et le pipeline qui passerait en dessous relanceraient l'emploi et permettraient la création d'un nouvel axe économique, tout en désengorgeant les actuels réseaux routiers.

Matt savait que Tom était partisan de ce projet, mais l'intelligence des articulations de son discours et le nombre d'éléments concrets qu'il avançait le surprirent. Cela lui ressemblait si peu que Matt se demanda qui avait rédigé ce speech à sa place. Il jeta un coup d'œil à Gilbert, qui se tenait au bout de la scène, et l'expression étonnée qu'il lut sur son visage vint confirmer ses doutes : il se produisait quelque chose d'anormal. Abasourdi par le brio de Tom, il ne réalisa pas tout de suite que Rebecca lui tapait sur le bras avec insistance.

Il se retourna à moitié et vit qu'elle lui tendait un petit magazine en tapant de son index manucuré la section qu'elle voulait qu'il regarde. Il prit le magazine, survola le titre – *Industrie et construction dans la région sud-ouest* –, puis ses yeux glissèrent vers l'article que lui avait indiqué Rebecca. Il s'intitulait *La superautoroute et le pipeline : fléau ou bénédiction ?* Il faisait sombre dans la salle et il eut du mal à déchiffrer entièrement l'article, mais il ne tarda pas à comprendre ce qui avait alerté Rebecca : le discours de Tom en faveur de l'autoroute était pratiquement identique à l'article.

Tandis qu'il s'efforçait de lire l'article, Tom conclut son intervention en affirmant au public qu'il était le plus qualifié des candidats et en l'appelant à voter pour lui au mois de novembre. Il retourna s'asseoir sous de chaleureux applaudissements. Russ Erwin, le candidat suivant, s'approcha de la tribune d'un pas chaloupé, et

Matt leva les yeux. Il vit un grand cow-boy dégingandé, tout de jean vêtu, et l'imagina aussitôt assis à califourchon sur la barrière d'un corral, en train de mâchonner sa chique tout en surveillant du coin de l'œil le travail de ses employés. L'homme posa négligemment la main sur la tribune, l'autre main glissée dans la poche arrière de son jean.

— Bonsoir, dit-il. Je m'appelle Russ Erwin et je suis candidat au siège de gouverneur du Texas.

En l'écoutant parler, Matt comprit pourquoi il avait plu à Rebecca. Son attitude franche et naturelle avait quelque chose de séduisant. Il expliqua qu'il se présentait aux élections parce qu'il n'avait, au cours d'un long périple dans les méandres de la bureaucratie, rencontré aucun représentant du gouvernement qui soit en mesure de lui fournir les informations qu'il souhaitait et qu'il trouvait cela parfaitement injuste. Il déclara ensuite qu'il était en faveur du développement économique, mais qu'une superautoroute et un pipeline allaient obliger les fermiers à se déplacer – au passage, il rappela que le Texas devait son origine et son identité à ces familles de fermiers – et que les retombées économiques d'un tel projet ne seraient que de courte durée. Une fois que l'autoroute serait construite, que deviendraient les ouvriers qui auraient participé à sa construction ?

Quand il eut terminé son discours, Matt dut reconnaître qu'il était impressionné. Et il ne put s'empêcher de se demander, comme Tom avant lui, si quelque chose dans le passé de cet homme serait en mesure d'écorner la franchise et le naturel de son apparence et de son propos. Erwin avait le dangereux profil et les arguments convaincants d'un gagnant.

Après avoir déposé Pat et Angie, Rebecca prit la direction de l'appartement de Matt.

— Alors ? demanda-t-elle à Matt, en lui donnant un petit coup de coude dans les côtes.

— Alors quoi ?

— Tu as lu l'article que je t'ai passé ?

— Oui.

Elle lui jeta un coup d'œil en coin.

— Alors ? insista-t-elle.

— Qu'est-ce que tu cherches à me faire dire ? demanda Matt en riant.

— J'aimerais que tu dises que c'est bizarre que Tom ait fait un discours qui reproduisait presque mot pour mot cet article !

— D'accord, admit-il avec bonne humeur. Le discours de Tom était pratiquement identique à cet article.

— Et ? demanda-t-elle en lui coulant un autre regard.

— Et quoi ?

— Matt ! Tu ne trouves pas étrange que Tom répète les propos d'une grosse entreprise industrielle concernant les avantages de cette superautoroute ?

— Je ne vois rien d'étrange à s'informer auprès de diverses sources.

— Très bien. Et ça ne te paraît pas bizarre que Tom choisisse précisément cette source-là pour s'informer ? Je te rappelle que c'était toi qui insistais pour qu'il étaye son discours de chiffres et d'arguments concrets et qu'il faisait obstinément la sourde oreille.

C'était effectivement étrange... Matt réfléchit un instant.

— Tom est probablement le genre de candidat qui prend d'abord l'argent et qui décide ensuite de ses arguments politiques, déclara-t-il.

— Tu n'as pas plutôt l'impression qu'il a des intérêts financiers dans la construction de cette autoroute ?

— Qu'est-ce que tu insinues, au juste ? demanda Matt, stupéfait.

— À ton avis ? Peut-être que Tom touchera un pot-de-vin de cette entreprise s'il est élu gouverneur...

— Est-ce que tu te rends compte de la gravité de ce que tu dis ? demanda-t-il, choqué que de tels propos aient pu sortir de la bouche de Rebecca.

— Absolument, répondit-elle très calmement. Tu crois peut-être que je ne connais pas la valeur des mots ?

— J'en viens à me poser la question... et je me demande aussi où tu es allée pêcher une idée pareille ! On peut reprocher bien des choses à Tom, mais ce n'est pas un escroc ! s'exclama-t-il.

Il ne put cependant s'empêcher de se demander ce qui l'incitait à prendre la défense de Tom. Plus le temps passait, plus son estime pour son ancien camarade de faculté s'amenuisait.

— Je ne suis pas idiote, Matt ! riposta Rebecca avec colère. J'espère que tu as raison en ce qui concerne Tom, je t'assure que je l'espère vraiment. Mais je trouve extrêmement curieux qu'un candidat qui n'a pas été fichu d'aligner deux phrases cohérentes jusqu'ici soit soudain capable de faire un discours aussi brillant. C'est tout. Tu n'es pas obligé d'adhérer à ma théorie et tu as le droit de le suivre aveuglément, si ça te chante.

Ils arrivaient devant le parking de l'immeuble de Matt.

— Tu veux bien me dire où une ex-Miss Texas a dégoté l'obscure brochure de cette entreprise, s'il te plaît ? demanda-t-il d'un ton pincé.

Rebecca gara son pick-up, serra le frein à main et tourna vers lui un regard courroucé.

— Que tu le croies ou non, Miss Texas est capable de lire, monsieur M'as-tu-vu ! Cette brochure a été distribuée un peu partout. On peut se la procurer chez n'importe quel marchand de journaux. Mais ça, tu l'ignores, bien sûr. On n'achète pas de journaux quand on croit déjà tout savoir !

— Chez un marchand de journaux, hein ? Voyez-vous ça ! Où as-tu trouvé cette brochure, précisément ? À côté du dernier numéro de *Cosmopolitan*, sans doute ?

Rebecca plissa les yeux.

— Il faut que je rentre.

— Moi aussi, j'ai à faire. Je vais aller jeter un coup d'œil à ce que mon marchand de journaux dissimule entre les romans d'amour et les magazines de mode.

— Je te souhaite bien du plaisir, riposta-t-elle. Tu seras surpris de ce qu'on peut y trouver, et ça t'aidera peut-être à construire un raisonnement moins hâtif. À moins que tu ne sois persuadé que ta formationde juriste transforme la moindre de tes pensées en or ?

— Bonne nuit, dit-il en descendant du pick-up de Rebecca, heureux à l'idée de passer la nuit seul.

32

*Dire des choses dont les gens se souviendront peut
se révéler dangereux pour un candidat...*

Eugene MᶜCARTHY

Rebecca venait de souhaiter une bonne nuit à Jo
Lynn et la regardait s'éloigner au volant de sa voiturette
de golf quand le téléphone se mit à sonner.

— Ne raccroche pas, dit vivement Matt quand elle
décrocha. Je suis désolé. Tu as raison, le discours de
Tom a quelque chose d'étrange.

— D'accord, répondit-elle en hochant pensivement
la tête. Mais c'est ça qui te désole ou bien ce que tu as
dit sur les romans d'amour et les magazines de mode ?

— Tu veux que je rampe devant toi, c'est ça ?

— Oui. J'adore te voir ramper, répondit-elle avec un
grand sourire.

— Tu as de la chance que je sois prêt à tout pour toi,
marmonna Matt. Bon, je me jette à l'eau. Je suis désolé
d'avoir dit ça et je reconnais que je devrais rendre plus
souvent visite à mon marchand de journaux.

Rebecca attendit la suite.

— Et c'est tout ? demanda-t-elle au bout d'un
moment.

— Que suis-je censé dire d'autre ?

— Oh, je ne sais pas... Quelque chose comme : « Je
suis vraiment le dernier des imbéciles d'avoir osé suggérer que tu n'étais pas capable d'avoir des idées par
toi-même » ou bien : « Quand je dis des bêtises de ce

genre, il faut que tu saches que c'est parce que j'ai de gros doutes sur la taille de mon... »

— D'accord, d'accord, dit-il en riant. Je suis vraiment, vraiment, désolé. Horriblement désolé. Effroyablement désolé. Tellement désolé que je suis prêt à lécher les semelles de tes chaussures.

— Ah! soupira-t-elle en s'asseyant sur la chaise placée à côté du téléphone. Que dirais-tu d'enfiler tes chaussures pour venir me rejoindre, à la place?

— Oh, Rebecca, j'adore quand tu me parles comme ça, dit-il avec un petit rire. Mais d'abord, j'aimerais savoir... Et toi?

— Comment ça, et moi?

— Tu n'as pas envie de me faire des excuses?

— Pour quelle raison? demanda-t-elle en regardant ses ongles. Parce que j'ai trouvé un candidat qui me convainc et que je continue à militer pour son rival? Ou bien parce que j'ai la trouille de revenir sur mes engagements en ce qui concerne ce gala débile?

— Je me serais contenté d'un simple: «Je suis désolée», mais j'accepte ce que tu m'offres.

— Je ne sais plus trop quoi penser, avoua-t-elle en se passant la main dans les cheveux. Je me suis beaucoup investie dans ce gala et c'est dans moins d'un mois, à présent. Rappelle-toi la déception de Tom quand j'ai voulu tout abandonner. Tu imagines l'effet que ça lui ferait si je le lâchais maintenant? Mais en fait, ce n'est pas ça le problème. Tu sais ce qui me fait peur?

— Quoi donc?

— Ce serait un véritable désastre si je laissais tomber le plus grand gala de ce genre jamais organisé au Texas. On me traiterait de lâche. Et plus personne ne voudrait m'embaucher nulle part.

— Il me semble que tu peux terminer ce que tu lui as promis de faire sans être pour autant obligée de voter pour lui, dit Matt. En réalité, l'important, c'est ton vote, pas l'argent que tu lui permettras de récolter.

— C'est un peu limite comme raisonnement, tu ne crois pas?

— Si ! admit-il en riant. Mais c'est tout ce que j'ai trouvé. Tu as raison. Austin est une petite ville, et si tu ne tiens pas tes engagements, ça te portera certainement préjudice.

— C'est rigolo, finalement. Il y a à peine quelques semaines, j'expliquais à tous les invités de la liste que Tom était l'homme de la situation, et aujourd'hui, je suis persuadée du contraire.

— Je comprends, répondit Matt. Moi aussi, je me pose de plus en plus de questions sur Tom.

Ils observèrent un silence que Rebecca fut la première à rompre.

— Qu'est-ce qu'on fait ?

— Je ne sais pas, dit Matt. Je vais vérifier quelques points cette semaine pour tâcher de comprendre de quoi il retourne. Mais je suis d'ores et déjà certain d'une chose, Miss Chochotte, c'est que la prochaine fois que tu viendras te balader en ville au volant de ton immonde pick-up, on aura un petit tête-à-tête qui te fera regretter de m'avoir plaqué ce soir…

— Moi aussi, je t'aime, Matt, dit Rebecca en riant.

Elle raccrocha et poussa un long soupir rêveur.

Il y eut tellement de choses à faire au cours des quatre semaines précédant le gala que Rebecca n'eut pas le temps de repenser à ses doutes. L'événement devait avoir lieu au *Three Nine Ranch*, un ranch à l'ancienne qui était souvent utilisé comme décor de films et qui comptait encore plusieurs centaines de têtes de bétail, un cow-boy, de nombreux pacaniers et plusieurs chênes centenaires. Il fallait s'occuper du traiteur – nourrir cinq cents personnes nécessitait l'intervention d'au moins dix cuisiniers –, de l'éclairage et des sièges, de la scène et de la piste de danse. Ce dernier point était épineux, car les artisans auxquels s'était adressée Rebecca travaillaient quand ça leur chantait, et elle craignait qu'ils n'aient pas fini à temps pour le jour J. Et il fallait aussi rédiger les contrats des présentateurs et des comiques chargés d'animer la soirée.

Mais le plus délicat de tout, c'était la répartition de l'argent versé par les donateurs entre l'événement (le souci majeur de Rebecca) et le financement de la campagne (le souci majeur de Tom). Ce dernier l'appelait quotidiennement pour savoir combien de personnes seraient présentes et combien elles comptaient donner. Il ne se passait pas une journée sans qu'il lui demande des nouvelles de son père, à tel point qu'un jour, excédée, Rebecca s'exclama :

— Je ne vois pas pourquoi mon père t'intéresse autant, Tom.

— Tu plaisantes ? dit-il en s'esclaffant. Qu'est-ce que tu crois ? Ton père peut apporter une contribution non négligeable à la campagne, Rebecca. Tu lui en as parlé, j'imagine ?

Au fil des semaines, le comportement de Tom était passé de celui du bon garçon jovial à celui du candidat débordant d'énergie.

— Non, Tom. Je l'ai invité au gala, c'est tout, répondit-elle, les dents serrées. Il ne s'intéresse pas tellement à la politique, et encore moins au parti démocrate. Si tu veux obtenir quelque chose de lui, tu le lui demanderas toi-même.

Elle savait néanmoins que son père contribuerait à la campagne d'une façon ou d'une autre, ne serait-ce que par courtoisie vis-à-vis d'elle. Quelques mois plus tôt, elle aurait vivement souhaité qu'il se montre aussi généreux que possible, mais elle en était à présent à se demander comment elle expliquerait à son père qu'elle s'était décarcassée pour un candidat dont elle ne désirait plus la victoire.

— Je ne m'en priverai pas, tu peux me faire confiance. Assure-toi qu'il vienne, je m'occupe du reste.

« Je te fais confiance pour ce qui est de la duplicité, vieille fripouille, songea Rebecca. De quelle brochure t'inspireras-tu pour extorquer le maximum d'argent à mon père ? »

— Il viendra, Tom, je te l'ai déjà dit.

— Je sais bien que tu me l'as dit, Rebecca, riposta-t-il. Je voulais simplement en être certain.

Rebecca réprima un soupir exaspéré et reporta ses pensées sur le coup de fil qu'elle s'apprêtait à passer pour recruter des hôtesses d'accueil. Elle s'en chargea dès qu'elle eut raccroché, puis se mit en route pour le *Three Nine Ranch*, où elle se rendait chaque jour en compagnie de Grayson et Harold.

Au cours des quatre semaines qui précédèrent le gala, Rebecca et Matt s'efforcèrent de se voir le plus possible, mais leurs emplois du temps respectifs étaient épouvantablement chargés. Il lui manquait. Elle savait qu'il était débordé et préoccupé – il lui avait laissé entendre que son cabinet ne marchait pas comme il l'aurait souhaité, sans toutefois sembler désireux d'entrer dans les détails. Elle savait aussi que Tom exigeait autant de Matt qu'il exigeait d'elle. Un soir, Matt lui confia que Tom lui avait demandé de fouiller dans le passé de Russ Erwin.

— Je n'ai rien trouvé de louche à propos de ce type. Je crois qu'il est bel et bien celui qu'il semble être : un fermier en colère qui se soucie vraiment de l'avenir du Texas.

— Pourquoi ne dis-tu pas cela à Tom ? demanda Rebecca.

— C'est ce que j'ai fait, répondit Matt en haussant les épaules. Tu as vu les tracts que les républicains distribuent en ce moment ? Avec des photos de Tom prises le jour de l'anniversaire d'Eeyore... Il a l'air d'un clown sur ces photos.

— J'ai vu ça, dit-elle en hochant la tête d'un air entendu.

— La compétition est de plus en plus serrée. Tom et Gunter sont en train de préparer la riposte : un tract avec une photo de Phil Harbaugh en train de rigoler, sur laquelle il donne l'impression d'être complètement bourré, agrémenté d'une légende du genre : « Voilà ce que Phil Harbaugh pense de la sécurité sociale. »

— Mais c'est déloyal ! protesta Rebecca, indignée.

— C'est seulement le début, la prévint Matt. Russ Erwin s'en est bien sorti jusqu'à maintenant, mais les résultats du sondage d'intentions de vote de la semaine prochaine risquent de changer la donne... Si l'on constate qu'il est en train de gagner du terrain – ce qui me semble plus que probable –, il sera à son tour la cible de ce genre de procédés.

— Plus ça va, plus je déteste la politique, dit Rebecca.

— Je suis dans le même cas que toi.

— Une fois le gala terminé, je laisse tout tomber, déclara-t-elle d'un ton résolu.

— C'est-à-dire dans une semaine, lui fit-il remarquer. Tout est fin prêt ?

— Je crois, oui, répondit-elle en croisant les doigts. Il ne me reste plus qu'à choisir la tenue que je vais porter.

— À ta place, je ne m'inquiéterais pas pour ça. Même en salopette, tu les éblouiras tous !

— Si seulement c'était vrai ! Mais je sais que certaines personnes m'attendent au tournant. Des gens qui jubileront si je me casse la figure.

— Qui ? demanda Matt. Donne-moi leurs noms, que je m'occupe d'eux !

— Certaines des relations que Bud et moi avions du temps de notre mariage, lui répondit-elle avec un grand sourire. Et puis, il y a les gens qui ne me souhaitent aucun mal, mais qui me mettent mal à l'aise. Comme mon père, par exemple.

— Ne te fais pas trop de souci pour ça. Il sera probablement fier comme un paon.

— On voit que tu ne le connais pas encore ! Et je suis bien contente que tes parents ne puissent pas venir !

— Mes parents t'adorent, répliqua Matt en fronçant les sourcils. Quoi que tu fasses, ils t'applaudiront inconditionnellement.

— J'ai tellement peur qu'un incident se produise ! C'est comme si toute ma vie se résumait à cet événement, comme si mon avenir dépendait de son succès ou de son échec.

— Tu dis vraiment n'importe quoi, Rebecca. C'est une simple fête ! Tu es vraiment fragile à ce point-là ?

— Oui, avoua-t-elle. Je crains que ce ne soit à ce point-là. Tu ne peux pas savoir comme je manque de confiance en moi !

— Moi, j'ai confiance en toi. Rien de ce que tu crains ne se produira au cours de ce gala. J'en suis sûr parce que je te connais et que je suis certain que ce sera un succès. Et si un incident devait survenir, tu peux compter aveuglément sur mon soutien indéfectible.

— Matthew Parrish, déclara Rebecca, très émue, je crois qu'on ne m'a jamais rien dit d'aussi gentil.

— Gentil, je ne sais pas, mais en tout cas sincère, répondit Matt.

33

Le bonheur, c'est d'avoir une grande famille aimante,
tendre et soudée dans une autre ville...

George BURNS

Quand Robin, Jake et Cole arrivèrent chez Rebecca, Robin vit immédiatement que sa sœur avait changé. Énormément changé. Elle n'aurait pas su dire en quoi exactement. Ce n'était pas son amour des chiens, puisqu'il y en avait toute une tripotée pour les accueillir. À première vue, c'était peut-être l'absence de maquillage, mais Robin sentit que c'était seulement le reflet de quelque chose de plus profond.

Tandis qu'elle observait attentivement sa sœur, Cole, le neveu de Jake, tendit un sac en papier à Grayson.

— Qu'est-ce que c'est ? lui demanda celui-ci.

— Ouvre-le et regarde, gros malin, lui répondit Cole.

Grayson s'exécuta et se tourna vivement vers Rebecca.

— Maman, c'est de la pâte à pets vert fluo ! s'exclama-t-il avant de reporter un regard éperdu d'admiration sur Cole.

— Tu as déjà vu un chien manger de la pâte à pets ? lui demanda celui-ci en l'entraînant vers l'endroit où se tenaient les chiens.

Le changement qui s'était produit était définitivement énorme, constata Robin. Ce n'était pas le genre de Rebecca d'arborer un grand sourire en entendant parler de pâte à pets. Quant à la maison... Bon, d'accord, c'était propre et en ordre. Mais ce n'était pas...

parfait. Voilà! Elle avait mis le doigt sur ce qui clochait. Rebecca n'était plus parfaite. Incroyable!

Elle passa le reste de la journée à observer sa sœur pour tâcher de dénombrer ses imperfections, et elle en découvrit plusieurs – les serviettes de toilette n'étaient pas rangées par couleur, une toile peinte par Rebecca était accrochée légèrement de travers, la télécommande de la télévision traînait par terre. Robin avait l'intuition de connaître l'origine de cette transformation. Elle-même avait expérimenté quelque chose d'assez semblable peu de temps auparavant.

Elle se promit de se faire raconter les dessous de l'histoire, mais elle mourait d'envie d'annoncer quelque chose à sa sœur. Tandis qu'elle préparait des travers de porc, Rebecca demanda à Robin de déboucher une bouteille de vin. Robin soupira.

— Dis-le-lui carrément, intervint Jake en surgissant sur le pas de la porte. Tu ne pourras pas le dissimuler éternellement, tu sais.

— Je n'ai pas l'intention de dissimuler quoi que ce soit, je te remercie, monsieur De-quoi-je-me-mêle, répondit Robin, agacée.

— Dissimuler quoi? demanda Rebecca. Que tu as arrêté de boire?

— Très drôle, répliqua Robin en souriant. En fait, tu n'es pas très loin de la vérité.

— Comment ça? s'étonna Rebecca.

— Elle est enceinte, déclara Jake sur le ton de l'évidence.

Robin poussa un long hurlement, mais il se contenta de hausser des épaules.

— Je voulais le lui annoncer moi-même, lui dit-elle.

— Oui, mais tu allais d'abord la soumettre à la torture.

— C'est vrai? s'exclama Rebecca.

— Oui! cria Robin, ravie. Il naîtra au printemps.

Rebecca se précipita vers sa sœur pour la serrer dans ses bras, et elles se mirent bientôt à sauter sur place en poussant des cris de joie.

— Qui est au courant ? demanda Rebecca, une fois qu'elles eurent cessé leur petite danse pour calmer les aboiements des chiens. Tu l'as dit à maman ? À Rachel ?

— Je l'ai dit à maman avant qu'elle parte à Seattle. Elle était folle de joie. Et je l'ai annoncé à Rachel hier en venant ici. Elle m'a dit qu'elle le savait déjà parce que mon horoscope prédisait des changements importants.

— Et papa ?

Le sourire de Robin se réduisit considérablement.

— Euh… il n'est pas encore au courant. Je compte le lui annoncer ce week-end.

— Robin ! s'exclama Rebecca. Ce week-end-là ?

— Ben oui ! riposta Robin. Je me suis dit qu'il valait mieux que je lui annonce la nouvelle de vive voix. Tu sais aussi bien que moi ce qu'il va me dire…

— Oui, acquiesça Rebecca. Il va vouloir savoir si tu comptes te marier. D'ailleurs, je vais te poser la même question.

— Oui, chuchota Robin dans le dos de Jake.

— Peut-être, rectifia celui-ci. Je vais observer ton comportement ce week-end avant de prendre ma décision.

— Je suis tranquille : il ne peut pas se passer de moi, commenta Robin en haussant les épaules. Et toi, alors ?

Rebecca faillit lâcher le couteau qu'elle tenait à la main.

— Comment ça, et moi ? demanda-t-elle en évitant de croiser le regard de sa sœur.

— Allez, Rebecca ! C'est gros comme le nez au milieu de la figure !

Rebecca devint livide et se mit à tourner un peu trop vigoureusement la sauce des travers de porc.

— Je ne suis pas enceinte, si c'est ce que tu essaies d'insinuer.

— Pas le moins du monde ! dit Robin en riant. Je cherchais simplement à savoir si tu avais l'intention de te marier.

Rebecca ne quitta pas la sauce des yeux. Robin était une des rares personnes sur terre à qui elle ne pouvait rien dissimuler. La sonnette de la porte d'entrée mit un terme à cette situation.

— Ton silence est un aveu ! s'exclama Robin en se dirigeant vers la porte. Tu es amoureuse ! Je le savais ! Rachel me l'avait dit !

— Robin, je t'interdis d'aller ouvrir la porte ! glapit Rebecca.

Mais Robin avait trop d'avance. Elle ouvrit la porte et détailla de la tête aux pieds l'homme qui se tenait devant elle. Celui-ci (Seigneur, qu'il était beau !) mit ses mains derrière son dos et attendit patiemment qu'elle ait terminé son inspection.

— Alors ? demanda-t-il. Quel est le verdict ? Reçu ou recalé ?

— Reçu ! Et avec mention, encore ! répondit Robin, tout sourires. Je veux dire, franchement…

— Elle veut dire, intervint Rebecca en repoussant sa sœur d'un coup de coude, qu'elle est ravie de faire ta connaissance.

Robin se contenta donc de hocher vigoureusement la tête, afin de faire savoir à celui qu'elle considérait d'ores et déjà comme son futur beau-frère qu'elle était effectivement ravie de le rencontrer.

— Salut, dit Jake en se faufilant, la main tendue, devant les deux sœurs. Je suis Jake, le compagnon de Robin. Entre, je vais aller te chercher une bière. Si elle t'embête, fais-moi signe, je sais comment la calmer.

— Merci, répondit Matt. Il y a fort à parier que j'aurai effectivement besoin de tes services.

Il adressa un grand sourire à Robin et lui serra la main.

— J'avais hâte de te rencontrer.

Il s'écarta d'elle pour déposer un baiser sur les lèvres de Rebecca, et Robin vit passer dans son regard une lueur qu'elle connaissait bien, pour l'avoir plus d'une fois surprise dans les yeux de Jake. C'était le regard de l'amour, et son intensité n'avait rien à envier à celui de Rebecca... Elle n'avait jamais vu sa sœur aussi rayonnante.

— Vraiment ? demanda-t-elle en battant des cils à l'intention de Matt. On t'avait donc parlé de moi ?

— Absolument. Je suis chargé de représenter les intérêts de Mlle Rebecca Lear, jadis victime d'un effroyable préjudice. Une paire d'escarpins rouges à talons aiguilles, ça te dit peut-être quelque chose ?

Robin éclata de rire.

— Et un œil au beurre noir, ça te dit quelque chose ? riposta-t-elle.

Jake lui passa un bras autour de la taille et l'écarta en levant les yeux au ciel. Il tendit une bière fraîche à Matt tandis que Robin déclarait haut et fort que Rebecca ferait mieux de ne pas trop remuer les vieilles histoires du passé et que, pour autant qu'elle le sache, les escarpins rouges étaient toujours accrochés sur un câble à haute tension au-dessus de River Oaks.

Rebecca passa une des meilleures soirées de sa vie. Matt se sentit rapidement à l'aise avec Robin et Jake, et ils rirent tous les quatre jusqu'à plus de minuit, bien longtemps après que Grayson et Cole furent allés se coucher.

Robin tira tant et si bien les vers du nez à Matt qu'elle l'amena à faire le récit de sa rencontre avec Rebecca, qui rougit rétrospectivement de honte.

— C'est pas vrai ? s'exclama Robin entre deux éclats de rire.

— Quoi ? protesta Rebecca. Ça ne t'est jamais arrivé de faire des gaffes, peut-être ?

— Si, mais pas de cette ampleur !

— Euh... excuse-moi de te contredire sur ce point, Robin, intervint Jake.

Il fit alors le récit de leur première rencontre... dans un commissariat de police.

Quand Matt annonça qu'il était temps pour lui de rentrer, Rebecca l'accompagna à sa voiture.

— J'aime bien ta sœur et son copain, lui dit-il. Ils sont très sympas.

— Oui, c'est vrai.

Matt secoua la tête en riant doucement.

— Ta sœur est… Elle est…

— Je sais, dit Rebecca. Ne te fatigue pas à essayer d'expliquer. Tu ne trouveras jamais le terme qui convient pour la définir.

Matt se pencha vers elle et l'embrassa.

— Dépêche-toi d'aller te coucher. Je sais que ce gala te met les nerfs en pelote, mais tout va bien se passer.

Elle regarda sa voiture s'éloigner, puis rentra dans la maison, où Robin l'attendait.

— C'est l'homme de ta vie, lui dit-elle. Et avant de monter sur tes grands chevaux, laisse-moi te dire qu'il est parfait pour toi. Je l'adore ! Il est intelligent, drôle, séduisant…

— C'est bon ! coupa Rebecca en riant. J'avoue : je ne rêve pas de meilleur partenaire pour finir mes jours. Il y a juste un problème, ajouta-t-elle en fronçant les sourcils.

— Quoi ? s'exclama Robin. Tu as réussi à trouver un défaut à ce garçon ?

— Le problème, ce n'est pas lui, répondit sa sœur. C'est papa. Ils n'ont pas encore fait connaissance.

— Oh, fit Robin en secouant la tête avec tristesse. Oui, j'espère qu'il ne fera pas d'histoires. Où est-il, à propos ?

— En ville, répondit Rebecca en levant les yeux au ciel. Il a dit qu'il arriverait trop tard pour débarquer directement ici et qu'il ne viendrait pas demain non plus parce qu'il ne voulait pas se sentir coincé et être obligé de passer la nuit chez moi.

— Regarde les choses du bon côté : tu n'auras pas à le supporter toute la journée.

Robin avait entièrement raison. La journée suivante fut si riche en événements que la présence d'Aaron Lear aurait été un désastre. Il restait une foule de détails de dernière minute à vérifier, et Rebecca dut filer au *Three Nine Ranch* avec Harold pour s'assurer une dernière fois que tout serait prêt à temps.

Harold était une perle pour ce genre de tâches.

— Efficace est mon second prénom, avait-il dit un jour à Rebecca d'un ton extrêmement sérieux.

Il était tellement excité de participer à l'élaboration de ce gala que lorsque la mise en place des tables démarra, il dit à Rebecca de rentrer chez elle.

— Je maîtrise parfaitement la situation, mademoiselle Lear, assura-t-il.

Il posa fermement les mains sur ses épaules pour la faire pivoter en direction du parking.

— Vous reviendrez tout à l'heure faire votre entrée de star, et je vous garantis que tout sera fin prêt.

Rebecca ne discuta pas. De toute façon, elle avait tout juste le temps de repasser chez elle pour se changer. La journée avait passé tellement vite qu'elle n'avait pas eu le temps de souffler une seconde depuis le moment où elle s'était levée et avait nourri les chiens.

Elle avait choisi sa tenue avec beaucoup de soin : une robe en soie sauvage turquoise avec un profond décolleté drapé et des bretelles rehaussées de perles. Moulante au niveau du buste, elle s'évasait à partir de la taille pour former une jupe ample qui s'arrêtait aux genoux. Elle avait trouvé des escarpins Stuart Weitzman de la même nuance turquoise que sa robe, et une parure d'aigues-marines et de diamants ornait ses oreilles et sa gorge.

Robin l'aida à relever ses cheveux en un chignon qu'elle fixa à l'aide de deux épingles en diamants.

— Mon Dieu, Rebecca... s'exclama-t-elle en reculant pour l'admirer. Tu es absolument superbe ! Tu m'éblouis toujours autant malgré les années !

— Qu'est-ce que tu veux dire ?

— Tu le sais bien, dit Robin en souriant à son reflet dans la glace. Tu as toujours été bien plus belle que Rachel et moi. Les garçons n'avaient d'yeux que pour toi, au lycée...

— C'est faux, protesta Rebecca. Tu avais des dizaines de soupirants...

— Oui, mais je finissais toujours par m'apercevoir qu'ils ne m'invitaient à sortir avec eux que pour t'approcher, toi. Quelle humiliation, n'est-ce pas ?

— Si tu t'imagines que je vais avaler ça ! dit Rebecca en riant. Toi aussi, tu es superbe, comme toujours. Où as-tu trouvé cette robe ?

Robin portait un long fourreau noir fendu sur le côté. Elle fronça les sourcils en se regardant dans le miroir.

— Je vais te le dire, mais ne t'avise pas de te moquer. Je l'ai achetée chez J.C. Penney's.

— J.C. Penney's ? répéta Rebecca, stupéfaite.

Robin haussa les épaules.

— Que veux-tu ? J'ai un budget serré. Et puis, de toute façon, on peut trouver pratiquement la même chose que dans les magasins de haute couture sans dépenser une fortune, dit-elle comme si elle débitait un argument publicitaire.

— Tes chaussures aussi viennent de là-bas ? demanda Rebecca en reculant pour mieux les voir.

Robin secoua la tête.

— Ne dis pas n'importe quoi ! Ce sont mes Manolo Blahnik !

Après avoir mis la dernière main à leur maquillage, elles descendirent rejoindre les garçons, qui les attendaient au salon. Jake était très chic : il portait une veste de smoking avec un jean et des bottes. Matt, quant à lui, avait carrément opté pour la queue-de-pie, qu'il portait également avec un jean, et il était tout simplement superbe.

Quand Robin et Rebecca firent leur entrée, Jake laissa échapper un sifflement admiratif, et Matt eut du mal à se lever de son siège. Il n'arrivait pas à détacher les yeux de Rebecca. Il resta bouche bée si longtemps qu'elle finit par rougir.

— Enfin, Matt, dis quelque chose, intervint Robin.

— Je ne peux pas, répondit-il. Je n'arrive pas à trouver les mots pour lui dire à quel point elle est belle. Mon Dieu, Rebecca ! Tu ressembles à une star de cinéma qui se serait échappée de l'écran.

Rebecca fit une légère révérence.

— Je suis ébloui, voilà. Tu es éblouissante, ajouta-t-il.

Robin lui donna une tape dans le dos.

— Bon ! Tu continueras ton exposé plus tard, mon grand ! On n'a pas que ça à faire.

Elle appela Cole et Grayson. Matt se passa la main dans les cheveux, les yeux toujours rivés sur la femme de sa vie.

Ils arrivèrent tôt, car Rebecca voulait s'assurer que tout était prêt. Elle savait à quoi le résultat final était censé ressembler, mais elle ne s'était pas préparée à la vision des lieux à la lumière d'un soir d'été... Comme le lui avait promis Harold, la transformation était totale. Après avoir franchi le portail, ils firent tous spontanément halte pour admirer ce décor de rêve. Harold, vêtu d'un somptueux smoking bleu roi, surgit pour les accueillir.

Rebecca avait souhaité que l'endroit soit représentatif du Texas, avec des touches de vert pour évoquer les plaines et les forêts de l'Est, de rouge et de brun pour les canyons de l'Ouest et de gris pour les montagnes d'El Paso. Pour parvenir à ce résultat, elle avait demandé que les nappes qui recouvraient les tables soient composées d'un camaïeu de ces coloris. Les élèves d'une école d'arts plastiques locale avaient réalisé des centres de table en volume : constitués de fil barbelé, de fers à cheval, d'éoliennes, de puits de pétrole, de bétail miniature et de silhouettes des principales villes de l'État, ils symbolisaient tout ce qui faisait la fierté des Texans. Des milliers de petites lumières placées dans les pacaniers et les chênes centenaires donnaient l'illusion d'une nuit étoilée et apportaient la touche finale au projet de Rebecca.

Une grande scène rectangulaire avait été dressée devant une toile peinte par un ancien professeur de dessin de Rebecca, à qui elle avait demandé de représenter la ville d'Austin. Le résultat était stupéfiant de réalisme et donnait l'impression de se trouver sur les hauteurs de la ville. Le plancher de la piste de danse avait été réalisé avec des planches de chêne récupérées sur le portail d'origine du *Three Nine Ranch*. Quatre orchestres de musique country se relaieraient pour faire danser les invités.

— C'est fabuleux ! s'exclama Robin. Rebecca, tu as accompli un travail de pro !

— Merci, répondit fièrement celle-ci. Je dois avouer que le résultat me bluffe moi-même.

— Tu devrais en faire ton métier, dit Jake. Tu as un talent fou.

— Faire mon métier de quoi ?

— D'organiser des réceptions. Il y a une grosse demande à Houston, et j'imagine que c'est la même chose ici. Bon, je vais voir le barbecue – un homme digne de ce nom se doit d'aller rôder du côté du feu, ajouta-t-il en offrant son bras à Robin.

Tandis qu'ils s'éloignaient, Rebecca pivota lentement sur elle-même pour contempler ce qui n'avait un jour été qu'un projet. Une fois qu'elle eut achevé son tour, elle remarqua Matt en train de l'observer.

— Alors, qu'est-ce que tu en penses ? demanda-t-elle, tout excitée.

— J'en pense que je suis très fier de toi, répondit-il d'une voix douce. C'est merveilleux, Rebecca. Le parti n'aurait jamais été capable de donner un tel cachet à cette soirée. Pas avec le budget dont tu disposais, en tout cas.

Elle le gratifia d'un sourire radieux, et il passa ses bras autour d'elle.

— Merci, monsieur M'as-tu-vu. Un compliment pareil me comble... surtout venant de toi !

— Ma foi, Miss Chochotte, je pense que Jake a raison. Tu devrais envisager d'en faire ton métier. Tu es largement en mesure de rivaliser avec les professionnels de l'événementiel. Et même de les battre à plate couture. Tom a intérêt à te remercier en bonne et due forme, sinon je veillerai personnellement à ce qu'il reçoive un bon coup de pied aux fesses.

— Excuse-moi, je ne suis pas certaine de t'avoir entendu correctement. Tu veux bien répéter un peu plus fort ?

— Voilà ce qui me plaît, chez toi, répondit Matt, tout sourires. Ta modestie...

Il lui décocha un clin d'œil complice avant de l'embrasser tendrement, mais leur étreinte fut soudain interrompue par l'arrivée d'un Harold survolté. Rebecca était attendue de toute urgence à l'intérieur du ranch.

À partir de cet instant, les événements s'enchaînèrent dans un véritable tourbillon. Les serveurs et les barmen arrivèrent en même temps que les premiers invités. Harold se posta à l'entrée en compagnie des hôtesses d'accueil, tandis que Rebecca se mettait d'accord avec les musiciens sur les morceaux qu'ils interpréteraient. Alors qu'elle revenait vers les tables, elle tomba sur Pat, qui arborait une étonnante robe rose bonbon et était – chose encore plus étonnante – accompagnée d'un très jeune homme.

— C'est fantastique ! s'exclama-t-elle en voyant Rebecca. Je n'aurais jamais cru que tu... enfin, je veux dire, que tu...

Rebecca éclata de rire et lui serra la main.

— Je sais ce que tu veux dire, Pat, et tu n'es pas la seule ! Franchement, je n'étais pas certaine moi-même de réussir à faire ça. Sais-tu si Tom est arrivé ?

— Il est en route avec Glenda. Tu le connais : il tient à faire une entrée remarquée. Il m'a demandé de lui passer un coup de fil quand le premier orchestre commencerait à jouer.

— Salut, Pat, dit Matt en apparaissant derrière elle. Tu es superbe.

Pat sourit de toutes ses dents.

— Merci !

— Excuse-moi, je t'enlève Rebecca, dit-il en prenant la jeune femme par le bras. J'ai des gens à lui présenter.

Il l'emmena près de Doug et Jeff, deux membres importants du parti démocrate, puis lui présenta divers élus qui la félicitèrent chaleureusement pour l'organisation du gala. Alors qu'ils bavardaient avec M. Holt Peterson, qui avait bien voulu mettre sa collection de Cadillac à leur disposition pour faire la navette entre l'aéroport d'Austin et le ranch, Robin attira Rebecca à l'écart.

— Papa est là, lui glissa-t-elle à l'oreille. Il a sa tête des mauvais jours.

— Comment ça ? demanda Rebecca.

— Je veux dire qu'il n'a pas l'air dans son assiette. Viens, ajouta Robin. On s'est installés à notre table, et il te réclame.

— Mon père est là, dit Rebecca à Matt, qui s'était justement tourné vers elle et Robin.

— Enfin ! s'exclama-t-il avec un sourire confiant.

Ils suivirent Robin à travers la foule croissante des invités, jouant des coudes pour se frayer un chemin parmi le gratin du Texas – des hommes en jean et queue-de-pie avec bottes et chapeaux de cow-boy, accompagnés de femmes en robes du soir de couleurs vives, dont la splendeur n'avait d'égale que la somptuosité de leurs bijoux, qui étincelaient de mille feux sous les lumières placées dans les arbres.

Quand ils atteignirent la table où se trouvaient Jake et Aaron, Rebecca comprit ce qu'avait voulu dire Robin : son père avait une mine épouvantable. Il avait énormément maigri depuis le week-end qu'elle avait passé au ranch familial, son teint était terreux et ses yeux profondément enfoncés dans leurs orbites.

— Papa ? dit-elle du ton le plus détaché qu'elle put.

Le regard de son père s'illumina et un sourire radieux se peignit sur ses lèvres tandis qu'il reculait sa chaise pour mieux l'admirer.

— Becky, tu es très belle. Tu me rappelles ta mère... C'était la plus belle fille de la région quand je l'ai connue, tu sais ?

— Merci, répondit Rebecca, profondément touchée par son compliment. Tu vas bien, papa ?

— Si je vais bien ? Évidemment que je vais bien ! répondit-il en fronçant les sourcils.

Il avait beau dire, Rebecca le trouvait aussi mal en point qu'à l'époque de sa chimiothérapie. Elle se tourna vers sa sœur et lut dans son regard que celle-ci partageait les mêmes craintes qu'elle. Mais Aaron avait déjà reporté son attention sur Matt. Il se leva et contourna Rebecca pour se placer en face de lui.

— Eh bien, Becky ! s'exclama-t-il. Qu'attends-tu pour faire les présentations ?

Elle regarda Matt, apparemment très décontracté.

— Papa, je te présente Matt Parrish. Il est avocat et il...

— Je sais, je sais, coupa son père en tendant la main à Matt. Aaron Lear, fondateur de Lear Transport Industries. Vous connaissez, peut-être ?

— Je suis ravi de faire votre connaissance, monsieur Lear. Et, comme tous les Texans, j'ai bien évidemment entendu parler de votre société.

— Hum, hum, fit Aaron en scrutant attentivement le visage de Matt. Prompt à la flatterie, à ce que je vois.

Matt haussa les épaules et laissa échapper un rire insouciant.

— Alors, comme ça, vous êtes avocat ?

— C'est exact.

— Je n'ai jamais tellement eu besoin de m'adresser à ces gens-là, dit Aaron en frottant ses mains l'une contre l'autre, tout en jaugeant la réaction de Matt.

— En général, les gens préfèrent se passer de leurs services, répondit celui-ci en souriant.

Aaron Lear hocha la tête, tandis qu'un sourire se dessinait lentement sur ses lèvres.

— Vous avez déjà été marié ?

— Papa ! s'exclama Robin. Fiche-lui la paix !

— Non, jamais, répondit cependant Matt avec amabilité.

— Alors, allez me chercher un verre et je vous expliquerai pourquoi il ne faut jamais le faire, conclut Aaron en se laissant tomber lourdement sur sa chaise.

— Franchement, papa ! gémit Rebecca. Ne t'inquiète pas, Matt, j'y vais...

— Non, Rebecca, intervint Jake. Laisse Matt y aller. Ton père adore faire ça : jouer avec les hommes qui s'intéressent à ses filles pour découvrir leur seuil de résistance !

Cette remarque fit éclater de rire le vieux patriarche, qui donna une claque dans le dos de Jake.

— Voilà un garçon comme je les aime ! Il mérite d'être assis à côté de moi, déclara-t-il, avant de relever les yeux vers Matt. Vous n'avez pas l'intention de me faire attendre toute la nuit, j'espère, Parrish ?

— Non, monsieur, répondit Matt sans chercher à dissimuler son amusement.

« Bon, se dit Rebecca en regardant Matt s'éloigner après avoir demandé aux autres personnes présentes si elles désiraient un verre, le pire est passé. Papa et Matt ont fait connaissance. »

C'est alors qu'elle vit Bud, en compagnie de sa deuxième épouse, Candace. Ils se tenaient à côté de la scène avec Tom et bavardaient gaiement.

34

*L'homme, contrairement
aux autres éléments organiques
et inorganiques de l'univers, croît au-delà de ses
efforts, gravit l'échelle de ses concepts
et émerge de l'aboutissement de son projet...*

John STEINBECK

De son côté, Matt pensait également que le pire était passé et estimait qu'Aaron Lear ne lui poserait pas de problème majeur. Malade comme il semblait l'être, il pourrait tout au plus se montrer pénible, ce qu'il s'appliquait visiblement à faire. Matt espérait cependant que son apparence n'était pas due à une reprise de son cancer.

En revenant du bar, il tomba sur Gilbert et Angie. Gilbert avait passé une veste de smoking sur un tee-shirt, et Angie portait une robe rétro avec des santiags noires assorties à son rouge à lèvres. Ses cheveux teints en noir étaient parsemés de mèches rouges et bleues. Elle avait cependant mille fois meilleure allure que le garçon qui l'accompagnait et qui semblait tout droit sorti d'un cercueil.

— Hou là là ! s'exclama Angie. L'ambiance est coincée, hein ? Bon, on va au bar. La buvette est gratuite, ajouta-t-elle à l'intention de son copain.

— Cool, répondit mollement celui-ci.

Ils s'éloignèrent, et Matt se tourna vers Gilbert.

— Le discours est prêt ?

— Oui. Tom a pensé à en glisser une copie dans la poche de sa veste ! Il s'améliore, non ?

C'était en effet incroyable.

— Alors, tu as bien mérité de boire un verre, Gilbert. Il faut arroser ça !

Gilbert donna une tape sur l'épaule de Matt en rigolant, puis emboîta le pas à Angie.

Quand Matt arriva devant la table de la famille Lear, Rebecca ne s'y trouvait plus. Il n'en fut pas particulièrement surpris et tendit en souriant un whisky à Aaron, une bière à Jake et un soda à Robin. Lorsque celle-ci prit son verre, elle croisa son regard, leva les yeux au ciel, puis but une longue gorgée de soda.

Aaron Lear se laissa aller contre le dossier de sa chaise et trempa les lèvres dans son verre.

— Pas mauvais, commenta-t-il. Je m'attendais à une de ces cochonneries bas de gamme qu'ils servent habituellement dans les réceptions.

Il reposa son verre.

— Alors, Parrish ? Quelles sont vos intentions ?

— Pour l'amour de Dieu, papa ! s'exclama Robin. Pourquoi fais-tu exprès d'être infect ?

— Je ne vois pas de quoi tu parles, ma chérie, répondit-il, feignant l'innocence. Quand un homme tourne autour de ma fille, j'essaie de savoir ce qu'il veut, voilà tout. Ça ne dérange pas ce garçon de répondre à quelques questions. N'est-ce pas, Matt ?

— Pas le moins du monde. Je n'ai rien à cacher, répondit celui-ci en le regardant bien en face.

— Vraiment ? s'enquit Aaron Lear avec un sourire narquois.

— Vraiment. Je n'ai pas honte de vous dire que j'en ai après son argent. J'ai l'intention de la plumer jusqu'au dernier centime.

Robin s'étrangla avec son soda et se mit à tousser si fort que Jake dut lui taper dans le dos. Mais auparavant, il gratifia Matt d'un regard de profonde compassion, comme s'il s'attendait qu'il se fasse dévorer tout cru. Le vieux Lear se contenta de rire et but une bonne lampée de whisky.

— Vous savez quoi, Parrish ? Je crois que vous me plaisez. Je suis même certain que vous allez mille fois plus me plaire que l'autre grand couillon, là-bas, dit-il en désignant la scène d'un hochement de tête.

Matt, Jake et Robin suivirent tous les trois son regard.

— Oh, merde ! lâcha Robin.

— Qui est-ce ? demanda Matt.

— Bud Reynolds. L'ex de Rebecca, lui apprit Aaron Lear. Vous avez dû l'entendre à la radio : « Venez chez Reynolds Chevrolet, gna gna gni gna gna gna. »

Matt ne l'avait en effet que trop souvent entendu et s'était toujours dit, même avant de connaître Rebecca, que ce type avait une voix déplaisante. La blonde qui était à son bras était aussi jolie qu'on pouvait s'y attendre, mais Bud ne ressemblait en rien au play-boy qu'il s'était imaginé. Il était grand, certes, mais sa carrure d'ancien capitaine de l'équipe de foot avait laissé la place à un début de bedaine. Son visage rubicond indiquait soit qu'il buvait plus que de raison, soit que le simple fait de monter sur scène l'avait essoufflé.

— Je n'ai jamais compris comment elle avait pu rester mariée aussi longtemps avec cet abruti, dit Robin.

— Les raisons qui l'ont incitée à se marier avec lui sont tout aussi mystérieuses, renchérit Aaron. Je vais vous dire les choses franchement, Matt. C'est pour ça que je me fais du souci pour ma Becky. Elle est belle comme le jour, mais elle a très mauvais goût en matière d'hommes.

— Aaron, vous êtes injuste, intervint Jake. Elle avait quinze ans quand elle a rencontré Bud et à peine dix-neuf quand elle l'a épousé…

Mais Aaron l'interrompit sèchement.

— Et alors ?

— Et alors, elle a mûri depuis, comme nous tous. Elle sait ce qu'elle fait. Et je vous garantis que Matt est un chic type.

— Merci, Jake. Je te revaudrai ça, dit Matt en lui décochant un clin d'œil complice et en attrapant le verre vide d'Aaron. Vous en voulez un autre, monsieur Lear ?

— Si ça ne vous dérange pas.

Matt fit mine de regagner le bar, mais se dirigea en fait vers la scène, où se trouvaient Tom, Rebecca et son épouvantable ex-mari. Rebecca dut sentir qu'il approchait, car elle jeta un coup d'œil par-dessus son épaule. Son expression de soulagement lui fit grand plaisir.

— Parrish ! s'exclama Tom en le voyant surgir. J'étais justement en train de féliciter Rebecca pour le prodigieux travail qu'elle a accompli. J'ai surpris des bribes de conversations, par-ci, par-là, et tout le monde crie à la perfection.

— Je me joins à ces compliments, répondit Matt. Je n'ai jamais assisté à une réception aussi réussie.

Il sentit que Reynolds le dévisageait.

— Je ne crois pas qu'on se connaisse, dit-il sans ôter son cigare de sa bouche. Mais j'ai déjà vu votre photo dans le journal, ajouta-t-il avec un clin d'œil malsain. Bud Reynolds, de Reynolds Cadillac et Chevrolet.

— Matt Parrish, répondit Matt.

Au lieu de lui tendre la main, il prit Rebecca par la taille. Ce geste n'échappa pas à Bud, qui émit un gloussement gêné tandis que Matt saluait la femme de Tom, Glenda.

— Oh ! Bonjour, Mike, gazouilla celle-ci.

— Pour l'amour de Dieu, Glenda ! C'est Matt ! aboya Tom.

Matt sourit et se tourna vers la blonde qui accompagnait Bud.

— Matt Parrish, dit-il en tendant la main vers elle.

Elle regarda sa main comme si elle ne savait pas trop quoi en faire, puis finit par la serrer mollement.

— Euh… moi, c'est Candace.

— J'étais en train de revoir l'enchaînement des événements de la soirée avec Tom, dit Rebecca en tournant vers Matt un regard lourd d'anxiété. Il a invité de

423

nouveaux amis et aimerait qu'ils s'assoient au premier rang. Ils l'applaudiront et lui poseront des questions pertinentes.

— Tu veux dire des amis autres que les donateurs qui ont déboursé deux mille dollars pour être certains de se trouver au premier rang ? demanda Matt en fronçant les sourcils à l'intention de Tom.

— Oui, répondit Rebecca, visiblement embêtée. Je ne sais pas trop comment faire…

— C'est impossible, dit Matt à Tom. Les gens placés au premier rang ont payé le prix fort pour rire à tes dépens et admirer tes trous de nez, on ne peut pas les déplacer.

Glenda sembla trouver cette repartie désopilante et le fit savoir de façon fort bruyante.

— Il n'y a pas moyen de glisser discrètement deux petites tables ? demanda Bud.

— Si, sans doute, mais ça remettrait tout le principe du paiement en question, vous ne croyez pas ?

— Allez, mec, fit Bud en donnant une tape dans le dos de Tom. Ces types-là ne s'en rendront même pas compte. Tu n'auras qu'à leur dire qu'on a allongé trois mille dollars pour que tu rajoutes des tables ! dit-il en s'esclaffant.

— Il n'y a pas la place, objecta Rebecca. On a déjà eu un mal de chien à disposer celles qui sont là.

— À ta place, Tom, je ne me risquerais pas à faire ça, renchérit Matt. C'est injuste et malhonnête, et je te garantis que les gens s'en apercevront.

Bud ricana avec mépris.

— Tu as fait raquer ce type-là, Tom ? Parce que à l'entendre, on croirait que c'est lui qui a allongé deux mille dollars.

Matt eut furieusement envie d'envoyer son poing dans la figure de Bud, mais il se maîtrisa.

— Tu as raison, Bud, dit Tom d'un ton hésitant. Personne ne s'en rendra compte. Tu peux rajouter deux petites tables, n'est-ce pas, Rebecca ? lui demanda-t-il avec espoir.

— Bien sûr que oui ! s'exclama Bud.

— Je vais voir ce que je peux faire, répondit Rebecca d'un ton glacial. Si vous voulez bien m'excuser…

— Dis donc, avant d'aller chercher ces tables, lança Bud, est-ce que ton père est là ? J'aimerais lui parler.

Rebecca se raidit, mais ne le gratifia même pas d'un coup d'œil.

— Il est par là-bas, répondit-elle avant de s'éloigner.

Reynolds rit et prit son épouse par la taille.

— Ah ! Les femmes ! s'exclama-t-il en secouant la tête. Ce n'est pas toujours une partie de plaisir, pas vrai ? Surtout celle-là. Elle est tellement réfrigérante qu'on a l'impression qu'un vent arctique vous remonte dans les jambes du pantalon quand elle passe près de vous.

Glenda en resta bouche bée. Tom lui-même eut l'air horrifié. Matt aurait bien voulu écrabouiller la figure de Bud, mais il se força à garder son calme et emboîta le pas à Rebecca, qui avait rejoint Harold. Celui-ci considérait le fait d'ajouter deux tables au premier rang comme une sorte de défi supplémentaire.

— Je m'en occupe tout de suite, assura-t-il avant de disparaître en claquant des doigts.

— Qu'est-ce qui se passe ? demanda Pat en s'approchant.

Matt la mit au courant de la situation, et Pat ne dissimula pas son irritation.

— C'est pour ces deux gros bonnets de Houston, je parie, déclara-t-elle d'un ton méprisant.

— Qui ça ? demanda Matt, interloqué.

— Je ne sais pas au juste. Deux entrepreneurs qui l'appellent souvent. Franklin et Vandermere, je crois.

Ce dernier nom disait quelque chose à Matt, mais il était incapable de se rappeler où il l'avait entendu. L'orchestre s'était mis à jouer, et entre deux voyages au bar ou au barbecue, les gens faisaient un petit tour de danse sur la piste. La soirée se déroulait à la perfection, et après avoir effectué un rapide calcul mental, Matt se dit qu'elle avait dû rapporter gros à Tom. Sans parler des contacts qu'il allait nouer dans le courant de la soirée. Matt tourna la tête vers la table de la famille Lear et vit que Bud en partait. Il remarqua que M. Lear avait encore plus mauvaise mine qu'avant, et quand il s'approcha de la table, il l'entendit s'exprimer avec colère.

— Cet enfant de salaud ne peut pas s'empêcher de lorgner du côté de mon portefeuille, confia-t-il à Matt en lui prenant son whisky des mains. Comme si je ne lui avais pas déjà assez donné ! Laissez-moi vous dire une bonne chose, Matt. Si vous vous présentez comme procureur, n'espérez pas un sou de moi. J'ai horreur des politiciens et j'ai encore plus horreur des profiteurs.

Matt se dit qu'il était temps de danser. Quand Rebecca s'approcha, les traits tirés, il lui glissa à l'oreille :

— Danse avec moi. J'ai envie de danser avec la plus belle femme de la soirée.

Rebecca écarquilla les yeux.

— Vraiment ? demanda-t-elle. Tu veux danser avec moi ?

— Oui, bien sûr.

— Je n'ai jamais rencontré d'homme qui aime danser ! dit-elle en riant.

— C'est vrai qu'en règle générale, on n'aime pas trop ça. On ne le fait que dans l'espoir de coucher avec une femme. Et j'avoue que j'espère arriver à mes fins ce soir.

Rebecca adorait danser, et ils se faufilèrent jusqu'à la piste de danse en improvisant une petite valse façon country.

— Tu n'es pas la plus belle femme de la soirée, tu es la plus belle femme de la planète, lui chuchota Matt.

— Comment le sais-tu ? riposta-t-elle en gloussant. Te flatterais-tu d'avoir fait connaissance avec toutes les Terriennes ?

— Avec un échantillonnage représentatif, oui, répondit-il en la faisant tourner.

L'espace d'un instant, le monde qui les entourait sembla disparaître, et ils eurent l'impression d'être seuls à tourner sur eux-mêmes au milieu d'une nappe de brouillard. Ce fut un instant de grâce. De perfection.

Mais l'orchestre cessa de jouer, les musiciens annoncèrent une pause, et ils retournèrent s'asseoir. Rebecca redoutait ce que risquait de dire son père et redoutait même le simple fait d'avoir à le regarder, car son apparence l'effrayait. Elle se faisait beaucoup de souci pour lui. Il semblait très malade et buvait plus que de raison. Quand elle essaya de s'informer sur sa santé, il s'emporta, dit qu'il allait parfaitement bien et qu'il ne voulait pas qu'on lui pose de questions à ce sujet. Rebecca était la fille d'Aaron Lear depuis assez longtemps pour avoir la sagesse de se taire... permettant par là même à son père de la mettre sur le gril.

— Qu'as-tu l'intention de faire une fois que cette mascarade sera terminée ? Tu comptes t'occuper de Grayson ? Les femmes d'aujourd'hui ne pensent qu'à travailler sans se soucier de leurs enfants.

Cette dernière remarque provoqua la colère de Robin.

— Ça te va bien de donner des leçons ! Tu n'étais jamais là quand on était petites ! Et pourquoi ce serait forcément les femmes qui devraient rester à la maison ?

Cette saillie amorça un débat houleux entre Jake, Robin et Aaron. Pour finir, le patriarche voulut savoir pourquoi ce sujet les enflammait autant.

— Zut ! Je n'avais pas envie que les choses se passent comme ça ! Papa, j'ai quelque chose à t'annoncer...

— Mesdames et messieurs, votre attention, s'il vous plaît ! lança soudain Gilbert depuis la scène.

— Pas maintenant, Robin ! lui conseilla Rebecca.

— M'annoncer quoi, bon Dieu ? demanda Aaron tandis que Harold s'approchait pour prévenir Rebecca qu'elle devait monter sur scène.

— Tu veux bien te calmer ? demanda Robin à son père. Si tu te calmes et que tu te comportes normalement, je te le dirai. Pas avant.

— Génial. Ton timing est parfait, Robin, glissa Rebecca à sa sœur.

Matt la prit par la main et se dirigea avec elle vers la première rangée de tables.

— Je vous demande d'applaudir M. Doug Balinger, du parti démocrate texan, poursuivit Gilbert.

Quelques applaudissements polis retentirent tandis que Doug Balinger montait sur scène.

— Chers amis, bonsoir. J'ai l'honneur de représenter ce soir les démocrates texans, commença-t-il.

Pendant qu'il exposait les vues du parti concernant l'avenir du Texas, l'équipe de Tom vint prendre place derrière lui.

— Comment tu me trouves ? demanda Tom à Rebecca.

Son trac la surprit. Elle l'avait entendu s'exprimer en public plus d'une fois, et c'était bien la première fois qu'elle le voyait douter de lui.

— Tu es très bien, lui répondit-elle avec un sourire chaleureux.

— Pas un mot sur la réforme de l'assurance maladie, lui rappela Pat.

— Insiste sur les remerciements aux généreux donateurs, ajouta Matt.

— D'accord, d'accord, acquiesça Tom en se plongeant dans ses notes.

— J'ai à présent l'honneur de vous présenter l'homme que nous aimerions tous voir au poste de gouverneur... J'ai nommé Tom Masters ! annonça Doug.

Un tonnerre d'applaudissements s'éleva. Tom s'avança, adressa des saluts au public et se pencha vers le micro à la façon d'une star du rock.

— Merci, merci beaucoup ! cria-t-il pour couvrir les derniers applaudissements. Vous êtes le plus merveilleux public du Texas !

Les applaudissements reprirent de plus belle. Matt, Rebecca, Pat et Gilbert en profitèrent pour rejoindre la petite table qui leur était réservée au premier rang.

— Avant tout, je tiens à remercier quelques personnes sans qui cette soirée n'aurait pas été possible, dit Tom après avoir consulté ses notes. Le personnel du *Three Nine Ranch*, pour commencer.

Matt se pencha vers Rebecca.

— Quand il citera ton nom, tu te lèveras et tu salueras le public, lui chuchota-t-il.

— Matthew Parrish, mon ami et complice de longue date, ajouta Tom.

Rebecca sentit Matt se raidir imperceptiblement. Il se leva cependant à moitié de sa chaise et adressa un bref salut à l'assemblée.

— C'est bien simple : quand je me trouve à court de réponses, je peux toujours compter sur Matt pour pallier mes déficiences... Pat Griswold... Où es-tu, Pat ? Lève-toi, ma belle ! Voilà ! Pat, les enfants, c'est de la dynamite. Grâce à elle, j'ai trouvé bien des solutions aux problèmes épineux dont je vous parlerai tout à l'heure...

Pat se leva et se rassit aussitôt.

— Je ne peux pas oublier de citer Gilbert Ortiz, dont l'aide m'a été précieuse, ajouta Tom en faisant signe à Gilbert de se lever.

Celui-ci était déjà debout et agitait les mains au-dessus de sa tête pour le plus grand amusement du public. Tom rit dans le micro.

— Tu me piques la vedette, Gilbert, plaisanta-t-il en jetant un petit coup d'œil à ses notes. Beaucoup d'entre vous ont eu le plaisir de parler à Angie Rush au téléphone. Je la vois du côté du barbecue... On se régale, Angie ?

Celle-ci, une assiette à la main, fit de petits bonds sur place en agitant sa main libre.

— Angie est véritablement mon bras droit, dit Tom.

Il fit une pause et regarda la table de l'équipe de campagne pour s'assurer qu'il n'avait oublié personne.

Le cœur de Rebecca se mit à battre plus vite. Tom la regardait droit dans les yeux.

— Et Rebecca Reynolds... je veux dire, Lear. Je finirai bien par me souvenir un jour de son nom, dit-il en gloussant. Rebecca m'a apporté son aide dans cette campagne... Une campagne qui m'amène à vous parler de mes projets pour le Texas, ajouta-t-il en remettant de l'ordre dans ses notes.

Il se lança alors dans la description de ce que deviendrait l'État s'il était élu, mais Rebecca n'entendit pas les mots qu'il prononçait. Elle n'entendait plus que le sang qui battait à ses tempes. « Rebecca m'a apporté son aide dans cette campagne » ? Pas un mot de plus ? N'avait-il pas amorcé son discours par des remerciements aux personnes qui avaient rendu cette soirée possible ? Était-ce là toute la reconnaissance de Tom pour les efforts qu'elle avait déployés, même quand elle avait cessé de croire à ce gros ingrat égocentrique ? Il n'était même pas fichu de mentionner correctement son nom ! Son regard se posa sur Bud, assis au premier rang, et elle sentit quelque chose se briser en elle.

Elle ne se rendit compte qu'elle s'agrippait au bord de la table que lorsque Matt posa la main sur la sienne. Elle leva alors les yeux et fut confrontée à l'expression de leurs visages. Pat était horrifiée, Gilbert perplexe, et Matt... Seigneur, non ! Matt la regardait avec pitié !

Ce fut la goutte d'eau qui fit déborder le vase. Tous les stages de transformation et tous les livres d'aide au développement personnel qu'elle avait lus fusionnèrent en elle pour former une boule de haine qui lui criait de ne pas se laisser piétiner de la sorte. La vraie Rebecca, qui avait lentement mais sûrement sorti la tête de son trou, luttait à présent toutes griffes dehors pour émerger complètement.

Tandis que Tom pontifiait, elle écarta la main de Matt et se pencha vers lui.

— Je t'interdis d'avoir pitié de moi ! lui chuchota-t-elle avec colère.

— Mais je n'ai pas...

Elle s'était déjà écartée de lui et se tenait très raide sur sa chaise, avec l'impression que sa tête n'allait pas tarder à exploser. Elle avait envie de se lever pour faire une sortie fracassante, mais se dit que ce serait encore trop gentil pour Tom et préféra attendre. Attendre quoi ? Elle n'en savait rien. Elle restait assise, droite comme un i, à agripper le rebord de la table des deux mains, son cœur battant de plus en plus fort à mesure que sa colère augmentait.

Sans le savoir, Tom lui présenta sur un plateau ce qu'elle attendait inconsciemment. Il aborda « son » projet de superautoroute.

— Je sais que mes adversaires vont critiquer ce projet, dit-il en secouant tristement la tête. Mais vous les connaissez : Phil Harbaugh n'hésiterait pas à revendre le Texas aux Mexicains si c'était en son pouvoir, et ce pauvre Russ Erwin a grimpé si haut sur son arbre qu'il a la tête dans les nuages. Difficile de prendre au sérieux le point de vue d'un homme que le bien-être des lézards intéresse davantage que celui des humains...

Cette déclaration fut saluée par de chaleureux applaudissements. Rebecca réalisa alors qu'elle s'était levée et qu'elle agiotait la main pour attirer l'attention de Tom.

— Rebecca ! siffla Pat entre ses dents.

Rebecca l'ignora et toisa Tom. Perplexe, celui-ci regarda autour de lui, dans l'espoir d'obtenir une explication.

— Sénateur Masters ! dit-elle d'une voix aussi claire que cette belle soirée d'été.

Tom ne pouvait plus faire mine de l'ignorer.

— Euh... je crois que Rebecca a une annonce importante à nous faire, dit-il d'un ton mal assuré. C'est bien cela, Rebecca ?

— Pas exactement, répondit celle-ci en baissant le bras. J'ai une question importante à te poser.

Un murmure parcourut l'assemblée. Tom s'éclaircit la gorge et adressa un coup d'œil désespéré à Bud, signant par là même son arrêt de mort aux yeux de Rebecca.

— Ah... bien...

— C'est au sujet de ton projet de superautoroute. Qu'as-tu à dire aux fermiers qui devront quitter leurs terres au nom du progrès ? Tu sais à qui je fais allusion, n'est-ce pas ? Aux fermiers dont les familles ont fondé l'État du Texas et qui, depuis des générations, se consacrent exclusivement à l'agriculture et à l'élevage du bétail. Par ailleurs, en guise de question subsidiaire, j'aimerais que tu nous dises quel sera ton discours face aux chômeurs que ton projet d'autoroute ne soulagera que très temporairement et qui se retrouveront une fois de plus sur le carreau à l'issue du chantier.

Un silence impressionnant s'abattit sur le public, suspendu aux lèvres de Tom. Celui-ci regarda Matt – ou plutôt, le fusilla du regard.

— Excuse-moi, Tom, mais je n'ai pas entendu ta réponse, poursuivit Rebecca sur sa lancée. Oh, j'allais oublier un autre point important. As-tu pensé à informer nos hôtes, les propriétaires du *Three Nine Ranch*, que la superautoroute doit précisément traverser le sud des terres sur lesquelles ils élèvent toujours du bétail ?

Tom laissa échapper un rire nerveux.

— Ce sont d'excellentes questions, Rebecca, dit-il. Je crois que nous sommes en mesure de te répondre. N'est-ce pas, Matt ?

Matt se leva, mais Rebecca n'eut pas le temps de voir l'expression de son visage. Elle essaya de se convaincre que c'était sans importance. Elle avait fait ce qu'elle estimait juste vis-à-vis d'elle-même. Matt pouvait continuer à militer pour Tom si ça lui chantait et le tirer du mauvais pas où elle venait de le mettre par un des artifices de rhétorique dont il avait le secret, ça lui était complètement égal.

Elle ne put cependant s'empêcher de souhaiter que, pour une fois dans sa vie, quelqu'un se range de son côté.

— Tom, j'aimerais te dire que j'ai de bonnes réponses, déclara Matt en regardant Rebecca, mais ce n'est malheureusement pas le cas, et franchement, je suis curieux d'entendre celles que tu es en mesure d'apporter toi-même aux questions de Mlle Lear. Personnellement, j'estime qu'un pipeline de cette longueur est une idée dangereuse. Et je ne vois pas l'intérêt de cette superautoroute. Il existe déjà une autoroute qui relie Dallas à Brownsville. Crois-tu sincèrement que le Texas a les reins assez solides pour supporter le coût de deux autoroutes ?

Un brouhaha s'éleva parmi les invités, qui se mirent à discuter de plus en plus vivement. Tom donnait l'impression de se réveiller dans un pays étranger. Il jeta des regards désespérés autour de lui, mais tout le monde était bien trop surpris par ce soudain éclat pour se soucier de lui venir en aide.

Rebecca, elle, rayonnait de bonheur. Elle tapota le bras de Matt et lui adressa un immense sourire de reconnaissance.

— Tu cherches à faire rater mon gala, c'est ça ? lui demanda-t-elle.

Matt éclata de rire.

— Tu ne m'as guère laissé le choix, répondit-il en lui adressant un clin d'œil complice.

Il la prit par la main, et ensemble, ils traversèrent une mer de tables, une mer de gens qui avaient payé une petite fortune pour assister à ce spectacle. Rebecca leur sourit à tous, telle une reine de beauté qui effectue sa dernière apparition publique. Quelqu'un annonça que l'orchestre allait bientôt recommencer à jouer.

Rebecca repéra son père, qui s'était levé et qui la regardait. Elle s'approcha de sa table, plus souriante que jamais.

— Je m'excuse, mais je n'arrive pas à être désolée, dit-elle joyeusement.

— Ne t'excuse jamais, Becky ! s'exclama son père. Je suis fier de toi, ma fille ! Tu as enfin dit ce que tu pensais à voix haute ! Tu ne peux pas savoir comme je suis heureux !

Il contourna la table, la prit dans ses bras et la serra très fort contre lui. Quand il relâcha son étreinte, Rebecca crut voir briller une larme au coin de ses yeux, mais son père se tourna vers Robin avant qu'elle ait le temps d'en être certaine.

— Tu peux prendre exemple sur elle, tu sais !

Robin marmonna quelque chose et s'approcha de sa sœur pour la serrer contre elle.

— Tu as le secret des fêtes réussies ! lui dit-elle avec fierté.

— On s'en va. Vous venez avec nous ? lui demanda Rebecca.

Robin interrogea Jake du regard, et tous deux se tournèrent vers Aaron, qui souriait en regardant Rebecca.

— Tu plaisantes ? On veut savoir ce qui va se passer !

— Je pense qu'on ferait mieux d'y aller, déclara Matt en désignant Tom, Doug et Jeff, qui arrivaient vers eux.

— Oui ! Fichez le camp d'ici et allez vous amuser ! dit Aaron Lear en caressant la joue de Rebecca, avant de l'inciter d'une légère poussée à se mettre en route.

Matt et Rebecca s'éloignèrent, main dans la main. Une fois qu'ils eurent franchi le portail, Matt s'arrêta net.

— Qu'est-ce que tu fais ? Viens ! dit Rebecca.

— Non. Il faut d'abord que je te dise... ce que tu viens de faire...

Il secoua la tête et éclata de rire.

— Tu as une vraie main de fer sous ton gant de velours ! J'aime tout en toi : ta beauté, ta bizarrerie, ton sens de la justice... Ce soir, je me suis rendu compte que je ne pourrai plus jamais me passer de toi !

Elle rit, noua ses bras autour de son cou et déposa un baiser sur ses lèvres.

— Merci de m'avoir soutenue, Matt.

— Tu plaisantes ? J'aurais dû faire ce que tu as fait ce soir depuis bien longtemps. Dès le premier instant où j'ai posé les yeux sur toi, j'ai su que tu étais une fille à problèmes, Rebecca, mais aujourd'hui, je suis prêt à te suivre jusqu'au bout du monde !

— Au train où vont les choses, on risque de devoir franchir au moins une frontière, répondit-elle en riant.

35

Quand vous arrivez au bout de la corde,
faites un nœud et accrochez-vous...

Franklin D. ROOSEVELT

Quelques heures plus tard, Robin et Jake ramenèrent
Aaron Lear chez Rebecca dans un état proche de l'eu-
phorie. Celle-ci leur offrit du champagne accompagné
de crème glacée.

L'annonce de la grossesse de Robin avait comblé
Aaron de joie, et après les questions rituelles concernant le mariage et les frais de scolarité (cette dernière
question provoquant un ronchonnement général –
« Pitié ! »), l'attention du patriarche s'était reportée sur
le coup d'éclat de Rebecca. Il en riait encore comme un
gamin.

Robin raconta que le sénateur Masters avait passé le
reste de la soirée à circuler de table en table pour assurer avec véhémence à ses sponsors qu'il se souciait énormément du sort des éleveurs de bétail. Et elle ajouta
que Pat Griswold l'avait chargée de dire à Rebecca
qu'elle rêvait depuis longtemps de faire ce qu'elle avait
fait, mais qu'elle n'en avait jamais eu le courage. Aaron
répéta qu'il était très fier d'elle et décréta que c'était bien
fait pour la pomme de Tom Masters. Tout le monde rit
aux éclats, et ils se mirent à chercher des idées de slogans rigolos sur le thème de Tom « la pomme » Masters.

Mais le lendemain après-midi, une fois que Robin et
les autres furent repartis, Matt et Rebecca se rendirent

compte qu'ils avaient du même coup réduit à néant toutes les ambitions politiques de Matt.

— Je suis plutôt content, au fond, déclara-t-il. Je ne sais pas si j'aurais été de taille à être procureur. Et puis, je peux faire le bien autour de moi autrement.

— Comment ? demanda Rebecca.

— Je ne sais pas encore, admit-il. J'aimerais donner aux gens qui n'en ont pas les moyens la possibilité d'être représentés comme ils le méritent. Pour moi, c'est l'essentiel.

Un peu plus tard, Matt reçut un coup de téléphone de son père qui lui mit du baume au cœur. L'ancien juge lui assura qu'il était soulagé que son fils se retire du monde politique.

— J'ai fait ma carrière parmi ces gens-là, Matt. Crois-moi : tu es trop bien pour eux ! dit-il. Tu ne mérites pas cette vie-là.

Rebecca, quant à elle, exultait. La véritable Rebecca avait enfin émergé. Elle se sentait libre d'être elle-même, tout simplement, c'est-à-dire loin d'être parfaite. La preuve de cette imperfection fut d'ailleurs reflétée par le quotidien local au cours des jours qui suivirent le gala et que Matt et elle mirent à profit pour vivre loin de la foule, dans la maison de Rebecca.

Matt semblait avoir lui aussi subi une importante transformation. Comment aurait-il pu en être autrement ? Il avait vu de ses yeux Rebecca énoncer haut et clair ce qu'elle pensait réellement. Quand les événements commencèrent à se tasser, il retourna à son cabinet et se pencha sérieusement sur les questions qui le hantaient depuis plusieurs semaines et qui s'étaient précisées quand Pat avait mentionné les noms de Franklin et Vandermere. Il s'était réveillé en pleine nuit avec un premier élément de réponse. Franklin et Vandermere était le nom d'une grosse entreprise de construction qui s'était trouvée impliquée quelques années plus tôt dans un procès que Matt avait suivi. Si sa mémoire était bonne, ils avaient été poursuivis pour n'avoir jamais livré une route qu'ils s'étaient engagés à construire dans les environs de Houston, alors qu'ils avaient été intégralement payés. Il ne se souvenait pas des détails avec précision, mais s'il avait dû résumer l'affaire, il aurait utilisé les mots « sordide » et « corruption ». Ce souvenir, associé à la présence de l'ex-mari de Rebecca au gala de Tom, suffisait à le convaincre qu'il y avait quelque chose de pourri au royaume du Texas, et il était déterminé à définir précisément l'origine de cette pourriture.

Tandis que Matt s'appliquait à déterrer les liens qui unissaient Tom Masters à Franklin et Vandermere, Rebecca s'affairait à vider la grange qu'elle projetait de transformer en atelier. Elle avait dit à Matt qu'elle allait essayer de vivre de sa peinture et de ses sculptures jusqu'à ce qu'elle décide de faire autre chose, mais elle ne savait pas encore quoi. Pour le moment, il lui suffisait de se sentir pleinement heureuse.

Quelques semaines après son coup d'éclat retentissant, son téléphone sonna, et une voix d'homme demanda à lui parler.

— Euh... mademoiselle Lear, c'est Russ Erwin. Nous nous sommes rencontrés à l'issue d'un forum à Georgetown...

— Oui, coupa Rebecca. Je m'en souviens très bien.

— Bon, je ne vais pas tourner autour du pot. Je vous avoue que je me suis délecté de l'incident que vous avez déclenché au cours de cette levée de fonds pour Tom Masters. Je vous contacte pour savoir si vous aimeriez vous joindre à nous. Nous aurions besoin d'une femme de votre trempe.

— Vous voulez que je participe à votre campagne ? Mais les élections sont dans un mois !

— Je sais. Le temps passe à une vitesse folle, n'est-ce pas ? Votre aide me serait tout de même précieuse – si vous acceptez ma proposition, évidemment. J'aimerais vous faire parvenir quelques documents. Une fois que vous connaîtrez un peu mieux mes objectifs, vous pourrez me poser toutes les questions que vous voudrez et déterminer quelle fonction vous conviendrait au sein de notre organisation, avant et après les élections.

Rebecca adressa un immense sourire à Grayson, assis en face d'elle, occupé à manger un sandwich beurre de cacahuètes-confiture.

— C'est entendu, monsieur Erwin.

— Appelez-moi Russ. Je représente simplement un groupe de personnes qui s'efforcent de faire ce qu'elles estiment juste. À quelle adresse souhaitez-vous que je vous envoie les documents ? demanda-t-il.

Rebecca lui donna son adresse, et ils bavardèrent un moment de l'incident du *Three Nine Ranch*. Après avoir raccroché, elle s'empressa d'appeler Matt, qui partagea aussitôt son enthousiasme.

— Tu vas accepter, n'est-ce pas ? demanda-t-il.

— Je croyais qu'on avait tourné la page de la politique, lui rappela-t-elle en riant.

— Non. On a tourné la page des politiciens véreux, objecta-t-il.

— Alors, c'est promis ? Tu ne te fâcheras pas si je m'implique dans une autre campagne ?

— La seule chose qui m'importe, c'est que tu sois heureuse, Rebecca. De quelque façon que ce soit.

Rebecca se joignit donc aux indépendants et s'immergea tellement dans ses activités que le temps que passait Matt à son cabinet ne la dérangea pas.

Matt affrontait deux problèmes : le premier, et le plus important, était d'élaborer un plan de rachat du cabinet qui ne léserait pas Ben. Celui-ci n'était pas vraiment désireux de se séparer de Matt, mais sentait comme lui qu'il était temps que chacun suive sa propre route. Harold, très affecté par cette séparation, avait décidé d'ouvrir un restaurant à San Francisco avec son ami Gary.

Le second problème concernait la campagne de Tom. Matt s'évertuait à rassembler des preuves susceptibles de corroborer ses doutes. Au cours de ses recherches, il relut les centaines d'amendements inintéressants que

Tom avait fait voter et se botta mentalement les fesses de ne pas avoir accompli cette démarche plus tôt.

Une semaine avant les élections, Matt emballa ses affaires personnelles, prit congé de Ben et fit un crochet par le bureau du procureur avant de regagner la maison de Rebecca, où il avait l'intention de passer plusieurs jours à réfléchir.

Ce soir-là, il regarda un moment la télévision en compagnie de Grayson et Rebecca. Les spécialistes des médias embauchés par le parti démocrate avaient accompli des prodiges, et Tom semblait avoir rebondi depuis le scandale du gala. Quand Matt et Rebecca allèrent se coucher, il lui parla de sa visite au procureur. Elle l'écouta posément et hocha pensivement la tête tandis qu'il lui exposait ses hypothèses.

— Cela expliquerait beaucoup de choses, dit-elle, sans toutefois se risquer à développer le fond de sa pensée. Mais c'est du passé, tout ça.

Ils n'allumèrent pas la télévision au cours des jours suivants, qu'ils consacrèrent à emmener Grayson pêcher, à paresser sur le ponton au coucher du soleil, à faire passionnément l'amour aux premières lueurs de l'aube et à parler ensuite à mi-voix de leurs projets d'avenir. Matt aurait un cabinet pour lui seul et se consacrerait à aider les plus démunis. Rebecca se lancerait dans l'organisation d'événements mondains, mais sans perdre de vue ses projets artistiques. Ils vivraient dans la maison de Rebecca, où ils se sentaient à l'abri du bruit et de la fureur du monde. Ils projetaient également de donner une petite sœur ou un petit frère à Grayson. Ou deux. Ou trois. Ensuite, ils éclataient de rire et se remettaient à faire l'amour.

La veille des élections, Matt se rendit à l'épicerie de Ruby Falls et bavarda un moment avec les deux caissières, Karen et Dinah. À son retour, Rebecca, qui l'attendait sur le porche, pieds nus, vêtue d'un short et d'un vieux tee-shirt, lui tendit une canette de bière.

— On a une nouvelle recrue, lui annonça-t-elle après qu'ils eurent échangé un baiser passionné.

— Une nouvelle recrue ?

— Dans la famille, dit-elle en l'entraînant vers l'arrière de la maison. Je te présente Radis.

— Radis ! s'exclama Matt en découvrant un petit chien noir. Mais ce n'est pas un nom de chien !

À l'intérieur de la maison, le visage du sénateur Masters apparut sur l'écran de télévision, que Rebecca était en train de regarder quand son attention avait été attirée par le petit chien qui rôdait autour des poubelles. Tom Masters sortait du palais de justice et était entouré d'une véritable armada d'avocats. La voix du commentateur résonna dans la pièce vide.

— Un événement inattendu vient de se produire en cette veille d'élections. Le sénateur Tom Masters a été entendu ce matin au sujet des pots-de-vin que l'entreprise Franklin et Vandermere lui aurait versés dans le cadre de sa campagne électorale. Les noms d'importantes sociétés comme la Reynolds Cadillac et Chevrolet ont également été cités par des sources bien informées dans le cadre de cette affaire. Un informateur anonyme a fourni au procureur de l'État des preuves accablantes. Le sénateur Masters est accusé d'avoir sollicité la contribution financière de plusieurs grandes entreprises texanes contre la promesse de futurs contrats une fois qu'il aurait été élu gouverneur. Face à l'ampleur de ce scandale, les instituts de sondages font d'ores et déjà état d'une forte baisse des intentions de vote pour le sénateur Masters qui...

36

La terre est ronde et ce qui ressemble à la fin
est peut-être aussi le commencement...

Ivy Baker PRIEST

À son retour de Seattle, Bonnie défit sa valise et lut son courrier. Elle venait de décrocher le téléphone pour appeler Robin et l'informer qu'elle était rentrée quand la sonnerie de la porte d'entrée retentit.

Elle reposa le téléphone, s'avança jusqu'à la porte, regarda par le judas... et s'en écarta précipitamment. Elle contempla la porte un long moment, puis se décida à l'ouvrir.

— Bonjour, Aaron, dit-elle.

Malgré sa colère, elle ne put s'empêcher de remarquer qu'il avait l'air très mal en point.

— Accorde-moi cinq minutes, dit-il en tendant son bras décharné pour l'empêcher de refermer la porte. Je t'en supplie, Bonnie.

— Je t'avais demandé de ne pas venir ici, répondit-elle, furieuse.

— Je sais.

Il laissa retomber son bras.

« Mon Dieu, comme il a vieilli ! », se dit Bonnie.

— Je n'ai pas pu m'en empêcher, reprit-il. L'idée de mourir sans t'avoir revue m'était insupportable, Bonnie. Je veux te parler, je veux que tu m'écoutes, même si ça doit être la dernière fois. Quand tu auras écouté ce que j'ai à te dire, si tu me demandes de partir, je te

donne ma parole que je m'en irai et que je ne t'embê-
terai plus jamais. Jamais. Je le jure.

Bonnie l'observa et se demanda combien de fois il
leur restait à jouer cette scène-là. Plus tellement, à en
juger par l'aspect d'Aaron. Cela faisait plus de trente
ans qu'ils jouaient la même pièce, et Bonnie avait
décidé de quitter définitivement la scène, mais Aaron
était si pitoyable qu'elle n'eut pas le cœur de lui claquer
la porte au nez.

Lentement, elle s'effaça pour le laisser entrer.

— Cinq minutes, Aaron. Pas une de plus, dit-elle.

Mais dès que ces mots eurent franchi ses lèvres, elle
sut que la scène durerait bien plus de cinq minutes.
Qu'elle durerait tant qu'ils ne seraient pas complètement sortis de la longue nuit qu'ils traversaient
ensemble depuis si longtemps.

Romance
d'aujourd'hui

Le 10 juillet :

Une paëlla pour deux ❧ Ildiko von Kurthy (n° 8373)

Choisir entre deux hommes... Quelle femme n'a pas rêvé de se trouver confrontée à ce type de dilemme ? Eh bien, cela m'arrive enfin, à moi, Annabel Leonhard, malgré ma poitrine quasi inexistante et mes trois kilos en trop. Robin ou Ben ? Je sais, je suis venue sous le soleil de Majorque pour réfléchir sérieusement à ma vie et à mon couple. Depuis quatre ans, je vis avec Ben. Alors, qui pourrait résister au charme d'un jeune et séduisant propriétaire de yacht ?

> ### Nouveau ! 1 rendez-vous mensuel
> ### aux alentours du 15.

SUSPENSE

Le 2 juillet :

Traque fatale ❧ Allison Brennan (n° 8395)

Il y a douze ans, dans la région du Montana, Miranda et une amie sont kidnappées par un psychopathe. Après les avoir torturées et violées, l'agresseur les relâche dans les bois pour les chasser comme du gibier : seule Miranda en réchappe. Depuis, cette dernière est en passe d'intégrer le FBI. Mais le tueur réapparaît, avec les mêmes méthodes, faisant ressurgir les drames du passé...

> ### Nouveau ! 1 rendez-vous mensuel
> ### aux alentours du 1er de chaque mois.

MONDES
MYSTĒRIEUX

Le 2 juillet :

Le voleur de diamants ❧ Shana Abe (n° 8377)

En 1751, Kit, le comte de Chasen, est à la tête d'une communauté ancestrale. Grâce aux pouvoirs de leurs pierres magiques, les membres de ce clan possèdent des facultés de mutation C'est alors que sévit, à Londres, un voleur de bijoux, soupçonné d'appartenir à la tribu. Kit fomente un piège pour l'appréhender...

> ### Nouveau ! 1 rendez-vous mensuel
> ### aux alentours du 1er de chaque mois.